NORBERT KLUGMANN

Wendlandt und Süß

DIE ZUKUNFT ZIEHT EIN Am Ortsrand des norddeutschen Dorfs Wortleben mit 3.018 Einwohnern entsteht ein neues Wohngebiet – aber nicht in der traditionellen Form großkotziger Fertighäuser im Bausparkassen-Stil. Stattdessen steht das jüngste KoDorf-Projekt vor der Fertigstellung: »Communitys für neues Leben und Arbeiten auf dem Land«. Nicht alle Dorfbewohner freuen sich über die neuen Nachbarn. Denn mit den digitalen Nomaden zieht eine exotische Lebensweise in Wortleben ein. Sie bringt neue Überzeugungen mit, neue Denkweisen und massenhaft Fremdworte. Plötzlich kommen sich viele Bewohner altmodisch, langweilig und fantasielos vor. Besonders die lokalen Politiker, allen voran Bürgermeister Wendlandt und Oppositionschef Süß, einziger Buchhändler im Ort, fühlen sich provoziert. Nur zögerlich bewegen sich die zwei Lebens- und Denkweisen aufeinander zu. Zu viel Neues auf leeren Magen – das mag man in Wortleben nicht. Wendlandt und Süß gegen die neuen Nachbarn? So einfach ist es nicht. Denn bisweilen leben die neuen Nachbarn nur ein Zimmer von den Alteingesessenen entfernt …

Norbert Klugmann, Jahrgang 1951, hat bisher 80 Romane veröffentlicht. Schwerpunkte sind Krimi, Drama, Satire, Melo, Jugendbuch. Klugmanns Stärken sind der Dialog und die Nachbarschaft von Alltag und Anarchie. Seine Vielseitigkeit zeigt sich in Romanen über die Welt des Sports, Geschlechterkriege, Karrieren, bizarre Charaktere, aktuelle Kommunalpolitik und historische Themen. Viermal begleitete er die Hebamme Trine Deichmann durch das Lübeck des 17. Jahrhunderts. Das süffige Genre des Weinromans bereicherte er mit drei Romanen um den smarten Marchese. 2022 erschien Klugmanns Roman über die deutschlandweit bekannte und bis heute andauernde Serie mit ca. 30 Unfällen von Hamburger Senioren beim Ausparken: »Bitte parken Sie nicht in unserem Schaufenster«.

NORBERT KLUGMANN

Wendlandt und Süß

DORFROMAN

Immer informiert

Spannung pur – mit unserem Newsletter informieren wir Sie regelmäßig über Wissenswertes aus unserer Bücherwelt.

Gefällt mir!

Facebook: @Gmeiner.Verlag
Instagram: @gmeinerverlag
Twitter: @GmeinerVerlag

FSC
www.fsc.org
MIX
Papier | Fördert gute Waldnutzung
FSC® C083411

Besuchen Sie uns im Internet:
www.gmeiner-verlag.de

Im Ehnried 5, 88605 Meßkirch
Telefon 07575/2095-0
info@gmeiner-verlag.de

1. Auflage 2023

Lektorat: Claudia Senghaas, Kirchardt
Herstellung: Mirjam Hecht
Umschlaggestaltung: U.O.R.G. Lutz Eberle, Stuttgart
unter Verwendung eines Fotos von: © Wirestock / istockphoto.com
Druck: CPI books GmbH, Leck
Printed in Germany
ISBN 978-3-8392-0517-4

Personen und Handlung sind frei erfunden.
Ähnlichkeiten mit lebenden oder toten Personen
sind rein zufällig und nicht beabsichtigt.

1

Trudchen Kubinke bei der Arbeit zuzusehen, war nichts für schwache Nerven.

»Trudchen, mach zu«, grummelte der alte Piesow, der mit zunehmendem Alter immer ungeduldiger wurde. »In fünf Stunden fängt die *Tagesschau* an.«

»Mach meine beste Scheibenschneiderin nicht nervös«, rief von nebenan Schlachter Rosellen, der gerade nach allen Regeln der Kunst ein Kaninchen enthäutete.

Piesow blickte erstaunt um die Ecke. Bisher hatte es noch kein Dorfbewohner geschafft, die junge Bedienung nervös zu machen.

»Mir geht Trudchens Lahmarschigkeit auf den Pinsel«, maulte der alte Piesow und handelte sich einen strafenden Blick von Anna Wendlandt ein.

»Du solltest in Zukunft nur noch 100 Gramm bestellen«, riet ein wartender Kunde. »Dann ist es nicht so schlimm, wenn die Wurst schimmlig wird.«

»Du hast recht«, entgegnete Piesow erfreut. »Weißt du was, ich bestelle 20 Gramm. Dann kriege ich noch was raus.«

»Wovon raus?«

»Vom Schimmel. Nein, vom Preis, vom Geld.«

»Du meinst, dann verwandelt sich der Schlachter in eine Sparkasse.«

»So sieht das aus! Ich wette, dass Rosellen dafür keine Genehmigung hat. Damit habe ich den Kerl in der Hand. Dann muss er freundlicher zu mir sein als bisher, weil seine Existenz von mir abhängt.«

»Und was stellst du dann mit deiner Macht an?«

»Ich schmeiße Trudchen raus. Damit ist das Problem erledigt. Darauf hätte ich auch früher kommen können. Aber man ist nie zu alt, um klug zu werden.«

Der Schlachter peilte die Lage, aber im Verkaufsraum ballte sich kein revolutionäres Potenzial zusammen. Was sollte er sich also aufregen? So lahmarschig konnte Trudchen gar nicht sein, dass die phlegmatische Bande zum Äußersten gegriffen hätte. Die Schlachter der Kreisstadt waren 15 Kilometer entfernt, Rosellen war für jeden einzelnen Kilometer dankbar, der die beiden Planeten trennte.

»Lass dich nicht hetzen, Trudchen«, sagte Anna Wendlandt, die Frau des Bürgermeisters, mitfühlend. Trudchen blickte vom Einwickelpapier hoch. In dieser Zeit hätte eine fixere Bedienung ein Viertel Mortadella aufgeschnitten. Und die wirklich Fixen ein halbes Pfund.

Plötzlich quietschte es draußen entsetzlich. Anna Wendlandt stürzte aus dem Schlachterladen, Rosellen hinterher. Der alte Piesow wartete ab, bis das akustische Signal in dem Durcheinander, das zwischen Trudchens Ohr und Hirn herrschte, ordnungsgemäß verbucht worden war. Dann eilte auch die Verkäuferin hinaus. Piesow langte in die Glasvitrine und verkostete nacheinander eine Scheibe Jagdwurst, eine Scheibe Gelbwurst und einen Happs frisch durchgedrehtes Mett.

Dann folgte er kauend den anderen und sah gerade noch, wie die Frau des Bürgermeisters Oma Tewer unter den Arm griff, während auf der anderen Seite Rosellen zupackte. Gemeinsam stellten sie die alte Frau auf ihre dünnen Beine.

»Sie Unhold«, zischte Anna Wendlandt dem Kombifahrer zu. Der hielt sich an seiner Kühlerschnauze fest, so sehr war ihm der Schreck in die Glieder gefahren.

»Die Oma ist mir direktemang auf den Kühler gehüpft«,

protestierte der Fahrer matt. »Hat nicht rechts geguckt und nicht links …«

»… das musstu nicht sagen«, meckerte Oma Tewer. »Anna weiß gar nicht, was links ist, was, Anna? Bei euch zu Hause ist links nur noch das Moor. Und Scharbeutz, der Junggeselle, der wohnt auch noch links von euch, aber der ist ständig duhn, der hat doch …«

»Gott sei Dank, sie scheint heil zu sein«, sagte der Kombifahrer.

»Diese verdammte Straße«, kam unerwartet aus Trudchen heraus.

»Ohne Straßen kein Fortschritt«, behauptete der Kombifahrer.

Anna warf einen Blick auf sein Auto.

»Von Degenhardt?«, fragte sie. Alarmiert blickte der Fahrer seinen Wagen an, als habe Anna etwas entdeckt, was besser geheim geblieben wäre.

»Klar«, sagte der Angestellte der Pharmafirma dann hastig, »Einer muss euren Männern ja die Pflaster und Salben bringen, damit die Kälberchen und Ferkelchen dick und kugelrund werden.«

»Die Pest!«, rief Oma Tewer. »Uns fehlt die Pest! Corona bringt es doch nicht mehr. Alles umnieten in den Ställen und ganz von vorne anfangen, das ist meine Mei…«

»… eben«, unterbrach Anna mit sirrender Höflichkeit. »Eben, Amalie. Das ist ja das Traurige, dass du solche Meinungen hast.«

»Und dass ich sie sagen tu, meine Meinung«, meckerte die betagte Frau. »Das ist nämlich keine Diktatur hier«, informierte sie den Kombifahrer.

»Ach«, stieß der hervor.

»Nee, nee«, lachte die Seniorin. »Hier geht alles mit rechten Dingen zu. Hart, aber gemütlich und meistens gerecht.

Dafür sorgt schon Adolf. Adolf ist Annas Mann. Ist er doch noch, oder?«

»Und wer ist Anna«, fragte der Autofahrer verdutzt.

Oma Tewer blickte ihn mitleidig an. »Volksschule, wie? Oder *Waldorf*, was? Hat nicht weiter gereicht als Volksschule und *Waldorf*, wie? Tragisch, tragisch. Flüchtling?«

»Mein Mann ist hier der Bürgermeister«, teilte Anna Wendlandt dem Pharmavertreter mit und ließ die alte Frau versuchsweise los.

»Diese verdammte Straße«, wiederholte Trudchen, die Fleischereifachverkäuferin.

»Ich bin 50 gefahren«, behauptete der Vertreter. »Eher weniger. Da können Sie Ihre Uhr nach stellen.«

Trudchen blickte ihn an, als würde sie sich gerade vorstellen, wie sie ihn mit Hilfe der Schneidemaschine in eine große Zahl Scheiben zerlegte. »Ob 50 oder 45«, schnappte sie, »Sie haben Oma Tewer umgefahren. Sie haben Schuld auf sich geladen. Die Hölle ist Ihnen sicher, und von mir kriegen Sie nie mehr eine Scheibe. Ich beantrage, dass endlich eine Ampel hierherkommt.«

2

Adolf Wendlandt schlug beide Handflächen auf den Schreibtisch, stemmte sich in die Höhe und sagte mit der Stimme, die ein Viertel seiner Überzeugungskraft ausmachte: »Ich träume ja wohl.«

Uwe Süß studierte gelassen den Kalender an der Wand von Wendlandts Arbeitszimmer und sagte: »Frau Kubinke hat meinen Rat gesucht, den ich ihr nicht versagen konnte. Und auch nicht wollte.«

»Weil du so glücklich warst, dass sich endlich ein Dummer findet, der sich von dir Rat erhofft.«

»Den Rat gibt's gratis obendrauf. Vor allem geht es darum, dass der Wille der Bevölkerung nach langer Zeit mal wieder Zugang zum politischen Entscheidungsprozess findet.«

Der Bürgermeister begab sich auf eine der Runden durch sein Büro, womit er ein Ausmaß von Verärgerung signalisierte, das nach einer körperlichen Reaktion verlangte.

»An Ihren Stiefeln klebt Lehm«, sagte Süß.

»Lehm kriegt man wieder weg. Was nur schwer wieder weggeht, ist dieses selbstgefällige Grinsen auf deinem Gesicht.«

»Wie gesagt: eine Bürgerin und nebenbei auch Wählerin. Und sie kam freiwillig. Freiwillig zu mir und nicht zu euch.«

»Gratuliere. Knapp zehn Jahre im trostlosen Amt des Oppositionsführers, und schon verirrt sich eine Bürgerin zu euch. Wenn es auch die größte Trantüte im ganzen Ort ist.«

»Trudchen ist nicht langsam, sie ist gründlich.«

»Und eine Trantüte.«

»Wir befinden uns in Norddeutschland und nicht in der Karibik. Hier darf man langsamer gehen …«

»… und denken.«

»Auch das. Denn nun hat sie ihre Sorge bei uns abgeladen, wo sie optimal aufgehoben ist. Der Lehm fällt ab! Das gibt doch Flecken auf Ihrem geschmackvollen Stragula.«

Wendlandt blieb vor Süß stehen und sagte knurrend: »Wenn in meinem Haus Dreck abfällt, macht meine Anna den weg. Es sei denn, ich habe die Toilette vollgekotzt, was höchstens zweimal im Jahr vorkommt: einmal beim Schützenfest und einmal nach der Weihnachtsfeier. Wie es guter alter Brauch ist. Ihre Frau hat es da natürlich besser. Bei ihr fällt kein Lehm ab, sondern höchstens ein Bein oder ein Stück Leber.«

»Meine Frau ist keine Chirurgin und auch keine Metzgerin, sondern Kinderärztin. Vor allem ist sie berufstätig, was man nicht von jeder Frau in unserer Gemeinde behaupten kann.«

»Abgesehen vom *Lager.*«

»Wir wollten doch diesen Ausdruck künftig vermeiden, weil er falsche Assoziationen hervorruft.«

»Dann eben die grüne Hölle.«

»Auch dieser Begriff ist weit entfernt von einer optimalen Beschreibung des Wohngebiets, das sich gerade zum Kraftquell von Wortleben entwickelt.«

»Vor 20 Jahren war es eine wunderschöne grüne Hölle. Naturbelassen und praktisch unzugänglich, bevor deine Gesinnungsgenossen begannen, die Natur zu zerstören, um Platz für ihre Carports und Steingärten zu schaffen.«

»Das war ein hässlicher Wanderweg von eineinhalb Metern Breite, da haben die Leute ihre Hunde ausgeführt, mehr ist da nicht passiert.«

»Aber nach jedem Meter Wanderweg kam der nächste Meter Wanderweg und danach … und danach … Du verstehst das Prinzip? Wir haben nur eine Schöpfung!«

»Wow! Dieses Wort aus dem Mund eines Großbauern, dessen Berufsstand wie kein zweiter in den letzten Jahrzehnten Natur zerstört hat.«

»Wir ernähren dich und deinesgleichen. Ohne uns könntet ihr nicht leben wie die Maden im Speck.«

»Ich bin Buchhändler, ich bin der beste Schutz gegen sinnlosen Fernsehkonsum. Ist das nichts?«

»Ich komme sehr gut ohne solche Geschäfte aus, wo du immer das Gefühl hast, dass du im nächsten Moment von einem umstürzenden Bücherregal erschlagen wirst. Ich habe schon davon geträumt.«

»Dann fang mit einem E-Book an. Das erhöht deine Lebenserwartung.«

»Auch noch in der Freizeit Bildschirme, radioaktive Strahlung und Stromschläge! Das könnte dir so passen. Erst attackiert ihr uns mit euren Röntgenstrahlen. Jetzt legt ihr mit Buchstrahlen nach! Irgendwie muss der werktätige Teil der Bevölkerung ja kaputtzukriegen sein.«

»Das ist polemisch.«

»Solang es wahr ist, kann ich damit leben. Was ich drüben im *Lager* besonders wenig leiden kann, ist diese Angewohnheit der Besserverdiener, ihre Großkotzautos unübersehbar vor dem Haus zu parken. Bevor du bei denen an der Tür klingeln kannst, ist dir schon die Lust vergangen.«

»Nicht jeder verfügt über Scheune und Gerätehaus, wo er seine Panzer unauffällig unterbringen kann.«

»Meine Fahrzeuge erfüllen einen nützlichen Zweck, sie sind Arbeitsgeräte. Ich brauche keine SUVs, die so hoch sind, dass man einen Tritt braucht, um den Sitz zu erreichen.«

»Ich gebe zu, es kam zu Übertreibungen.«

»Übertreibung ist gut! Übertreibung klingt wie Ausnahme und Ausrutscher. Im *Lager* sind sieben bis acht von zehn Wagen solche Panzer, die sogar im Stehen Benzin verbrauchen.«

»Das können Sie nicht wissen. Sie weigern sich ja mit Händen und Füßen, Ihren Fuß ... ach du meine Güte! Ihre Spione sind wieder unterwegs! Sie schicken wieder ihre Kreaturen los, die sich nicht zu schade sind, anderen Menschen ins Fenster zu schauen. Und in den Carport. Womit tarnt ihr euch diesmal? Mit einem Sack über dem Kopf? Oder wieder mit diesen albernen Sturzhelmen, mit denen ihr alle ausseht wie Schwerbehinderte beim Ausflug?«

»Darf ich das so zitieren?«

»Muss nicht.«

»Ich würde aber doch gern ...«

»Wie gesagt: muss nicht.«

Der Bürgermeister nahm wieder Platz. Eine Weile sprach niemand.

Dann sagte der Oppositionsführer: »Sie überlegen gerade, wie lange es noch dauern kann, bis aus den vielen neuen Hausbesitzern im Neuen Dorf Wählerstimmen werden.«

»Die wählen nicht. Keine Wahl könnte deren Lebensstandard verbessern. In der halben Stunde, die sie durch den Gang ins Wahllokal verlieren, können sie sich eine ihrer Serien ansehen oder auf der Terrasse herumschlaumeiern.«

»Im Neuen Dorf wohnen fast nur Briefwähler.«

»Warum überrascht mich das nicht? Dann müssen sie nicht Boden betreten, den unsereins betritt. Und im Wahllokal müssten sie ja einen Stift anfassen, den vielleicht gerade ein Bürgermeister angefasst hat.«

»Haben Sie Ihren Glücksstift verloren?«

»Ach ja, richtig. Noch ein Grund, warum diese Gutverdiener unter sich bleiben. Mich wundert, dass du und deine Brigade noch nicht den Antrag gestellt haben, für die nächste Wahl einen Stimmzettel-Bringdienst einzurichten. – Ich sehe dir an, dass du gerade darüber nachdenkst.«

»Mein Gesichtsausdruck ist stoisch und neutral.«

»Ausdruckslos. Das ist wahr. Wie hält deine Frau das jeden Tag aus? Oder lebt ihr in zwei Wohnungen? Zwei Betten?«

»Zwischen meine Frau und mich passt nicht mal ein Blatt Papier …«

»… passt kein Buch. Das wäre das passendere Bild gewesen. Und Trudchen kann sich ihre Ampel aus dem Kopf schlagen. Sag ihr das, wenn du sie siehst. Oder ich sag es ihr. Ich habe nämlich keine Probleme damit, politische Entscheidungen zu verkünden, hinter denen meine Partei, meine Überzeugung und ich persönlich stehen. Wir brauchen keine Verkehrsampel im Dorf. Ende der Durchsage.«

»Ich warne! Die Uhr tickt bereits, bis unsere neuen Mitbewohner die Straßen um die beiden Kindergärten und um die Schulen als Krisenregion erkennen werden.«

»Bis heute ist es ruhig geblieben. Und der spezielle Straßenverlauf spielt mir in die Karten. Unsere Kleinkinder-Hotspots sind weit von der Hauptstraße entfernt. Gefährlich wird es erst, wenn Trudchen ein Kind kriegt und es von seiner Mutter diese unübertreffliche Lahmarschigkeit erbt. Dann sehe ich für die Lebenserwartung des Zwerges schwarz.«

»Darf ich das so zitieren?«

»Muss nicht.«

»Sie wollen wirklich das Thema Ampel zum Heiligen Gral hochstilisieren? Verkehrsampeln besitzen einen hohen Nutzwert. Im Extremfall können sie Leben retten.«

»Ja, im Extremfall. Aber bis es so weit ist, steht das Ding rum und belästigt das harmonische Ortsbild. Und immer dieses Rot Gelb Grün Rot Gelb Grün und zurück. Davon kriegst du doch einen epileptischen Anfall, wenn du zehn Minuten davorstehst und dir das anguckst. Rot Gelb Grün Rot Gelb Grün …«

»Kollege Wendlandt!«, rief der Buchhändler, »wenn Ihnen die Arbeit im Dienst an unserer Bevölkerung Zeit lässt, geschlagene zehn Minuten darauf zu verwenden, das ordnungsgemäße Funktionieren einer Verkehrsampel …«

»Komm runter, Junge. Deine Vorträge haben die Neigung, ins Pathetische und Alberne abzurutschen.«

»Ich bin durchaus zu Sacharbeit fähig.«

»Sagt der Mann, der fünf Zentimeter davon entfernt ist, in seinem Buchladen eine Lottoannahme einzurichten, damit er mal wieder mehr als einen einzigen Kunden gleichzeitig sieht.«

»Wer sagt das? Woher wisst ihr das? Wen habt ihr bestochen? Und womit? Vor allem: womit?«

»Ruhig atmen! Ganz ruhig atmen! Deine drei Semester Betriebswirtschaft kann bei uns mittlerweile jeder Säugling herunterbeten, so oft lässt du das nebenbei fallen.«

»Es ist nicht gelogen.«

»Klar doch. Du und deine Genossen und die Wahrheit: Das ist ein infernalisches Trio, bei dem du die Pauke spielst. Wahrscheinlich seid ihr wirklich musikalischer als wir. Dafür sind wir erfolgreicher. 68,7 Prozent bei meiner ersten Wahl und bis heute immer wenigstens doppelt so viel wie ihr. Wo habt ihr gelegen, als du deine Visage zum ersten Mal einem Plakat zugemutet hast? Bei sieben?«

»17 Komma fünf.«

»Merk dir: Wer es nötig hat, die Stelle hinterm Komma zu erwähnen, ist eine arme Wurst.«

»Ihr werdet nie mehr 68 einsacken.«

»Denke ich auch. Was im Gegenzug aber nicht bedeutet, dass ihr jemals stark sein werdet. Es liegen einfach mehr Kugeln im Topf. In allen Farben: freundliche, bekannte, unvermeidliche. Und die anderen.«

»Aber wir, wir werden weiterwachsen.«

»Hältst du einen, der einen Meter 15 groß ist, weniger für einen Zwerg als einen, der einen Meter zehn groß ist?«

Wendlandt erhob sich und stiefelte, eine Lehmspur hinterlassend, durchs Arbeitszimmer zum schwarzen Sekretär, holte Flasche und Gläser heraus. In beide Gläser spuckte er hinein, aber nur eines wischte er trocken.

Süß sagte: »Meine Frau hat im Krankenhaus Kollegen, die für sie jeden gewünschten Test durchführen.«

»Worauf? Auf vegane Galle?«

»Auf alle Krankheitserreger, die Spucke enthalten kann.«

Nun wischte Wendlandt auch das andere Glas trocken.

»Komm, Junge«, sagte der Bürgermeister, »sollst auch nicht leben wie ein Hund. Ein kleiner Hund. So ein niedlicher, von dem niemand glaubt, dass er zubeißen kann. Und falls doch, glaubt niemand, dass das Schmerzen bereiten kann. Ihr seid zur Niedlichkeit verdammt. Genauso stelle ich mir die Hölle auf Erden vor.«

»Ich trinke für meine Partei.«

»Klar! Ich weiß doch, wie das ist, wenn du dich krummlegst und vorn und hinten nicht hochkommst.«

»Ich nehme das Getränk an. Man muss den Klassenfeind schädigen, wo es geht. Steter Tropfen höhlt den Stein.«

»Gut gebellt. Nicht wundern, wenn die Pulle, die alle Fraktionsvorsitzenden traditionell Weihnachten von der Gemeinde überreicht kriegen, nicht mehr ganz gefüllt ist.«

Ungläubig starrte Süß auf das kleine Namensschild. Es klebte am Hals der Flasche und trug die Initialen seiner Partei.

Sie brachten den Kümmel auf den Weg alles Irdischen.

»Guter Stoff«, sagte Wendlandt schmatzend. »Der hilft dem Vati auf die Mutti.«

Er ließ sich in den Stuhl fallen, wegen dem es seinerzeit im Gemeinderat zur Kampfabstimmung gekommen war, und fragte:

»Will Trudchen einen Bürgerantrag starten oder schickt sie euch in dieses sinnlose Gefecht? Ich kann dir schon heute auf einen Zettel schreiben, wie die Abstimmung ausgehen wird.«

»Lass stecken«, murmelte Süß.

Das orangefarbige Telefon klingelte.

»Wendlandt, was gibt's schon wieder? – Sag bloß. Wie viel denn? Für 50 Sauen? – Der Sauhund. – Sauerei sondergleichen. – Sauber. Ich verlasse mich ganz auf dich. Ende der Durchsage.«

»Na, wieder eine Ihrer schäbigen Transaktionen auf den Weg gebracht?«, fragte Süß neidisch.

»Der Karren muss laufen. Wenn man ihn ein wenig anschiebt, läuft er geschmeidiger. Kennst du bestimmt aus deinem Buchladen. Wenn man die Tür abschließt und die gefangenen Kunden einige Tage auf Wasser und Brot setzt, werden sie in höchster Not vielleicht ein Taschenbuch kaufen, um wieder freizukommen.«

»Meine betriebswirtschaftliche Bilanz kann sich sehen lassen.«

»Na, das ist doch schön für dich. Wie lange hast du gebraucht, um die letzte Bilanz fertigzustellen? Mehr oder weniger als 20 Minuten?«

»Wie gesagt …«

»Und der werten Parteikasse geht's auch gut soweit? Habt ihr im jährlichen Spendenaufkommen mittlerweile die haushohe 50-Euro-Grenze übersprungen?«

»Allerdings, auch wenn wir nicht die ganz großen Unterstützer haben wie gewisse Parteien, die mit dem Großkapital kungeln.«

Um seinen Grimm abzubauen, stand er auf und schritt die Wände des Büros ab. Er deutete auf eine Stelle an der Wand:

»Warum hängt hier nicht noch ein sechster Kalender von einer dieser Giftfirmen?«

»Lieber einen soliden Samenhandel-Kalender als solche Hochglanzdinger in gewissen Geschäften, wo nichts drauf ist als Sonnenuntergänge, verkrüppelte Bäume und ein paar verhungerte Wellen, die an den Strand schlabbern, von dem der Fotograf vorher den Plastikmüll weggeräumt hat.«

»Waren Sie in letzter Zeit heimlich im Laden? Ich kann mich gar nicht an einen alten Mann in Cordhosen erinnern, der sich zur Tarnung einen Rauschebart umgebunden hatte.«

»Komm her«, sagte der Bürgermeister und hielt Süß das Kümmelglas entgegen. »Bist ein scharfer Hund, Süß. Hast den falschen Namen und bist in der falschen Partei. Hast einen Beruf, den wir hier nicht brauchen, und deine Fachwerkruine wird euch eines nahen Tages über euren gut frisierten Köpfen zusammenbrechen. Prost.«

»Prost, Bürgermeister. Oder um es historisch korrekt zu sagen: Noch-Bürgermeister.«

Wendlandt leerte das Glas. »Ich weiß ja, dass deine Farbe zu langfristigen Denkweisen neigt. Aber dass ihr nun schon bei Jahrhunderten angekommen seid, da klingt eine Prise Hoffnungslosigkeit durch.«

»Vergiss Berlin nicht.«

»Was ist Berlin? Eine Hauptstadt unter 200 Hauptstädten auf der Erde. Was ist Wortleben? Einzigartig. Sonst noch Fragen?«

Zur Buchhandlung war es ein Fußmarsch von acht Minuten. 20 Meter vor dem Elektrogeschäft beschleunigte Uwe Süß seine Schritte, kurz vor den beiden Schaufenstern fiel er sogar in Trab. Er wollte sich gerade der Illusion hingeben, es geschafft zu haben, als hinter ihm das quengelige Organ von Rudi Herbst ertönte: »Hast du das Mammut erlegt, Uwe?«

Süß winkte ab und machte, dass er in seinen Laden kam.

Svenja, das entzückende, wenn auch faule Lehrmädchen, hockte im Schaufenster und tat, als würde sie umdekorieren. Hätten nicht drei männliche Halbwüchsige vor dem Fenster gestanden, hätte sie ihren Chef sogar täuschen können.

»Komm da raus«, fauchte er. »Wir sind kein Varieté.«

»Aber Herr Süß«, maulte Svenja und riss die Augen bis zum Anschlag auf. Immerhin verließ sie ihre Bühne, und die Milchbärte trollten sich.

3

»Ihr seid schöne Politiker«, sagte Trudchen Kubinke verächtlich.

Neun Augenpaare blickten sie hasserfüllt an.

»Das liegt alles nur an unserer Schleimscheißertaktik«,

behauptete Ferdi Düver, der radikale Zimmermann der Partei.

»Nach Russland gehört der«, wisperte Rudi Herbst, dessen gesellschaftliches Bewusstsein seit Übernahme des väterlichen Elektrogeschäfts eine nicht zu übersehende Rechtsentwicklung erfahren hatte.

»Disziplin, Genossen«, mahnte Uwe Süß. »Wir haben heute einen Gast, den wollen wir nicht verprellen.«

Er hob das Glas Richtung Katzentisch. Der Gast hob seinen Orangensaft und prostete zurück.

»Noch ein Lehrer«, knurrte Ferdi Düver ohne Begeisterung. »Das hätte es in den guten Zeiten nicht gegeben. Da haben die Schulmeister im Frühjahr und Herbst einen Schinken bekommen und, wenn der eigene Junior besonders begriffsstutzig war, einen Ballon Obstwein obendrauf. Das musste reichen für einen Schulmeister. Aber heutzutage …«

Uwe Süß, Vorsitzender des Ortsvereins seit seinem Zuzug vor knapp sechs Jahren aus der großstädtischen Welt, bemühte sich, nicht wieder die Hände zu wringen. Man hatte ihn darauf aufmerksam gemacht, dass diese unbewusste Geste einen defensiv-weinerlichen Eindruck hinterlassen würde – besonders bei Nicht-Genossen. Vor allem bei Nicht-Genossen. Das war ärgerlich, denn jeder Nicht-Genosse ist gleichzeitig ein Noch-Nicht-Genosse. Mit Ausnahme einer Handvoll Nicht-mehr-Genossen, die sich mit einer weiteren Kategorie überschneiden, den Nie-mehr-Genossen (auch bekannt als Nicht-mehr-in-diesem-Leben-Genossen).

»Bitte, Genossen«, legte der Vorsitzende nach, »ein Blick auf unseren Mitgliederstand müsste ausreichen, um euch den Ernst der Lage vor Augen zu führen. Bei anderen Parteien sieht es teilweise besser aus, bei denen führt die Bereitschaft, sich auf der kommunalen Ebene zu engagieren, zu erfreulicheren Ergebnissen. Wir sind momentan das Schlusslicht. Natürlich wird das nicht so bleiben. Aber momentan: Schlusslicht.«

Süß riss sich zusammen, er musste aufhören, das Wort ein weiteres Mal laut auszusprechen. Er kannte dieses Phänomen an sich. Zwei- oder dreimal im Jahr spürte er die unwiderstehliche Bindung an einen Begriff, die ihn zu überwältigen drohte und auf die seine Umwelt stets erstaunt, distanziert und empört reagierte – meist alles innerhalb von 60 Sekunden. Schlusslicht war so ein Wort.

»14 Mitglieder«, sagte Süß leise. »Wir liegen in Niedersachsen an drittletzter Stelle. Hinter uns liegen nur noch ein Moordorf, eine Hallig und ein Ortsverein in einer Gemeinde, in der 98 Prozent der Bewohner katholisch sind. Und wenn ich katholisch sage, dann meine ich: richtig katholisch, mit allen Schikanen. Praktisch sind wir bereits Letzter. Wir sind doch der einzige Ort, den man mit normalen Maßstäben messen kann.«

»Mit halbwegs normalen Maßstäben«, warf Rudi Herbst ein.

»Und wie viele liegen vor uns?«

Alle starrten Ferdi Düver an.

»Sag's schon«, forderte der radikale Zimmermann. »Sprich es aus. Es wird uns guttun, wenn wir es aus berufenem Mund hören. Nenn eine Zahl. Nicht wieder dieses Schwurbeln, zu dem du leider Gottes neigst. Wir sind große Jungs, wir können was vertragen.«

»Streng genommen sind wir nicht alle große Jungs«, stellte Trudchen klar. »Denn das ist unser zweites Problem. Wir sind zu männlich.«

Darauf wäre so viel zu sagen gewesen. Nicht nur todernste Sachen, gerne auch lockere und muntere Reaktionen. Es war nicht allein die gute Erziehung, die den Männern die vorlauten Mäuler verschloss. Vor allem waren es der Zeitgeist und diese neuartigen Spielregeln im Bereich der öffentlichen Rede. Was früher fröhlich-vorlaut herausgekräht worden war, musste jetzt ein halbes Dutzend Kontrollinstanzen durchlaufen, die ausnahmslos im Inneren der männlichen Genossen stationiert waren. Das machte nichts einfacher und alles schwerer. Denn selbst im nicht wahrscheinlichen Fall, dass die inkorrekten Einwürfe alle Instanzen überstanden hatten, man musste sie auch noch vernehmbar aussprechen – und danach musste man bereit sein, die Konsequenzen zu tragen, von denen die meisten absehbar waren und unangenehm ausfallen konnten. So war es zwar immer noch möglich, in der Tradition der freien Rede unter Genossen wider den Stachel zu löcken. Aber früher waren die Reaktionen einfach positiver ausgefallen. Schenkelklopfer, Schulterklapse, wiederholte Schläge mit der flachen Hand auf die Tischplatte, gefolgt von spontanen Bestellungen einer Runde *Kleiner Flieger*, worunter die legendären Nullkommazwei-Gläser zu verstehen sind.

Früher gab es mehr Genossen mit brüllendem Gelächter. Früher galt es als Beweis eines offenen gesellschaftlichen Umgangs, wenn man freimütig gestand, den Ortsverein aufzusuchen, um sich mal wieder richtig zu amüsieren.

Und warum war das früher so leicht und locker? Weil viele Ortsvereine reine Männerklubs waren. Falls Genossinnen vorkamen, dann stets wenige, und in der Regel lachten sie gern und laut und ohne Ende. Sie verstanden Spaß, konnten über sich selbst und ihr Geschlecht lachen. Einige von ihnen waren im Besitz eines knallharten Humors, den sie bevorzugt gegen die Männerwelt richteten. Dann hieß es: gute Miene zum bösen weiblichen Spiel machen und die eigene Mimik auf Vorurteilslosigkeit einfrieren, während man in seinem Inneren den Schrecken einschloss, den die Natter am Tisch, die man bis eben noch für eine Genossin gehalten hatte, gegen die hosentragende Hälfte der Menschheit abschoss – immer wieder und immer ordinärer und mit Bezeichnungen für männliche Körperteile, die die Hälfte der Genossen an diesem Abend zum ersten Mal hörte.

Damit war bei Trudchen Kubinke nicht zu rechnen, dafür fehlte es ihr an Grundschnelligkeit und wohl auch an Lebenserfahrung.

Aber am Ende war es dennoch nicht mehr so wie früher. Dass man damit leben musste, wusste man durch Vorträge, zu denen die eigene Lebensgefährtin gebeten hatte. Man wusste es aus den pflaumenweichen Beschwörungen des Vorsitzenden. Und man erfuhr es aus dem Fernsehen, wann immer man es einschaltete und welchen Sender man auch wählte.

In anderen Parteien gab es auch mehr Frauen als früher und sogar mehr als bei den Genossen. Was prinzipiell absurd war, denn die frühen Genossen hatten das Wahlrecht gegen die frühen Mitglieder der konkurrierenden Parteien erkämpft.

In den ersten Jahren nach der Vereinigung war in vielen Ortsvereinen die Angst vor der Ankunft neuer Mitglieder aus der ehemaligen DDR umgegangen. Angeblich war man im Arbeiter-und-Bauern-Trabi-Staat vor Auswüchsen und Übertreibungen der Gleichberechtigung nicht zurückgeschreckt, und es war zu befürchten, dass diese Menschen bei Umzügen in die westlichen Gaue davon ausgingen, ihre frühere Lebensweise in bewährter Manier fortzusetzen. Sie wussten es ja nicht besser.

Dieser Kelch war an einigen Ortsvereinen vorbeigegangen, an anderen nicht. Aber die, die sogar bis heute heil davongekommen waren, mussten näherkommende Einschläge aus einer unerwarteten Ecke hinnehmen: beispielsweise durch den Zuzug eines Buchhändlers, der seine Bücher mitbrachte, sie in die Regale einer früheren Schusterei stellte, und zwar streng alphabetisch. Und der, weil er damit nicht ausgelastet war, im Handstreich gleich den darbenden Ortsverein der Genossen mit übernahm. Das war schon fünf Jahre her, aber einige Genossen wurden das Gefühl nicht los, die neue Zeit sei erst vor wenigen Wochen über sie hereingebrochen. Sie machten gute Miene zum neuen Spiel, redeten sich den mickrigen Stimmenzuwachs bei der letzten Wahl schön und freuten sich auf jede Sitzung des Ortsvereins wie kleine Kinder auf den Kindergeburtstag. Denn nur in dieser Runde und in diesen Stunden schwammen sie in einem Gefühl, das weit über die engen Grenzen von Wortleben hinausreichte.

In diesen Stunden gelang es ihnen sogar zu vergessen, dass Trudchen Kubinke noch gar kein eingeschriebenes Mitglied war. Sie war nur die einzige Frau unter 3018 Einwohnern, die man jedes Mal dazu überreden konnte, den Sitzungen des Ortsvereins ihre Aufwartung zu machen. Ob es sich dabei um eine Bereicherung handelte, darüber gingen die Meinungen auseinander. Aber Trudchen war eine Frau, wenn auch nur im weitesten Sinn, deshalb stellte man keine hohen Ansprüche, womit man sich auch nur selbst ein Bein gestellt hätte.

Man hatte der drallen Fleischerei-Fachverkäuferin den Himmel auf Erden versprochen. Na gut, nicht direkt den Himmel. Aber ein Tagesausflug nach Helgoland war für manchen im Ort ein Traum, wenn auch offenbar nicht für Trudchen. Vielleicht bewegte sich ein Katamaran für sie einfach zu schnell von A nach B. Vielleicht befürchtete sie, dass er abheben und in eine fliegende Fortbewegungsweise übergehen könnte, sodass er an Helgoland vorbeiflog auf den Atlantik hinaus, von wo es nur ein Katzensprung bis nach Amerika war – wenn auch ein ordentlicher Katzensprung.

»Wenn wir die Ampel ins Dorf holen, wird Trudchen ja vielleicht Mitglied bei uns.«

Uwe Süß hatte die versammelte Aufmerksamkeit. Einerseits war das seit Langem sein Traum. Aber in der Wirklichkeit fühlte sich so viel Zuwendung eher bedrohlich als beglückend an. Offenbar brauchte es Übung, um zum Volkstribun zu werden. So wie es Übung braucht, um ein guter Autofahrer zu werden. Und ein raffinierter Liebhaber. Und ein Ehegatte, der nicht zweimal pro Abend die Fernbedienung verlegt.

»Ich lass mich nicht kaufen«, maulte Trudchen. »Das ist unmoralisch. So haben mich meine Eltern nicht erzogen.«

Mehr als ein Anwesender stellte sich in diesem Moment vor, wie die Eltern Kubinke ihrer kleinen Tochter am Frühstückstisch einhämmern, im Leben bloß nichts übereilt zu machen. Nie so schnell, dass dabei ein Luftzug entsteht. Nie, um anderen Menschen zu gefallen. So gesehen, hatte wohl selten ein Kind die elterlichen Erwartungen so perfekt erfüllt wie Trudchen, wenn sie im Schlachterladen Tag für Tag die Bildung von Warteschlangen vorantrieb. Aber ihre Eltern waren keine Kunden bei Rosellen, sie wohnten nicht in Wortleben, nicht mal im Norden, und waren somit Teil einer Welt, deren Entfernung die Einheimischen eher in Lichtjahren als in Kilometern maßen.

»Wenn Oma Tewer so weitermacht, wird sie nächste Woche von einem Lkw plattgebügelt«, knurrte Ferdi Düver. »Wenn wir Pech haben – und mein Gefühl sagt mir: Wir werden Pech haben –, ist der Fahrer einer von uns. Dann ist nicht nur Oma Tewer platt, sondern auch gleich unsere Partei.«

»Dann müssen wir uns ja nicht groß verändern«, maulte Rudi Herbst.

»Rudi, wann hat deine Frau zum letzten Mal ›mein Sonnenschein‹ zu dir gesagt?«

»Sie hat noch nie ›mein Sonnenschein‹ zu mir gesagt. Wir sind eine anständige Familie.«

Schlagartig wusste jeder Anwesende eine Anekdote über Oma Tewers unkonventionelle Art der Straßentraversierung beizutragen. Erst letzte Woche war der Jüngste von Fritz Wuermeling mit dem Rad auf die ortsbekannte Wuermeling-Nase gefallen, um Oma Tewer nicht in die Hacken zu fahren. Zum Dank hatte sie den weinenden Knaben zweimal mit ihrem Einkaufskorb geschlagen.

»Das war ja nur ein Weg«, wiegelte Rudi Herbst ab. »Aber sie rennt auch über die Hauptstraße. Guckt nicht rechts, guckt nicht links.«

»Links ist, wo wir sind«, murmelte Ferdi Düver. »Kein Wunder, dass da keiner hinguckt.«

»Dabei würde dann nichts passieren«, sagte Süß. Es war als Trost gemeint, aber Ferdi Düver entgegnete mit diesem Mix aus Brodeln und Lethargie: »Genau. Genau das ist es. Wo wir sind, passiert nichts. Es reicht nicht mal, eine alte Frau von den wackligen Beinen zu holen. Früher hat es nicht zu den Aufgaben unserer Chefs gehört, die eigene Grube noch tiefer auszuheben. Da hat man den Klassengegner in der Grube versenkt, und gut war's.«

»Früher war nicht alles besser«, stellte Rudi Herbst klar. Er wollte gar nicht widersprechen, er hasste es, in einer Minderheit die Minderheit zu bilden. Aber er konnte seinen Drang, Unklarheiten zeitnah richtigzustellen, einfach nicht abstellen. Bei seiner Frau machte er sich damit auch nicht beliebt. Und kaum ein Kunde im Laden schätzte es, wenn Rudi ihm die Schuld daran gab, dass Toaster, Fernbedienung oder Kaffeemaschine den Geist aufgegeben hatte.

»Wenn wir die Ampel beantragen, ist das ein Beitrag zur Verkehrssicherheit«, behauptete Süß. »Sicherheit macht sich immer gut.«

»Sicherheit kommt noch vor Sichtbarkeit«, ertönte es in der Runde.

»Sicherheit ist ein Begriff, den die Schwarzen besetzt haben. Sie glauben, er ist ihr Eigentum. Wenn wir ihnen auf ihrem eigenen Hof Konkurrenz machen, beißen die sich vor Ärger in den Schwanz.«

»Sieht aber hässlich aus, so ein Trumm von Ampel.« Das war typisch Hillmer. Tagelang gab er keinen Mucks von sich, aber wenn Süß dabei war, seine Argumentationskette zu entwickeln, schoss er quer.

»Und wir müssen auch über die Stromkosten reden«, rief Jungsozialist Volker. »Das geht natürlich mit Sonnenkollektor oder Wasserkraft. Nur Nachhaltiges ist christlich. Und umweltbewusst. Und gesund. Und ...«

»Es ist gleich 22 Uhr«, unterbrach ihn Ferdi Düver mit Blick auf seine Armbanduhr von *Tchibo*. »Da müssen alle ins Bett, die jünger sind als 18. Putz dir schon mal die Zähne.«

Der 17-jährige Oberschüler Volker verstand die Spitze. »Eines Tages gehe ich zu den Grünen«, drohte er. »Dann könnt ihr mir 100 Euro anbieten, und ich komme nicht wieder zurück.«

»Die nehmen dich nicht«, behauptete Ferdi. »Verscheißern können die sich alleine. Sind ja schon feste dabei. Lahmer Haufen, nur Lehrer und andere Besserwisser.«

»Ich gebe dir 120, wenn du sofort gehst«, sagte Süß. Er hatte einen Rochus auf den altklugen Knaben, zumal der ihn an sich selbst als junger Mann erinnerte. Aber der junge

Uwe hatte es nie zum stellvertretenden Schulsprecher und verantwortlichen Redakteur der Schulzeitung gebracht.

»Geld ist nicht gut«, sagte Hillmer. »Geld stinkt. Aber die Idee an sich ist gut. Wir sollten Preise ausloben für jeden Neuzugang. Uwe könnte jedem neuen Mitglied ein Buch schenken.«

»Oh Gott, er will uns umbringen«, stöhnte Ferdi Düver.

»Zum Thema, Leute«, mahnte Süß. Er kannte die Neigung seiner Kadetten, jede Möglichkeit zur Ablenkung zu nutzen.

»Wo soll sie eigentlich hin, die Ampel?«, fragte Volker unerwartet.

Süß hätte den altklugen Knaben küssen mögen.

»Wir treten in die Sachdiskussion ein«, sagte er Hände reibend.

»Die Ampel muss natürlich in die Hauptstraße«, sagte Rudi Herbst. »Ich würde mich bereit erklären, den Platz vor meinem Laden zur Verfügung zu stellen. Fällt mir nicht leicht, aber was tut man nicht alles für die Gemeinschaft.«

»Deine Doppelzüngigkeit erreicht langsam das Niveau der Klassenfeinde«, knirschte Ferdi. »Wir denken an Sicherheit und Menschenleben. Alles, woran du denkst, ist, die armen Seelen in deinen teuren Laden zu locken, während sie sich beim Warten auf Grün die Beine in den Leib stehen.«

»Vor meinem Laden ist am meisten Betrieb«, behauptete Herbst.

Gutmütiges Gelächter hob an.

»Stell das Blinkeding doch gleich in dein Schaufenster«, schlug Ferdi vor. »Dann muss jeder erst deine überteuerten Japaner und Koreaner begucken, bevor er endlich auf die andere Straßenseite flüchten darf.«

»Die Ampel gehört neben die alte Eiche«, rief der Gasthörer aus dem Hintergrund.

Alle drehten sich zu ihm um. Aber er war Lehrer, er knickte nicht ein, wenn er in ablehnende Gesichter blickte.

»Protest!«, rief der Jungsozialist. »Scharfer Protest. Das gibt unserer Eiche den Gnadenstoß, zentnerweise Kohlenmonoxid und Schwefel.«

»Hallo! Elektroautos?«, rief Rudi Herbst.

»Na endlich!«, rief Uwe Süß. »Das lag ja schon lange in der Luft.«

»Was lag schon lange in der Luft?«

»Dass du der Erste sein wirst, der mit einem dieser Protzautos die Hauptstraße auf- und abfährt und so tut, als ob die Luft mit jeder Fahrt sauberer wird.«

»Drüben im *Lager* stehen schon welche«, rief Trudchen.

»Was drüben im *Lager* passiert, ist so interessant wie das, was auf dem Mars passiert«, entgegnete Süß.

»Ich habe gehört, sie kriegen bald eine eigene Ladestation.«

»Sehr gut. Dann schließt sich der Kreis.«

»Welcher Kreis? Und warum ist das schlecht?«

Das wusste Süß auf Kommando auch nicht. Aber die Erwähnung des Neubauviertels löste regelmäßig in ihm etwas aus. Nicht nur Neid auf die privilegierte Wohnlage. Nicht nur die Erkenntnis, dass ihm gute 100.000 fehlten, um sich auch nur eine der schlichteren Doppelhaushälften leisten zu können. Nicht nur die Schmach, in Diskussionen mit seiner Gattin kein Bein auf die Erde zu kriegen. Seit mehreren Jahren ließ sie keine Gelegenheit aus, ihn daran zu erinnern, wer im Haus das Geld verdiente. Dummerweise verschaffte ihr der Ärztinnenjob Welpenschutz. Wenn er den Anwalt der Kultur und Bildung hervorkehrte, zählte sie lässig an den Fingern die Zahl der von ihr in den letzten Tagen geretteten Leben auf. Er war sicher, dass sie übertrieb. Aber ihm fehlten die nötigen Informationen. Es war ihm nie gelungen, zu ihren Kolleginnen eine Nähe herzustellen, die ihn an den Strom der endlos fließenden Informationen anschließen würde. So war er hilflos Veras verbalen Manipulationen ausgeliefert.

»Wie wär's mit der Hauptstraße an der Stelle, wo sich morgens und mittags die Kinder zwischen Bushaltestelle und Grundschule ballen?«

»Die kommen doch aus allen Richtungen«, konterte Rudi Herbst. »Die sind blitzschnell auf ihren kleinen Beinchen. Die erwischt kein Auto, auch nicht, wenn es sich Mühe gibt.«

»Bindet die Ampel doch Oma Tewer auf den Rücken. Dann ist das Ding immer da, wo es am dringendsten gebraucht wird.«

Süß fühlte sich zu einer Klarstellung herausgefordert: »Genosse Hillmer, wir führen hier eine Sachdiskussion. So eine Ampel wiegt doch gut und gerne …«

»Wenn ich kurz zusammenfassen dürfte …«

Stöhnen hob an, und Doktor Stuthe blickte sich erstaunt um. Er hatte seit einem Jahr kein Gefühl dafür entwickelt, dass seine zusammenfassenden Monologe nicht in die Landschaft passten. Die Genossen liebten es, das Für und Wider zu erörtern, leidenschaftlich und mit dem Willen zum Detail, das mit bloßem Auge nicht mehr erkennbar war.

Hals-Nasen-Ohren-Facharzt Stuthe aus dem Krankenhaus der Kreisstadt war keine 48 Stunden nach dem Einzug in seinen 220-Quadratmeter-Bungalow in die Partei eingetreten. Uwe Süß hatte mit dem Landesvorstand in der Hauptstadt telefoniert und sich fernmündlich ein Lob abgeholt. Bürgermeister Wendlandt hatte alle Mediziner, von denen er wusste, dass sie eingeschriebenes Mitglied bei den Schwarzen waren, nach Herkunft, persönlichen Schwächen und Vorstrafen ausgefragt. Nachdem ihm der achte Arzt bestätigt hatte, dass Stuthe einfach gern politisierte, hatte er entnervt die Informationsbeschaffung eingestellt. Wendlandt befürchtete einen Dammbruch, wenn Vertreter der Akademikerschaft und aus dem hoch angesehenen Ärztestand sich mit der Minderheit in Wortleben gemeinmachten.

»Das Wort hat Genosse Gesundheit«, sagte Süß.

»Ich geh einen Strahl in die Schüssel stellen«, kündigte Ferdi Düver an. »Ist mein persönlicher Beitrag zur Gesundheitsvorsorge. Kommt jemand mit?«

Hillmer, Rudi Herbst und Süß standen auf.

»Darf ich auch?«, rief Volker erwartungsvoll.

»Wenn du 18 bist.«

20 Minuten später fragte Uwe Süß in die Runde: »Also was nun?«

Zuversicht auf allen Gesichtern. Die Abstimmung ging einstimmig an den Ampelstandort Hauptstraße.

»Ja, Genosse Walter, du willst etwas sagen? Ist das dein Ernst? Denk gut nach, was du sagen willst. Du weißt, was nach deinen letzten vier bis fünf Handzeichen stattfand?«

»Ich habe mich damals möglicherweise nicht klar genug ausgedrückt«, behauptete Walter Rottian. »Wird nicht wieder passieren.«

»Sehr beruhigend. Und nun los.«

Walter brauchte einen Moment, um zu begreifen, dass es sich bei seinem Handzeichen vor einer Minute ursprünglich um eine Meinungsäußerung gehandelt hatte.

»Okay, dann will ich mal«, sagte er und blickte in aufmunternde Gesichter. Er begriff nicht, warum alle in diesem Moment eine weitgehend identische Miene an den Abend legten. »Mein Name ist Walter Rottian. Ich bin hier, um …«

»Anfangen!«

»Sehr gut. Genau. Mein Name ist Walter, ich wohne in der ... ist ja klar, und dies wollte ich sagen: Angenommen, wir beantragen die Ampel. Weiter angenommen, wir kriegen die Ampel sogar durch. Angenommen, die Ampel wird dann auch tatsächlich gebaut und funktioniert eins a. Stichwort: Rot und Grün, Rot und Grün, ihr versteht das Prinzip?«

»Weiter!«

»Sehr gut. Genau. Was wollen wir tun, Genossen und Gast in der Ecke, damit die Bevölkerung, also die Bewohner von Wortleben, mit einem Wort: unsere lieben Wortlebener die verdammte Ampel annehmen und nicht fünf Meter daneben über die Straße trotten, wie das die Leute seit Jahrhunderten tun und damit gut gefahren sind? Beziehungsweise gegangen.«

Rottian hob den Arm und bestellte bei der im Hintergrund herumschleichenden Kellnerin einen Halben.

»Die gehen da rüber«, behauptete Doktor Stuthe. »Das entspricht dem Herdentrieb im Menschen.«

»Meine ich ja«, sagte Rottian. »Wir müssten einen stellen, der acht Stunden am Tag über den Zebrastreifen geht, immer hin und her, erst in die eine Richtung, dann in die andere, damit jeder kapiert, was alles möglich ist an einer Ampel, damit die Leute ein Vorbild haben. Ohne Vorbild ist alles nichts, was ich, nebenbei gesagt, ...«

»Danke, Walter, vielen Dank für den aufschlussreichen Beitrag, der uns allen zu denken gibt.«

Uwe Süß wusste genau, wo im Ortsverein die Opposition saß. Rottian hatte zwar ein großes Maul, aber er riss es selten auf, weil er faul war und somit keine unkalkulierbare Gefahr für Süß darstellte.

»Wir stimmen jetzt ab«, sagte der Parteiführer energisch. In solchen Momenten, die viel zu selten waren, fühlte sich Süß von sich selbst jedes Mal mitgerissen. »Und auf der nächsten Ratssitzung kämpfen wir wie die Löwen. Wer unentschuldigt fehlt, wird das lange bereuen.«

Der Antrag wurde einstimmig angenommen, drei Minuten später standen neun unerwartete halbe Liter auf den Tischen. Nur vor Walter Rottian standen zwei.

4

Wenn Uwe Süß von einer Parteiversammlung nach Hause kam, pflegte er das Besprochene (Ortsverein) beziehungsweise Erlittene (Ratssitzung) mit seiner Ehefrau Vera – Kosename Doktor Vera, wahlweise Rübchen – nachzubereiten, egal ob sie vor dem Fernseher saß, auf dem Sofa lag oder schlafend im Bett. Diese Begegnungen konnten sich bis tief in die Nacht erstrecken. Die Kinderärztin war ihrem Gatten eine kongeniale Ratgeberin. Bisweilen kam es sogar vor, dass Uwe Süß ihren Rat befolgte. Obwohl er sie streng genommen fast nie um einen Rat ersuchte. Denn er wollte ja erzählen, wollte sich wahlweise als Helden und Manipulator oder Opfer unentschuldbarer Intrigen darstellen – je nachdem, was ihm stärker die Luft abschnürte und den Blutdruck an die 200 herantrieb.

»Rübchen, ich bin wieder da!«, rief er beim Betreten des Terracotta gefliesten Flurs. Statt Rübchen trottete Moppel auf ihn zu. Wahrscheinlich kam der übergewichtige Kater zufällig des Weges. Denn zu Gesten der Freundschaftlichkeit oder auch nur von Interesse an seinen Ernährern hatte sich Moppel seit Langem nicht mehr aufgerafft. Süß wusste keine einleuchtende Antwort auf die Frage, warum sie ihren unleidlichen Hausgenossen Tag für Tag durchfütterten und ihm alle 36 Stunden ein sauberes Klo bereiteten, was im Monat Kosten von 70 Euro verursachte, die Süß viel sinnvoller zur Abzahlung der horrenden Hypotheken verwenden wollte. Zumal die regelmäßigen Besuche beim Tierarzt weitere Euros verschlangen. Doch war es schwer, mit einer Kinderärztin auf sachlicher Grundlage über Routine-Untersuchungen zu streiten.

Moppel war nicht allein dicklich, sein Fell war von einem schmutzigen Weiß, das Uwe auf den Tod nicht leiden mochte. In seinen Augen wirkte das Tier permanent verdreckt.

Vor allem aber mangelte es Moppel an Charme, er schnurrte nicht einmal. Dafür schnappte er manchmal ohne Vorwarnung zu. Es war kein Biss im eigentlichen Sinn, es schmerzte auch nicht, aber es war ein Missbrauch von Vertrauen und kostete Moppel weitere Punkte auf der nach unten offenen Sympathieskala.

Im Garten saute er sich jedes Mal ein und er putzte sich kaum jemals. Der Kater war unempfindlich für alle abscheulichen Gerüche, die er am Fell ins Haus trug. Dass Moppel unter Mundgeruch litt, passte zu diesem Wesen wie die Faust aufs Auge. Dass er wegen seiner chaotisch in alle Richtungen wachsenden Krallen regelmäßig beschnitten werden musste, weil selbst Veras Kunst nicht hinreichte, rundete das negative Gesamtbild dieser Kreatur aufs Schönste ab.

Die Eheleute vermieden es, über Moppel zu sprechen. Dafür war eine schwache Minute von Uwe verantwortlich. Im Verlauf einer an sich unaggressiven Diskussion hatte er sich zu einer folgenreichen Bemerkung hinreißen lassen, an der die Beziehung bis heute schwer trug: »Wenn es bei uns jemals brennen sollte, ist das feiste Vieh das Letzte, was ich retten werde.«

»Hallöchen, Dicker«, sagte Süß, bückte sich und war bereit, Moppel übers Fell zu streichen. Er tat das nicht freiwillig und schon gar nicht gerne. Monatelang hatte er versucht, das 22 Pfund schwere Trumm zu ignorieren. Es war ihm ein inneres Missionsfest gewesen, als das Tier darauf mit vegetativen Sperenzien reagierte. Das war besser als nichts, doch leider verlegte sich Moppel darauf, seinen Durchfall nicht etwa im Garten oder in der innerhäusigen Toilette abzulassen. Er suchte sich dafür den Kachelboden der Küche aus. Süß war eingekesselt von Katzenexperten, die den Bewohnern dringend nahelegten, ihre emotionale Beziehung zu Moppel kritisch zu hinterfragen. Optimalerweise selbstkritisch. Seitdem beachtete Süß das Tier wieder, und Moppel schiss nicht mehr in die Küche.

An diesem Abend lief es wie jeden Abend. Nicht, dass Moppel seinem Beschützer um die Beine ging oder sich am Schienbein rieb – nein, er begann unverzüglich, an der Mahagonitür zu kratzen und weckte in Sekundenschnelle bei seinem Ernährer alle schlafenden Aggressionen. Süß öffnete die Tür, träge schleppte sich der Kater in die Nacht.

»Rübchen, gib Laut«, rief Süß lockend und strich vorfreudig erregt auf der Suche nach seiner Gattin durchs Erdgeschoss. Er fand sie im Wohnraum, den er mit einer Flasche Bier betrat.

»Huch!«, rief Birgit Kuhlmann, und Süß war bedient.

Birgit Kuhlmann war eine notorische Huch-Ruferin und

machte aus jedem Furz ein Donnerwetter. Kein Ereignis war für sie zu unbedeutend, um es nicht durch ein groteskes »Huch« hochzujazzen.

Er beugte sich über das Sofa und verabreichte seiner Frau einen Kuss auf die Wange. Das tat er allerdings erst nach 20 Sekunden. Zwischen Vera und Uwe glomm seit geraumer Zeit eine Fehde, die in den Kussgewohnheiten der Eheleute ihren Ursprung fand. Vor einem halben Jahr hatte Vera ihrem Ehemann vorgeworfen, sie zur Begrüßung und zum Abschied nicht mehr mit der früher üblichen Inbrunst zu küssen. Als Beweis führte sie an, dass er seit Neuestem nichts weiter tat, als seine Wange neben ihr Gesicht zu halten, wohl in der irrigen Annahme, dass Vera den Wink schon verstehen werde. Uwe begriff bis heute nicht, was an diesem Tun verwerflich sein sollte.

Ihm ging es nicht ums Prinzip, das bestätigte er immer wieder gern, zur Not sogar unaufgefordert. Es ging ihm darum, seiner Frau die Unangemessenheit ihres Verhaltens vor Augen zu führen. Die Folge war ein bis heute andauernder ehelicher Stellungskrieg, der seinen praktischen Ausdruck in zwei Gesichtern fand, die maximal 60 Sekunden nebeneinander ohne Berührung verharrten, bevor schließlich der jeweils ungeduldigere Teil der Kontrahenten einen Kuss auf den Weg brachte.

»Ach, muss das schön sein, nach so vielen Jahren noch verliebt zu sein«, jubilierte Birgit Kuhlmann. Das Ehepaar Süß blickte sie erstaunt an. Birgit und Vera hatten sich während des Studiums in Frankfurt kennengelernt. Es hatte da wohl einen männlichen Kandidaten gegeben, in den sich beide verguckt hatten. Obwohl Süß nicht wusste, wie das funktionieren sollte, hatte diese Phase die Frauen einander nähergebracht. Ihr Kontakt war nie abgerissen und hatte auch fortbestanden, nachdem Uwe seine Vera zum Umzug ins nördliche Wortleben überredet hatte. Seitdem kam Birgit zweimal im Jahr vorbei und schwärmte der neidischen Vera tagelang die Ohren von den Segnungen der Großstadt voll. Uwe Süß sah diesen Besuchen stets mit Skepsis entgegen. Denn die Woche nach Birgits Abreise war erfüllt mit einer schlecht gelaunten Gattin.

»Ach, Uwe«, sagte Birgit nach bewährtem Muster, »wie haltet ihr beiden das nur in dem Kuhdorf aus?«

Die verächtliche Wortwahl sowie sämtliche in der Frage enthaltenen Unterstellungen empörten den Lokalpolitiker.

»Ihr Stadtleute vertragt eben keine himmlische Ruhe mehr.«

»Quatsch«, sagte Vera, und Uwe verspürte wieder diese Schmerzen in der Herzregion. Vera neigte dazu, ihren Mann im Regen stehen zu lassen und respektlos über Wortleben, seine Bewohner und seine Bedingungen herzuziehen. Seitdem der Buchhändler hier lebte, hatten die Kontakte zu vielen alten Freunden gelitten. Der Schritt von der Metropole in die Provinz ist ja nicht allein in Kilometern zu messen, und Süß fand gleich zu Beginn der verbalen Kampfhandlungen die passenden Worte: »Entweder du lebst in Plastik, Hektik und Teuer oder du gehst an die Wurzeln zurück.«

Nicht zum ersten Mal ließ Vera die Zimmerluft auf eine Weise über ihre Stimmbänder gleiten, dass es sich für Uwe wie eine höhnische Sinfonie anhörte.

»Hier spielt die Musik, Birgit«, sagte er. »Was ihr in der Stadt treibt, ist heiße Luft, nichts weiter. Glaubst du, ich vermisse eine Oper und 50 Kinos und Konzerthäuser, die eine Milliarde gekostet haben, damit die Besserverdienenden sich dort für ihr Abo den Arsch wundsitzen?«

»Niemand vermisst eine Oper«, konterte Birgit.

»Bei euch ist alles so indirekt«, fuhr er fort. »So tot und theoretisch. Ihr habt Kontobewegungen, bei uns bewegen sich die Ähren auf den Halmen und …«

»... und die Maiskolben auf den maschinenoptimierten Industriefeldern«, gab Vera zum Besten.

»Guck nur mal aus dem Fenster«, forderte Birgit den Einheimischen auf. »Kein Licht. Schwarz wie die Nacht. Zum Fürchten ist das.«

»Fürchten ist gut!«, rief Uwe. »Bei uns erfährst du, was Nacht überhaupt bedeutet. Bei uns siehst du den Nachthimmel. Zu uns kommen immer mehr Touristen, die sich dieses Naturwunder leisten wollen. Echte authentische Nacht. Ich kämpfe jedes Mal mit den Tränen, wenn ich das sehe.«

»Er übertreibt nicht«, sagte Vera. »Er stößt sich das Knie am Zaun und ist ergriffen von der Begegnung mit dem Authentischen.«

»Dann ist es ja gut, dass du mit einer Frau zusammenlebst, die sich mit Erster Hilfe auskennt«, sagte Birgit. Sie hatte schon seit mehreren Minuten nicht mehr Huch gesagt. Er rang mit der Versuchung, zur Abwechslung derjenige zu sein, der mit Zahlen um sich warf. Eineinhalb Millionen leere Wohnungen warteten in Deutschland in dieser Minute auf neue Bewohner. Bezahlbare Wohnungen in kleinen Städten und harmonisch angelegten Dörfern. Aber niemand wollte sie beziehen, lieber legte man für winzige Butzen ohne Luxus jeden Monat 1.500 Euro auf den Tisch, damit man sich als Bewohner einer großen Stadt bezeichnen konnte.

Er sagte: »Wir sind nicht so oft ins Theater gefahren, wie wir uns vorgenommen haben, das gebe ich zu. Das liegt aber nicht an Wortleben, sondern an mir. An meinen Verpflichtungen. Die Verpflichtungen von deinem Mann.«

»Du wirst nie Bundeskanzler werden.«

»Du könntest recht haben.«

»Du wirst nicht mal Ministerpräsident werden.«

»Möglich, aber noch nicht bewiesen. Ich habe auch nie gesagt, dass kleine Orte alle Bedürfnisse abdecken können.«

»Seltsam, dass man aber manchmal denkt, du würdest gerade über das Paradies sprechen, während du in Wirklichkeit über Wortleben sprichst oder über das Wendland oder über andere ländliche Regionen, wo angeblich gerade viel in Bewegung geraten ist. Ich bin früher so gern ins Theater gegangen. Wir ziehen raus aus der Stadt. Und auf einmal reicht die Zeit nicht mal, um nach Lüneburg oder Celle zu fahren, obwohl die Fahrt von hier nach dort genauso lange dauert wie in Frankfurt die Fahrt von einem Ende zum anderen.«

Uwe Süß wusste, dass sie recht hatte. Er kannte sich in der hiesigen Kulturlandschaft aus. In Wortleben hatten sie den pensionierten Studienrat Fuchsig, der Theaterenthusiasten um sich geschart hatte und mit ihnen jeden Sommer ein besinnliches Stück für die Adventszeit probte, wo es vor Reichsbund und evangelischer Kirche und einer Busladung Senioren aufgeführt wurde. Wenn die Schauspieler Pech hatten, mussten sie auch in der Nachmittagsaufführung einer konservativen Mehrheitspartei an die Rampe treten – aber immerhin nicht über die Rampe springen.

Von Fuchsigs Talenten würde die Erneuerung des europäischen Laientheaters nicht ausgehen. Jede Premiere reihte eine kaum glaubliche Folge von Patzern, Hängern und grotesken Missverständnissen aneinander. Die Erinnerung an die traumatischen 80 Minuten wurde für alle mitwirkenden Mimen, die noch die zweite Aufführung in Angriff nahmen, zum Anlass, sich hinter einer Art Sicherheitsspiel zu verstecken. Sie redeten zu leise, bewegten sich steif oder gar nicht oder agierten hemmungslos. Die meisten Schauspieler entfernten sich nicht weiter als zwei Meter Luftlinie von der Souffleuse, die hinter dem linken Vorhang saß und es seit Jahren nicht schaffte, die Seiten ihres Textbuchs geräuschlos umzublättern. Seitdem man eine zweite Souffleuse beschäftigte, versorgte eine die Frauenrollen, die andere den Rest. Seitdem in Deutschland immer neue Geschlechter erfunden werden, musste man für die künftigen Aufführungen mit dem Schlimmsten rechnen. Uwe Süß hatte von dem ersten Theaterstück geträumt, das mehr Souffleusen als Mimen beschäftigen würde. Im ersten Überschwang wollte er über dieses Thema sein erstes Theaterstück schreiben, aber er war wieder davon abgekommen.

Birgit blickte ihn schon längere Zeit an. Er verpasste die letzte Gelegenheit, sich mit einer Ausrede zu entfernen.

»Was treibst du hier eigentlich?«, fragte sie. »Das habe ich bis heute nicht verstanden.«

»Ich ringe um Gegenwart und Zukunft von 3.500 Menschen«, antwortete Süß.

»Es sind weniger«, korrigierte Vera. »Und von denen, die davon wirklich am Leben sind, ist es 95 Prozent piepegal, was ihr euch abends im Gasthaus aus den Fingern saugt. Die Politik wird in Hannover gemacht. Und die wichtige in Berlin. Und die, unter der wir alle noch sehr leiden werden, in Brüssel.«

Birgit ließ nicht locker: »Aber was beschließt ihr genau? Was habt ihr zum Beispiel heute Abend beschlossen?«

»Das willst du nicht wissen«, behauptete Vera und verschaffte ihrem Mann mit diesen Worten den fehlenden Schwung für eine ausführliche Antwort.

Uwe Süß war auf kritische Einwände gefasst und bereit, mit der ihm eigenen Sachlichkeit darauf einzugehen. Was ihn jedoch überraschte, war das schallende Gelächter beider Frauen. Sie schrien vor Lachen. Uwe lachte selbst sehr gern, er war der Letzte, der über einen guten Scherz nicht geschmunzelt hätte. Doch hier stieß der Buchhändler an eine Grenze.

»Eine Ampel!«, schrie Birgit und rollte beinahe vom Sofa.

»Jetzt siehst du's selbst«, schrie Vera.

So sieht also die Einsamkeit des Politikers aus, dachte Süß mit einem bitteren Gefühl im Mund, das nicht vom Bier stammte. Es war die eigene Frau, die ihm den Dolch in den Rücken stieß. Dass Wendlandts Schergen ihm alles Schlechte wünschten, wusste er seit Langem. Dass fünf Sechstel der Wortlebener bis heute nicht den Weg in den Buchladen gefunden hatten, musste er akzeptieren. Aber der heutige Abend brachte noch einmal eine Steigerung. Zwar befand sich außer Birgit Kuhlmann niemand im Raum. Aber eine dritte Person bildet bereits den Übergang von der Intimsphäre zur Masse. In den vor Lachen weit geöffneten Mund der Frau blickend, die er einst geliebt hatte, gab er sich der Frage hin, wo er kurzfristig ein Schlaflager finden konnte.

Zu allem Überfluss trieb Vera dann einen Keil zwischen die Welt und sein Selbstmitleid. »Du musst entschuldigen, Uwe«, keuchte sie lachend.

»Ich muss gar nichts«, stellte er klar. »Ich kann, aber ich muss nicht.«

»Im Grunde ist eine Ampel ja etwas Sinnvolles«, gab Birgit kund.

»Lacht ruhig, wenn es euch etwas bringt. Über viele große Ideen wurde anfangs gelacht. Guckt euch Galilei an. Die Nachwelt bringt es an den Tag, aber vorher stirbt der Prophet den Hungertod.«

»Ach, mein Bärchen«, gluckste Vera. »Sind wir gerade ein wenig depressiv und selbstmitleidig?«

Bevor Süß ins Bett floh, rettete er nur noch schnell die Terrassentür vor den Katerkrallen und ließ Moppel ins Haus. Der Kater stank wie ein Jauchefass.

5

Bis zur Brücke kamen sie gut voran. An der Brücke war Schluss. Es war, als wären sie gegen ein hartes Hindernis geprallt, dabei standen sie an der nur wenige Meter langen Querung. Sie nannten das Wasser den »Ozean«, die Erwachsenen nannten es den »Bach«. Er war knappe drei Meter breit, meistens lief er geradeaus, und wenn er einen Schlenker machte, war der zart und fiel kaum ins Auge. Das Tempo des Wassers veränderte sich nicht. Aber es war ein richtiges Wasser, an seinen Ufern wucherten Gräser und einige Büsche. Jedes Jahr wurden es mehr, und sie wurden höher. Rosi hatte einen Frosch gesehen, Ben hatte einen Frosch gefangen, der hüpfte in sein Hemd, jetzt zog Ben das Hemd nicht mehr an.

Die Querung trennte das Zuhause, in dem sie lebten und zur Schule gingen, von dem Fremden, das vor wenigen Jahren noch Acker und Wiese war und auf dem jetzt die Häuser entstanden, viele sehr klein, einige richtige Wohnhäuser, einige noch größer und zwei richtig groß. Auf der anderen Seite des Bachs war alles in Bewegung. Man sah den Unterschied nicht, wenn man eine halbe Stunde auf der Brücke stand. Aber vier Wochen später fiel einem auf, dass ein Haus gewachsen war, dass ein umgegrabenes Stück Erde jetzt dabei war, ein Garten zu werden. Manchmal wuchs in Windeseile ein Rasen heran. Anfangs braun, dann zartgrün, dann saftig grün. Ehe man sich versah, lagen bunte Bälle auf dem Grün, ein Sonnenschirm steckte im Gras, zwei Stühle standen da, und etwas Lebendiges krabbelte herum. Es sah aus wie ein Hund und war ein Baby. Oder es sah aus wie ein

Baby und war ein Meerschwein, ein Kaninchen oder etwas mit Fell, für das man keinen Namen kannte.

Auf der anderen Seite des Bachs entstand etwas Neues. Natur verwandelte sich in Bewohnbares. Fremde Menschen kamen aus Häusern, verschwanden in Häusern. Oft trugen die Menschen die Kleidung von Handwerkern und Arbeitern, die in der Erde arbeiteten oder mit Holz oder mit Steinen. Fast jeden Tag stand dort drüben ein Lastwagen oder ein Anhänger, auf dem lagen Steine und Säcke und Fenster, manchmal eine komplette Hauswand. Das war sehr spannend wie jedes Mal, wenn sich ein Nichts in ein Etwas verwandelt und man sich fragt, wer wohl in das Haus da links einziehen wird oder in das Haus schräg dahinter.

Man hätte hinübergehen können, das war nicht verboten. Aber das da drüben war nicht das, was man kannte. Man näherte sich vorsichtig und nie allein. Wenn man ein Kind erblickte, das so groß oder so klein war wie man selbst, hatte man etwas, worüber man nachdenken konnte. Waren das künftige Freunde? Mitschüler? Kinder, die man im Sportverein wiedersehen würde?

Paul und Nik ohne ck, Emma und Eddie und die dünne Suleika, die lebten alle auf der Seite des Bachs, auf der man selbst wohnte. Aber wenn Handwerker vier Wochen gearbeitet hatten und die Maler eimerweise Farbe auf die neuen Wände verteilt hatten, kam eine neue Art von Fahrzeugen ins Spiel: Umzugswagen, manchmal riesig, meistens kleiner und dann zwei oder drei. Alles lief durcheinander, Frauen riefen Namen, Kinder oder Hunde liefen herbei, und manchmal liefen sie auch weg. Schränke und Kartons wurden geschleppt. Oft Tische und Stühle, die sehr bequem aussahen und manchmal seltsam, manchmal Kühlschrank, Waschmaschine, Bildschirm in groß, mittel, klein. Die Frauen sprachen deutsch und englisch, die Männer in der Arbeitskleidung schwiegen oder sprachen in fremden Zungen. Die Beobachter auf der kleinen Brücke nahmen sich vor, morgen auf der großen Brücke zu stehen, die die Autos überquerten und wo der Bach viel kleiner wirkte.

»Die drehen einen Film«, sagte einer. »Die müssen da jetzt für immer wohnen«, sagte eine andere. – »Ich such mir eine Freundin, den Rest könnt ihr haben.« – »Ich finde es toll, dass wir neue Straßennamen kriegen.« – »Neue Freunde. Neue Katzen.« – »Wir tauschen unsere Klamotten, dann erkennen uns die Eltern nicht mehr.« – »Dann müssen wir alle antreten, und die Eltern suchen sich jemanden aus, den sie gut finden. Der Rest springt in den Fluss und schwimmt bis zur Mündung, wo die großen Schiffe liegen. Da steigen wir ein und fangen ein neues Leben an.« – »Frau Wermelskirchen sagt, wir gehen mit der Klasse über den Fluss und fragen, ob sie schon Gold gefunden haben.« – »Die suchen kein Gold, die arbeiten da.« – »Die wohnen da, sonst würden keine Kinder da sein.« – »Oder die neuen Kinder sind dumm, und alle brauchen Nachhilfe. Papi sagt, es gibt mehr dumme Kinder, als man für möglich hält.« – »Dann gehe ich nicht rüber, Dummheit ist ansteckend. Wie Corona, aber gegen Dummheit gibt es noch keine Medizin.« »Damit muss man leben. Dummheit tut auch gar nicht weh.«

»Wer sagt das? Deine Mutter oder dein Papi?« – »Meistens Papi. Er lacht dann immer.« – »Meine Mami sagt, wenn Papis zu viel lachen, darf man ihnen nicht trauen.« – »Deine Mami hat keinen Papi und du auch nicht. Vielleicht verkaufen sie euch einen. Nimm einen, der Fahrrad fährt wie der Teufel. Nicht so einen Lahmarsch, der sich nichts traut.« – »Sie müssen erst ein Rennen fahren, ich nehme den auf dem zweiten Platz. Der hat mehr Potenzial.« – »Sagt wer?« – »Sagt meine Mami. Sie sagt: nie mehr einen Sieger. Sieger werden schnell faul und dick.«

Ein Handy meldete sich.

»Vergraben! Oder ins Wasser schmeißen! Dann ist ihre Macht gebrochen.«

»Kirsten sagt, mein Handy kann schwimmen und funktioniert immer.« – Das ist ein Trick.« – »Ich gebe ihr noch ein Jahr. Dann bin ich zu schlau für sie, dann nehme ich das Ding auseinander und tausche die Teile aus, und dann bin ich endlich frei.« – »Was schreibt sie denn?« – »Sie hat mich lieb.« – »Das wieder.« – »Wenn wir sofort kommen, sind noch Kekse da.« – »Das sagt sie jedes Mal.« – »Aber die Kekse sind cool. Abmarsch! – Nächstes Mal gehen wir aber über die Brücke.« – »Was machen wir, wenn die Kekse drüben besser schmecken als auf unserer Seite?« – »Das werden harte Verhandlungen. Ich ziehe in das Haus, bei dem die Vorderseite schwarz ist.«

6

Die Sitzung des Gemeinderats nahm einen denkwürdigen Verlauf. Der Saal in der *Dohle* sah mit zwei zuhörenden Bürgern den langjährigen Durchschnitt. Uwe Süß und seine drei Mitstreiter legten sich ins Zeug wie jedes Mal. Die zwei

Helden der Grünen trugen Bibelverse und Gedichte vor, vielleicht auch ihre Überzeugungen. Renato Römer, der auf dem Mandat der Freien Wähler saß, gab wie gewohnt seine mehr privaten als sachdienlichen Beiträge zum Besten, bei denen die Protokollführerin schon seit Langem keine Sehnenscheidenentzündung mehr riskierte.

Nichts Neues also auf den Bänken der Opposition. Eine Sensation in den Reihen der Mehrheit: Adolf Wendlandt legte sich mit Parteifreunden an! Mehr als einmal wollte Erwin Segler von *Segler & Segler*, dem größten und einzigen Kaufhaus im Ort, dem Bürgermeister in den Arm fallen. Doch der schüttelte Seglers Hand ab wie ein lästiges Insekt.

»Das könnte euch so passen!«, rief Wendlandt der Opposition zu. »In unserer Gemeinde hat sich schon genug Schnickschnack breitgemacht.«

»Ja, diese verdammte Elektrizität«, rief Uwe Süß und lachte.

Der BM zog die Augen zu Schlitzen zusammen und senkte seine Tonlage auf dieses maskuline Knurren ab, um das ihn Süß insgeheim beneidete. Er hatte Wendlandts Tonfall trainiert, dummerweise im Bett, leider in Veras Gegenwart, wofür er eine plausible Entschuldigung präsentierte, denn es geschah im Verlauf eines Liebesakts. Vera erschrak, als sie Uwes Stimme hörte. Sie äußerte eine Handvoll medizinischer Ursachen. Zuletzt räusperte sich Uwe und tat, was getan werden musste, um eine Frau abzulenken und im besten Fall auch Vera. Aber das letzte Wort war in dieser Sache noch nicht gesprochen.

»Ich werde euch sagen, was Schnickschnack ist«, knurrte der BM. »Ich denke an gewisse Schulpläne. Ich denke an diese 20-jährigen Jünglinge, die uns unsere protestantische Kirche seit Jahren als angebliche Pastoren verkaufen will. Ich erinnere an den Plan eines zentralen Busbahnhofs. Und ich erinnere nicht zuletzt an unseren schönen *Waldgasthof*, den die Opposition einer Gruppe arbeitsloser Jugendlicher in den Rachen werfen wollte, bevor sich verantwortungsvolle Kräfte durchsetzen konnten. Und deshalb ist der *Waldgasthof* heute ...«

»... ein Puff ist das, das weiß keiner besser als ich«, rief Ferdi Düver.

»Eine Frau, die nicht wie die Anführerin eines Rudels junger Pioniere aussieht, ist noch lange keine despektierliche Frauensperson«, zürnte Wendlandt, der sich für die Erwähnung des verlausten Gasthofs verfluchte. Es gab nur eines, was er noch mehr verwünschte als seinen Fehler: Das war die Preisgestaltung der Getränkekarte im *Waldgasthof*.

»Mensch, Addi, was hast du denn? Es ist nur eine Verkehrsampel, da muss man doch nicht ...« Erwin Seglers Hand lag auf Wendlandts Unterarm, aber kürzer als beabsichtigt.

»Erstens«, knurrte der BM: »Wir haben bis jetzt keine Ampel, und aus der Bevölkerung kommt kein entsprechender Wunsch.«

»Uwe Süß ist Teil der Bevölkerung.«

»Das nimmst du zurück.«

»Was nehme ich zurück?«

»Dass der Buchhändler Teil der Bevölkerung ist.«

»Aber der Mann wohnt hier! Und seine Frau wohnt hier auch.«

»Er ist erst seit einigen Wochen hier.«

»Seit über fünf Jahren.«

»Du sagst es mit deinen Worten, ich sage es mit meinen.«

»Wir können unsere Bewohner doch nicht in verschiedene Kategorien einteilen.«

»Das geht sehr gut. Es mag dir am Anfang ungewohnt vorkommen. Aber nach einigen Wochen willst du es nicht mehr missen.«

»Was ist mit zweitens?«

»Zweitens droht uns eine Zeitenwende.«

»Ach ja? Habe ich gar nicht bemerkt.«

»Das ist dein Problem, Erwin. Leider Gottes ist es nicht dein einziges. Dir fehlt das politische Gen.«

»Du meinst, weil ich im politischen Gegner zuerst den Mitmenschen sehe.«

»Du sagst es mit deinen Worten, ich sage es mit meinen. Du bist ein Kaufmann, ich bin euer Bürgermeister. Du musst von Berufs wegen etwas schmierig sein. Ich darf die Wahrheit aussprechen. Was fällt dir da auf?«

»Dass schon mein Vater und mein Großvater Kaufmann waren.«

»Willst du damit sagen, dass mein Vater und mein Großvater keine Bür…? Ach ja, richtig.«

»Dein Amt, Addi, ist ein zeitweiliges. Bürgermeister kommen und gehen. Im besten Fall sind sie ein Segen, im Normalfall … naja.«

»Du stehst einen Schritt vor dem Parteiausschlussverfahren.«

»Du kannst mich nicht kippen.«

»Ach. Und warum nicht?«

»Ich bin zu bekannt. Jeder wird glauben, dass du einen Machtkampf führst. Das mögen die Menschen nicht.«

»Und was mögen die Menschen?«

»Ampeln. Weil sie das Leben ihrer Kinder und ihrer alten Menschen schützen.«

»Wie haben wir es nur geschafft, in den letzten 100 Jahren ohne Ampel über die Runden zu kommen?«

»Das frage ich mich auch. Aber früher gab es kaum Autos. Und als es sie dann gab, waren sie so laut, dass du sie schon zwei Dörfer weiter gehört hast. Und jetzt sind die neuen Autos praktisch stumm. Damit steigt die Gefahr immens.«

»Dann verbieten wir eben die neuen Batterieautos.«

»Addi!«

»Ich höre und bin bereit, ein Lob für meine jüngste bahnbrechende Idee entgegenzunehmen. Na los, keine Hemmungen.«

»Das geht nicht. Du machst uns zum Gespött.«

»In meinen Worten heißt das: Ich setze einen großen Haufen in die Weltgeschichte. Nur was stinkt, wird heutzutage noch wahrgenommen.«

»Es gibt doch schon die ersten neuen Autos bei uns.«

»Ach ja? Wo denn?«

»Drüben. Im *Lager*.«

»Ein Zaun ist schnell gezogen, damit ist das Problem gelöst.«

»Ich weiß gar nicht, gegen wie viele Gesetze das verstößt.«

»Das wissen die Juristen auch nicht. Bevor sich die Rechtsverdreher geeinigt haben, sind 20 Jahre vergangen. In der Zeit haben die Leute erkannt, was für ein Segen eine Stadt ist, in der sich die Zahl der Autos in Grenzen hält.«

»Wir sind keine Stadt.«

»Heute noch nicht. Und morgen wohl auch nicht. Aber in 20 Jahren ganz sicher. Dann sind wir das, was heute die Kurorte sind: Inseln der Stille und Behaglichkeit. Aber es gibt bei uns 300 Kurorte und nur ein einziges Wortleben. So wird man weltberühmt, mein Lieber.«

»Du meinst, dann kommen die Chinesen?«

»Und die Japaner. Und alle, die aussehen, als wären sie Chinesen oder Japaner oder würden gern so aussehen. Das nennt sich Tourismus. Davon ist bisher noch jeder Ort reich geworden. Ohne Autos! Und wo es keine Autos gibt, braucht man keine Ampel. Ende der Durchsage.«

»Aber dann wird es massenhaft Fahrräder geben.«

»Du meinst das, worauf die Grünen und die Lehrer sitzen? Das verbieten wir geschmeidig wegen der Gefährlichkeit. Und der Hässlichkeit.«

»Wieso denn Hässlichkeit?«

»Weil gerade die hässlichsten Geräte modern werden, mit denen du wahlweise kleine Kinder, halbe Schweine und Baumaterial transportieren kannst. Ich finde das hässlich und auch unappetitlich, wenn du siehst, was dein Nachbar gerade alles gekauft hat, weil er es sich leisten kann.«

»Addi Wendlandt respektiert die Privatsphäre!? Das sind ja ganz neue Töne.«

»Und bei der Gelegenheit verbieten wir diese neuen Roller gleich mit. Sollen die weiter in der Stadt Tod und Verderben verbreiten. Nicht bei uns. Ich denke mir das so – stell es dir als Slogan auf den Transparenten vor, die wir über die Hauptstraße spannen werden: ›Sie wollen 20 Jahre länger leben als Ihre Eltern? Ziehen Sie nach Wortleben! Keine Autos! Keine Roller! Keine Jagd auf alte Menschen!‹ Mit einem Wort: keine Ampeln! Hätte Gott die Schöpfung wie unser Wortleben angelegt, würden den Kirchen jetzt nicht ihre Vereinsmitglieder von der Fahne gehen.«

»Das ist eine gewagte Parallele.«

»Aber eine Parallele. Was immer das sein mag. Und deshalb müssen wir vor allem die erste Ampel verhindern! Mit der ersten Ampel bricht alles zusammen, vor allem unsere Zukunft.«

»Das hat Uwe Süß bestimmt nicht gewollt.«

»Das ist eines der größeren Probleme dieses Kerls. Ihm fehlt die Übersicht. Ist ja auch kein Wunder, wenn dein Horizont am nächsten vollgestellten Bücherregal endet. Wie willst du da jemals Weitblick erreichen? Buchhändler, das ist die Branche, die von Berufs wegen ein Brett vor der Stirn hat. Ob Brett oder Buch, das macht den Kohl nicht fett. Uwe Süß weiß nicht, was er tut. Fummelt ein Thema nach dem anderen hervor und fällt jedes Mal damit auf die Nase. Verändert sich dadurch für die Menschen irgendetwas zum Schlechten? War irgendetwas bei uns schlechter, als Uwe Süß noch nicht unter uns weilte? Natürlich nicht! Das ist doch der Beweis, dass Uwe Süß und seine Brigaden überflüssig sind.«

»An irgendeinem Punkt macht deine Logik immer eine abenteuerliche rechtwinklige Abbiegung.«

»Danke für das Kompliment. Verfolge meine Taten und lerne daraus! Und denk an meinen Vorschlag.«

»Das kann ich nicht machen. Wenn sich das herumspricht!«

»Du musst ja nicht mit dem Lautsprecher durch den Ort laufen. Mach es kultiviert, das ist sowieso eher unsere Natur.«

»Ich kann kein Skonto geben, wenn mir einer schwört, nie im Leben Süß zu wählen!«

»Er soll nicht nur schwören, wir brauchen schon etwas Schriftliches.«

»Wenn das rauskommt, ist es das Ende von meinem Geschäft.«

»Und wer ist schuld daran? Uwe Süß! Zerstört aus Geltungsgier die Existenz des berühmtesten Kaufmanns von Wortleben! Das wird ihm das Genick brechen, darauf freue ich mich schon heute. Dann haben wir ein großes Problem weniger. Damit können wir dann auch gleich werben. Erst: keine Ampel. Und danach: garantiert süßstofffrei. Egal wie viele Fs das hat.«

»Wir beantragen zehn Minuten Pause!«, rief der Oppositionsführer, nachdem der Bürgermeister und seine rechte Hand ebenso lange miteinander gewispert hatten. Die Opposition war auf solche Vorfälle durch Erfahrung eingestellt, die meisten brachten zu jeder Ratssitzung Schriftkram von zu Hause mit, den sie bei solchen Gelegenheiten erledigten. So hatte jeder etwas davon.

Süß und der Bürgermeister trafen sich am Geldspiel-Automaten, um den Fortgang der Debatte zu erörtern. Und um der Opposition Gelegenheit zu geben, ihre magere Altersversorgung vorbeugend zu verspielen.

»Keinen Cent kriegen Sie von meinem Gewinn«, kündigte Süß an und lockerte die Handgelenke, auch der Hand, die er für das Spielen nicht benötigte. Es machte einfach mehr her.

»Etwas albern, diese Siezerei«, sagte der BM maulig. »Wir kennen uns alle seit Jahrzehnten. Und wir beide seit mehreren Monaten. Das muss reichen.«

»Wer hat denn mit seiner Mehrheit beschlossen, in allen dienstlichen Angelegenheiten auf strengsten Formalien zu bestehen?«

»Das bleibt ja auch nach wie vor richtig. Saalschlachten, rote Tücher und Absingen von Kampfliedern haben in meinem … in unserem Dorf nichts verloren – hast du mal 'ne Mark?«

Süß steckte die Münze in den Schlitz, die Wendlandt in Windeseile verjubelte.

»Damit hast du 16.000 Euro Schulden bei mir.«

»Sei nicht so ungeduldig. Das kriegen wir alles auf die Reihe. Deine Holde ist doch Ärztin, ihr müsst in Geld schwimmen.«

»Sie behandelt Kinder, sie ist keine Schönheitschirurgin.«

»Die verdienen noch besser?«

»Je hässlicher einer ist, umso mehr zahlt er, und zwar gerne. Jedenfalls wenn er reich ist.«

»Du tust ja so, als wenn jeder Reiche hässlich wäre.«

»Ist es nicht so?«

»Müsste ich nachdenken. Wer ist der Reichste bei uns im Dorf?«

»Alle ehemaligen Schönheitschirurgen.«

»Stränig hat keine Millionäre operiert, sondern Gangster.«

»Reiche Gangster. So, noch ein Euro. Dann ist für heute gut.«

»Du wirst in meinen Memoiren vorkommen. Nicht ausführlich und nicht positiv. Aber du kommst vor. Dann weißt du, dass dein Leben nicht umsonst war.«

»Ihr werdet nie in einem Buch vorkommen.«

»Auch nicht in einem dünnen? Es kann sehr dünn sein. Wäre mir sowieso lieber.«

»Nicht mal in einer Komödie.«

»Hast du mal etwas von diesen beiden gehört?«

»Pat und Patachon? Angela und Merkel?«

»Dom Camillo und Peppe... Pepe...«

»Peppone. Don Camillo und Peppone.«

»Ja, das klingt so ähnlich.«

»Die Filme wurden 100-mal so berühmt wie die Bücher.«

»Heißt das, ich hätte mir das Buch sparen können!? Ich hätte gleich den Film gucken können! Ich hasse deinen Berufsstand. Ich habe ihn immer gehasst.«

»Ein Buchhändler muss dem Kunden nicht mitteilen, ob der Roman schon verfilmt wurde.«

»Aber genau das muss er tun, wenn er sich nützlich machen will! Ich hatte es sofort im Gefühl. Ich hab dem Kerl gleich nicht über den Weg getraut, er hatte so einen Blick ...«

»So belesen?«

»Fast. So tückisch und unaufrichtig. So von oben herab, weil ich ein Landwirt bin, und er hat saubere Fingernägel. Ich sage dir: Trau nie einem Mann mit sauberen Fingernägeln.«

»Hier. Guck genau hin.«

»Du hast hässliche Finger, weißt du das? Wie Krallen. Damit könntest du dich am Ast festhalten, damit du nicht vom Baum fällst.«

»Vera sagt, meine Hände gehören zu meinen Top Drei.«

»Du hast zwei Pullermänner!? Das wird ja immer abstoßender!«

»Das meint sie nicht. Sie denkt auch an die inneren Werte.«

»Womit man furzt.«

»Womit man denkt.«

»Womit denkst du denn? Lasst ihr euch alle heimlich umoperieren, bevor ihr zur Buchhändlerprüfung zugelassen werdet?«

»Es gibt viel mehr Frauen als Männer bei uns.«

»Möge dieser Kelch an uns vorübergehen.«

»Du gibst also zu, dass ich auch Vorteile habe.«

»Mag es auch nicht zu zwei Pullermännern reichen, immerhin bist du eher ein Kerl als eine Tante.«

»Frauen sind einfühlsamer. Sie spüren sofort, was der Kunde will.«

»Kein Wunder. Weil drei von vier Kunden am liebsten auf dem schnellsten Weg wieder raus wollen.«

»Ich habe eine Geschichte gelesen, in der sich ein Freund der Literatur in einer Bücherei versteckt hat. Ist nicht mehr nach Hause gegangen, hat da gelebt.«

»Mit Horrorgeschichten kannst du mich jagen.«

»Das war keine Horrorgeschichte.«

»Aber er hat sich doch von Lesern ernährt oder?«

»Nein. Obwohl … das wäre originell gewesen. Du hast ja eine poetische Seite. Darauf würde niemand kommen, der dich kennt. Oder einmal gesehen hat.«

»Hätte vielleicht sogar geschmeckt. Falls es in der Bücherei eine Abteilung für Kochbücher gegeben hat. Mit angeschlossenem Herd.«

»Ende Pause in fünf Minuten!«, rief Ferdi Düver. Selbst wenn er winkte, wirkte er radikaler, als wenn ein anderer winkt.

Auf den wenigen Schritten zu den Tischen murmelte Süß: »Wir werden die Ampel weiterverfolgen, morgen und übermorgen und immerdar.«

»Tut, was ihr nicht lassen könnt. Wir werden die Ampel ablehnen bis zum Jüngsten Tag.«

»Wir werden euch als Feinde des Fortschritts brandmarken.«

»Das werde ich überleben, solang ihr mich nicht als Feind des Schützenfests bezeichnet.«

»Darüber denken wir auch nach.«

»Könnte der letzte Gedanke deines Lebens sein.«

»War das eine Drohung?«

»Kann man einem Käfer drohen? Ist die Stubenfliege ein Parteifeind?«

»Die Zeitung wird berichten.«

»Nur zu. Unser Schmiergeldkonto war immer größer als eures. Ihr habt nur ein paar selbstgeschmierte Stullen zu bieten. Wir dagegen …«

»Brauereibesitzer sind Feinde des Volkes.«

»Beliebte Feinde des Volkes und so gesehen also keine Feinde.«

»Plaschke ist ein untadeliger Reporter.«

»Aber Plaschke liebt Obstwein über alles.«

»Das ist allerdings wahr«, sagte Süß entmutigt. Es war allgemein bekannt, dass Anna Wendlandts Brombeerwein vom Feinsten war. Selbst der berühmte Schnapsladen in der Kreisstadt hatte ihn im Regal stehen. Das war der Ritterschlag.

Eine schwere Hand tätschelte die Schulter des Buchhändlers. »Kollege Süß, bleib bei deinen Leisten. Wir machen die Sachpolitik mit Augenmaß, und ihr pinkelt die Bäume an. So geht die bewährte Arbeitsteilung.«

»Die Zeit ist auf unserer Seite«, behauptete Süß matt.

»Aber manchmal ist die Zeit ein bisschen lahmarschig, wie man ja an Olaf Umzuch sehen kann.«

Damit sprach der Bürgermeister eine Begebenheit aus dem *Formenkreis Zeit und Zeitwahrnehmung* an, die keinen Wortlebener unberührt gelassen hatte. Der junge Umzuch, unbestrittener Star des Turn- und Sportvereins, war als haushoher Favorit über 800 und 1.500 Meter zu den Kreismeisterschaften gefahren. Über 800 Meter war er im Vorlauf ausgeschieden und über 1.500 Meter hatte er den vorletzten Platz belegt, aber auch nur, weil ein Läufer auf die Bahnumrandung getreten war und einen Schuh verloren hatte.

In der folgenden Nacht war der Süßkirschenbaum im Garten der Umzuchs von Unbekannten abgeerntet worden; und wie die Konservendose an den Schwanz von Olafs getigertem Kater Konrad gekommen war, darüber kursierten im Ort diverse Gerüchte, die alle auf ein Haus wiesen. Es war das Haus, in dem das Ehepaar Molkenthin mit sechs Kindern lebte. Bürgermeister Wendlandt und Ludwig Molkenthin waren langjährige Schützenbrüder, Genossen bei der *Raiffeisen*-Kasse, Kameraden im Jagdverein und Vorstandsmitglieder im Turn- und Sportverein.

Im Hintergrund der Gaststube tauchte Erwin Segler auf und tippte auf seine großkotzige Armbanduhr. Ein Dorfgerücht wollte wissen, dass er mit der Uhr sogar feststellen konnte, wie spät es auf dem Mond ist.

Uwe Süß verbrachte die verbleibenden Minuten damit, sich vor Sybille Klöppel in Sicherheit zu bringen. Die Rathaussekretärin und Protokollführerin auf den Ratssitzungen schnürte schon wieder in seinem Dunstkreis herum. Langsam glaubte auch Süß, was Ratshauskenner seit Langem wussten. Sybille schwärmte für den Anführer der größten Oppositionspartei. Auch heute kesselte sie den Buchhändler im Schankraum zwischen den Daddelautomaten ein und atmete ihm sehnsüchtig entgegen. Wäre Süß nicht dermaßen glücklich verheiratet und zudem Frauen gegenüber ein Feigling gewesen, wer weiß, wer weiß.

»Hallöchen«, sagte er matt.

»Halloho«, erwiderte die appetitliche Vierzigerin und atmete bebend und unter Einsatz der gesamten Brustpartie.

»Wie protokolliert sich's denn so?«, fragte Süß.

»Ich protokolliere am liebsten, was Sie sagen.«

»Nana.«

»Was Sie sagen, hat immer Tiefe«, behauptete Sybille und drückte den Oppositionellen mit einem Vorwärtsschritt gegen die Wand des Schankraums. Im Hintergrund feixten die ersten Schwarzen. »Schade, dass wir uns so selten privat unterhalten«, fuhr die Sekretärin fort. »Ich meine, sehr privat.«

»Wie privat?«

»Nur Sie und ich und sonst niemand.«

»Oha. So privat?«

»Wollen Sie es denn noch privater?«

»Nein, nein«, blockte Süß hektisch ab. »Das reicht völlig.«

»Vielleicht ergibt sich einmal die Gelegenheit.« Ihre Altstimme nebelte ihn ein, wie es in der *Dohle* sonst nur Alkoholfahnen tun. »Vielleicht nächsten Dienstag bei mir?«

Aus dem Stehgreif erfand er eine abgefeimte Lüge, was er nächsten Dienstag unaufschiebbar dringend zu tun hatte. Etwas mit kulturellem Bezug. Er wusste, dass sie der Kultur nicht im Weg stehen wollte.

»Geht weiter!«, röhrte der Bürgermeister im Hintergrund.

Der Antrag der Opposition war schnell gestellt und fast noch schneller abgeschmettert. Süß und die Seinen schlichen wie geprügelte Schuljungen nach Hause, und auch Wendlandt zog es mit Macht in die Daunen.

7

»Addi! Addi! Hannes hat angerufen. Er will kommen.«

»Wann?«

»Heute Nachmittag schon. Ich backe gleich einen Kuchen.«

Er blickte seiner Frau hinterher, wie sie in ihrer farbenfrohen Kittelschürze über den Hof eilte.

»Kriegt er wieder zentnerweise *Donauwellen*«, knurrte der Bauer. Er gönnte seinem Ältesten alles Gute unter der Sonne. Doch es versetzte ihm einen Stich, wenn er selbst jedes Mal betteln musste, bevor Anna für ihn einen Marmorkuchen in die Röhre schob, während Hannes die viel aufwendigeren *Donauwellen* quasi im Vorübergehen einkassierte.

»Mütter und Söhne«, knurrte er und stiefelte in den Schweinestall. Wie gerne hätte er »Väter und Töchter« dagegen gestellt, doch ihm wollte selbst mit längerem Nachdenken nichts einfallen, was ihn derzeit mit Anja verband. Zwar war kein vernünftiger Zweifel an seiner Vaterschaft möglich. Schließlich hatte Anja ihre abstehenden Ohren und die eklatant großen zweiten Zehen an beiden Füßen nicht beim Spazierengehen gefunden. Doch was Wendlandt mit Anja gern gemeinsam gehabt hätte, war Nähe auf den elementaren Gebieten von Politik, Haussanierung, Tierzucht und wichtigen weltanschaulichen Fragen wie die immerwährende Bereitschaft zu gemeinen Äußerungen über die örtlichen Oppositionsparteien. Natürlich gegen die vorlauten und naseweisen Grünen, aber noch einen Tick mehr gegen die Brigaden von Süß. Hätte er einen Wunsch frei gehabt, hätte er Süß als Chef der Grünen gewählt. Dann hätte er seinen Grimm ohne Streuverlust auf ein einziges Ziel konzentrieren können. Aber die kleinen Oppositionsriegen waren einander in herzlicher Abneigung zugetan. Nichts deutete darauf hin, dass sich an diesem Zustand in absehbarer Zeit etwas ändern könnte. Niemand würde sich auflösen, keine Riege würde in der anderen Riege aufgehen, und sei es nur, um eine Gruppe oder Wahlgemeinschaft zu bilden, die man mit einem einzigen Handstreich von der Platte fegen konnte.

Zwischen Vater und Tochter Wendlandt hatte seit den ersten Jahren eine gewisse Distanz bestanden. Weder Lieblosigkeit noch Streitereien. Aber man hätte sich näher sein können, als es stattfand. Seitdem Anja in die Pubertät hineingetreten war wie in einen überdimensionalen Kuhfladen, war gar nichts mehr. Das Mädchen lief als Fleisch gewordener Widerspruch herum.

»Na, Willem, mal wieder bei den Verwandten zu Besuch?«

»In der Tat, Addi, in der …«

»… Tat.«

»Mein Reden. Ein ehrliches Schwein ziehe ich jederzeit einem Winkeladvokaten vor«, erwiderte der knorrige Altenteiler und suckelte an seiner kalten Zigarre.

Dann standen die Männer nebeneinander am Stallgatter und betrachteten das muntere Getümmel des letzten Wurfs von Hannelore, die ihre Gesamtnachkommenschaft damit auf kaum glaubliche 178 Ferkel getrieben hatte. Allerdings hielten sich hartnäckig Zweifel an der Buchführung.

»Ich möchte wissen, wie die Ferkelei in 50 Jahren aussieht«, murmelte Willem. Der 84- oder 85- oder vielleicht auch 88-jährige Knecht neigte dazu, ohne Vorwarnung in den tiefen Topf seiner Lebenserfahrung zu greifen.

»Wieso«, entgegnete Wendlandt. »Zucht ist Zucht. Natur ist Natur. Die Zahlen werden ansteigen, aber am Prinzip wird sich nichts ändern.«

»Junge«, begann Willem und schenkte sich den Rest. Wer Willem nicht kannte, verbrachte die ersten Gespräche mit viel Warterei.

»Junge, Junge«, wiederholte Willem, aber danach ertönte nichts als das Geräusch des Saugens an einer extrem nassen Zigarre.

Erst bat Uwe Süß, danach bettelte er. Um zum Schluss zu drohen. Aber Svenja weigerte sich trotzdem, den Klebstoff aus ihren Haaren zu entfernen. Dabei hatten sich bereits zwei Kundinnen zwar nicht beschwert, aber bedeutungsschwer die Brauen in die Höhe gezogen. Was bei manchen Frauen spaßig aussieht und bei anderen furchterregend.

»Sie hätten am liebsten, wenn eine Buchhändlerin aussieht wie früher«, behauptete die für ihre Freude an Meinungen bekannte Auszubildende.

»Ich möchte nur, dass sich der Buchladen von einem Geschäft für Bastelbedarf unterscheidet.«

»Das ist Gel«, stellte Svenja klar. Klarstellungen waren ein weiteres Hobby von ihr. »Das war sogar schon im Werbefernsehen. Und das Netz ist voll davon.«

»Wir haben Kundschaft«, erinnerte Süß zuckersüß.

Aber Frau Lühr aus dem Nordweg mit dem Zugang aus uraltem Stolperfallen-Waschbeton sagte schnell: »Unterhalten Sie sich ruhig zu Ende.«

Süß wusste, dass es nie ein Ende geben würde, und da griff Svenja auch schon wieder an:

»Sie müssen mal Ihre Frau fragen, was Frauen heutzutage für ihre Körperpflege tun.«

Süß dachte: Meine Frau hat Abitur, sie braucht halb so viel

Kosmetik wie du. Süß sagte: »Meine Frau schmiert sich kein *Uhu* ins Haar.« Es gelang ihm, nicht an die Töpfe, Tiegel und Tuben im heimischen Badezimmer zu denken. Beim letzten Durchzählen war er auf 34 Behälter gekommen. Dabei sah Vera jeden Tag gleich aus. Einmal hatte er ihr das gesagt, zur Sicherheit und empirischen Absicherung ein zweites Mal. Danach nie wieder.

»Ach!«, rief Svenja laut und mit ihrer rebellenhaften Attitüde. Süß nahm sich vor, Jugendschutz- und Ausbildungsgesetzgebung noch einmal auf legale Möglichkeiten zur Schikane durchzusehen. Aber Svenja fuhr ihm in die Parade: »Vera nimmt das teuerste Make-up, das ich kenne. Und ich kenne einen Haufen Make-ups. Soll ich sie Ihnen aufzählen?«

Frau Lühr war kurz davor, sich einen Stuhl heranzuziehen. Es standen ja genügend herum, weil man es den Kunden, bei denen es sich mit Fünfsechstel-Mehrheit um Frauen handelte, so bequem wie möglich machen wollte. Seitdem zweimal Kundinnen schlafend aufgefallen waren, verzichtete man bei den neuen Stühlen auf Armlehnen.

»Waren nicht noch zwei Buchpakete auszupacken?«, fragte Süß.

Er sah Svenja an, dass ihm eine pampige Antwort drohte. Sie fiel unerwartet milde aus, als Svenja murmelte: »Stehen ja auch noch nicht genug von den Dingern rum.« Drehte sich um und war verschwunden.

Einsatz Frau Lühr: »Das war früher anders mit dem Lehrpersonal.«

»Teeren und Federn«, murmelte der Buchhändler

Frau Lühr hatte vor lauter Neugier und Klatschlust eine ungewöhnlich gesunde Hautfarbe angenommen. Obwohl Süß wusste, dass sie auch heute nichts weiter kaufen würde als eine Beileidskarte mit ungefüttertem Umschlag, blieb er freundlich bis zur Selbstverleugnung. Insgeheim fragte er sich aber nicht erst seit heute, wie jemand so viele Todesfälle in seinem Umfeld haben konnte.

Uwe Süß stand am Schaufenster, blickte in die dörfliche Ereignislosigkeit hinaus und dachte: Eine Verkehrsampel würde den Totentanz da draußen in Bewegung bringen. Wenigstens farblich.

8

»Komm an meine breite Brust«, sagte Adolf Wendlandt und drückte Hannes an sich. Er trat einen Schritt zurück: »Lass dich ansehen, ob dich das viele Studieren nicht doch noch verweichlicht hat.«

Hannes stand gut im Futter. Der 23-Jährige war kein Trumm wie sein Erzeuger, doch brachte er auf einem Meter 79 ausreichend Kraft und Zähigkeit unter. Seit früher Kindheit wirkte der Junge entschlossen. Zwar wusste man manchmal nicht, zu was er entschlossen war. Und nicht selten kam am Ende eine Dummheit dabei heraus. Aber jedenfalls wirkte er stets entschlossen. Dunkelblond, blauäugig – wenn auch kurzsichtig – blickte er sich im elterlichen Wohnzimmer um.

»Wieder nichts verändert«, sagte er. »Sehr nachhaltig. Letztes Jahr wart ihr damit noch hoffnungslos altmodisch, jetzt steht ihr an der Spitze der Hitparade. Manchmal muss man einfach durchhalten.«

»Wer nach seinem 30. Geburtstag noch etwas im Haus verändert, hat davor viel falsch gemacht. Es sei denn, es hat gebrannt oder du musstest die Frau auswechseln.«

Wendlandt war bewusst, dass sich Hannes bei solchen Statements der sensible Magen umdrehte.

»Aber über den Hirsch solltest du noch einmal nachdenken«, sagte Hannes.

Darauf fiel Wendlandt keine Erwiderung ein. Der Hirsch hing dort nachweislich seit 1896.

»Gnade dir Gott, wenn du den abnimmst«, drohte er seinem Fleisch und Blut. »Ich möchte auch nicht hören, der Hirsch sei allein vom Haken gefallen. Ich habe den Haken eigenhändig eingeschlagen. Eher fällt die Wand um.«

Wendlandt ging zum Kaffeetisch, als sich Anja mit der verbrauchten Kraft ihrer 14 Jahre ins Zimmer schleppte.

»Tach, Kleine«, sagte Hannes. »Wie geht's? Wie steht's? Du solltest eine Vitamintablette einwerfen.«

»Schrott«, kam es aus Anja heraus. »Wo du hinguckst, Schrott. Ich werd nicht alt in dieser Welt.«

»Überall nur Schrott.«

Überrascht blickte sie ihren Bruder an. »Ja, genau. Du fühlst es also auch.«

»In meiner Familie sind alle alt geworden«, sagte Anna Wendlandt, als sie eine halbe Stunde später zusammensaßen. Ihre Eltern – beide hoch in den 80ern – lebten in einer Seniorenresidenz am Rand des Sauerlands. In der Familie bekannt als: Säuerlichland.

Hannes lobte seine Mutter für den angeblich herrlich altmodisch gedeckten Tisch. Solche Facetten entzogen sich Wendlandts Wahrnehmung. Er verglich lieber die Größe der *Donauwellen* mit seinem Marmorkuchen.

»Hast du die Roten immer noch im Griff?«, fragte Hannes kauend.

»Sehe ich aus, als wäre ich älter und schwächer und dümmer geworden? Hängen irgendwo Plakate von denen? Findest du irgendwas im Ort, was auch nur entfernt einen Hinweis auf die Existenz dieses Misthaufens liefert?«

»Und die Grünen? Haben die endlich ein oder zwei Mitglieder, die schon wählen dürfen?«

»Die geben mir, ehrlich gesagt, Rätsel auf. Haben so gar keine Ähnlichkeit mit den Grünen, die im Fernsehen den Vorturner machen. Könnte es sein, dass sie ihre beste Zeit hinter sich haben?«

»In manchen Regionen waren sie immer schwach. Im Osten natürlich, aber auch bei uns. Von 40 Prozent bis drei Prozent ist alles vorhanden.«

»Woran liegt's?«

»Oft an den Besonderheiten in der Stadt oder in der Gegend. Wie viel Industrie? Wie viele Bauern? Universität ja oder nein? Junge Industrien, die viele gut ausgebildete Leute brauchen, die gut bezahlt werden?«

»Wenn das stimmt, dürfte es bei uns nicht einmal diese Faschingskapelle geben.«

»Unterschätz das nicht. Ein harter Kern kann schon genügen.«

»Sag Lehrer, wenn du Lehrer meinst.«

»Lehrer sind gut. Aber auch junge Moralisten. Und natürlich Umweltschützer, Naturschützer …«

»Schrott«, sagte Anja. Aber ihr Kopf fiel noch nicht auf den Teller.

»Was wirst du ankreuzen, wenn du alt genug bist?«, fragte Hannes seine kleine Schwester.

»Sie weiß, unter wessen Tisch sie ihre faulen Beine streckt«, antwortete Wendlandt.

»Ich geh nicht wählen«, murmelte Anja. »Bringt doch nichts. Meine eine Stimme.«

»Wenn alle so denken würden …«

»Den anderen geht es nicht so schlecht wie mir.«

»Quälen dich die alten Herrschaften?«

Schlagartig beschäftigten sich die Eltern hingebungsvoll mit Kuchen und Gabeln und Tassen.

»Gar nicht mal«, sagte Anja.

Hurra, sie kann denken, dachte Wendlandt. Die Hoffnung stirbt zuletzt.

»Sie tun mir nur leid«, fuhr Anja fort und begann, die *Donauwelle* auf dem Teller ihres Bruders von ihrer Tischseite aus anzupicken. Dies geschah vollkommen selbstverständlich und erreichte durch Anjas rührende Arglosigkeit natürlich das mütterliche Herz. Aber selbst Wendlandt, der oft genug mit seinen muskulösen und verhornten Herzkammern prahlte, verspürte ein ungewohntes Gefühl. Weil er es nicht besser wusste, hielt er es für einen Moment väterlicher Schwäche. In Worten ausgedrückt: Iss schneller, damit ich das nicht mehr sehen muss.

»Sie wissen es nicht besser«, behauptete Anja. »Sie kennen nur ihr Leben und können sich nicht vorstellen, dass wir alle ganz anders leben werden. Ich natürlich, aber auch so ein alter Sack wie du.«

Spontan dachte der Bürgermeister, er sei gemeint. Dann starrte er auf den Tisch, wo Hannes seine Hand auf Anjas Hand legte. Und sie entzog sie ihm nicht mit Anzeichen des Widerwillens, wie sie es bei ihrem Vater zweifellos getan hätte.

»Früher war alles so überschaubar«, behauptete Anja.

Wann hatte sie zum letzten Mal so viele Sätze hintereinander gereiht? Hatte sie es überhaupt jemals getan? Der Vater erinnerte sich nicht. »Früher waren alle Probleme so überschaubar. Und hier im Dorf waren sie noch viel kleiner. Aber keiner hat das zugegeben, vielleicht war es ihnen auch gar nicht bewusst. Kann sein, was weiß ich. Ich bin ja nur ein dummes Kind. Aber jetzt gibt es kaum noch ein Weltproblem, das nicht bis ins letzte Kaff vorgedrungen ist. Klimakatastrophe, die vielen Attentate auf die Natur, dieser kaputte Drang, überall eine neue Straße zu planieren. Und die Schulen! So viele Schulen! Und die Eigenheime! Diese furchtbaren Schuhkartons! Warum verbietet das keiner?«

»Du findest es bei uns hässlich?«

Alle blickten den Bürgermeister an. »Aber es ist doch schön bei uns.«

»Ja, die Bäume«, sagte Anja. »Die sind schön. »Und der Marktplatz im Zentrum, der ist schön. Weil es da freien Platz und tolle Bäume gibt. Und Schatten und Ruhe und alles ist so grandios. Und du musst zehn Minuten suchen, bis du ein Teil findest, das hässlich ist. Aber das hat dann ein Idiot hingeworfen. Vielleicht einer, der so alt ist wie ich. Vielleicht jemand aus meiner Klasse. Weiß man's? Du siehst einem Menschen nicht an, ob er dumm ist. Und wie dumm er ist. Das würde alles viel leichter machen. Dann müsstest du nicht vorsichtshalber jedem eine auf die Zwölf hauen, dann könntest du viel kräftesparender hauen.«

»Wer ist das?«, fragte Wendlandt seine Anna. »Wer ist das fremde Mädchen, das bei uns am Tisch sitzt? Auf dem Platz, wo früher Anja saß, bevor sie vor lauter Wut auf unsere Welt geplatzt ist?«

»Rosi aus meiner Klasse ist jetzt bei den Freien Wählern.«

»Könnte schlimmer sein«, entgegnete Wendlandt. »Sie könnte auch wieder ins Bett machen.«

»Rosi sagt, in Bayern und im Osten sind die Freien Wähler schon sehr stark.«

»Die Mammuts waren auch keine Schwächlinge«, sagte Hannes. »Und sind ausgestorben wie nichts.«

»Alles hat seine Zeit«, sagte der Vater. »Bei uns heben im Moment erstaunlich viele Parteien ihr zartes Köpfchen aus dem Erdreich. Sie werden einige Jahre Krach machen und sehr laut auftreten, damit man sie wahrnimmt. Danach werden sie ihr Köpfchen wieder hängen lassen und aus die Maus. Ideal wären zwei Parteien. Sagen wir drei, ich bin ja kein Unmensch. Was darüber hinausgeht, ist von Schaden.«

»Sag's schon«, forderte Anna ihn auf.

»Gerne. Wir übernehmen die Mehrheit. Mit dem bewährten Besteck: klug, erdverbunden, umsichtig, Maß und Mitte. Und wer sich nicht benimmt, bekommt gepflegt eins aufs Maul.«

»Und die Opposition?«

»Die üblichen Verdächtigen. Süß und seine Brigade als Idealbesetzung. Sind nicht ganz dumm, aber nicht halb so schlau, wie sie denken. Wenn's hart auf hart kommt, haben sie die Heimat im Blick, wenn auch leider nicht im Herzen. Aber unser Herz ist groß genug. Dazu ein Einzelbewerber, so ein trauriger Tropf.«

»Vergiss die Grünen nicht.«

»Danke. Ich wusste doch, da war noch was. Dieses Gefühl, wenn eine Stubenfliege um dich herumkreist und du überlegst: Erschlage ich sie gleich oder gebe ich ihr noch ein Stündchen.«

»Und die FDP?«

»Die haben wir schon vor langer Zeit eingesammelt. Diese Selbstständigenpartei war sich bei uns zu fein für die Niederungen der Tagespolitik.«

»Du meinst, sie wollten sich nicht ständig die Hände schmutzig machen.«

»Das kommt noch dazu. Keine andere Partei trat so oft im Anzug auf. Damit kommst du bei uns nicht weit. Für unsere Menschen sieht ein Anzug nicht nach viel Arbeit aus, sondern nach viel Ausbeutung. Unsere Menschen haben beim Anblick eines Anzugs immer das richtige Gefühl, dass dieser Anzug mit den Rechnungen bezahlt wurde, die sie den Advokaten hinten reingeschoben haben, wenn die einen popligen Vertrag kurz überflogen oder ein Privatrezept mit ihrer sagenhaften Klaue unterschrieben haben.«

»Dafür haben sie aber nicht derbe geredet«, sagte Hannes.

»Ja, das hat ihnen dann den Rest gegeben. Sie sprechen nicht die Sprache der Menschen, wofür ich in aller Bescheidenheit bedeutend besser geeignet bin.«

»Du fluchst oft«, sagte Anna.

»Ich spreche deutlich.«

»Und du fluchst.«

»Hat sich noch nie jemand darüber beschwert ... Gut, gut, die Klostertucken spielen in einer eigenen Liga.«

»Wir wollten sie doch nicht mehr Klostertucken nennen«, warf Anna bekümmert ein.

»Ich arbeite hart daran, meine Liebe. Der Tag wird kommen, wo es mir 24 Stunden hintereinander gelingen wird, sie nicht so zu nennen. Was ein neues Problem aufwirft ...«

»Du musst keinen neuen gemeinen Namen erfinden. Nenn sie einfach die Fräuleins aus dem Kloster.«

»Es widerstrebt mir, eine Chefin mit Haaren auf den Zähnen und an allen möglichen Stellen als ›Fräulein‹ zu bezeichnen.«

»Ihr mögt euch immer noch nicht?«, fragte Hannes lächelnd.

»Wir werden keine Freunde mehr, nicht in diesem Leben.«

»Ihr seid euch ähnlicher, als du denkst.«

»Ich bin nicht fromm. Bevor ich bete, muss ich immer einen Moment überlegen, wie das funktioniert mit dem Händeverschränken. Die – nennen wir sie der Einfachheit halber Frau – weiß dafür nicht, wie das funktioniert mit den demokratischen Regeln.«

»Sie weiß es schon, aber sie mag es nicht. Und das darf sie, weil das eine der demokratischen Regeln ist.«

»Ihr wisst so gut wie ich, dass die angeblich so tollen historischen Plakate und Dokumente und Landkarten, mit denen sie ihr Geld von den Touristen zusammengaunern, nichts als Fotokopien und Fälschungen sind.«

»Wir wissen es, aber wir müssen nicht zwanghaft darüber sprechen. Streng genommen behaupten sie auch nicht das Gegenteil, es steht nur im etwas kleiner Gedruckten.«

»Vorspiegelung falscher Tatsachen, mein Reden. Sie hätten in die Politik gehen sollen. Aber nicht bei uns, weil es bei uns zu ehrlich zugeht. Die gehören in die Hauptstädte, wo sie sich mit den anderen Tricksern und Betrügern austauschen können.«

»Anna, nein! Sag mir, dass du nicht wieder heimlich ...« Er registrierte Annas Blick.

»Nicht heimlich. Es war helllichter Tag. Die Fräuleins beißen nicht.«

»Aber nur, weil sie ihre Nahrung im Stück herunterschlingen.«

»Ihr Tee ist vorzüglich.«

»Tee kann per se nicht vorzüglich schmecken. Alles, was in eine Tasse passt, bei der du einen Finger abspreizen musst und wo du den Boden sehen kannst, ist des Teufels. Kein Wort über Schnäpse jetzt! Schnaps ist Medizin. Da musst du auch nichts abspreizen, da musst du auf ex trinken und deine Atemtechnik unter Kontrolle halten. Komplizierter ist das nicht.«

»Die Äbtissin nimmt auch gerne einen.«

»Einen Abt?«

»Ein Schnäpschen.«

»So intim seid ihr miteinander?«

»Es ist Gastfreundschaft.«

»Bei *Bertelsmann* hieß das früher Hauptvorschlagsband. Wie komme ich jetzt auf Hauptvorschlagsband?«

»Vielleicht weil das dein letzter Kontakt mit Literatur war? Dein erster und letzter?«

»Sei froh, dass du Heimkehrer bist, mein Sohn. Sonst würden wir jetzt ein ernsthaftes Gespräch führen.«

»Gerne. Über Hauptvorschlagsbände? Und apropos ernsthaft: Wie geht's eigentlich der ernsthaften Diana?«

Die Eheleute wechselten einen kurzen Blick.

Anna sagte: »Diana hast sich erkundigt, wann du denn mal wieder nach Hause kommst.« Nach dem letzten Wort lag ihre Hand auf dem Unterarm des Sohns. Auch Adolf Wendlandt konnte eine gewisse Spannung nicht verleugnen, als er in den Gesichtszügen des Sohnemanns nach einem Zeichen von Enthusiasmus oder wenigstens Interesse suchte.

»Sie wird es erwarten können«, entgegnete Hannes kühl.

»Ist doch eine aparte Frauensperson«, sagte der Vater werbend. Er wollte nichts unversucht lassen. Vielleicht brauchte Hannes nur jemanden, der ihn aufs Pferd setzte. Reiten würde er ja wohl können.

»Doch, ganz apart soweit«, stimmte Hannes zu. Von Enthusiasmus keine Spur. Begeisterung schwebte in diesem Moment eindeutig nicht durch den Raum.

»Sag's einfach, dass du sie nicht magst«, murmelte Wendlandt und fasste Kuchen nach. Zur Strafe würde er dem renitenten Kerl jetzt seine *Donauwellen* wegessen. Das würde ihm eine Lehre sein.

Anja süffelte ihren Tee und machte nicht den Eindruck,

als würde sie noch unter den Wachen weilen. Wendlandt dachte mit Grauen an den Tag, an dem sie diese unleidliche Person unter die Haube bringen mussten. In diesem Moment verspürte der eigene Vater einen flächendeckenden Mangel an Argumenten. Eher würde er einen Dummen für den alten Fiat finden, der seit 20 Jahren in der Butze hinter der Scheune vor sich hin alterte und auch vor 20 Jahren schon keine Augenweide gewesen war. Er wusste kaum noch, wie er jemals an einen Fiat geraten war. Es war nicht völlig unmöglich, dass auch ein Adolf Wendlandt einst jung und verführbar gewesen war. Oder seinerzeit ein Mädchen kennengelernt hatte, dass so oft und so eindeutig von kleinen Coupés schwärmte, bis der verknallte Addi seinen langweiligen Opel stehen ließ und ins Risiko ging. Ins finanzielle und vor allem ins ideologische Risiko. Denn damals fuhr man keinen Fiat, man verschrottete ihn und machte damit die Straßen zu einem besseren Ort.

»Doch, doch, Diana ist soweit ganz nett«, murmelte Hannes und trieb den Stachel immer tiefer in die Herzen seiner Eltern.

Niemand hat jemals einen Menschen geheiratet, den er nur nett fand. Dabei malten sich die Wendlandts seit fast einem Jahrzehnt abends vor dem Einschlafen die Zukunft in herrlichen Farben aus: 70 Hektar Wendlandt plus 45 Hektar Wauschkuhn, dazu 250 Wendlandt-Schweine und 160 Wauschkuhn-Ferkel und was sonst noch alles durch Verdopplung attraktive Dimensionen annahm unter der einzigen Voraussetzung, dass beide Hälften des künftigen Paars dem bäuerlichen Formenkreis entstammen.

Wendlandts Steuerberater, dieser clevere Hund aus der Kreisstadt, hatte aus öffentlich zugänglichen und aus einigen anderen Quellen die betriebswirtschaftlichen Daten errechnet, danach hatte Wendlandt Diana mit anderen

Augen gesehen. Dabei war das Mädchen nicht direkt hässlich. Jedoch mangelte es ihr entschieden an diplomatischem Talent. Diana benahm sich immer geradeheraus und war auch noch stolz darauf. Das hatte sie von ihrem Vater Otto geerbt, der seinen Mangel an Umgangsformen mit seiner Privatformel zu rechtfertigen versuchte: Natürlichkeit ist das Wichtigste im Leben, alles andere ist wie die Verzierung auf der Torte.

In Dianas Gegenwart fühlte sich niemand so recht wohl, weil sie dazu neigte, in geselliger Runde ohne Vorwarnung höchst private Probleme der menschlichen Verdauung, der menschlichen Sexualgewohnheiten sowie verschiedener Krankheiten mit nimmermüder Leidenschaftlichkeit und Ausführlichkeit zu erörtern. Oh, sie kannte so viele Verdauungsbeschwerden und sexuelle Gebrechen und Krankheiten, dass sie monatelang darüber referieren konnte, ohne sich ein einziges Mal zu wiederholen.

Je länger Wendlandt an Diana dachte, umso unsicherer wurde er, ob ihm tatsächlich eine gute Gelegenheit durch die Lappen gehen würde.

»Lass mal, Junge«, sagte er besänftigend, »die Welt ist voller Weiber.«

Während sich Anja auf ein angeekeltes »Männer« beschränkte, wurde Annas Gesicht von Traurigkeit überzogen.

»Aber Adolf.«

In solchen Momenten kam sich Wendlandt wie ein Bauer vor.

»Ihr müsst euch nicht meine Sorgen machen«, wehrte Hannes ab. »Ich finde schon die Frau fürs Leben. Aber das hat doch noch Zeit.«

»Du bist 23, mein Sohn«, sagte der Vater.

»Wir haben andere Zeiten als zu deiner Zeit.«

»Es gibt Phasen im Leben, da muss man zusehen, dass man die Kurve kriegt. Und jede gute Kurve landet in einem Bett.«

»Adolf!«

»Und in einem Herzen. Im Bett und einem Herzen. Vielleicht nicht in dieser Reihenfolge. Jeder, wie er mag. Und kann. Aber können sollte er. Bin ja schon still.« Aber es trieb ihn um: »Nenn mir einen Grund, warum nicht mit 23.«

»Ich bin nicht mal mit meiner Ausbildung fertig.«

»Hättest du dich etwas rangehalten, wäre das längst in trockenen Tüchern.«

»Willst du mir wieder vorwerfen, dass ich nach der Schule ein halbes Jahr durch Europa getrampt bin?«

Haargenau das wollte Wendlandt seinem Jungen jetzt gerne vorwerfen. Nur Annas Blick hielt ihn davon ab. Überhaupt war es nicht optimal, wenn in solchen Minuten eine Person mit am Tisch saß, auf die man Rücksicht nehmen muss und deren ans Herz greifender Blick reicht, um einem das Wasser abzugraben.

»Ich will das auch nicht bis zum Jüngsten Tag machen«, hörte sich Wendlandt plötzlich sagen. Alle starrten ihn an. Immerhin hatte er gerade in aller Öffentlichkeit zugegeben, sterblich zu sein.

»Wo willst du hin?«, fauchte Wendlandt, als Anja bereits an der Tür stand. Sie öffnete den Mund. Aber er winkte ab, und sie verschwand. Erstaunlich, dass ein Mensch von hinten Erleichterung ausstrahlen kann.

»Schrecklich«, murmelte Wendlandt. »Wie hält sie das nur aus, so muffig zu sein? Das muss doch schrecklich anstrengend sein.«

»Ach, Vater«, lachte Hannes. »Wir waren alle jung.«

»Ich war nicht so«, stellte der Bauer klar. »Ich hatte nicht das Bedürfnis, meine Wut auf die Welt und auf die Eltern im Gesicht spazieren tragen zu müssen. Den ganzen Tag habe ich Ärger auf dem Hof und auf den Feldern. Abends muss ich mich über die Kadetten der Partei ärgern oder versuchen, das hochnäsige Grinsen von Uwe Süß zu übersehen, was jedes Mal eine Prüfung für mich ist. Das kannst du mir glauben. Dann komme ich nach Hause, selten vor 22 Uhr, und was ist da? Die schlimmste Fresse von allen. Ist doch wahr«, knurrte er in das Gelächter von Frau und Sohn.

»Wann habe ich eigentlich mal Feierabend?« Dann lächelte auch er und sagte zu Hannes: »Wehe, du machst deinen Abschluss schlechter als sehr gut. Ich übergebe meinen Hof nicht dem Erstbesten. Hier kommen nur Spitzenkräfte ans Ruder.«

Wendlandt blickte seinen Sohn an, Hannes hielt dem Blick stand. Anna sah ihre Männer an. Und so kam es, dass plötzlich ein ungeheures Gegucke im Wohnzimmer stattfand.

9

Frohgemut zog Plaschke mit vier Flaschen Brombeerwein ab. Adolf Wendlandt gönnte ihm – am Fenster stehend – jeden einzelnen Kater, den sich der Mann von der Lokalzeitung mit dem schwarzen Zuckersaft einhandeln würde. Bei der

Matschbirne, die der Kerl hat, macht ein weiteres Besäufnis den Kohl auch nicht fett, dachte der Bauer. Kann immer noch in die Sportredaktion wechseln, wenn es nicht mehr für die Schützenfeste reicht. Fußballtabellen ausrechnen ist was Solides. Besonders da der letzte Platz in festen Händen ist.

Wenn der Bürgermeister an die Fußballabteilung des Turn- und Sportvereins dachte, schwoll ihm der Kamm, und aus den Nebennieren tropfte das Adrenalin. Im Flur klingelte das gute alte Festnetztelefon. Während des Marschs zum Quälgeist murmelte er: »Das läutet so fromm. Wenn das mal nicht …«

Es war die Äbtissin, genauer gesagt eines der Reservefräuleins, das hinter den Klostermauern die niederen Arbeiten verrichtete. Das Fräulein teilte den Termin mit.

»Entsetzlich«, stöhnte der BM und legte unwillkürlich eine Hand auf den Bauch. Bei der letzten Audienz hatte er einen Teller Schokoladenpudding verzehren müssen. Er hatte brüllendes Sodbrennen bekommen und die Äbtissin hatte – wie es ihre Art war – weitläufig schwadroniert. Als Wendlandt zart auf weitere Termine in der richtigen Welt hinzuweisen wagte, hatte die Äbtissin ihn angefunkelt und flugs eine ihrer Weisheiten ausgepackt: »Geduldige Schafe gehen viel in einen Stall.«

Wendlandt hatte schalkhaft geantwortet: »Wo der Teufel nicht hinkann, schickt er ein altes Weib.«

Das Verhältnis von Bürgermeister und Äbtissin hatte sich von diesem Satz noch nicht wieder erholt. Es gab keinen im Dorf, den das mehr freute als Adolf Wendlandt.

Immerhin bot sie ihm einen Platz an und verzichtete darauf, ihm in die Kniekehlen zu treten. Ansonsten war das Treffen des Bürgermeisters mit der 64-jährigen Äbtissin, die sich gut gehalten hatte und problemlos für 62 durchgegangen wäre, wie üblich von mildem Frost überzogen. Anna hat den Widerstrebenden in den Dunkelblauen gezwungen.

»Tässchen Tee?«, brummte die Klostervorsteherin.

Wendlandt schüttelte heftig den Kopf. So ein Pisswasser vertrug er ganz schlecht. Es schlug ihm gleichzeitig auf Geschmacksnerven, Darm und Grundsätze.

»Aber eine Tasse Kaffee werden Sie mir nicht abschlagen«, ordnete sie an.

Schon öffnete sich die vier Meter hohe zweiflügelige Holztür des Empfangsraums, eine Freifrau aus Hinterpommern stöckelte mit zierlichen Schritten herbei und stellte das zierliche Tablett auf den womöglich noch zierlicheren Rauchtisch.

»Stückchen Gebäck?«, lautete das nächste Ansinnen.

Wendlandt fühlte sich auf diesem Terrain dermaßen unwohl, dass er sekundenlang nicht zwischen einem weißen und dem braunen Keks auswählen konnte.

»Mein lieber Herr Bürgermeister«, begann die Äbtissin sodann die Kampfhandlungen. Wendlandt schluckte die kratzenden Krümel und spülte mit Kaffee nach. Er war dünn, aber immerhin kein Tee. Er schmeckte, als hätten die alten Mädchen die Aufhebung der Lebensmittelmarken immer noch nicht mitbekommen und würden mit jeder Bohne knausern.

»Herr Bürgermeister, mir ist da einiges zugetragen worden.«

»Sieh an«, entgegnete er. Er hasste diese Versteckspiele. »Was denn zum Beispiel?«

Diese Direktheit hasste nun wiederum die Äbtissin.

»Es geht um die letzte Ratssitzung. Es ist dabei wohl unter anderem um eine Verkehrsampel gegangen.«

»Es ging ausschließlich darum. Können Sie vergessen. Der Ampelüberfall der Roten ist mausetot. Wie kriegt ihr es hin, dass diese Kekse so stark krümeln?«

»Über die Verkehrsampel möchte ich gerne mit Ihnen sprechen.«

»Tun Sie, was Sie nicht lassen können.«

Sekundenlang stellte die Äbtissin ihre Atemtätigkeit ein. Sie betrachtete es als Grundmuster ihres Lebens, dass sie Hunderte Male das, was sie hätte tun können, gelassen hatte. Das war ein Grund für ihre Kinderlosigkeit, wenn auch nicht der einzige Grund.

»Ich würde es begrüßen, wenn eine Ampel in den Ort käme«, sagte sie dann.

»Das steht Ihnen frei«, entgegnete Wendlandt, der sich zu seinem Erstaunen langsam mit diesen Keksen anzufreunden begann, obwohl besonders die dunkleren so kackbraun aussahen. »Wir sind ein freies Land und wollen das auch bleiben. Und weil das so ist, waren meine Jungs und ich so frei, uns diese Ampel zu ersparen. Sonst noch Probleme? Auf mich wartet viel Arbeit.«

»Soweit ich weiß, haben Sie auch eine Frau unter Ihren Ratsmitgliedern.«

»Ach ja? Ach ja, richtig. Edna, deren Göttergatte seinerzeit den Taucher gemacht hat. Er dachte, er kann schwimmen, aber mit dieser Meinung stand er allein.«

»Mein lieber Bürgermeister, ich frage gerade heraus: Was haben Sie gegen die Ampel?«

»Das will ich Ihnen gern beantworten.«

»Tun Sie mir die Freude.«

»Geht ganz schnell. Erstens: Wir brauchen keine Ampel. Wir brauchen zum Beispiel auch keinen Elefanten, weshalb wir keinen Elefanten haben, und niemand hat jemals einen Elefanten vermisst. Genauso ist es mit der Ampel.«

»Herr Bürgermeister! Ich spreche nicht für mich persönlich. Das tue ich nie.«

»Und was sagen Sie Doktor Peter, wenn Sie ihn das

nächste Mal bei Nacht und Nebel rausklingeln, weil Ihr Blinddarm angeblich wieder Malesche macht? Sagen Sie dann: Herr Doktor, Herr Doktor, dem ganzen Stift tut der Blinddarm weh?«

Dies war einer der sehr seltenen Momente, in denen die Äbtissin bedauerte, dass sie nicht einem Haus mit einigen männlichen Bewohnern vorstand. Dann hätte sie jetzt die zwei am besten erhaltenen herbeigeklingelt, um den Wilden durchzuprügeln, der systematisch ihre Lieblingskekse wegfraß.

»Vielleicht habe ich mich nicht deutlich ausgedrückt.«

»Keine Sorge, Sie reden laut und deutlich. Etwas tief, aber deutlich.«

»Unser Haus würde sich über eine Ampel freuen. Verstehen Sie? Unser Haus. Ampel. Freuen. Besser heute als morgen. Möchten Sie sich dazu äußern?«

»Klar, wenn's der Wahrheitsfindung dient. Wenn Sie Ampelfan sind, stellen Sie sich so ein Ding doch in den Vorgarten. Bei Ihrer Finanzlage reicht es vielleicht sogar für zwei. Ampeln, nicht Gärten. Dann können die sich den ganzen Tag über anblinken, immer rot und gelb und grün und wieder von vorn.«

»Herr! Wir sind nicht mehr die Jüngsten!«

»Wem sagen Sie das?«, entgegnete Wendlandt mit schalkhaftem Gesicht, denn er hatte den letzten Satz als Aufruf zum Scherzen und als Beginn des gemütlichen Teils der Unterredung missverstanden.

»Für einige unter uns bedeutet es jedes Mal eine nicht unbeträchtliche Aufregung, eine Straße zu traversieren.«

»Wieso das denn? Erst links, dann rechts, dann losgegangen und auf Gott vertraut. Ihr müsst euch einfach vorstellen, dass Gott am Steuer sitzt. Gott bremst auch für alte Mädchen.«

Im nächsten Moment vibrierten die alten Tapeten vom Gelächter des Bürgermeisters. Die Äbtissin schritt zum Fenster mit den schmiedeeisernen Einfassungen und bemühte sich, die Geräusche hinter sich zu ignorieren. So hört es sich an, wenn eine gierige Bauernhand den Teller nach braunen Keksen absucht.

Ohne sich umzudrehen, sagte sie: »Manche von uns waren schon lange nicht mehr auf der anderen Seite der Hauptstraße.«

»Nein!«, sagte der kauende Wendlandt verdutzt.

»Doch, mein lieber Adolf«, entgegnete die Äbtissin. »Die vielen Autos, die Busse, die Lastkraftwagen. Wussten Sie, dass immer mehr Lkws die Hauptstraße als Schleichweg zur Autobahn benutzen?«

»Nicht nur die Lastwagen«, sagte Wendlandt.

»Und dann die Kinder. Es gibt so viele Kinder bei uns, jedes Jahr werden es mehr. Alle fahren Fahrrad. Aber nicht die kleinen gemütlichen Dreiräder wie früher, sondern diese Raketen, mit denen man schnell fahren muss, weil man sonst umfällt.«

»Wer sagt das?«

»Die Kinder, die ich befragt habe. Streng befragt. Ihre Aussagen haben übereingestimmt. Sie haben sich nicht untereinander abgesprochen.«

»Was sagen Sie denn zu den Rollern, mit denen immer mehr Erwachsene …?«

»Darüber möchte ich nicht sprechen.«

»Wir sind unter uns. Wenn Sie ein Problem haben, könnten Sie keinen Besseren finden als mich. Also nicht bei Frauenfragen und dem ganzen medizinischen Kram, aber im Straßenverkehr bin ich fit wie ein Turnschuh. Und ich meine einen richtigen Turnschuh und nicht so einen orthopädischen Treter, bei denen ja der Dümmste merkt, dass ihm jetzt ein alter Mensch entgegenkommt. Also ein wirklich alter Mensch, jenseits von Gut und …«

Er registrierte, wohin die Äbtissin seit Längerem schaute, und schaute jetzt auch dorthin. Die Klosterchefin trug orthopädisches Schuhwerk. Und falls es nicht orthopädisch war, so sah es doch gesund aus. Von einem orthopädischen Schuh nicht zu unterscheiden.

»Letzten Herbst wäre ich um ein Haar von einem Surfbrett überfahren worden«, murmelte die Äbtissin in einer für ihre Verhältnisse defensiven Tonlage. »Die Kinder von heute sind so schnell. Eben noch war alles ruhig und sicher und schön, im nächsten Moment haben sie dich eingekreist. Und ein Kind kommt ja nie allein, sie treten immer in Massen auf. Seit Neuestem sieht man sie auch vor unserem Zuhause.«

»Ihr müsst die Straße aufreißen. Hindernisse einbauen. Ein paar Stürze, ein paar Schürfwunden, und der Spuk ist vorbei.«

Sie nahm wieder Platz, in den letzten Minuten war ihre sonst so herrische Redeweise weicher geworden. Hätte Wendlandt es nicht besser gewusst, er hätte ihre aktuelle Ausstrahlung »menschlich« genannt.

Ihre nächsten Worte lauteten: »Wenn wir eine Ampel hätten, könnten wir auf die andere Seite des Dorfs, ohne den kilometerlangen Umweg, den nur die Gelenkigsten von uns auf sich nehmen. Bedenken Sie, was das für die Geschäftswelt bedeuten würde.«

»Rudi Herbst ist bei den Roten«, stellte Wendlandt klar.

»Pfui«, rief die Äbtissin. »Ich spreche nicht mit dem Agitator und Scharfmacher, sondern mit dem Bürgermeister.«

»Ach ja? Ach ja. Das ist der Nachteil, wenn man mehrere Ämter bekleidet. Manchmal vertut man sich dann im Text.«

»Ein Bürgermeister kennt nur Mitbürger, keine Parteien.«

»Ich bemühe mich, jeden Wortlebener als Mitbürger zu

betrachten, das ist wahr. Aber dummerweise kenne ich auch immer das jeweilige Parteibuch. Das ist dann manchmal eine schwere Prüfung.«

Die Äbtissin schüttelte ein armseliges kleines Glöckchen. Es war kaum in der Lage »Bim« zu machen. Aber es reichte, um die Bedienung anzulocken. Die diensthabende Freifrau versprach, sich nach weiteren Keksen umzusehen.

»Nur braune«, rief Wendlandt. »Wir wollen ja nicht, dass Sie sich beim Tragen einen Bruch holen.«

»Und frische«, gab die Äbtissin dem Fräulein mit auf den Weg. »Manche horten Kekse«, sagte sie dann zum Bürgermeister.

»Nein! Das glaube ich ja nicht! Braune?«

»Seien Sie nicht so hart. Das ist schon lange her. Die Damen haben viel erlebt im Krieg. Besonders, als es nicht mehr so … so gut lief. Oder meinten Sie die Kekse?«

Wendlandt rückte mit dem Stuhl dichter an die Äbtissin heran. »So eine Ampel, die wäre doch ein Störenfried im Ort. Allein schon optisch.«

»Und als was bezeichnen Sie das Rathaus?«

»Als funktionalen Zweckbau aus der Zeit, in der die Roten mehr zu sagen hatten als heute. Und Sie?«

»Als Beton gewordene Scheußlichkeit und Armutszeugnis für verirrten Architektenehrgeiz.«

»Sieh mal an«, sagte Wendlandt eingeschnappt. »So würden Sie das sehen. Finde ich interessant. Man kann alles so und so sehen.«

»Sie haben es gut, Sie sitzen ja drin im Rathaus. Aber wir armen Bürgerinnen, die wir Tag für Tag an dem Koloss vorbeimüssen.«

»Ich denke, ihr traut auch nicht über die Straße?«

»Von unserer Seite sieht man das Rathaus leider noch besser, als wenn man dicht davorsteht.«

»Das kenne ich«, sagte Wendlandt. »Ich bemühe mich auch immer, dicht aufzuschließen, wenn ich mit einem hässlichen Kerl zu tun kriege. Wenn du nur einen Ausschnitt von der Katastrophe siehst, kannst du dir einbilden, dass es noch ansehnlichere Bereiche gibt.«

Die neuen Kekse kamen. Sechs weiße, vier braune. Im nächsten Moment waren es noch vier weiße.

»Okay«, sagte der Bürgermeister, nachdem er mithilfe der Zunge für Ordnung in den Zahnzwischenräumen gesorgt hatte. »Reden wir zur Abwechslung Klartext.«

»Ich bitte darum.«

»In unserem Ort gab es in den letzten zehn Jahren zwei tödliche Unfälle im Straßenverkehr. Fall eins: Zwei betrunkene Soldaten schleichen sich im Herbst zur Manöverzeit ins Dorf, klauen Hinrichsen zwei Karnickel, verlieren eines davon, verfolgen es, ein Auto kommt, Muschkote und Karnickel platt.«

»Wie schrecklich.«

»Mir wäre das Karnickel nicht entkommen. Es gibt diesen Griff und vor allem diesen Schlag. Danach will das Karnickel vielleicht noch laufen, aber seine Beine sehen das anders.«

»Das ist noch schrecklicher.«

»Fall zwei: Rita Erdmann hat es heimlich mit Olaf Kabitzke, weil Günni Erdmann auf Montage im Süden ist. Günni kriegt da unten Streit, wird entlassen, kommt unerwartet in die Heimat zurück, erwischt Rita und Kabitzke. Kabitzke will sich an der Regenrinne abseilen, schießt Kobolz, und ehe Günni ums Haus rennt, ist Kabitzke kopfüber in der Regentonne ersoffen.«

»Aber das hat doch nichts mit dem Straßenverkehr zu tun.«

»Die Regentonne war eine der Teertonnen, die die Arbeiter seinerzeit zum Asphaltieren der Hauptstraße benutzt haben. So sieht's doch aus.«

Der Bürgermeister beugte sich nach vorn: »Raus mit der Sprache. Warum wollt ihr wirklich eine Ampel?«

In diesem Moment blubberte vor den Fenstern ein alter *Büssing* vorbei.

»Ist es deswegen?«, fragte Wendlandt und wies mit dem Kopf nach draußen. Unwohl und auch unwillig nickte die Äbtissin. Man musste genau hinsehen, um es als Nicken zu erkennen.

Natürlich war dem Bürgermeister die Kunde von den automobilen Umtrieben im Kloster hinterbracht worden. Es gab zahlreiche Bürger, die jede Neuigkeit, von der sie Wind bekamen, zeitnah ins Rathaus trugen – mochte die Neuigkeit dort hingehören oder nicht. Alles, was sich auf Wortlebener Grund und Boden abspielte, durfte dem BM unter vier Augen persönlich mitgeteilt werden. Handelte es sich um Themen der Landespolitik, musste Gemeindedirektor Winter sein Ohr leihen. Von der Bundespolitik an aufwärts gaben sich niederrangige Rathausmitarbeiter her. Im Lauf der Zeit hatte sich ein Experte für die deutsche Außenpolitik herausgemendelt, sein Schwerpunkt war der asiatische Raum, seine Leidenschaft galt Thailand. Dort kannte er sich seit Langem aus und nun auch außerhalb der All-you-can-eat-Hotels und der Gassen, in die Ausländer nur grüppchenweise vordringen, was sie aber selten bereuen müssen.

Dass sich ausgerechnet im verkehrsberuhigten Bereich rund um die Klosteranlage in letzter Zeit ein bisweilen reger Busverkehr abspielte, konnte nicht unbemerkt bleiben. Der Grund dafür war menschlich.

Im Kloster standen den Bewohnerinnen neben den Pflichten in Frömmigkeit und touristischen Führungen diverse

Beschäftigungen zur Verfügung, um die ereignisarmen langen Tage zu überstehen. Die meisten Fräuleins gaben sich mit Häkeln, Stricken, Basteln, Backen und Teetrinken zufrieden.

Aber nicht alle. Diese Minderheit, die nicht zufällig zu den motorisch auffälligsten Bewohnerinnen gehörte, staubte in der 15 Kilometer entfernten Kreisstadt zwei alte *Büssing*-Busse aus dem Fuhrpark eines insolventen Busunternehmens ab. Das war kein billiges Vergnügen, aber für das Geld handelte man sich einen Goldschatz ein: die tägliche Herausforderung, die klapprigen Fahrzeuge Schritt für Schritt fit für ein zweites Leben zu machen. Angeleitet vom ehemaligen Mechaniker des Busunternehmens, der im Nachbardorf wohnte, machten sich fünf Fräuleins in allen Fragen der Reparatur und Wartung bibelfest. Es dauerte einige Monate, aber es war jede Minute davon wert. Man erkannte diese Fräuleins an ihren schwarzen Fingernägeln und den bequemen Manchesterhosen. Anfangs sabotierten Äbtissin und ihre U-Boote die Busse mit Reifenschlitzen und Entfernung der Zündkerzen. Das waren die einzigen Gemeinheiten, die sie beherrschten. Bald drohte die Chefmechanikerin damit, ihr Erbe aus dem Kloster zu ziehen. Die Äbtissin ließ nachrechnen, und ihr wurde bewusst, dass dem Kloster das Ende des finanziell privilegierten Alltags drohen würde.

Die Sabotageaktionen hörten auf.

Bald fanden regelmäßig Busausflüge Richtung polnische Ostseeküste statt. Aus Gründen des seelsorgerischen Proporzes führte jede dritte Reise nach Lourdes, Kevelaer, Altötting und zu anderen Pilgeradressen der zweiten und dritten Liga. Viermal kam es zu beglaubigten Spontanheilungen an den heiklen *Büssing*-Triebwerken.

»Ich glaube, ich verstehe«, murmelte der Bürgermeister. Der Ruf von Hedda von Schmitt (74) und Freifrau Innocentia von Mayerling (79), den Masterminds der *Büssing*-Fraktion, war ihm bereits zu Ohren gekommen. Letztere reagierte seit Beginn der Ausfahrten nur noch auf Innocentia Caracciola.

Dabei kam besonders das Einbiegen vom engen Dohlenweg in die Hauptstraße jedes Mal einer versuchten Verschrottung von Bussen, vorfahrtsberechtigten Autos und Grundstücksbegrenzungen nahe. Wären die betroffenen Anrainer der Kirche nicht so eng verbunden gewesen, hätte die Summe der Schmier- und Reparaturgelder längst einen hohen fünfstelligen Bereich überschritten.

»Ja, jetzt verstehe ich«, murmelte Wendlandt, während sich draußen der heulende *Büssing* vorbeischob. Zweimal machte der Bus einen kleinen Sprung, danach rollte er wieder beherrscht weiter. Nachmittags erfuhren die Abgeordneten der Mehrheitsfraktion im Gemeinderat von einem wundersamen Meinungswandel ihres Chefs.

10

Die alte Frau fasste ihre Handtasche fester und trat an den Rand der Fahrbahn. Sie blickte flüchtig nach links, kaum wahrnehmbar nach rechts. Danach setzte sie einen Fuß auf die Fahrbahn. Bremsen quietschten, eine Hupe protestierte. Reifen schrubbten über Sand, und die alte Frau stand mit zitternden Beinen in einer Staubwolke. Von allen Seiten sprangen Menschen auf die Frau zu.

»Wahnsinn, Oma Tewer, Wahnsinn!«, rief Uwe Süß begeistert und schlug ihr auf die schmalen Schultern.

»Gar nicht schlecht für den Anfang«, musste auch Ferdi Düver zugeben. Selbst Rudi Herbst, der bekennende Feigling, wagte es, wieder die Augen zu öffnen. Oma Tewer entnahm der Handtasche ein großformatiges Männertaschentuch, in das sie sich leidenschaftlich und ergiebig schnäuzte.

»Schweinkram«, knurrte sie.

»So ist das nun mal in der Natur«, entgegnete Süß und ließ seinen Blick über die Weiten der Landschaft schweifen. In der Grube, zwei Kilometer von Wortleben entfernt, fand seit Langem kein Kiesabbau mehr statt. Seitdem entwickelte sich in der Senke und an den Hängen ein prächtiges Biotop. Die Tür des alten Scirocco wurde geöffnet, und es entfaltete sich Stefan Rittling, seines Zeichens Schwager von Ferdi Düver und Crashpilot in zahlreichen Rallyes über Stock und Stein.

»Junger Mann«, begrüßte ihn Oma Tewer, »warum fahren Sie nicht Panzer, so wie Sie fahren?«

Rittling lächelte geschmeichelt. »War doch ganz gut«, meinte er dann. »Oder was?«

Die nachgestellte Frage war eine unangenehme, wenn auch unvermeidbare Angewohnheit von Stefan, fast noch unangenehmer als seine Angewohnheit, ständig das Fleisch der rechten oder linken Wange zwischen die Zahnreihen zu ziehen und inwendig an ihm herumzulutschen, was ein schmatzendes Geräusch erzeugte. Nicht laut, aber schmatzend. Sein Gesicht bekam dadurch jedes Mal eine mimische Schieflage, was für ein intelligentes Aussehen suboptimal war.

»Schrecklich ist das«, sagte Rudi Herbst bibbernd. »Da habt ihr euch vielleicht was ausgedacht.«

»Ihr?«, wiederholte Süß. »Wir haben uns das ausgedacht. Die gesamte Partei. Ich kann mich an keine Gegenstimme erinnern.«

»Da wusste ich noch nicht, dass das so schrecklich aussieht.«

»Ich krieg doch den *Walkman*?«, mischte sich Oma Tewer ein. Süß stieß Herbst in die Seite, der versicherte beflissen: »Klar doch. Wie abgemacht. Es ist kein *Walkman*, sondern ein Sprachassistent.«

»Ich will keinen Sprachassistenten. Sprechen kann ich alleine. Aber Musik machen kann ich nicht alleine.«

»Alexa sucht dir Musik aus«, versicherte Süß.

»Wer ist Alexa? Zieht Alexa etwa bei mir ein? Wo soll sie schlafen? Ich habe bloß zwei Zimmer.«

Die Männer klärten mimisch ab, wer mit Oma Tewer zeitnah in ein Privatissimum gehen müsse. Der Buchhändler wusste vorher, dass es an ihm hängen bleiben würde. Wenn es um undankbare Aufgaben ging, taten die Genossen stets so, als sei er der wiedergeborene Gott der charmanten Gesprächsführung mit eingebautem erfolgreichen Geschäftsabschluss.

Oma Tewer verstaute das fahnengroße Taschentuch in der Handtasche. »Dann mal weiter. Ich mach das nur, weil mein Gatte, Gott hab ihn selig, an eurem Verein einen Narren gefressen hatte. Der Teufel mag wissen, wieso.«

Hillmer hätte es ihr verraten können, denn er war mehr als einmal Zeuge gewesen, wie sich Opa Tewer Anfang des Jahrtausends mit der Kassiererin des Ortsvereins zurückgezogen hatte, um angeblich die Beitragsrückstände auszurechnen. Aber Hillmer hielt den Mund, denn sie brauchten Oma Tewer mit ungebrochener Einsatzfreude.

»Noch ein Stündchen Training, dann ist sie soweit«, prophezeite Ferdi Düver.

Süß nickte, und Rudi Herbst greinte: »Ich kann kein Blut sehen. Nicht mal mein eigenes. Mein eigenes besonders nicht.«

Der Motor brüllte auf, und Oma Tewer fasste die Kühlerschnauze ins Auge.

Uwe Süß steckte den Kopf um die Türecke und ließ ihn dort exakt so lange, wie er brauchte, um »Morgn« zu sagen. Es klang wie ein Räusperer, dann war der Kopf wieder draußen. Leider lief er beim Verlassen des Hauses doch noch Vera in die attraktiven Arme.

»Hast du was?«, fragte sie mit unüberhörbarer Kiebigkeit. Seit der Kalamität zwischen den Eheleuten und der neunmalklugen Birgit Kuhlmann hatte sich das häusliche Kleinklima noch nicht normalisiert. Eine spürbare Schwüle lastete in allen Räumen, die Süß die Lebensfreude vergällte. So bereitwillig er den Streit im kommunalpolitischen Raum suchte, so sehr war der Buchhändler auf Harmonie in den eigenen vier Wänden angewiesen. Für die Beibehaltung und im Notfall sogar Erzeugung von Harmonie war er zu Opfern bereit. Mehr als einmal war es vorgekommen, dass er darauf verzichtet hatte, am Ende von Streitgesprächen recht zu behalten, obwohl er recht hatte und niemand sonst und schon gar nicht Vera. Für Uwe hatte seine Frau sowieso Probleme mit der Kunst geschliffener Streitführung. Sie neigte dazu, mit unerhört unsachlichen Behauptungen aufzutrumpfen; sie gab Kalendersprüche als Stand der Wissenschaft aus und wickelte ihren Gegner gern mit attraktivem Mienenspiel ein, um den dadurch momentan Abgelenkten dann argumentativ brutal auszuknocken.

Wenn ihr dies nicht schnell genug gelang, verlegte sie sich auf paradoxe Gesprächsführung. Beiläufig bat sie Uwe um eine Gefälligkeit – beispielsweise die Überlassung eines Sofakissens – und wenn ihr die Bitte erfüllt wurde, griff Vera wegen dieser Freundlichkeit an, die sie »passiv aggressiv« und »halbherzig« nannte. Weil sich Süß dann natürlich verteidigte, nannte sie seine Verteidigung den Beweis für ihren Verdacht, dass er ein doppeltes und unaufrichtiges Spiel spielte. Mehr als einmal hatte er in solchen Momenten den Überblick verloren. Wenn er um eine Auszeit nachsuchte, behandelte sie ihn wie einen Patienten, was ihn dermaßen aufregte, dass beide wieder die Ausgangsposition einnahmen.

Das konnte sich über mehrere Viertelstunden erstrecken und führte auf beiden Seiten zu Erschöpfung. Friedens-Sex fand nicht mehr so häufig statt wie in der Vergangenheit, beide zogen sich in sich selbst zurück und fanden aus der Isolation nicht mehr heraus.

In den letzten zwei Jahren gelang es Uwe häufiger, beredt zu schweigen, süffisant zu lächeln, gezielt misszuverstehen oder Vera mithilfe von Beschäftigungen wie Ohrenbohren und Fingerknochen-Knacken zur Weißglut zu treiben. Umso größer sein Erstaunen, als die Gattin eines Tages eine neue Platte auflegte. Nachdem Vera eine Zeit lang die Wurzeln ihrer aktuellen Probleme mit Uwe in dessen angeblich verkorkster Kindheit gefunden hatte, entdeckte sie das Problem seit Neuestem im Grundsätzlichen des ewigen Mann-Frau-Konflikts.

Nehmen wir den heutigen Morgen. Aufschlag Vera:

»Du meint wohl, du brauchst nicht mehr höflich zu sein, nur weil du schlecht geschlafen hast.«

»Ich habe zufriedenstellend geschlafen. Falls du schlecht geschlafen hast, such die Schuld dafür nicht bei mir.«

»Wo denn sonst?«

»Bei allen Gläsern, die du gestern Abend nach dem dritten Glas unbedingt noch trinken musstest.«

»Willst du mir jetzt auch noch vorschreiben, wie viel ich trinken darf?«

»I wo. Jeder ist für seinen Kater selbst verantwortlich.«

»Das liegt nur daran, dass ich zu selten Besuch von einer Freundin kriege.«

»Ach Gott, das wieder. Die guten alten Freundinnen und Seelenverwandten.«

»Genau, das wieder. Wenn ich jeden Tag um 22 Uhr ins Bett gehe, muss das nicht unbedingt daran liegen, dass ich es toll finde, um 22 Uhr ins Bett zu gehen. Es kann auch daran liegen, dass ich keinen Grund habe, länger wach zu bleiben.«

»Manchmal widerfährt einem im Bett ja auch was Schönes.«

»Mir widerfährt nichts Schönes im Bett. Ich treffe dort höchstens dich.«

11

Zwei Tage später nahm der Bürgermeister mit Hänschen Marquardt eine Ortsbesichtigung vor, um den künftigen Arbeitsplatz der Ampel festzulegen. Die Kunde vom Meinungswechsel der Mehrheitsfraktion hatte sich noch nicht verbreitet. Manch ein Bewohner blieb stehen, um der ortsbekannten Persönlichkeit seine Meinung zum Ampelstreit nicht vorzuenthalten. Adolf Wendlandt plauderte gerne mit Einwohnern, denn die meisten von ihnen waren ja Wähler der eigenen Farbe. Aber noch lieber ignorierte er ihre Ansichten, weil er sie in der Regel für sachfremd hielt. Wendlandt hatte als künftigen Standort den Zebrastreifen in der Mitte der Hauptstraße ins Auge gefasst.

Zwar lag diese Stelle keine 15 Meter vom Elektrogeschäft des Genossen Rudi Herbst entfernt. Das tat Wendlandt in der Seele weh, zumal er wusste, dass der benachbarte kleine Bäckerladen Schwerin von Wechselwählern betrieben wurde. Praktisch war dieser Standort also kontaminiert. Lange hatte der BM in seinem Büro vor dem Ortsplan gestanden und nach einem Standort gesucht, dessen milde Sonne nicht auf die Visagen von Bewohnern mit dem falschen Gesangbuch fiel. Er hatte sogar einen Standort gefunden. Leider lag der auf dem Hof der Wurstfabrik, dort hätte die Ampel Schweinen und Rindern beim letzten Gang ihres Erdenlebens heimleuchten können. Selbst im alten Dorf, in dem Wendlandt lebte und wo die Alteingesessenen traditionell die Mehrheit hatten und ohne akademische Ausbildung ihr Glück fanden, waren Anhänger der feindlichen Fraktionen längst eingesickert. Zwar wenige Rote – was gut war – aber dafür diverse Grüne, und ausgerechnet dort lag auch das Zentrum der Freien Wähler. Wendlandt musste sich bald um diese Kadetten kümmern. Vielleicht reichte es, ihnen Angst einzujagen. Vielleicht waren sie mit Kopfwurst in Dosen und Brombeerwein zu überzeugen. Vielleicht reagierten sie auf das Angebot eines Postens. Für den Anfang würde es auch ein Pöstchen tun. Wendlandt hatte die Erfahrung gemacht, dass Postengeilheit jede Schnapsflasche schlägt. Reporter Plaschke war die Ausnahme, aber der wohnte nicht in Wortleben und war deshalb doppelt uninteressant.

Für die Hauptstraße sprach neben den meisten Autos noch eine weitere Eigenart: Hier ballten sich Wohnorte und Geschäfte von Bewohnern, die der Bürgermeister im Auge hatte. Er musste endlich in einer stillen Stunde Rudi Herbst einen Besuch abstatten, wahlweise das rote Schlusslicht zum Essen in ein Lokal einladen, das außerhalb von Wortleben lag. Dass der an sich schon labile und vor allem feige Gewerbetreibende an seiner Partei längst irre geworden war, wussten alle Ratsmitglieder. Was Herbst noch fehlte, war die Überzeugung, dass ein Parteiwechsel ihm Vorteile bieten konnte. Er würde wochenlang Ortsgespräch sein, was sich auf seine geschäftlichen Umsätze als Segen erweisen konnte. Aber mehr noch als ideologische Hemmungen hielt eine Urangst Herbstens Seele im Würgegriff: »Mensch, die verhauen mich dann doch.«

Wendlandt hatte über eine Winterlieferung Kartoffeln, über zwei halbe Schweine und sogar über Gutscheine für Klein-Elektrogeräte monologisiert. Aber Rudi hatte immer wieder gebibbert:

»Auf die Nase! Ferdi Düver wird mir auf die Nase hauen. Und er wird mir ein Ohr umdrehen. Oder zwei. Oder alle drei.«

Bei diesem Stand der Dinge hatte der Bürgermeister Rudi 20 Batterien abgekauft und war nach Hause gegangen.

»Schriiiiiiiiiilll!!!«

Wendlandts Herz sprang von der linken Brustseite in die rechte und zurück. Hänschen Marquardt legte erst eine Hand auf sein eigenes Herz und unternahm sodann an seiner Digitaluhr mit eingebauter Stoppuhr eine Pulsmessung.

»Lydia!«, rief Wendlandt erbost. »Eines Tages werde ich dich …«

Aber da hatte die Gemeindeschwester auf ihrem ortsbekannten Rennrad bereits mehrere Dutzend Meter zwischen sich und den Bürgermeister gelegt.

»Lass mal, Addi«, sagte Hänschen und atmete hörbar. »Das ist ja der Sinn einer Alarmklingel, dass man sie hört.«

Es war der Bürgermeister gewesen, der Lydia Seelig zur 25. Wiederkehr ihrer Amtseinführung den akustischen Totschläger für ihr geliebtes Rennrad geschenkt hatte – im Namen der Gemeinde. Aber schon vor der Ära der Alarmklingel hatte sich nichts und niemand im Dorf außer im Suff abgefeuerte Schrotkugeln so schnell wie die Gemeindeschwester bewegt. Niemand sah ihr die 60 Jahre an – jedenfalls hätte es niemand zugegeben. Das konnte auch in weiser Voraussicht begründet sein, denn man wusste ja, dass Lydia ihre Spritzen und Verbände je nach Sympathie weich wie Butter oder hart wie einen Speer einsetzen konnte.

Adolf Wendlandt sah das nächste Unheil auf sich zukommen und befand sich wenige Sekunden später in einem verbalen Techtelmechtel mit einem ehemaligen Busfahrer, der seit seiner vorzeitigen Verrentung täglich um die örtlichen Haltestellen schnürte, angetrieben von der Hoffnung, den praktizierenden Busfahrern Verstöße gegen die Personenbeförderungsrichtlinien nachweisen zu können. Der Ex-

Busfahrer wartete soeben mit einem besonders abwegigen Vorschlag für den Standort der Ampel auf, als sich auf der gegenüberliegenden Straßenseite Buchhändler Süß näherte. Er wirkte wie ein Urlauber auf der Promenade. Wendlandt wollte sich gerade schweren Herzens dem eifernden Ex-Busfahrer zuwenden, als 15 Meter hinter Süß Doktor Stuthe auftauchte. Das war für diese Tageszeit ungewöhnlich – und die Arzttasche, die er mit sich führte, hatte Wendlandt noch nie gesehen. Er grüßte knapp zu dem Mediziner hinüber, weil er sich nicht ein weiteres Mal dem Verdacht aussetzen wollte, eine Aversion gegen Akademiker zu hegen. Diesen Aversionen ließ er – klug geworden durch Aufgeregtheiten in der Vergangenheit – jetzt nur noch in geschlossenen Räumen Auslauf. Und auch dann nur in entspanntem Zustand, wenn der Raum mit Vertrauten seiner Partei gefüllt war. Was in Wortleben häufiger der Fall war, als man glaubt.

Dann riss es dem Bürgermeister endgültig den Kopf herum. Weitere 15 Meter hinter dem Arzt schlenderte Ferdi Düver heran, der Zimmermann, Anarchist und Brandstifter. Wendlandt suchte den Fußweg nach weiteren Roten ab, doch vergeblich. Rudi Herbst konnte er nicht ernsthaft vorwerfen, am Schaufenster seines Geschäfts zu stehen. Allerdings wirkte Herbst wie eine Katze bei Gewitter. Warum er einen Erste-Hilfe-Koffer vor die Brust drückte, erschloss sich Wendlandt auch nicht. Ein knappes halbes Dutzend politische Kontrahenten auf einem Haufen, und er war allein – die Situation war nicht gefährlich, aber so etwas kam sehr selten vor. Vielleicht erlebte der Bürgermeister gerade eine Premiere.

Im nächsten Moment entspannte er sich, denn aus der kleinen Nebenstraße tauchte Oma Tewer auf. Endlich eine unrote Person, endlich eine der betagten Bewohnerinnen, die in Wortleben häufiger vorkamen als anderswo. Sie hatte ihren zielstrebigen Schritt drauf, den jeder im Ort kannte und fürchtete. Denn Oma Tewer machte ungern Platz oder in ihren Worten: »Ausweichen ist Schwäche.«

Ein Lkw samt Anhänger rauschte an der Frau vorbei. Ein Parteifreund gesellte sich zum Bürgermeister und nutzte die Gelegenheit, eine Meinung zum Besten zu geben. Wendlandts Gesicht sagte: Ich bin ganz bei dir. Sein Geist sagte: Sieh zu, dass du weiterkommst. Plötzlich befanden sich die drei Roten auf der anderen Seite dichter bei Oma Tewer als bis gerade noch. Sie machten keine Anstalten, sie zu grüßen oder mit ihr zu plaudern. Dafür hatte Wendlandt natürlich Verständnis, aber seltsam war es doch. Ein Pkw fuhr an Oma Tewer vorbei, die dicht am Bordstein stand.

Wendlandt dachte: Man muss dem alten Mädchen die Angst nehmen. Er hob einen Arm und rief: »Huhu! Amalie!«

Im nächsten Moment stellte Oma Tewer einen Halbschuh auf die Straße. Im übernächsten Moment war der Pkw mit der alten Frau auf gleicher Höhe. Es quietschte herz- und reifenerweichend. Bürgermeister, Ex-Busfahrer und Hänschen Marquardt zuckten in harmonischer Choreografie zusammen. Das gleiche taten gegenüber der Buchhändler und seinesgleichen.

Der Pkw stand nun – eine flache Flunder, eine dieser angeberischen kleinen Rennpappen, die man in den Dörfern häufiger sieht als in der Stadt. Es handelte sich um einen Corrado oder Scirocco, jedenfalls einen VW. Der Fahrer sprang heraus und eilte auf Oma Tewer zu. Sie lag auf dem Boden und rührte sich nicht. Wendlandt hatte sie nicht stürzen sehen. Aber er sah, dass der Oppositionsführer eher bei dem Unfallopfer sein würde als er selbst. Süß griff Oma Tewer unter die schlaffen Arme und lehnte sie gegen seine Schienbeine. Dann eilte der BM herbei. »Amalie! Alles heil?«

»Das wird die nun unverzüglich erfolgende amtsärztliche Untersuchung zweifelsfrei und objektiv erweisen«, antwortete an ihrer Stelle der Buchhändler mit wichtiger Stimme, die Wendlandt von vielen Redebeiträgen im Rat kannte. Schon da litt er unter der demagogischen Satzmelodie des Oppositionellen, heute achtete er nicht darauf, denn es ging um Oma Tewer.

Doktor Stuthe machte sich bereits an ihr zu schaffen. Parteipolitisch war das keineswegs optimal, medizinisch war es akzeptabel. Er fasste dahin und dorthin, um danach wieder dahin zu fassen, anstatt woandershin, denn nichts war jetzt wichtiger als eine breitflächige Untersuchung der armen Frau. Er schlenkerte mit ihren dünnen Armen und bestand darauf, ihre Zunge sehen zu wollen. Aber Oma Tewer reagierte nicht.

»Lasst mich endlich durch«, fauchte der BM.

»Platz da! Freie Presse im Anflug!«, erklang aus dem Hintergrund. Mit dick aufquellenden Schläfenadern sah Wendlandt, wie sich Lokalreporter Plaschke samt Kamera näherte. Bis heute hatte Wendlandt nicht gewusst, dass der phlegmatische Schreiberling sich so schnell bewegen konnte. Bei den Umzügen zum Schützenfest durfte er seit einigen Jahren nicht mehr mitmarschieren, weil er immer wieder den Anschluss verlor und Gift für jede Marschformation war.

»Wir stellen uns dahinter auf, und Sie machen das Bild frontal von vorn«, kommandierte der Buchhändler. Bei diesen Worten hatte er bereits beide Arme abwehrend in Wendlandts Richtung ausgestreckt. Dabei hatte der in diesem Moment noch gar keine Anstalten gemacht, seinen Platz in der ersten Reihe einzunehmen.

»Da oben wohnen Augenzeugen«, informierte Süß den Reporter und wies auf die gegenüberliegenden Häuser. Plaschke hatte die Wahl zwischen vier Häusern. Tatsächlich waren zwei Fenster mit Augenzeugen besetzt. Und da kam schon der dritte. Wendlandt erkannte, dass er einen Schlafanzug trug.

Verdutzt sah der Bürgermeister, wie Süß in ein Diktiergerät zu sprechen begann, das er plötzlich in der Hand hielt.

»Mein Name ist Uwe Süß, Süß mit Eszett, ich bin der einzige Buchhändler von Wortleben mit zurzeit 3.018 Einwohnern. In diesem Moment stehe ich in der Hauptstraße schräg gegenüber vom Elektrogerätemarkt Rudi Herbst, Öffnungszeiten Montag bis Samstag 9 Uhr bis 18.30 Uhr. Samstags würde ich nicht später als mittags erscheinen.

Vor wenigen Augenblicken hat sich hier ein schrecklicher Unfall ereignet. Eine betagte Bewohnerin wurde beim Versuch, die Hauptstraße zu überqueren, von einem ortsfremden Autofahrer über den Haufen gefahren. Ein medizinischer Ersthelfer war wie ich zufällig Augenzeuge der Katastrophe. Seine erste Diagnose gibt ganz leichte Entwarnung. Oma Tewer, wie Frau Amalie Tewer im Ort von allen genannt wird, hat eine Chance, das traumatische Ereignis zu überleben. Zu den seelischen Schäden sind in diesem Moment natürlich noch keine gesicherten Aussagen möglich. Als Ortsvereinsvorsitzender der Sozialdemokratischen Partei Deutschlands darf ich bei dieser Gelegenheit wiederholen, dass meine Partei seit Langem mit großer und kompromissloser Entschiedenheit für die zeitnahe Aufstellung einer Verkehrsampel in der Hauptstraße kämpft. Natürlich kann diese Ampel nur ein Anfang sein, weitere Ampeln müssen folgen. Im ganzen Ort gibt es in diesem Moment keine einzige Ampel. Wer morgens seine Wohnung verlässt, kann nicht sicher sein, dass er abends seine Familie wiedersehen wird. Dieser furchtbare Unfall war eine Warnung. Und Gelegenheit für alle Parteien im Ort, endlich ihre Blockadehaltung aufzugeben und zu erkennen, wo die Prioritäten liegen. Das Wichtigste ist das Leben. Oh, ich sehe gerade, dass Doktor Stuthe mir erlaubt, eine Frage an das Unfallopfer zu richten. – Oma Tewer, wie fühlst du dich?«

»Na, was meinst du denn, wie man sich fühlt, wenn man dem Tod und dem Scirocco ins Auge blickt. Ein selten hässliches Auto.«

»Ein Wort zum Thema Verkehrsampel, falls deine Kräfte dafür reichen.«

»Her mit der Ampel. Besser gestern als morgen. Ich will nicht, dass bei uns auf jedem zweiten Grab eine Ampel steht. Wenn nachts die kleinen Ampeln ihr Dauer-Rot in die Welt hinausschreien, dann wissen wir: Wer gegen die Ampel ist, ist kein Wortlebener. In jeder Familie ein Todesfall! In jedem Lokal eine Trauerfeier! Leichenschmaus mit Warteliste! Das ist doch kein Leben! Und warum? Weil man bei uns keine Straße mehr heil überquert kriegt. Mir wird schwindlig, mir dreht sich alles vor den Augen, mein Leben zieht an mir vorbei. Tausendmal lebendig über die Hauptstraße. Tausendmal ist nichts passiert. Bis die Staatspartei die Ampeln verboten hat. Ich spüre mein Herz nicht mehr. Ruft einen Arzt, solange wir in Wortleben noch telefonieren dürfen. Adolf Wendlandt, ich habe mich in dir getäuscht. Tewer Ende.«

Plaschke drängte nach vorne und schoss Oma Tewer ab. Er dirigierte die Roten hinter das Unfallopfer, das jetzt auf dem Bordstein saß und einen Schluck aus dem Flachmann nahm, der ihr aus der immer weiter anwachsenden Menschenmenge gereicht wurde. Sie wollte aufstehen, doch Süß und Ferdi Düver drückten sie immer wieder auf den Bordstein zurück.

»Wie war ich?«, fragte Oma Tewer einen Tick zu laut.

Aus dem Hintergrund rief Rudi Herbst: »Der Rettungswagen ist gleich da. Sagt mir, dass ich nicht auch den Leichenwagen ... Gott sei Dank.«

Er hatte alles angerufen, was er sich vorher aufgeschrieben hatte: Krankenhaus, Bundeswehr, Malteser, Rotes Kreuz, NDR, ZDF, das Kanzleramt in Berlin, zuletzt sogar die örtliche Polizei.

»Dich kenn ich doch«, murmelte Wendlandt und starrte den Unglücksfahrer an. »Woher kenne ich den Kerl?«

Es war dann ein zufälliger Blick auf Ferdi Düver, der ihm aufs Pferd half. »Daher also«, fauchte der BM und packte Rittling am Schlafittchen. »Du bist der Schwager von dem roten Bastard.«

»Knips! Knips! Knips endlich!«, forderte Süß den Reporter auf. »Unterzeile: Bürgermeister schlägt den Unglücksfahrer. Das erschütternde Dokument über einen Mann, der in diesem Moment den größten politischen Irrtum seines Lebens erkennt. Ich maile dir den Text gleich rüber.«

»Mit euch arbeite ich am liebsten«, sagte Plaschke gerührt.

Wendlandt hatte den Unglücksfahrer immer noch am Schlafittchen. »Gestehe lieber gleich«, fauchte er. »Das war abgekartet. Du hast im Auftrag gearbeitet.«

»Dies ist ein freies Land«, stöhnte Rittling. »Hier darf jeder jeden überfahren.«

»Hau ihn«, sagte Oma Tewer.

»Was?«

»Hau ihn. Wenn du wirklich mein Bürgermeister bist, haust du ihn jetzt.«

In Wendlandts Kopf begann ein kleines Licht zu leuchten. Es war rot und blinkte. Aber es war auch sehr klein. Wenn man sich Mühe gab, konnte man es ignorieren.

Immer mehr Passanten strömten herbei, nun war auch das Ehepaar aus dem Wohnhaus gegenüber zur Stelle. Viele Handys klackten, bewegte Bilder wurden massenhaft produziert. Einheimische ließen sich gemeinsam mit Oma Tewer fotografieren. Der Trend ging dahin, sich neben dem Scirocco fotografieren zu lassen. Selbsternannte Polizisten regelten den Verkehr und leiteten die wenigen Autos um die Unglücksstelle herum.

Die ersten beiden Rettungswagen fuhren vor. Rot gekleidete Sanitäter rangelten um das Vorrecht, Oma Tewer erstzuversorgen. Sie wehrte sich mit Händen und Füßen.

»Erst ein Stück Torte, danach darfst du mich anfassen«, rief sie.

Ferdi Düver trieb sich in der Menge herum und forderte immer wieder, nie zu vergessen, wer für die Ampel war und wer dagegen.

Zwei starke Hände packten den Buchhändler und drehten ihn herum.

»Das ist ein Komplott«, sagte Adolf Wendlandt in der Tonlage, die schon mehreren Einheimischen Ärger und Verdruss eingetragen hatte.

»Allerdings«, stimmte Süß zu. »Ein Komplott für das Leben. Und wer ist die einzige Lebenspartei in Wortleben? Genau! Und welche Mehrheitspartei hat in den letzten Jahren jeden Kontakt zu den Menschen verloren?«

»Ich mag den hier viel lieber«, sagte Oma Tewer und hakte sich bei Uwe Süß ein. So gerührt war er lange nicht mehr gewesen. Unwillkürlich fiel ihm die Nacht ein, in der Vera zu ihm gesagt hatte: »Wenn du so weitermachst, wird aus dir noch ein feuriger Liebhaber.«

»Und Rudi Herbst mag ich auch«, fuhr Oma Tewer fort. »Rudi erklärt mir nachher den *Walkman*, mit dem ich mich unterhalten kann, wenn der Buchhändler keine Zeit für mich hat.«

Jetzt begann auch im Kopf des Buchhändlers ein rotes Licht zu leuchten. Es leuchtete in schnellem Rhythmus, etwa in dem Tempo, den ein Puls an den Tag legt, dessen Besitzer sich gerade über einige Konsequenzen klar wird, an die er bis vor zwei Minuten noch nicht gedacht hat.

Wenige Tage später installierten Techniker die erste Verkehrsampel in der Geschichte von Wortleben. Oma Tewer benutzte, vom Beifall der reichlich vorhandenen Passanten begleitet, die erste Grünphase für eine Straßentraversierung nach allen Regeln der Kunst. Danach trat Buchhändler Süß an den Straßenrand. Er suchte in der Menge nach dem Bürgermeister, aber der hatte sich in letzter Minute mit einer unaufschiebbaren Dienstfahrt in die Landeshauptstadt entschuldigen lassen. Wie aus dem Nichts aufschießend, stand Sybille Klöppel, die Rathaussekretärin, neben Süß. »Jetzt sind wir endlich ein Paar«, sagte sie leise und hakte sich bei ihm ein. Gemeinsam schritten sie über die Hauptstraße. Sybille lächelte huldvoll nach allen Seiten. Süß dachte derweil: Nicht heulen jetzt, bloß nicht heulen. Heute ist der erste Tag deiner großen politischen Karriere.

12

Hannes Wendlandt ließ die Zeitung sinken und sagte: »Das hast du ja wieder sauber hingebogen.«

Seine Mutter richtete einen besorgten Blick auf den Gatten. Dessen Antwort ließ nicht lange auf sich warten:

»Was passt meinem Herrn Sohn denn nun schon wieder nicht?«

»Hier, die Sache mit der Ampel. Da hast du doch dran gedreht.«

»Ich weiß nicht, was du meinst.«

»Du hast doch zuerst Himmel und Hölle in Bewegung gesetzt, um die Ampel zu verhindern. Jetzt ist die Ampel da, und im Ort wundern sich einige, dass die Opposition mal wieder einen Punktsieg gelandet hat. Aber die Zeitung schreibt dir die Ampel zu. Der Bürgermeister hat sein Ohr am Puls der Bevölkerung. Dem Bürgermeister liegt die Sicherheit in Wortleben am Herzen. Der Bürgermeister freut sich, dass er wieder ruhig schlafen kann, weil er sich nicht mehr bei jedem Hupen und Reifenquietschen das Schlimmste vorstellen muss.«

»Die Wahrheit und nichts als die reine Wahrheit.«

»Da hast du doch dran gedreht.«

»Wie soll das denn gehen? Ich bin kein Schreiber.«

»Aber du kennst Leute, die für dich schreiben, sogar gerne. Weil sie sich davon einen Vorteil versprechen. Und weil du unbedingt etwas tun wolltest, damit die Leute die Ampel mit dir in Verbindung bringen und nicht mit anderen Parteien.«

»Wir waren doch dagegen!«

»Aber du bist geschmeidig.«

»So wie du das sagst, klingt es, als hätte ich kein Rückgrat.«

»Mancher Politiker wäre geschmeichelt, wenn man ihm Geschmeidigkeit unterstellt.«

»Möchte noch jemand?«, fragte Anna und hielt den Löffel mit dem Berg Rührei lockend in die Höhe. Zehn Eier, gute Butter, gewürfelter Schinken, gehackter Schnittlauch in der jahrzehntealten großen Familienpfanne, die anschließend mit Zeitungspapier ausgewischt wurde – so sah bei Wendlandts das klassische Frühstück aus. Dazu Kaffee, der Tote aufweckt, und in den kalten Monaten gern auch oder stattdessen Kakao. Aber richtiger Kakao, kein vorbereiteter und vorgesüßter. Und auf dem Tisch die karierte Wachstuchdecke, einmal mit dem feuchten Tuch hin, einmal her und Ende der Vorstellung.

Seit einigen Jahren standen zwei kleine Blumentöpfe in der Mitte, mit Blumen, die meistens blühten. In den ersten Jahren waren sie regelmäßig in zu viel Wasser ersoffen oder verschimmelt. Dem Hausherrn war einfach nicht abzugewöhnen, den Töpfen jeden Morgen einen Spritzer Wasser zu spendieren.

»Ich muss das tun, ich bin Bauer. Alles in mir schreit danach: Du musst gießen oder du kommst in die Hölle. Ich kann nicht in Ruhe Frühstück essen, wenn vor meinen Augen und Ohren Pflanzen um Hilfe rufen.«

Lange hatte Anna dagegen andiskutiert. Erst ihre Drohung, die Rührei-Tradition zu überdenken, hatte den zwangsgießenden Bauern ausgebremst.

Zwei Teller wurden Anna entgegengehalten, der Löffel für Hannes fiel reichhaltiger aus. Dem Hausherrn entging das nicht. Eine Bemerkung lag in der Luft, aber er bremste sich. Insgeheim begriff er nicht, warum die zeitweilige Anwesenheit einer einzigen Person jedes Mal alle Traditionen auf den Kopf stellte.

Wendlandt blickte sich um und murmelte: »Wenn ich dich nicht kennen würde, würde ich für ein Lob halten, was du sagst. Da ich dich aber kenne und da ich den Spott und die Herablassung heraushöre ...«

»Du kennst mich eben doch nicht ganz so gut, Vater. Vielleicht kennst du mittlerweile deine Kollegen besser. Und alle Leute, mit denen du hier die Politik bestimmst.«

»Aber du bist jedes Mal satt geworden oder? Habe ich auch als Vater etwas falsch gemacht?«

»Du hast einen Plan für mich, so wie du meistens einen Plan hast.«

»Mit Ausnahme der Geburtstage deiner Mutter. Da bin ich jedes Jahr planlos.«

»Und das liegt woran?«

»Weil du einem Menschen nichts schenken kannst, der dir Jahr für Jahr hundertmal sagt: Ich brauche nichts, ich habe alles. Wenn wir alle gesund bleiben, bin ich reich beschenkt. Sag selbst, was schenkst du so einer Person?«

»Eine Klinik. Das war ein Scherz. – Jedenfalls musst du die Flasche Eierlikör langsam mal auswechseln. Bei uns trinkt niemand mehr Eierlikör.«

»Uwe Süß sagt, in seinen Kreisen sind sie ganz spitz darauf.«

»Dann weißt du ja, was du ihm schenkst.«

»Ich schenke doch diesem Kerl nichts. Der hat mehr Geld als ich. Und viel weniger Verstand. Seine Holde ist Ärztin, die schwimmen in Geld. Das sind Millionäre.«

»Übertreib nicht.«

»Millionäre! Jede Wette! Soll ich es für dich rauskriegen?«

»Um Gottes willen nein! Ich will euch auch in Zukunft noch besuchen, ohne mich für den Spion in meiner Familie schämen zu müssen.«

»Vielleicht dealt er nach Feierabend mit geraubten alten Büchern. Dafür bezahlen Sammler doch jeden Preis.«

»Der Buchhändler ist ein ehrlicher Mann«, behauptete Anna.

»Nicht jeder, in dessen Laden jedes zweite Buch ein Roman für Frauen ist, muss ein ehrlicher Kerl sein. Bestimmt kaufen ihm die Klostertucken die wertvollsten Bücher ab, deren Bibliothek wird immer größer.«

»Seit wann hast du einen Blick für Bibliotheken?«, fragte Hannes.

»Ich bin der Bürgermeister. Streng genommen gehört mir jede Bibliothek im Ort zu einem kleinen Teil mit.«

Mutter und Sohn warteten auf ein Lächeln, das Adolfs letzten Satz als Scherz kenntlich machen würde. Aber er lächelte nicht.

»Wenn du eines Tages Bürgermeister bist, erbst du diese kleinen Teile von allen Bibliotheken. Ist das nicht ein schöner Gedanke? Du erbst nicht nur schäbiges schmutziges Geld, sondern auch Bildung. – Na ja, und 1.000 Frauenromane. Damit ist deine künftige Frau einige Jahre beschäftigt. Und danach ist sie Mutter. Soll ich sonst noch ein Problem für dich lösen?«

»Politik ist nicht mein Ding. Ich will nicht dauernd tricksen müssen.«

»Dein Vater ist doch kein Betrüger.«

»Das will ich ihm auch nicht unterstellen. Aber tricksen musst du, erst recht in kleinen Orten, wo jeder jeden kennt. Weil sich Kommunalpolitiker ja besser mit ihrem Umfeld auskennen als Bundestagsabgeordnete.«

»Stimmt«, sagte Wendlandt. »Als Zugezogener von auswärts würde ich nicht ein Hundertstel von allen Leichen kennen, die meine sauberen Nachbarn im Keller haben. Deshalb wird der Buchhändler bei uns auch nie ein Bein auf die Erde kriegen. Das ist natürlich nicht der einzige Grund, dazu kommen seine verschwurbelte Ausdrucksweise und seine Unfähigkeit, mit Männern zu reden. Er kann nur mit Frauen. Ich bin sofort weg, wenn er neben mir steht oder sitzt und eine Frau aufs Korn nimmt. Und mit ›aufs Korn nehmen‹ meine ich nicht …«

»Wir wissen, was du meinst«, rief Anna schnell. »Und auch, was du nicht meinst.«

»Sicher?«

»Todsicher.«

»Dann bin ich beruhigt. Wisst ihr, dass unsere Sybille jedes Mal rollig wird, wenn sie den Buchhändler erspäht?«

»Die Sekretärin?«, sagte Anna lauter, als sie sonst redete. »Die Sekretärin hat Gefühle? Für diesen Mann? Was stimmt denn nicht mit der Frau?«

»Sie neigt zum Schmachten«, sagte Wendlandt. »Sie kriegt dann so einen Blick. Und über ihre Stirn läuft ein Laufband, da steht drauf, was sie gerade denkt und was sie sich gerade vorstellt.«

»Ich frühstücke mit niemandem so gern wie mit euch«, sagte Hannes verträumt. »So was kommt in meiner Welt in der Stadt nie vor.«

»Höre zu und lerne«, sagte Wendlandt. »Und halte dich von Sybille Klöppel fern. Ich will nicht, dass sie abends versucht, über die Regenrinne in dein Zimmer zu klettern.«

»Sieht sie gut aus?«

»Na ja, was heißt gut? Also dafür reicht es, wenn du die Augen schließt und an Deutschland denkst.«

»Euch ist schon klar, dass ihr nicht allein seid?«

»Er ist mein Sohn, Anna. Er hat ein Anrecht auf deutliche Antworten auf deutliche Fragen. Oder ist dir das zu peinlich, Sohn?«

»Nein, nein, ich komme damit klar. Wäre ja auch seltsam, wenn nicht. Nach so vielen Jahren in diesem Haus.«

»Siehst du, Anna. Ist das nicht schön, wenn dir die eigenen Kinder bestätigen, dass wir in der Erziehung nicht alles falsch gemacht haben?«

»Ich könnte auch damit leben, wenn sich die Komplimente auf ein anderes Gebiet beschränken würden.«

»Kein Wort gegen die Vermehrung! Ohne Vermehrung gibt es keine Viehzucht und keine Landwirtschaft. Und auch im übrigen Leben würde es dann ziemlich klappern. Apropos Vermehrung, sag mal, Hannes ...«

»Immer noch kein Kontakt mit Diana. Steht aber auf dem Zettel.«

»Ruf sie einfach an, ist doch schnell erledigt. Wenn du willst, kann ich gerne für dich ...«

»Vielen Dank. Das kriege ich gerade noch selbst fertig.«

»Ich spiele ja nur den Terminonkel. Danach steigst du natürlich persönlich in den Ring.«

»Es wäre mir lieb, wenn du nicht ständig versuchen würdest, mich in die Richtung zu schubsen, die dir wichtig ist.«

»Mach ich das?«

»Du lässt mir keine Ruhe. Merkst du das nicht?«

»Mach ich das?«

»Ständig beobachtest du mich. Ständig stellst du deine kleinen geschickten Fragen. Wann die Prüfung ist. Ob du dich darauf verlassen kannst, dass sie im Frühjahr stattfindet. Was ich für Wünsche habe, wenn ich auf den Hof komme.«

»Was passt dir daran nicht? Soll ich über deinen Kopf hinweg entscheiden?«

Hannes vergrub das Gesicht in beiden Händen. »Vater, du hast schon alles beschlossen, ob du es zugibst oder nicht. Auch das fällt übrigens unter Tricksen. Ich muss nicht mehr tun, als dem zu folgen, was du in die Wege geleitet hast.«

»Freu dich doch. Warum sollst du dich um den ganzen Schiet kümmern, den ich genauso gut …«

»Ich will nichts abgenommen kriegen!«

»Das ist eine Kunst. Wer nicht delegieren kann, geht irgendwann in dem vielen Popelkram unter.«

»Du deckst die anderen zu! Du nimmst ihnen die Luft zum Atmen.«

»Was meinst du wohl, was bei uns für Zustände herrschen würden, wenn ich den Kadetten mehr Leine geben würde? Unser Ort würde zum Gespött werden. Wir würden in die Fernsehnachrichten kommen. Aber nicht als Vorbild, sondern als Witz.«

Wendlandt holte die Flasche aus dem Schrank. »Whisky, aus Irland. Ich werde nie begreifen, was du daran findest. Aber du sollst sehen, dass wir auf dem Land mit der Zeit gehen.«

Hannes lächelte ein schmerzliches Lächeln. Er trank und tigerte durch den riesigen Wohnraum. Er blieb am Fenster stehen, setzte sich wieder in Bewegung. Die Eltern wechselten einen Blick.

»Also hört zu«, sagte Hannes. Er nahm regelrecht Anlauf. »In einem halben Jahr bin ich mit der Ausbildung fertig.«

»Dann ist mein Ältester Diplom-Landwirt. So was gab es zu meiner Zeit nicht. Wir hatten das auch nicht nötig damals.«

»Addi!«

»Gut, gut. Ich weiß, dass alles komplizierter geworden ist. Vor allem die Bürokratie rings herum. Nach meiner unmaßgeblichen Meinung hat uns die EU vor allem tonnenweise Papierkram eingebracht. Das geht alles von der Arbeit mit dem Land und den Viechern ab. Weißt du, dass der Schwager von Robert Klinge vor zehn Tagen Konkurs angemeldet hat?«

Hannes sah ihn bestürzt an.

»Ich habe es auch erst vor zwei Tagen erfahren, ich sehe ihn ja selten. Eigentlich nur im Jagdverein. Und in der Bank habe ich ihn mal … na egal. Das Leben muss weitergehen.«

»Gibt dir das nicht zu denken?«, fragte Hannes. »Vor zehn, zwölf Jahren war das ein blühender Hof.«

»Eben, vor zehn Jahren. Früher waren zehn Jahre länger als heute. In zehn Jahren kannst du heutzutage einen Hof zuschanden reiten. Und die Arbeit haben die Klinges ja auch nicht erfunden. Dann geht das eben nicht. Ist traurig, aber wir können ja nicht per Gesetz verbieten, dass die schwachen Landwirte aus dem Rattenrennen ausscheiden.«

Fassungslos stand Hannes vor seinem Vater: »Das meinst du nicht im Ernst.«

»Das hat's immer gegeben. Deshalb muss man ja so aufpassen, dass man keiner von den Schwachen wird. Deshalb bin ich auch so froh, dass du nicht blind darauf vertraust, was dir dein alter Herr aufschwatzen will. Du studierst die heutige Landwirtschaft. Das ist gut für uns alle, das ist gut für den Hof, basta.«

13

Wendlandt bemerkte, dass Hannes mit dem Daimler vom Hof fuhr. Der Bauer mutete sich zwei Stunden Buchhaltung zu und las in der Gebrauchsanweisung für Personal-Computer. Er begriff einfach nicht, wo bei diesen Kästen die Arbeitserleichterung stecken sollte. Bauer Wauschkuhn schwärmte von den Geräten wie von einem neuen Kunstdünger. Aber er hatte auch eine Tochter, die ihm bereitwillig half. Was hatte Wendlandt? Eine Tochter, die nach dem Öffnen eines Bechers Joghurt aussah, als würde sie am liebsten Frührente beantragen.

»Um Gottes willen!«

»Raus!«, rief Vera.

»Was treibt ihr hier, um Gottes willen?«

»Wonach sieht es denn aus?«

»Guten Tag, Rosemarie. Guten Tag, Brunhilde. Und wir hatten noch nicht das …«

»Ich bin doch die Valerie. Was stehst du denn so krumm?«

»Ich … es kommt mir etwas merkwürdig vor, wenn ich als Einziger …«

Raus!«, sagte Vera ohne Freundlichkeit. Sie wirkte umso bedrohlicher, je leiser sie sprach. Am schlimmsten war es, wenn sie schwieg.

Länger hätte er es auch nicht ausgehalten in dem Raum mit den an die Wand gerückten Möbeln und vier Frauen, die auf dem Kopf standen.

In der folgenden halben Stunde drangen aus dem Raum

schreckliche Geräusche: Seufzen, Schreie, Weinen, aber vor allem Schreie, helle und spitze Schreie, die Süß durch Mark und Bein gingen. Selbst Moppel, der feiste Kater, stellte ein Ohr hoch.

Er wählte die Nummer von Brunhildes Mann. Da Ulf Lehrer war, würde er gegen 13.30 Uhr zu Hause sein.

»Was ist denn?«, kam es gequält.

Offenbar hatte Ulf geschlafen. Das machte er jeden Tag nach der Schule, bevor er sich ab 16 Uhr Beschäftigungen zuwandte, die ihn wirklich ausfüllten. Ulf Bahnwerter war stellvertretender Vorsitzender des Tennisvereins und gab an der Volkshochschule in der Kreisstadt Kurse für naturnahes Gärtnern. Am tollsten fand er seine Mitarbeit an einer pädagogischen Zeitschrift, die seitdem angeblich die Auflage von 900 auf 1.100 fast verdoppelt hatte.

Für das Gärtnern benötigte Ulf zentnerweise Ziegenmist. Da es in der Region aber nicht zentnerweise Ziegen gab, drehte er pausenlos Runden, in deren Verlauf er privaten und beruflichen Ziegenhaltern Mist abschnackte, wobei er stets den Eindruck erweckte, finanziell mittellos zu sein. Abends schrieb er an einer Broschüre mit dem Arbeitstitel: *Das Theodorakis-Treibbeet – Gärtnern wie die linken Griechen*. Vielleicht hieß es statt »linken« auch »alten«. Es wollte Süß nicht gelingen, sich das zu merken.

»Habe ich gestört?«, fragte er.

»Ich konnte unterbrechen«, knurrte Ulf. »Was gibt's?«

»Was hecken deine Frau und meine Frau und einige andere Frauen miteinander aus?«

»Theater.«

»Was?«

»Sie spielen Theater. Warum weißt du das nicht? Du, das wäre aber bedauerlich. Zu einer funktionierenden Partnerschaft gehört, dass man miteinander im Gespräch bleibt.«

»Jaja, Ulf. Also, was ist nun?«

»Du, das geht aber nicht, dass ich hier die Sprachlosigkeit unterstütze, die du und Vera ...«

Süß drückte die Taste. »Es geht nicht«, murmelte er, »es geht einfach nicht.«

Stimmen im Flur kündigten den Aufbruch an. Als Süß dazukam, löste Vera gerade das Band, mit dem sie ihre Haare gebändigt hatte. Wangen und Hals waren gerötet, Uwe wusste, dass sich jetzt alles wunderbar heiß anfühlen würde. Eigentlich kein übler Zeitpunkt, um auf die Schnelle ...

»Pass auf, dass dir nicht die Augen aus dem Kopf fallen.«

Er bemühte sich, die glotzenden Anteile in seinem Blick zu minimieren, und lief Vera hinterher wie ein Hund.

Sie war dann so freundlich: »Weil wir in der Kreisstadt kein Theater haben und weil wir in Wortleben in den nächsten 100 Jahren keins kriegen werden, machen wir uns unser Theater eben selbst.«

Sie strahlte ihren Mann an und biss herzhaft in ein Stück Obst. Avocado oder Kiwi. Eines Tages würde es ihm gelingen, sich den Unterschied zu merken.

»Wir haben doch die Bauernbühne«, sagte er.

Vera lachte höhnisch. »Wer sagt denn immer, dass es nicht zum Aushalten ist, was die einstudieren.«

»Ist es ja auch nicht. Aber sie sind mit Eifer dabei. Das ist doch was.«

»Natürlich ist das was. Furchtbar ist das.«

Süß wurde bewusst, was er an der hoffnungslosen Truppe von Ex-Studienrat Fuchsig am meisten schätzte: Er war mit keinem ihrer Mitglieder verheiratet.

»Was wollt ihr denn einstudieren?« Ihm war klar, dass er dabei war, gerade ein Fass zu öffnen.

»Wenn ich nicht schnell was mache, drehe ich hier durch«, antwortete Vera, während sie einen Keks in den Kaffee tauchte. Die Aussicht auf eine Ehefrau, die vor fremden Leuten auf einer Bühne herumstolperte und sich dort womöglich nicht nur ständig versprach, sondern selbst verwirklichte, hielt Süß in der Küche fest.

»Warum können wir nicht still und zufrieden leben wie andere Paare?«, fragte er. Nebenan trat Nachbar Lühr einen Schritt zur Seite, damit seine Frau, die in beiden Händen volle Einkaufstüten trug, nirgendwo anstieß.

»Uwe Süß«, begann Vera.

Das war die zweitschlimmste Anfangsfloskel, zu der sie fähig war. Die schlimmste lautete: Uwe Stefan Süß!

»Ich schmore hier auf Sparflamme, falls dir das entgangen sein sollte.«

In der Tat. Das war ihm bisher entgangen.

»Aber Vera, fang doch nicht wieder damit an.«

»Uwe Süß, sieh dich vor! In deinem Haus tickt eine Zeitbombe, und du bist der Typ Mann, der sie todsicher zur Explosion bringen wird.«

Er forschte in ihrem Gesicht, was das eben gewesen war: ein Kompliment oder ein Vorwurf. Es sah ihm tendenziell doch mehr nach einem Vorwurf aus.

14

»Guten Morgen, mein Schatz«, sagte Anna Wendlandt, drückte einen Kuss auf die stoppelige Wange ihres Liebsten und stellte die Kaffeekanne auf den Tisch. »Ich habe ihn besonders stark gemacht. Wie lange ging es denn noch?«

»1.30 Uhr, 2 Uhr vielleicht. Nicht später als 2.30 Uhr. Um 3 Uhr war der Letzte draußen. Wie das so ist, wenn man einen Sieg zu feiern hat. Die Ampel ist für den Rest unseres Lebens mit meinem Namen verbunden. Freust du dich für mich?«

»Du hättest trotzdem Uwe Süß einladen sollen.«

»Wie komme ich dazu, diesen Rotzlöffel seine langen Beine unter meinen Tisch stecken zu lassen? Beziehungsweise unseren Tisch. Aber seine Beine.«

»Wir leben alle im selben Ort.«

»Aber wir schlafen nicht alle im selben Bett.«

Anja schleppte sich an den Tisch.

»Guten Morgen, Zukunft unseres Landes!«, schmetterte Wendlandt.

»Mmmmmmm.«

»Hat mein kleiner Sonnenschein gut geruht?« Er hatte das Gefühl, nur mit Lautstärke diese Transusigkeit durchdringen zu können.

»Wenn ihr leiser gewesen wärt, hätte ich besser geschlafen.«

»Das war Erwin. Wenn Erwin Segler breit ist, fängt er an zu lachen. Und er stößt gegen alle Möbel. Oder macht beides gleichzeitig. Und dann lacht er doppelt so laut.«

»Du musst sehr stolz sein auf deine Kumpel«, murmelte Anja. »Aber so ist das auf dem Land. Man muss mit dem auskommen, was vorhanden ist.«

»Iss gefälligst ordentlich und fang nicht wieder mit dieser Schlürferei an.«

Anja brachte die Schüssel mit den Cornflakes aus der väterlichen Reichweite. Zwei Schüsseln waren bereits im Waschbecken gelandet.

»Wo steckt Achim?«, fragte der Bauer.

Der landwirtschaftliche Assistent weilte beim Landhandel, Wendlandt erinnerte sich, ihn dorthin geschickt zu haben. Er wusste nur nicht mehr, mit welchem Auftrag.

Hannes betrat die Küche und grüßte freundlich in die Runde. Es fing also schon gut an. Als er dem Vater die Butterschale reichte, konnte sich Wendlandt grade noch beherrschen. Als er dann jedoch eine scherzhafte Bemerkung über die angeblich chaotisch sitzenden väterlichen Haare hinterherschob, erlebte Wendlandt die erste Kernschmelze des jungen Tages.

»Spar dir deine Munterkeit«, blaffte er.

»Was ist denn?«

»Frag nicht so scheinheilig. Du hast mich blamiert.«

»Ich dich? Wie soll das denn gehen? Du blamierst doch immer die anderen.«

Anna Wendlandt seufzte.

»Ich hatte meine besten Freunde zu Besuch. Beziehungsweise Parteifreunde. Jeder von ihnen bedeutet mir etwas, jeder von ihnen ist für mich da und steht für mich ein. Und ich für ihn. Und was macht mein Herr Sohn? Steckt den Kopf durch die Tür und teilt uns mit, dass er gleich ins Bett will. Ein Skandal ist das. Und peinlich obendrein.«

»Ihr wart gerade so lustig alle. Da hätte ich nur gestört, denn ich kam von einem Abend, bei dem es ernsthaft zugegangen ist. Außerdem ging es gerade gegen deine Lieblingsfeinde. Oder deinen besonderen Lieblingsfeind, den Buchhändler. Das fand ich nicht besonders einladend. Immer dieses Hetzen gegen Leute, die gar nicht so übel sind. Und für Wortleben sogar positiv.«

»Pass auf, was du sagst! An meinem Küchentisch werden keine Roten gebauchpinselt. Und schon gar nicht vor der dritten Tasse Kaffee.«

»Aber grüne Spione haben Zutritt«, entgegnete Hannes grinsend.

Alle Köpfe wandten sich Anja zu, deren Esstätigkeit sofort zum Erliegen kam.

»Du musst das verstehen«, sagte Wendlandt. »Du wirst mit den Kerlen eines Tages zusammenarbeiten. Es kann nicht schaden, wenn du sie vorher kennenlernst. Oder bist du zu schüchtern?«

So, nun lach, du Hund, dachte er mit grimmiger Zärtlichkeit.

»Bist du sicher, dass ich mit den Kerlen eines Tages zusammenarbeiten werden?«, fragte Hannes und veränderte mit der Frage die Chemie in der Küche.

Anjas Gesicht tauchte aus der Schale auf. Anna setzte sich auf den freien Stuhl, und ihr Mann kaute hektisch auf seinem Schwarzbrot herum.

»Man weiß ja nie, was passiert«, sagte Wendlandt dann bedächtig. »Vielleicht rennen wir morgen alle vor ein Auto, oder ein Bulle nimmt mich zwischen die Hufe, oder Anja wird von der Schule verwiesen wegen Schnarchens im Unterricht.«

»Oder ein Mann von 23 Jahren nimmt sich die Freiheit, einen Entschluss zu fassen, der seinem Vater nicht passt, der für den jungen Erwachsenen von 23 Jahren jedoch die richtige Entscheidung ist.«

Gelassen hielt Hannes dem Blick des Vaters stand.

»Sag mal, Sohn, könnte es sein, dass du mir etwas sagen willst?«

»Ich will nicht ständig das Gefühl haben, dass ich bei allem, was ich tue und lasse, nur das nachvollziehe, was höhere Instanzen in ihrer allumfassenden Weisheit bereits beschlossen haben.«

»Wow«, stieß Anja hervor.

»Junge, red doch«, forderte Anna ihren Sohn auf, während ihr Mann versonnen die nächste Scheibe Schwarzbrot mit seinem geliebten Pflaumenmus bestrich. Fingerdick.

»Lass ihn, Anna«, sagte er leise. »Das kommt alles raus, wenn die Zeit gekommen ist.

»Es wäre schön, wenn ich glauben könnte, dass du das wirklich meinst«, sagte Hannes.

»Pass auf, Sohn, wir können die Quälerei abkürzen«, fauchte Wendlandt und stieß das Messer ins Pflaumenmus. »Ja oder nein?«

»Was bedeutet Ja oder Nein?«

»Kommst du auf den Hof oder kommst du nicht?«

Das Schweigen wurde so lastend, dass Anja den weiteren Verzehr der knackenden Cornflakes verschob. Im Arbeitszimmer klingelte das Telefon. Vater und Sohn bohrten ihre Blicke ineinander.

»Klare Antwort?«, fragte Hannes. Wendlandt nickte. Er fühlte sich unglaublich zerschlagen. Am liebsten hätte er Anna zum Kofferpacken geschickt, den Daimler durchgecheckt und dann runter nach Österreich, wo die Kühe eine andere Farbe haben, wo niemand Adolf Wendlandt und seine Sorgen kennt und wo er nach wenigen Tagen der Umgewöhnung sogar an den Kästen an den Rathäusern vorbeikommen würde, die über die dortige Kommunalpolitik informieren.

»Gut, dann klare Antwort«, sagte Hannes. »Die Antwort ist nein. Ich komme nicht auf deinen Hof.«

15

Uwe Süß ließ den Blick über die Köpfe der Anwesenden schweifen und knurrte: »Ihr würdet besser in einen Häkelkurs passen.«

»Lauter«, erklang es.

Ein knappes Dutzend Wortlebener hatte sich wie jeden Donnerstag in einem Klassenzimmer der Grundschule eingefunden, um vom einzigen Buchhändler im Ort etwas aus dem Schatz der Wortlebener Heimatgeschichte zu erfahren.

Als die Genossen Süß und Ferdi Düver seinerzeit beim Bier das Vorhaben ausgetüftelt hatten, mithilfe fortschrittlicher Heimatgeschichte die Liebe der Bewohner zur fortschrittlichen Partei zu wecken, war ihnen ihr Vorhaben sehr pfiffig vorgekommen. Süß war zum pensionierten Studienrat Fuchsig geeilt, der in seiner reichlich bemessenen Freizeit den Lehrplan der Kreis-Volkshochschule zusammenstellte. Als der Buchhändler die Grundzüge seines Projekts präsentierte, hatte Fuchsig mit unübersehbaren Zeichen von bevorstehender Ablehnung reagiert. Um die Idee zu retten, hatte Süß die fortschrittliche Seite seines Plans abgeschwächt und weiter abgeschwächt und solange damit weitergemacht, bis Fuchsig endlich nickte. An dem humorlosen und politisch rechtskonservativen Mann führte im Ort kein Weg vorbei. Das wusste niemand besser als Fuchsig selbst. Nun wusste es auch der Buchhändler, von der Fortschrittlichkeit war nichts mehr übriggeblieben. Anekdoten, Döntjes und inhaltsleere historische Nichtigkeiten erzeugten ein Potemkin'sches Dorf aus fadenscheiniger Bedeutung.

Statt einer langfristig fruchtbaren politischen Indoktrination erzählte Süß dem aufrechten Häuflein seiner Zuhörer seit Wochen so belanglose Petitessen wie die vom größten Findling des Landkreises. Lustlos referierte er über den Wandel des Schneiderhandwerks im Lauf der Jahrhunderte und über die Vorbeifahrt eines vergessenen Landesherrn des 17. Jahrhunderts auf einem staubigen Weg, der zwei Kilometer von Wortleben den Norden mit dem Süden verband. Nur ein Achsenbruch mit folgendem Kollaps von Wagen und Pferden hatte die Zeiten überdauert.

Der Oppositionsführer im Wortlebener Gemeinderat bemühte sich, Parteipolitik, Gremienarbeit und kommunale Anträge in homöopathischen Dosen einfließen zu lassen. Er wurde den Verdacht nicht los, dass er zu zarte Dosen gewählt hatte, denn bisher war kein Antrag auf Parteimitgliedschaft dabei herausgesprungen. Selbst mit einer Variante des Lächelns, die man im weitesten Sinn als zugewandt und aufmunternd bezeichnen könnte, war er während seiner Vorträge äußerst sparsam konfrontiert worden. Entsprechend wenig zuversichtlich stieß er zu seinem heutigen Thema vor: Bräuche und Sitten im stadtfernen Raum. Die Landbevölkerung stand seit jeher derben Scherzen aufgeschlossen gegenüber. So war es nicht ungewöhnlich, Diebe in Körbe zu stecken, in denen ein munteres Bienenvolk lebte. Die sogenannte »Herdprobe« hatte viele 100 Jahre für Wehgeschrei, kaum allerdings jemals zur Ermittlung der »Wahrheit« geführt. Und mit Minderheiten aller Arten –mit Hexen, Aussätzigen, Kriminellen, Narren, Künstlern, abgefallenen Priestern und liederlichen Frauenzimmern – war die Dorfbevölkerung stets rau umgegangen. Als der Buchhändler über die Praxis der »Brautwerbung« sprach, klatschte nicht nur Trudchen Kubinke, die prominenteste Fleischereifachverkäuferin im Ort, vor Freude in die Hände.

»An einer Hochzeit«, trug Süß vor, »nahm früher das ganze Dorf teil.« Die männlichen Zuhörer pfiffen und johlten, und die weiblichen hätten sich ruhig ein wenig mehr genieren können. »Wenige Tage vor der Hochzeit bekam die Braut Besuch«, fuhr Süß fort.

»Meistens kam der Besuch noch viel früher«, johlte Oberschüler Sven.

»Gute Freunde des Bräutigams besuchten die Braut und hielten bei ihr im Namen des Bräutigams um ihre Hand an.«

»Ja wohl nicht nur um die Hand«, rief Sven mit funkelnden Augen. Diesmal war er zu weit gegangen. Strafende Blicke machten ihn stumm.

»Die Abgesandten des Bräutigams befleißigten sich einer fantasievollen, frech-fröhlichen Art der Brautwerbung. Sie legten sich mächtig ins Zeug, denn sie wollten ja nicht von der Hochzeitsfeier ausgeladen werden.«

Uwe Süß hatte die Lacher auf seiner Seite. Das passierte ihm nicht oft, umso größer waren Überraschung und Freude. Süß hatte Lacher auf seiner Seite! Viel lieber hätte er sie als Kunden im Buchladen gesehen. Einst war er nach Wortleben gezogen, um Kultur in die Diaspora zu transportieren. Leider ließ sich dort ohne Kultur zwischen Buchdeckeln sehr gut leben. Diese Möglichkeit hatte Süß unterschätzt.

»Ja, so war das früher hier«, sagte er abschließend und blickte trübe auf das Ringbuch, in das Karlchen Mellien eifrig schrieb, was er in der Eile mitbekam. Alle wussten, dass Karlchen im Auftrag des Bürgermeisters in die wöchentliche Doppelstunde abgeordnet wurde, um sofort informiert zu sein, falls sich der oppositionelle Buchhändler dazu hinreißen lassen sollte, im Schutz einer kulturellen Veranstaltung Indoktrination zu praktizieren.

»Haben wir es soweit?«, fragte Süß säuerlich. Karlchen, dem wie üblich vor Eifer die Zunge im Mundwinkel klemmte, nickte.

»Kann weitergehen. Vielen Dank auch, dass Sie schön langsam reden. Und so deutlich. Dann macht es viel mehr Spaß.«

»Ich helfe doch gern«, schwindelte Süß. Was ihn am meisten wurmte, war die Tatsache, dass er dem Spion der Schwarzen das Ringbuch höchstpersönlich verkauft hatte.

Uwe Süß brachte die zwei Stunden mit Anstand hinter sich. Danach fand sich meist noch eine kleine Runde zusammen, die im *Eber* zwei bis sieben Bierchen zischte und das Gehörte Revue passieren ließ.

Süß ersparte sich diese Zusammenrottungen. Bevor er die Nachttischlampe ausschaltete, erschien vor seinem geistigen Auge das enthusiasmierte Gesicht eines Mitglieds der unüberschaubaren Sippe Molkenthin. »Heute war es ganz besonders interessant bei Ihnen«, hatte das Gesicht herausgesprudelt. Süß lächelte gerührt. Lächelnd erschien der Sandmann auf der Bildfläche. Er trug eine rote Ballonmütze und hatte Ähnlichkeit mit Adolf Wendlandt.

16

Ein neuer Tag kam zur Welt, der Tag verging, ein neuer Abend brach an, wurde älter und älter, und in den Wortlebener Wohnzimmern erloschen die Fernsehapparate. Viel sprach dafür, dass aus dem Abend Nacht werden sollte, aber dazu kam es lange nicht.

»Iiiiiiiihhhh«, lautete der Schrei, den kurz vor 23 Uhr die 19-jährige Elvira Umzuch, jüngere Schwester des ortsbekannten Mittelstrecklers Olaf, ausstieß. In Sekundenschnelle gingen im Haus der Umzuchs die Lichter an. Mutter, Vater und Olaf (der als Dritter Elviras Zimmer erreichte, was für ihn nach der verpatzten Freiluftsaison typisch war) fanden eine am ganzen Körper zitternde Elvira vor. Sie antwortete nicht auf Fragen, wies nur auf das Fenster, das wegen der lauschigen Nacht geöffnet war. Zuerst witterten die Umzuchs eine versuchte Untat auf geschlechtlicher Basis. Dies fanden sie besonders empörend, weil Elvira kommende Woche einen Jungbauern aus dem Nachbardorf heiraten sollte. Aber eine Untat hatte nicht stattgefunden, das machte Elvira den Eltern glaubwürdig klar. Doch weigerte sie sich hartnäckig zu erklären, was denn dann vorgefallen war. Den Eltern fehlte die Fantasie, sich etwas anders als eine Untat vorzustellen. So konnte das Schicksal seinen Lauf nehmen und das kann das Schicksal in Wortleben ja am besten.

»Eröffne ich die 24. Sitzung des Gemeinderats in der laufenden Legislaturperiode unter meiner weisen Führung«, verkündete Bürgermeister Wendlandt und spendierte der johlenden und pfeifenden Opposition ein kleines Bier. Für seine Parteifreunde kamen ein großes Bier und ein sogenannter »Zentnerschwerer« auf den Tisch, worunter man sich einen Doppelkorn vorstellen muss. Doktor Stuthe spendierte seiner Mannschaft sowie dem politischen Gegner eine Zigarre. Edna Herriott hustete fünfmal, davon viermal vernehmlich, bevor der Genuss schweren Herzens in die erste Pause verschoben wurde.

Zügig arbeitete der Rat das Programm ab, stets mit dem traditionellen Abstimmungsergebnis zehn zu fünf.

Der letzte Punkt der Tagesordnung lautet seit altersher »Verschiedenes«.

Uwe Süß erhob sich. »Liebe Kollegen, verehrte Edna, lieber Renato Römer, du Fleisch gewordener Beweis für die Unergründlichkeit von Wahlentscheidungen. Meine Fraktion möchte sich in uneigennütziger Weise um den Heimatgedanken verdient machen.«

»Hört, hört«, brummte der Bürgermeister, »wollt ihr geschlossen in den Süden ziehen? Meine Stimme habt ihr sicher.«

»Knapp daneben«, entgegnete der Chef der größten Oppositionspartei. »Wir beantragen die Einführung eines Brautwerbers.«

Nun gab es bei der Mehrheit kein Halten mehr. Mit Manni Mewes und dem Finanzbeamten Fleischhauer schaukelten sich die beiden größten Schweinigel zu immer frivoleren Bezeichnungen hoch.

»Gratuliere zu Ihrem Ferkelstall«, rief Süß, der genau wusste, wo man den Bürgermeister treffen konnte. Man musste lediglich eine zarte Andeutung machen, dass er seine Mannschaft nicht im Griff hatte. Augenblicklich beugte sich Wendlandt zu den Schweinepriestern hinüber und teilte ihnen mit, in welche Körperteile er sie zu treten beabsichtige – und zwar nacheinander – wenn sie nicht auf der Stelle zu parlamentarischer Würde zurückkehrten.

»Bitte weiter im Text«, sagte er danach mit huldvoller Armbewegung.

»Man dankt, Herr Bürgermeister«, sagte Süß. Wenn er sich in der Oberlage wähnte, besaß er eine charmante Art, Wendlandt zu reizen. Der Bürgermeister wusste nicht, ob Süß überhaupt klar war, wie sehr ihn diese vor sich hergetragene Nettigkeit triezte.

»Wir beantragen also den Brautwerber für Wortleben. Falls die Mehrheit wie üblich unseren Antrag abschmettert, ohne ihn zuvor – wie ebenfalls üblich – gedanklich zu durchdringen, beantragen wir alternativ die probeweise Einführung des Brautwerbers. Falls Sie sich mit dem Gedanken tragen, das ebenfalls abzuschmettern, würde ich mir an Ihrer Stelle eine verdammt gute Erklärung dafür überlegen. Die Nähe zu nackter Willkür wäre dann nämlich auch für die blindesten Dorfbewohner – was ein anderes Wort ist für: Ihre Wähler – nicht länger zu verdrängen.«

Das saß. In einem Akt großartiger Selbstverleugnung zerdrückte der Bürgermeister die von Doktor Stuthe gespendete Zigarre.

»Gut«, knurrte er, »löten wir Köpfe an die Nägel. Was, bitte sehr, ist ein Brautwerber?«

Edna Herriott lachte kreischend los. Süß überließ das Weitere seinem Vize, den es schon in allen Fingerspitzen kribbelte.

»Ohren auf also, Noch-Regierer! Ihr redet Tag und Nacht von Heimat, wir gießen eure Leerformeln mit Inhalt aus und beleben einen alten Brauch, der niemandem wehtut, der sogar putzig ist und einen erzieherischen Zweck erfüllt. Die jungen Burschen kommen aus dem Gasthaus raus, und ins Dorf tröpfelt wieder Tradition ein. Ende der Durchsage.«

Ferdi Düver war nach solchen Reden vollkommen fertig, unabhängig davon, ob er es geschafft hatte, bis zum Thema vorzudringen oder nur in Sichtweite davon. Wendlandt verkündete eine Beratungspause von zehn Minuten. Freudestrahlend verließ die Opposition – erschöpft von auszehrender Oppositionsarbeit – den Sitzungssaal, um ein Blitzturnier an den Tischfußball-Geräten auszutragen.

Die Mehrheit scharte sich derweil um ihren Mannschaftsführer.

»Das ist ja furchtbar«, jammerte Erwin Segler. »Wie sollen wir denen das ablehnen?«

»Brautwerber«, sagte Edna Herriott kichernd.

»Vielleicht ist Brautwerber ein Tarnwort für etwas Schmutziges«, meldete sich Erwin Oberschlecht zu Wort. »Ich könnte meinen Gewährsmann beim Verfassungsschutz anrufen. Der hat die Akten.«

»Weißt du, was ich dir schon lange sagen wollte?«, unterbrach der BM den Parteifreund. »Nein? Dann sei froh. Und jetzt hast du Redepause.«

»Wie lange?«

»Bis ich es sage.«

Der BM sammelte sich. »Eine Schweinerei sondergleichen ist das«, knurrte er. »Warum muss ich mir solche hervorragenden Anträge von diesen Rotznasen anhören? Warum haben wir keinen unter uns, der mich positiv überrascht? Heimat! Tradition! Nachbarschaftshilfe! Wenn die Roten anfangen, uns auf diesen Gebieten das Wasser abzugraben, übernehmen die hier nach zwei bis drei Wahlen das Regiment. Dann versauern die Böden, dann fährt der Blitz in die Obstbäume. Manni, alter Paragrafenhengst, gibt es einen Formfehler, an dem wir sie kriegen können?«

Mewes schüttelte den Kopf. »Der Süß wird besser. Wenn ich daran denke, was für ein Torfkopp der vor drei Jahren war. Der wusste doch nicht, wie man durch eine Drehtür geht.«

Auf den Gesichtern der Umstehenden zeichnete sich Wehmut ab.

»Können wir ihn anders kriegen?«, fragte Wendlandt. »Ist der Antrag irgendwie unmoralisch?«

»Um Gottes willen«, stöhnte Segler. »Dann müssten wir ja zugeben, dass die Ehe unmoralisch ist.«

Wendlandt blickte auf die Uhr. »Ich könnte einen Bombenalarm inszenieren.«

»Das macht der Wirt nicht noch mal mit«, gab Mewes zu bedenken. »Sein Verdienstausfall ist jedes Mal erheblich.«

»Aber die Bombenräumer verzehren doch auch etwas.«

»Nicht so viel wie wir. Nicht annähernd.«

»Gut«, sagte Wendlandt und straffte sich. »Dann tritt Trick 17 in Kraft.« Alle Augen hingen am Gesicht des Anführers. »Wir stimmen zu.«

Man holte die Roten von den Kickern. In Nullkommanichts brachten sie ihren Antrag durch. Uwe Süß war so verblüfft, dass er darauf bestand, die Abstimmung zu wiederholen. Gleiches Ergebnis. Der Antrag auf Einführung des Brautwerbers war mit 15 zu null Stimmen angenommen.

»So fängt es an«, sagte Ferdi Düver schwärmerisch. »Erst gewinnen wir eine Abstimmung und morgen die ganze Welt.«

»So fühlt sich das an?«, fragte ein Grüner. »So fühlt sich ein Sieg an? Ich habe davon bisher immer nur gehört.«

Ein einfaches Mitglied wurde in der Garderobe beim Weinen angetroffen.

»Geht gleich wieder«, sagte das Mitglied. »Bisher hatte ich nicht viel, wovon ich zu Hause erzählen konnte. Jetzt reicht es wieder für ein, zwei Jahre.«

Verdutzt sah Uwe Süß, wie der Bürgermeister nach einem schnellen *Steinhäger* die Gaststätte verließ.

»Er macht heute in Familie«, informierte Manni Mewes. »Da hängt wohl was schief.«

»Wahrscheinlich muss Anja vom Gymnasium runter«, mutmaßte Ferdi Düver. »Die geht den Lehrern auf die Nüsse mit ihrer Art.«

»Und wenn es nicht Anja ist?«, fragte Walter Rottian und warf einen Blick Richtung Rudi Herbst. Dessen verheerende Erziehungspraxis bei seinen tyrannischen Zwillingen war im ganzen Dorf bekannt – nicht zuletzt deshalb, weil die Zwillinge ungefragt und allzeit bereit häusliche Begebenheiten herumerzählten. Sie taten dies in einer Kindchensprache voller Lall-Laute und freihändigem Umgang mit Genitiv und Dativ, was sich selbst im vorlauten Mund von Vierjährigen bescheuert anhört.

»Da soll was mit Hannes sein«, gab Fleischhauer Auskunft. Es war ihm nicht recht, die Fassade der Sippe Wendlandt anzukratzen. Aber noch weniger recht wäre ihm gewesen, nichts zu erzählen.

»Der muss doch bald mal fertig sein mit dem ewigen Studieren«, brummte Rottian.

»Ist er auch«, sagte Rudi Herbst und vergeigte die nächste Runde im Bierdeckelkrieg ausgerechnet gegen einen Grünen.

»Deshalb ist ja die Kacke am Dampfen«, sagte Manni abgelenkt. Wenn es ihm zum vierten Mal hintereinander gelingen würde, Fleischhauer zu schlagen, wäre das mehr als der Sieg über einen Beamten gewesen. Es wäre der Sieg über den Staat an sich, als dessen abstoßendster Vertreter sich ein Finanzbeamter betrachten darf.

»Ich verstehe Bahnhof«, sagte Ferdi Düver.

»Naja«, entgegnete Fleischhauer, »der Junge will wohl nicht so, wie sein Vater will.«

»Und wie will sein Vater?«

»Nicht so, wie der Sohn will.«

»Will der Junge denn nicht Bauer werden?«

»Warum fragst du, wenn du es weißt?«

»Das ist ja ein Ding«, murmelte der alte Hillmer. Er hatte sein Leben im Dorf verbracht und wusste, was diese Auskunft bedeutete.

»Addi ist wohl davon ausgegangen, dass der Junge nach seiner Doktorprüfung oder Körung oder was das ist, was die studierten Bauern am Ende um den Hals gehängt kriegen, dass er dann mit dem nächsten Zug auf den Hof kommt und seinen alten Herrn unterstützt. Wird auch hohe Zeit, hat Addi gesagt. Na ja ...«

»... na ja was? Nun red endlich.«

»Na ja.«

»Na?«

»Ich sag doch.«

»Red endlich, Helmut. Denk an Steffi.«

Fleischhauer wurde blass. Steffi, die Silberpudeldame, trug statt einer regulären Steuermarke eine Plakette um den spiddeligen Hals, die Fleischhauers Jüngster in einem Überraschungsei gefunden hatte. Sein Vater hatte sie dem Sprössling unter falschen Versprechungen (»Morgen gehen wir beide ins Kino«) abgeluchst und freute sich jedes Jahr wie Bolle über die gesparten 80 Euro Hundesteuer.

»Hannes war in den letzten Tagen hier und hat mit seinem Vater geredet«, berichtete Fleischhauer. »Worüber Bauern reden. Über die Zukunft im Allgemeinen und im Speziellen.«

»Okay. Weiter.«

»Na ja ...«

»Helmut, übertreib es nicht!«

»Ich sag doch. Sie sind nicht aus einem Dorf in dieser Frage.«

»Deshalb war er so fahrig heute«, murmelte Süß.

»Addi war autoritär und rechthaberisch wie immer«, sagte Ferdi Düver.

Zügig schaukelten sich die Ratsmitglieder zu Analysen des Bürgermeistercharakters hoch. Zwischen all den gestikulierenden und Nachbestellungen aufgebenden Menschen saß der Buchhändler ganz still. Er dachte an Adolf Wendlandt, der vielleicht in dieser Minute mit seiner Anna zusammensaß und nicht wusste, was die Zukunft bringen würde.

17

Anna Wendlandt ging regelmäßig in die Kirche. Im Gegensatz zu ihrem Mann sogar dann, wenn kein offizieller Anlass es erforderte. Für den Bürgermeister war die Existenz Gottes zu wenig greifbar. Gott war mit Bluffs und Finten nicht auszutricksen, und man begegnet ihm nie in einem kommunalpolitischen Gremium, wo der gewinnt, der es am besten versteht, Mehrheiten zu organisieren. Für ihn ähnelte Gott mehr einem Opernsänger oder steinreichen tätowierten Profifußballer oder einem Fernsehgesicht, dem man fünfmal pro Woche begegnet. Gott tanzte auf einer anderen Hochzeit.

Wenn sich der Bürgermeister in die engen Kirchenbänke zwängte, war das jedes Mal ein Gesprächsthema für die anderen Kirchgänger. Dann kam er auch nie darum herum, nach dem Abpfiff vor der Backsteinkirche Hände zu schütteln und Meinungen abzugeben. Heute hatte er doppeltes Pech, denn er sah das Unheil in Gestalt von Thomas Mack auf sich zukommen. Der Gottesmann war ein schmächtiges Kerlchen von Ende 20, hatte es aber bereits zu einer Ehefrau und drei Kindern gebracht.

»Auf ein Wort, Herr Wendlandt«, begann der Pastor die Kampfhandlungen. Zur Überraschung des Bürgermeisters ging es diesmal nicht um die Finanzierung des Pfarrhausanbaus, in dem eine kleine Kindertagesstätte untergebracht war.

»Es geht um die Brautwerber«, sagte der Pastor. »Die Aktion soll ja, wie ich hörte, morgen ihren Anfang nehmen. Ich möchte Ihnen sagen, auch im Namen der Amtskirche, dass wir dieser Wiederentdeckung eines schönen alten Brauchs mit Sympathie gegenüberstehen.«

»Sie wollen kein Geld?«

»Heute nicht, Sie können sich entspannen. Mir wurde auch zugetragen, dass es im Rat über diese Frage zu einer ganz großen Koalition gekommen sein soll«, fuhr der Pastor fort. »Das freut mich sehr. Vernunft sollte keine Parteien kennen.«

»Finde ich seit Jahrzehnten. Sagen Sie das mal den Roten. Oder den Grünen. Man denkt ja immer, Farbigkeit ist abwechslungsreich. Dabei ist sie vor allem eines: verbohrt.«

»Ich glaube, ich verstehe. Auch ich sehe die Damen und Herren dieser Farben leider nur selten in der Kirche.«

»Gut geschwindelt. Die kommen nie. Wenn ihr nicht immer so schrecklich früh anpfeifen würdet, sondern mehr – sagen wir gegen 14 Uhr, könnten sich die Zuschauerränge vielleicht etwas mehr füllen.«

»Manchmal denke ich, es liegt auch an mir.«

»Das sollten Sie nicht übertreiben. Nach meiner Erfahrung findet man bereits genügend Indizien, wenn man sich bei den Gegenspielern umschaut.«

»Ich betrachte niemanden als meinen Gegner.«

»Schwerer Fehler, ganz schwerer Fehler. Sie glauben gar nicht, wie sehr es einem hilft, auf Touren zu kommen, wenn man der Konkurrenz mit einer ordentlichen Portion Misstrauen gegenübertritt. Misstrauen ist gut für die Durchblutung.«

Der Pastor war im Verlauf des Gesprächs einen Schritt nach hinten gewichen, zuletzt auch einen zweiten. Wendlandt fand es erstaunlich, wie stark er mit jedem Meter an Größe abnahm. Im Ruder-Achter wäre er der ideale Steuermann gewesen. Nach dem Sieg hätte man ihn problemlos 15 Meter weit ins Wasser werfen können. Und nach der Niederlage 20 Meter.

»Weil wir gerade hier stehen«, sagte der Bürgermeister, »was sagen Sie denn zum *Lager*?«

Schlagartig zog ein Schatten über das glatte Gesicht des Gottesmannes.

»Mir behagt der Ausdruck nicht«, sagte er.

»Das gibt sich. Sie müssen ihn nur einige Male wiederholen, dann vertanzt sich das Unbehagen. Also?«

»Das neue Wohnviertel wächst, man kann ihm beim Wachsen zusehen.«

»Und wie finden Sie das da? Auch so hässlich wie ich und die meisten?«

»Da wird viel Geld verbaut.«

»Geld, das man für einen frommen Zweck bestimmt besser verwenden könnte.«

Jetzt war Mack erstaunt. »Meinen Sie wirklich?«, fragte er gleichermaßen verdutzt wie erfreut.

»Wenn Sie mit einem Schwurbler reden wollen, empfehle ich Ihnen den Buchhändler. Da werden Sie bestens bedient. Ich bin der Bürgermeister für Klartext. Ich kann gar nicht anders. Haben Sie denn drüben im *Lager* schon eine Bettelrunde gedreht?«

»Eine was bitte?«

»Eine Bettelrunde.«

»Ich verstehe nicht … Ach, Sie meinen die Ansprachen für die Mildtätigkeit. Für den guten Zweck.«

»Sag ich doch. Sie sollten in Zukunft weniger unsere Senioren immer noch ein bisschen weiter auspressen, die meisten haben es nicht dicke. Natürlich mit Ausnahme der früheren Lehrer und anderer Beamten. Der Schotter sitzt drüben im *Lager*. Da können Sie Beute machen.«

»Wir nennen es nicht Beute.«

»Startkapital, geht das?«

»Etwas unpersönlich, aber diskussionswürdig.«

»Wer Geld will, muss die Sprache des Geldes reden.«

»Oh …«

»Zu hart?«

»Nein, nein, keineswegs.«

»Na, sehen Sie. Sie lernen schnell.«

»Ich überlege, ob das nicht ein Motto für eine der nächsten Predigten werden könnte.«

»Was ich gesagt habe? Das lassen Sie lieber.«

»Ein Bürgermeister muss pragmatisch denken und pragmatisch handeln, das ist ganz natürlich.«

»Mancher meiner Kollegen lernt das nie. Oder zu spät. Aber dann ist er bereits abgewählt. Sie würden sich wundern, was eine bevorstehende Wahl für einen segensreichen Druck ausüben kann.«

»Druck? Worauf?«

»Nicht auf die Blase. Das ist das Bier. Sondern auf den

Pragmatismus. Was geht? Was geht nicht? Was könnte gehen, wenn man ein bis eineinhalb Informationen noch ein Weilchen zurückhält?«

»Sie meinen lügen?«

»Aber nein. Was denken Sie denn? Ich meine den pragmatischen Umgang mit der Wahrheitsliebe. Du darfst die Leute nicht zuschmeißen mit Wahrheit. Wenn du zehn Kilo an den Kopf kriegst, ist es dem Kopf egal, ob das Gottes Döntjes oder die bevorstehende Erhöhung einer Umlage sind. Aber die Umlage nutzt allen Bewohnern. Und Gottes Wort natürlich auch. Gott hat es ja mit dem Gedanken der ganz großen Koalition.«

»Das kann ich unterschreiben.«

»Weil ihr mit Wahlen haushälterisch umgeht. Ich werde Ihnen sagen, wie ihr Schwung in euren Laden kriegen könnt. Alles, was ihr braucht, ist ein zweiter Gott.«

»Um Gottes willen! Was reden Sie denn da?«

»Kein Teufel. Ein zweiter Gott. Ein etwas konservativerer. Einer, der leicht rötlich angelaufen ist. Oder grün, wenn Ihnen das lieber ist. Sie wirken auf mich so, als wäre Ihnen das lieber. Die beiden stehen zur Wahl. Sagen wir: für fünf Jahre. Ein Gott will so, der andere will anders. Und die Gemeinde gibt ihre Stimmen ab. Der Sieger wird neuer amtierender Gott, der Verlierer wird mit dem Boot irgendwohin gefahren, wo er nicht störend auffällt. Sagen wir in einen Buchladen oder auf eine Vogelinsel, am besten in einen Buchladen auf einer Vogelinsel. Jeden Freitag stellen wir ihm den Wocheneinkauf an den Strand, er soll ja nicht leben wie ein Hund, obwohl er die Hunde erschaffen hat, wenn Ihre Informationen zutreffend sind.

Ein Sechserpack *Pils* nicht zu vergessen, damit er gut übers Wochenende kommt. Dann kann er sich nützlich machen: Eier zählen, nach Füchsen gucken. Ein Luftgewehr kann nicht schaden. Angler verjagen und die Liebespaare.

Und nach fünf Jahren tritt er erneut an. Das bringt Leben in die Gemeinde, mein Lieber. Das fühlt sich anders an als bisher. Kommt mir manchmal doch etwas beschaulich vor bei euch. So gemütlich alles und ohne Kanten. Die Kirche leidet unter der langen Alleinherrschaft einer Fraktion. Konkurrenz belebt das Geschäft. Wie wär's, wenn einer von euren Farben gegen einen Römischen antritt?«

»Sie meinen einen Katholiken!!!?«

»Genau. Sie spüren die Chance, die euch das bringt? Das ist lebendige Kirche. Dann habt ihr auch mehr Ähnlichkeit mit uns, das kann nicht schaden. Ich nehme mal an, dass unsere Wahlbeteiligung höher ist als eure, oder? Na bitte, Zahlen lügen nicht. Jedenfalls nicht die von der Wahlbeteiligung. Alle anderen Zahlen kann man natürlich etwas elastischer behandeln, wenn es einem guten Zweck dient. Ich sehe, dass meine Gattin ungeduldig wird. War unerwartet nett, mit Ihnen zu plaudern.«

»Wir sollten das bei Gelegenheit fortsetzen.«

»Na ja, so nett war es auch nicht.«

Wendlandts erste Worte lauteten: »Wie alt ist der Kerl?«

Anna sagte: »Weiß ich gar nicht.«

»Wusstest du es mal und hast es vergessen?«

»Nein, ich denke, das kam nie zur Sprache.«

»Dann ist er also genauso jung, wie ich befürchtet habe.«

»Adolf!«

»Drei Kinder fallen doch nicht vom Himmel. Die Gattin kommt mir auch etwas erwachsener vor. Wahrscheinlich muss man das als Frau, wenn man das Leben an der Seite von so einem frömmelnden Pinsel aushalten will.«

»Worüber habt ihr euch unterhalten?«

»Er wollte von mir das Geheimnis eines erfolgreichen

Bürgermeisters kennenlernen, und ich habe es ihm nicht vorenthalten.«

»Du sollst nicht immer so angeben.«

»Alles ist wahr, alles auf der Grundlage rücksichtsloser Ehrlichkeit.«

»Schwörst du mir das?«

»Ich habe ihm gesagt, er soll nicht ständig unsere Senioren ausplündern.«

»Um Gottes willen! Das klingt ja so, als würdest du denken, dass er sie ausraubt. – Du denkst das? Adolf? Du bist ein schrecklicher Ehemann.«

»Er stand meinen Ratschlägen nicht ablehnend gegenüber.«

»Kann es sein, dass er starr vor Schreck war?«

»Das kann auch sein. Aber das zeigt nur, wie viel der Junge noch lernen muss. Warum zieht die Kirche nicht eine Altersgrenze? Pastor frühestens ab 30.«

»Und bis dahin füllen sie im Supermarkt die Regale auf oder was?«

»Oder machen fromme Jobs. Die niederen. Glocken ölen. Kleine Reparaturen ausführen, Jesus gerade hängen. Irgendwas mit Musik. Diese Sachen, wo man keinen Schaden anrichten kann.«

Anna hakte sich bei ihrem Mann ein und sagte: »Trotzdem danke, dass du mitgekommen bist.«

Und er knurrte: »Jeder hat mal eine schwache Stunde.«

18

Montag war es soweit. Mit Tschingderassa und Bumm des Jugend-Spielmannszuges fand auf dem Wortlebener Schützenplatz eine kurzfristig arrangierte Feier statt. Bei der Gelegenheit demonstrierten die Musiker die Notwendigkeit regelmäßiger Übungsstunden, und der Bürgermeister hielt eine kurze kraftvolle Rede.

»Das habt ihr davon«, knurrte Walter Rottian. »Die Schwarzen machen die Brautwerber zu ihrer Sache.«

Mussmutig deutete er auf Wendlandt, der soeben den vier jungen Männern, die als Brautwerber agieren sollten, die Hand schüttelte.

»Abwarten«, entgegnete Uwe Süß ruhig. »Abwarten.«

Hätte der Buchhändler diese Ruhe doch auch im häuslichen Bereich aufgebracht. Doch die Leidenschaft der Gattin für die Welt des Theaters zerrte zunehmend an Uwes Nervenkostüm. An die befremdlichen Atemübungen seiner Frau hätte er sich mit der Zeit gewöhnen können – obwohl dieses unabsehbare, meist überfallartig stattfindende Anhalten und Ausstoßen der Luft Süß oft auf dem falschen Fuß erwischte. Mal erschrak er, weil Vera, neben ihm auf dem Fernsehsofa sitzend, den wenig aufregenden Spielfilm benutzte, um ein Atemtraining einzuschieben. Bei anderer Gelegenheit hörte er nachts im Ehebett, während er zielstrebig auf das Einschlafen zustrebte, wie seine Ehehälfte plötzlich das Atmen komplett einstellte. Erfüllt von Angst um Vera, fuchtelte er auf der Suche nach dem Schalter der Nachttischlampe wie wild durch das Dunkel, warf die Lampe erst um, dann auf den Boden und stieß sich auf dem Weg zum Lichtschalter neben der Tür Knie und Oberschenkel an der wuchtigen Bauerntruhe. Endlich wurde es Licht.

»Hast du sie nicht mehr alle?« Das hätte Vera besser nicht gesagt. Uwe, dem der Sinn nach einer Diskussion stand, die er gerne bis ins Grundsätzliche vorantreiben wollte, öffnete bereits den Mund, als Vera sagte: »Mach das Licht aus. Ich hatte heute einen schweren Tag auf der Probe. Brunhilde sagt, meine Atmung ist verheerend und muss dringend verbessert werden. Hab mir gleich einen Termin bei Doktor Michaelis besorgt. Der alte Lustmolch wird sich freuen, dass er mal wieder nackte Brüste vor die Triefaugen bekommt. Gute Nacht.«

Daniela Hipp und Rainer Molkenthin waren das, was man im Ort als solides Paar bezeichnet. Sie arbeitete in der Fleischerei-Abteilung eines Kaufhauses in der Kreisstadt, er als Kfz-Mechaniker in einer Werkstatt im südlichen Landkreis. In wenigen Tagen sollte die Vermählung sein, der Zustand von Danielas Bauch machte daraus gerade eben noch eine schickliche Angelegenheit. Für jeden war klar, dass Daniela von einem Brautwerber Besuch bekommen würde. Rainer ging jeden Tag am Schaukasten am Rathaus vorbei, in dem das Aufgebot hing.

In der Nacht musste sehr spät noch jemand an den Schaukasten gegangen sein, denn als am Morgen die ersten Pendler am Rathaus vorbeifuhren, um auf die Bundesstraße Richtung Kreisstadt zu gelangen, sahen sie, dass die Scheibe des Schaukastens eingeschlagen worden war. Da hielten es alle noch für einen Trinkerstreich. Wie es sich wirklich verhielt, erfuhr als Erster der bis über beide große Ohren verliebte Rainer Molkenthin. Am Vormittag führte ihn eine beruflich veranlasste Fahrt in die Kreisstadt. Das Herz des jungen Mannes pochte heftig vor Sehnsucht nach Daniela. Spontan betrat er das Kaufhaus und suchte ohne Umwege die Lebensmittelabteilung auf. Schon von Weitem entdeckte er das gestärkte weiße Käppchen, das in kecker Schieflage in den Locken seiner Angebeteten steckte. Vor der Fleischtheke standen Hausfrauen, Rainer trat neben sie. Daniela erblickte ihn und erstarrte, Rainer formte einen Kussmund. Im nächsten Moment schlug ihm Daniela rechts und links eine Rinderroulade um die Ohren. Das große Fleischstück wickelte sich um den Hals des verdatterten Mechanikers. Während er Daniela anstarrte, krabbelte diese schon über die gläserne Theke und hatte bereits mit dem Hammer ausgeholt, den die Bedienungen zum Klopfen von Koteletts verwenden – ein schreckliches Unglück bahnte sich an, aber ein männlicher Kollege von Daniela konnte den Schlag ablenken. Zwar reichte die kinetische Energie, um die große Scheibe der Theke zu zerschmettern. Aber Glas war zu ersetzen, Rainer Molkenthins Kopf nicht.

Es dauerte keine 60 Minuten, dann drang die Kunde von Osten in Wortleben ein. Zwar stand Hauptwachtmeister Rebenmann – wie er es häufig tat – unmotiviert am Straßenrand und glubschte in die nähere Umgebung. Das Gerücht hatte ihn passiert, bevor er genauer hinhören konnte. So schlug sich der Polizeibeamte bis nachmittags mit der Anzeige gegen den unbekannten Zerstörer des Schaukastens herum, bevor auch er erfuhr, was bis dahin 98 Prozent aller Bewohner bereits wussten. Daniela Hipp hatte das Glas mit ihrem Holzschuh zerschlagen. Sie hatte das Aufgebot aus dem Kasten gerissen, den Zettel zerknüllt und vor Wut entweder weggeworfen oder aufgegessen. Genau konnte sie sich nicht mehr erinnern.

»Ich stand doch unter Schock«, äußerte sie auf Befragen. Den Grund ihres Schocks wollte sie nicht verraten. Aber es hatte mit dem Besuch eines Brautwerbers zu tun, und die Heirat mit Rainer erklärte Daniela für null und nichtig und aufgeschoben bis zum Jüngsten Tag.

Der schockierte Rainer, dessen Hals nach dem Kontakt mit der Roulade knallrot verfärbt und angeschwollen war, wollte zu Daniela vordringen. Doch Danielas stämmiger Vater und ihr noch stämmigerer Bruder stellten sich dem verhinderten Bräutigam in den Weg.

Es wurde Abend, zu den Bewohnern Wortlebens, die sich in die Daunen kuschelten, gehörte Renate Streitzig, 28, die in der nächsten Woche mit dem Tiefbauarbeiter Karl-Niklas Krone in den Stand der Ehe treten wollte. Die beiden wohnten schon zusammen, weil es – wie sie es nannten – praktisch war. Nachbarn berichteten am nächsten Morgen dem Wachtmeister, dass sie in der Nacht Rufe in der Wohnung Streitzig gehört haben wollten. Als Karl-Niklas, den nicht alle Niklas nannten, von seinem Abend bei der Freiwilligen Feuerwehr zurückkehrte, fand er im Hof seine sämtlichen Kleidungsstücke und exakt die Hälfte des gemeinsam mit Renate angeschafften geblümten Services für zwölf Personen vor.

Kurz nach der Eröffnung klingelte am nächsten Morgen im Buchladen das Telefon.

»Buchladen Süß, guten Tag, was kann ich …«

»Mach halblang, Junge. Hier ist dein Bürgermeister. Ich hab da mal 'ne Frage.«

Uwe Süß setzte sich vor Überraschung hin. Der letzte Anruf von Wendlandt lag viele Monate zurück.

Der Anrufer kam sofort zur Sache: »Was habt ihr mit den Brautwerbern angestellt?«

»Wie soll ich das verstehen? Wer hat sich denn an unsere tolle Idee angehängt und …?«

»Lenk nicht ab.«

»Was ist denn überhaupt los?«

Süß erfuhr vom Eklat um das Brautpaar Streitzig.

»Ich kümmere mich darum«, versprach er.

Zwei Brautwerber arbeiteten in der hiesigen Wurstfabrik, der eine als Schlachter, der andere in der Buchhaltung. Man sah ihnen den Unterschied nicht an. Als der Personalchef der Fabrik Süß auf das Firmengelände radeln sah, ließ er seinen Rohkostsalat stehen und eilte ins Freie.

»Keine parteipolitische Betätigung!«, rief er kauend.

Süß überredete den Personalchef mit Mühe, ihn zu den Brautwerbern zu bringen. Der Schlachter kommunizierte gerade final mit einem Schwein. Nach dem Exitus wandte er sich dem Besucher zu.

»Ich kaufe kein Buch, ich habe zu Hause schon eines stehen.«

Uwe Süß ignorierte den schwächsten aller Bücherwitze.

»Sagt mal, Männer«, begann er, »wie lässt sich denn das Brautwerben so an?«

»Geil«, riefen sie kurz nacheinander. »Da geht die Post ab. Aber hallo!«

»Ihr habt nicht das Gefühl, ihr seid möglicherweise etwas übers Ziel … hinausgeschossen?«

»Unsinn«, entgegnete der Schlachter. »Wir haben das Ziel getroffen. Mitten ins Schwarze, wie sich das gehört.«

»Es gibt im Ort den einen und anderen, der das Gefühl hat, dass nach eurem Besuch die Eheschließung möglicherweise … ins Wackeln kommen könnte. Auf die lange Bank geschoben, diese Richtung. Wir verstehen uns?«

»Hä?«

»Die von euch besuchten Frauen und die von den Frauen ins Auge gefassten …«

»… ins Auge gefassten«, kicherte der Buchhalter.

»… die verstehen sich nicht mehr ganz so gut wie vor eurem Besuch. Es geht die Rede, dass ihr euch möglicherweise etwas plump benommen haben könntet? Ist das möglich?« Süß war froh, den Satz endlich hinter sich lassen zu können.

Die Brautwerber blickten sich an.

»Ich plump?«, fragte der Schlachter. »Ich weiß nicht, woher Sie das haben.«

»Nun ja«, sagte der Buchhändler. »Es waren die ersten Touren. Man kann immer noch besser werden. Das ist wie im Fußball.«

»Ach Unsinn!«, bellte der Schlachter. »Ich bin gut drauf. Ich mach, was getan werden muss. Ich bin doch kein Gondoliere.«

Bei den Worten stieß er immer wieder mit dem Bolzenschussgerät gegen die Rippen des Buchhändlers.

»Das ist wie beim Backen. Die ersten Brote sind nie die, die hinterher am besten schmecken.«

Nach den erhellenden Gesprächen fuhr Uwe Süß zu Ferdi Düver. Der weidete mit seiner Frau gerade einen Baum ab.

»Pfläumchen gefällig?«

Süß öffnete die Frucht, entfernte den Kern und hatte Augenkontakt mit dem Wurm.

»Ferdi«, sagte er schaudernd, »dieser Schlachter hat zwei Paare in 36 Stunden getrennt.«

»Bei uns kommt er zu spät«, sagte Monika Düver schnippisch.

»Die vertragen sich wieder«, prophezeite Ferdi. »Der Trieb treibt sie zueinander. Jede Liebe besteht auch aus Biologie. Purer Biologie, wenn ihr wisst, was ich …«

Er ließ es sich nicht nehmen, gestisch für Klarheit zu sorgen.

»Diese Werber sind nicht zu bremsen«, sagte Monika. »Die posaunen doch im ganzen Ort herum, wen sie sich als Nächsten vornehmen.«

»Oh Gott! Wir müssen mit denen trainieren. Die müssen dezenter werden.«

»Was machen denn die anderen beiden Werber? Beruflich?«

Einer war Schlosser und boxte für *TuS* in der Landesliga. Der andere war bei der Polizei, aber im Innendienst, denn er wog 210 Pfund und durfte nicht mehr ins Freie.

19

»Addi.«

»Keine Zeit.«

»Addi, sei nicht so.«

Der Bauer quälte sich demonstrativ hinter seinem Schreibtisch in die Höhe.

»Addi, wir müssen darüber reden.«

Sie lotste ihren Mann auf das Sofa. Wendlandt hätte nur eines auf der Welt noch schlimmer gefunden als das Dirigieren seiner Frau: wenn sie plötzlich damit aufgehört hätte. Für ihn war Annas segensreicher Einfluss auf seine Sturheit mit den Jahren dermaßen selbstverständlich geworden, dass ein Ende oder auch nur eine Unterbrechung ihn aus der Bahn geworfen hätte.

»Möchtest du dein Lieblingskissen?«

»Ich will kein Kissen. Ich habe überhaupt kein Lieblingskissen. Nein, nicht das! Nimm das andere, das mit den Blumen. Ah ja, so ist es richtig für einen alten Mann.«

»Du bist kein alter Mann.«

»Ich bin 54. In 20 Jahren werde ich 60 sein.«

Die Art, wie sich Anna vorsichtig in den Sessel sinken ließ, gab ihm einen Stich.

»Tut es wieder weh?«

Natürlich schüttelte sie den Kopf. Sie schüttelte immer den Kopf.

»Wir fahren nach Hannover«, sagte er. »Da haben sie eine Universität, da gibt es richtige Ärzte. Die haben ganz andere Möglichkeiten. Wir lassen dich von allen Seiten durchleuchten. Wie im Fernsehen.«

»Das ist nur Nervosität.«

Er machte Wasser heiß und trug die Wärmflasche ins Wohnzimmer. Er hatte das Handtuch vergessen. Er holte es und hätte sich gern weiter nützlich gemacht. Alles war besser, als über Hannes zu sprechen. Streng genommen war der Name Hannes noch nicht gefallen, aber wenn Anna dieses Gesicht hatte, ging es um die Kinder. Und weil sich an Anjas Zustand seit mehreren Monaten absolut nichts verändert hatte, musste es Hannes sein.

»Wir haben bei den Kindern irgendetwas falsch gemacht. Wo sind diese erfreulichen Eigenschaften wie Gehorsam und Fleiß geblieben? Aufsässigkeit ist kein Ersatz. Ich war nie so, keine Minute.«

»Von deiner Mutter habe ich andere Sachen gehört.«

»Das war Freude am Leben.«

»Einem Nachbarn die Gartenlaube abzufackeln, ist für dich Lebensfreude?«

»Du hättest sein Gesicht sehen müssen, dann hättest du dich auch gefreut.«

Adolf war 13 oder 14 gewesen. Der Spaß hatte einen halben Kanister Spiritus gekostet, und das Streichholz hatte der Sohn vom Pastor gestiftet. Nicht gerne, streng genommen nicht freiwillig, aber am Ende doch.

Anna wickelte sich aus der Decke und spendierte eine Tüte Salzstangen, das Nonstop-Knabbern begann.

»Ein Laster braucht der Mensch«, murmelte Wendlandt mümmelnd.

»Was hat Uwe Süß eigentlich für ein Hobby?«

Ernüchtert blickte er seine Frau an. »Muss das sein, Anna? Gönnst du mir meinen Feierabend nicht?«

»Regt es dich wirklich auf, über ihn zu sprechen?«

»Der Knabe ist mir ein Quell ständiger Freude. Wie könnte ich einen Menschen hassen, der nur zu meiner Belustigung auf der Welt herumstolpert? Ich weiß nicht, was er für ein Hobby hat. Wird wahrscheinlich abends Bücher lesen, kriegt sie ja umsonst. Denk an Egon Friedell. Was war sein Hobby als Biergroßhändler?«

»Egon starb an dem vielen Bier. Nach dem Training der vierten Mannschaft bei *TuS* soll es jedes Mal hoch hergegangen sein.«

»Das wird dem Süß nicht passieren. Jedenfalls ist er in keinem Sportverein. Auch nicht in einem anderen Verein.«

»Vielleicht hängt er es einfach nicht an die große ...! Adolf! Spionierst du den Mann etwa aus?«

»Wo denkst du hin? Das würde ich doch nie tun.«

»Aber ...«

»Aber man hört dies und das. Manchmal kann man gar nicht so schnell weghören, wie einen eine Information erreicht. Das müsstest du doch wissen. Ihr Frauen klatscht doch von morgens bis abends. Na gut, zwischendurch macht ihr eine Pause. Mittagessen und Abendessen kochen sich nicht von alleine.«

»Dir ist klar, welches Jahr wir haben?«

»Ich bin nicht altmodisch. Aber Wortleben ist so klein, da braucht jede Information nur einige Tage, um die Runde zu machen. Das meiste vergisst man sofort wieder.«

»Aber nicht alles.«

»Nicht alles, in der Tat. Ich bin der Bürgermeister. Wenn ich mich kümmere, ist das nicht das gleiche wie Neugier. Im Grunde habe ich etwas von einem Pastor an mir. Und von einem Lehrer. Und von einem Arzt auch. Mich wundert ja manchmal selbst, was mir die Leute alles erzählen. Freiwillig! Bevor ich eine Frage stellen kann, erhalte ich schon die Antwort. Weißt du, woran das liegt? Okay, du weißt, woran das liegt. Nein, es liegt nicht daran, dass viele Leute Angst vor mir haben.«

»Du hast Renato Römer Angst eingejagt.«

»Der Mann ist Mitglied bei den Freien Wählern. Der hat Angst vor dem Leben.«

»Und Rudi Herbst wird ganz still, wenn du in der Nähe bist.«

»Das ist eine der wenigen sympathischen Eigenschaften von dem Kerl.«

»Die Mutter von Rosi Bull hat mir erzählt, ihre Tochter ist nur deshalb nicht bei den Grünen eingetreten, weil sie Angst hatte, dir danach über den Weg zu laufen.«

»Bestell ihr schöne Grüße. Sag ihr, ich wechsle automatisch die Straßenseite, wenn mir grüne Funktionäre entgegenkommen.«

»Und der Kindergarten wollte dich schon lange einladen. Aber es gibt dort wohl eine Erzieherin oder auch mehr als eine, die sind nicht sicher, wie sie dich in ihr pädagogisches Konzept einbinden sollen.«

»Als Mitteldding aus Weihnachtsmann, Supermann und Ehrenmann. Fang mit dem Ehrenmann an. – Schämst du dich wegen mir?«

»Ich? Wenn ich nicht seit einigen Jahren ein dickes Fell hätte, würde es ja wohl nie mehr passieren. Dass die Frau von Uwe Süß mit unserer Anja jetzt zusammen Theater macht, weißt du oder?«

»Sag das noch mal!«

»Was hast du denn?«

»Meine Tochter mit *seiner* Frau? Auf *einer* Bühne!? Womöglich spielen sie ein Stück, wo sie die besten *Freundinnen* sind!? Nur über meine Leiche! Das muss gründlich geklärt und sofort ... Anja! Komm mal her!«

»Lass das Kind doch!«

»Das Kind macht Latein. Die springt vor Freude an die Decke, wenn sie Zeit mit ihren alten Eltern verbringen darf.«

Dass sie mit 36 (Anna) und 38 (Adolf) noch ein Kind gekriegt hatten, war den Eheleuten Grund zu koketten und auch stolzen Bemerkungen über Leidenschaftlichkeit im reifen Erwachsenenalter.

20

»Anja! Verdammt noch mal, sitzt die auf den Ohren?«

Es klingelte an der Haustür.

»Hallo, Heinrich. Was treibt dich so spät noch um?«

»'n Abend, Bürgermeister.«

Mehr sagte Heinrich Gefion nicht. Aber Wendlandt erkannte sofort, dass dem Landwirt etwas auf der Seele lag.

»Kleinen Schnaps?«, fragte der Bauer.

»Ach ja. Einen vielleicht.«

Pech für Anja, dass sie in dieser Sekunde ihr Gesicht um die Ecke streckte. So kam sie passend, um die Flasche aus dem Eisfach zu holen. Anja konnte sich etwas Schöneres vorstellen, als Kellnerin zu spielen. Aber nach einem nicht sehr langen, doch sehr intensiven Gespräch mit ihrem Vater war man sich vor einigen Wochen einig geworden, dass Anja im Beisein von politischen Freunden darauf verzichtete, ihre Meinung über den Erziehungsstil ihres Vaters zu diskutieren oder nur zu äußern. Oder ein Gesicht zu ziehen, dass das Äußern einer Meinung ankündigte.

Adolf Wendlandt hatte gerade Zeit, ein »Wohlsein« auszubringen, dann war der Schnaps weggezwitschert.

»Noch 'n kleinen?«

»Ach ja, einen noch.« Danach sagte Heini: »Ich hör auf«, und schwieg.

Wendlandt schraubte die Flasche zu. Es war Anna zu verdanken, dass das Missverständnis keine tragischen Dimensionen annahm.

»Womit hörst du auf, Heinrich?«, fragte sie.

»Ich verkauf den Hof. Ich schließe zu und dann gehe ich hier weg. Oder glaubt ihr etwa, ich kann jeden Tag am Hof vorbeifahren und zusehen, wie ein anderer darauf sitzt? Adolf, könntest du das? Das könntest du nicht. Erzähl mir doch nichts.«

»Du willst den Hof verkaufen?«

»Aber davon rede ich doch die ganze Zeit. Ob ich wohl noch einen klitzekleinen ...?«

»Klar, Heini. Aber warum denn bloß? Da stehen doch 25 blitzblanke Kuhdamen. Wäre ich ein Stier, was ich nicht bin, würde ich mir alle Finger danach lecken. Und mit deinem Weizen bist du doch immer klargekommen, auch finanziell. Also Heini, ich muss schon sagen.«

Das war Wendlandts letzter Versuch, den Dingen eine scherzhafte Wendung zu geben. Seit sechs, sieben Jahren ging es mit Gefions Hof nach unten. Erst ging es nicht mehr so gut wie bisher. Dann begann es, schlechter zu laufen, und Heinrich verlor zwei Jahre mit dummen Reden, in denen er die traurige Wahrheit weglog und so tat, als würde nur eine Schlechtwetterfront durchziehen, die bald von Sonne und Bilderbuchwetter abgelöst werden würde. Sein Gerätepark pfiff auf dem letzten Loch. Seine beiden rechten Hände verlor er durch eigene Fehler, seine Kinder versuchten, ihn zu einem ehrenvollen Abschied zu überreden, die jagte er vom Hof und nannte sie Verräter.

Gefion wurde immer einsamer, zog sich zurück, trank zu viel, fuhr zur Kur und legte im Anschluss einen Neustart hin, der vielversprechend wirkte.

Dann beging er seinen größten Fehler und wollte nichts mit den Maklern und Landaufkäufern zu tun haben, die das Zukunftsprojekt im Ort mit 300 Grundstücken für Eigenheimbebauung vorbereiteten. Ein großer Teil des ins Auge gefassten Grunds gehörte Gefion, der Verkauf hätte ihn saniert. Aber er hatte Angst, übervorteilt zu werden, verlangte wahnsinnige Preise und stattete einen Makler aus der Großstadt mit weitreichenden Vollmachten aus, der ihm versprach, in seinem Namen Gefions Glück zu realisieren.

Stattdessen schob man ihn immer weiter an den Rand, und weil parallel dazu sein Hof humpelte und Bargeldbedarf bestand, verkaufte Gefion in mehreren kleinen Tranchen. Der Erlös zerrann ihm zwischen den Fingern. Was noch da war, verlor er bei touristischen Wahnsinnsprojekten in Polen und Litauen.

Seit einem Jahr lief der Hof auf Sparflamme, mit kleiner Belegschaft und Kräften aus dem Osten, die wenig Geld verlangten und wenig arbeiteten. Gefion wirkte kraftlos und verloren. Wer konnte, machte einen Bogen um den Hof. Denn Gefions Schicksal hatte Ähnlichkeit mit den Albträumen, die mehr als einen Landwirt im Umkreis schlecht schlafen ließen.

Jetzt war er Ende 50, seine Frau war nicht belastbar, seine Banken hatten sich im Kontakt mit ihm einen Tonfall angewöhnt, der einer vorgezogenen Trauerfeier glich. Und das Schlimmste kam ja noch.

»Unsere Marianne war unsere letzte Hoffnung. Sie hat sich mit ihrem Peter unheimlich reingekniet in den letzten Jahren. Aber jetzt wollen sie sich nicht mehr krummlegen für einen Hof, der seine Leute nur noch kümmerlich ernährt. Die verdammten Kosten. Was ist das für ein Wirtschaften? Wo ist der Segen der Landwirtschaftspolitik, mit dem die Politiker und die Funktionäre angeben? Adolf, wir haben vor 30 Jahren nicht aufgepasst, und das haben wir jetzt davon.«

Wendlandt wäre am liebsten aufgestanden und ins Bett gegangen. Das wäre sehr unhöflich gewesen, aber besser, als schon wieder einen Abend mit einem verzweifelten Kollegen zu verbringen. Das häufte sich in den letzten Jahren. Bei Hansi Querschnitt war es im Herbst bis 4 Uhr morgens gegangen, Wendlandt hatte am nächsten Vormittag den Termin mit seinem Landtagsabgeordneten verschlafen.

Anna verließ den Raum. Wendlandt wusste, dass sie Schnittchen bereiten würde, damit Gefion nicht vom Stuhl fiel. Sechs Krisengespräche in den letzten 18 Monaten. Vier Bauern hatten aufgegeben, zwei waren noch auf dem Hof, einer von ihnen setzte alles auf die Cannabis-Karte, der andere machte auf Bio und realisierte gerade, dass er damit nicht so monopolartig dastand, wie er gedacht hatte. Der frühere Vorteil war fast aufgebraucht. Immer mehr Landwirte mussten zeitweise oder sogar ganztags arbeiten gehen. Natürlich gab es immer einen, der auf eine windige Finanzierung reingefallen war und jetzt von den Zinsen erdrosselt wurde. Einer schwor auf Wachteln, ein anderer auf Gewürze, einer setzte auf Mitleid, weil er nur noch soziale Adressen belieferte. Aber die Adressen wollten nicht auf Geld verzichten, um es ihm zu geben.

Gefion sagte: »Ich war bei der Sprechstunde, die die Nasen vom Landwirtschaftsministerium bei der Grünen Messe veranstaltet haben.«

»Das ist gut. Was haben Sie gesagt?«

»Herzliches Beileid. Nicht mal ein Mittagessen ist rausgesprungen. Hält man das denn für möglich? Das war einer von deiner Partei, Adolf.«

»Arschlöcher gibt es überall.«

Anna brachte Schnittchen und Teller. Sie stellte den Aquavit außer Reichweite, und Adolf passte auf wie ein Luchs, dass der Gast ihm nicht an seine Radieschen ging.

Gefion haute unheimlich rein. Da es erfahrungsgemäß

besser war, ihn während des Kauens nicht in ein Gespräch zu verwickeln, ging Wendlandt pinkeln.

»Schön, sich mal wieder satt zu essen«, sagte Gefion und schob den Teller von sich, um ihn im nächsten Moment wieder dicht zu sich heranzuziehen. Anna schob den Teller mit den Schnittchen in seine Richtung. Als er zögerte, tauschte sie den Schnittchenteller gegen den leeren Teller.

»Satt sein ist ein relativer Begriff«, sagte Gefion kauend. »Man darf seinem Magen nicht jede Regung durchgehen lassen.«

Adolf sagte: »Kannst du das wiederholen, was du eben über Wauschkuhn gesagt hast?«

»Wusstest du nicht, dass er Lohnmäster ist?«

»Du willst sagen, dass ihm die Schweine nicht gehören?«

»So geht das ja wohl, wenn man für einen Großmäster arbeitet. Du kennst ihn doch, den Haberstroh. Das ist der mit der magischen Hand. Sein Konto wächst, wenn er zweimal darüber hinwegstreicht.«

Tilo Haberstroh war einer der größten Bauern im ganzen Bundesland. Mehr als einmal war er für das Amt des Landwirtschaftsministers gehandelt worden.

»Aber dann verdient er am Schwein doch nicht mehr als 20 Euro«, gab Wendlandt zu bedenken. »Lass es 40 sein.«

»20 Euro haben oder 20 Euro nicht haben, das macht …«

»Jaja.« Manchmal hasste Wendlandt Bauernweisheiten. »Aber dann ist er kein Bauer mehr.«

»Wenn es aber doch sein muss«, gab Anna in ihrer unerschütterlichen Klugheit zu bedenken. »Wenn er sich auf andere Weise nicht mehr zu helfen weiß.«

»Ein Lohnarbeiter ist er. Einer von denen, die morgens an der Tankstelle stehen und darauf warten, dass einer vorbeikommt und sie für zehn Stunden anheuert. Wauschkuhn legt sich krumm, damit Großkopfete wie Haberstroh Millionen umsetzen. Von wegen Bauer und all diese Bauern-Klischees. Ein Unternehmer ist er, ein Kapitalist.«

»Wie redest du denn von deinem Parteifreund?«, fragte Gefion erstaunt.

Anja kam ins Zimmer und landete überraschend manierlich auf dem Sofa. Sitzen statt fläzen. Sie roch an Vaters Schnapsglas und setzte ihre altklug-strafende Miene auf. Gefion sprach über die Stimmung zu Hause, jammerte über seine Tochter, und Anja kuschelte sich an Vaters Seite. Wendlandts Gesicht – skeptisch seit Anjas Ankunft – nahm maximale Skepsis an.

»Warum bauen Sie keine Sonnenblumen an?«, fragte sie plötzlich.

Gefion blickte sich um, aber hinter ihm war niemand.

»Sonnenblumen«, wiederholte er. Es sah aus, als wäre er noch eine Spur blasser geworden.

»Oder Kräuter. Reißen das ganze konventionelle Gelump raus und setzen auf Bio. Dafür brauchen Sie langen Atem, aber ihr Bauern seid doch so stolz darauf, dass ihr mit der Natur im Bunde seid und perspektivisch denken könnt.«

»Aber Sonnenblumen! Das ist doch Kinderkram. Das macht doch kein ernsthafter Landwirt. Damit mache ich mich zum Gespött.«

»Na ja«, gab Wendlandt zu bedenken. »Vor Kurzem kam ja diese Empfehlung aus Berlin über uns, dass wir uns mehr auf Hülsenfrüchte werfen sollen. Aus diesen Gründen, diesen modernen Gründen. Ich müsste nachschlagen. Hülsenfrüchte und Ölpflanzen.«

»Hülsenfrüchte!«, rief Gefion. »Ja, wollen die denn unser schönes und ruhiges Land mit einem gigantischen Gefurze überziehen? Dann kommen wir im Fernsehen, weil die Satelliten Bilder liefern, wo man die Wolke aus Millionen Fürzen sieht, die über Wortleben und der Nachbarschaft hängt.«

Die beiden Frauen lächelten, Wendlandt weniger, Gefion gar nicht.

»Ich will nicht, dass man mir mein Haus ansteckt«, sagte er entschieden.

»Das würde explodieren«, sagte Wendlandt voraus. »Das viele Gas, da genügt ein Funke, und Heini Gefion grüßt aus der Umlaufbahn.«

»Dabei kann ich doch gar nicht schwimmen«, jammerte er. »Beziehungsweise fliegen. Ich kann beides nicht. Nie gekonnt. Ich bin ungeeignet als Bauer. Kein Wunder, dass das so weit mit mir gekommen ist. Ein Wunder, dass das nicht schon vor zehn Jahren passiert ist.«

»Hinrichsens stecken mit ihrer Bullenzucht auch voll in der Scheiße«, gab Anja zum besten.

Damit konnte Adolf Wendlandt leben. Wer Kraft und Energie fand, vor jeder Wahl lauthals damit zu prahlen, dass ein Leben als Wechselwähler großen Spaß machen würde ...

»Das ist ja furchtbar«, stieß Anna hervor. »Bricht denn hier alles zusammen jetzt?«

»Hajo Hinrichsen hat sich schlicht verrechnet«, sagte Wendlandt. »Als er wegen der Milchquote nicht mehr klarkam, hat er die Kühe abgeschafft und sich 100 Jungbullen in den Stall gestellt. Der Stall war aber zu klein, also musste er einen neuen bauen. Kostete eine schlappe Viertelmillion, weil es natürlich vom Feinsten sein sollte. Wie Hajo Hinrichsen ist. Die Augen immer größer als die ... als die ...«

»Überleg es dir gut«, sagte Anna mit dieser gefährlichen Freundlichkeit, deren zweite Strophe er aus langer Erfahrung kannte.

»Da war sein Konto bereits blank. Und erst danach gingen die Preise in der Bullenmast Richtung Erdmittelpunkt, also hätte Hajo mehr verkaufen müssen. Konnte er aber nicht, weil sie wegen des Rindfleischbergs nicht mehr unbegrenzt

Rindfleisch aufkaufen. Jetzt schleppt er sich dahin, dieser Wechselwähler. Es gibt doch einen Gott.«

»Pfui, Adolf«, sagte Anna.

»Die Gesetze in der Wirtschaft sind zu schlau für euch Bauern«, kam aus Anjas Mund. Damit war die kurze und sowieso nicht glaubwürdige Phase mit der einfühlsamen Tochter beendet. Aber sie hing ihrem Erzeuger immer noch dicht auf der Pelle. Wendlandt war gespannt, wie lange sie das durchhalten würde.

»Da gehört nicht viel zu, schlauer zu sein als wir«, murmelte Heini trübe. »Das ist einfach nicht unsere Zeit heutzutage. Vielleicht müsste mal wieder ein Termit einschlagen. Nicht Termit, wie heißt das, was von oben kommt?«

»Kacke«, sagte Wendlandt freundlich.

»Nah dran, aber nicht Kacke, das andere. Android, diese Richtung. Satellit. Was aus dem All kommt jedenfalls, ihr wisst schon. Das ganz große Aufräumen. Danach kommen wir Bauern wieder zurück. Von null auf 100. Das ist wie bei den Mammuts, mit denen war doch auch auf einmal Sense. Dabei waren das kräftige Kerle, sogar die Frauen von den Mammuts. Alles Mögliche schreiben sie in diese albernen *Roten Listen*: Grasmücken, Grottenolme, Nashörner. Möchte wirklich wissen, wann der Erste auf die Idee kommt, uns Bauern raufzuschreiben.«

»Ich möchte nicht auf eine Liste, die *Rote Liste* heißt«, stellte Wendlandt klar, während vor seinem geistigen Auge ein Rudel Nashörner über die Wintergerste bretterte.

»Ihr kriegt genug Subventionen«, krähte Anja.

»Subventionen«, murmelte Gefion. »Das zocken alles die großen Bauern ab. Für uns Kraucher bleibt ein Fliegenschiss.«

»Hast du mal an die Grünbrache gedacht?«, fragte Wendlandt. Jeder Bauer dachte früher oder später an die Grünbrache. Die Schlaumeier hatten in Windeseile die Hektar, die sie am leichtesten verschmerzen konnten, für einige Scheine stillgelegt.

»Das bringt's nicht«, behauptete Gefion. »Das ist was für Gärtner.«

»Ich find das cool«, sagte Anja verträumt. »Geld dafür kriegen, dass man nichts tut. Das hätte ich auch gerne.«

»Du lebst seit deiner Geburt in der Gnade der Grünbrache, liebe Tochter.« Und an Gefion gerichtet: »Kai-Uwe von Massel hat 18 Hektar in Grünbrache umgewandelt.«

»Ja, Kai-Uwe von Massel.«

Eine wahre Bemerkung. Wo ein Schnäppchen winkte, war es Kai-Uwe von Massel, der als Erster vor der Tür stand. Angeblich war er auf eigene Kosten nach Brüssel gefahren, um sich über Fördermaßnahmen schlauzumachen.

»Meine Eltern trugen das Bauernkleid, seit Menschen Hafer säten«, rief Gefion plötzlich lautstark. »Um ihre Stirn der ew'ge Wind.«

Heini stand auf, ballte die Hände zu Fäusten und rief: »Der ew'ge Wind, der nahe Duft der Erde. Der Atem ihrer Schwei…, nein ihrer Pferde. Nun durch all mein Blut rinnt.«

Sekundenlang blieb er stramm wie ein Weidenbaum stehen. Dann ließ er die Spannung aus dem Körper, wie man nachts nach dem achten Bier die Luft aus dem Autoreifen von Uwe Süß lässt. Er sank auf den Sessel, sackte in sich zusammen und sagte weinerlich:

»Lacht im Herbst das Stoppelfeld, der Bauer auf den Pinsel fällt.«

Nun begann der Mann auch noch zu schluchzen.

»Du wirst nicht weinen, wenn wir pleite sind, nicht wahr«, sagte Anja beeindruckt.

»Versprochen. Ich singe Kampflieder bis zum Abwinken. Ich stelle mich mit meinen Leidensgenossen vor dein Gymnasium, und dann singen wir unvergessliche Weisen.«

Anja suchte in seinem Gesicht nach Hinweisen auf Unernst. Aber sie fand keine.

»Guck mal, Heini«, sagte Wendlandt. »Du stehst ja nicht allein. In den letzten Jahrzehnten hat es Millionen Landwirte zu Boden geworfen.«

»Ich geh hier weg«, flüsterte Heini. »Ich ertrage den Anblick nicht, wenn ein anderer auf meinem Hof sitzt. Nachher ist es eine Frau. Oder ein Studierter.«

»Oder beides zusammen in einer Person.«

Drei vorwurfsvolle und entsetzte Gesichter auszuhalten, war doch schwerer, als Anja gedacht hatte.

»Einer wird drauf sitzen«, prophezeite Wendlandt. »Das wird der sein, von dem du dein Geld bekommst. Die Holländer haben es uns im Osten nach der Vereinigung ja gezeigt, wie das geht.«

»In meinem nächsten Leben werde ich Holländer«, sagte Gefion. »Die sind auch alle so groß. Und sprechen besser Deutsch als ich.«

»Dafür singst du schöner«, sagte Wendlandt. »Als Sänger bist du der Traum aller Holländer.«

»Dabei hat sich *Abba* ganz gut angehört«, entgegnete Gefion.

Alle Wendlandts verständigten sich mit Blicken. Die stumme Abstimmung ergab, dass dies nicht der Tag war, um Gefions Irrtum bei *Abbas* Staatsangehörigkeit zu korrigieren. Dabei wussten nur die Frauen Bescheid. Adolf Wendlandt kam mit »skandinavisch« als Staatsangehörigkeit zufriedenstellend über die Runden.

»Aber die Holländer sauen mit der Gülle rum«, murmelte Gefion. »Und mit den Tulpen übertreiben sie maßlos. Vielleicht sollte ich auf Tulpen umsteigen. Kriegt man Tulpen dazu, im Herbst zu blühen?«

Anjas Hand lag auf seiner Hand. »Das kriegen wir bestimmt hin. Die Naturgesetze werden maßlos überschätzt.«

Wendlandts Mund formte die Worte: Übertreib es nicht.

Anna sagte: »Frau Doktor Stuthe will anfangen, Ziegen zu züchten.«

»Wer ist Frau Doktor Stuthe?«

»Als ich sie zuletzt traf, war sie die Frau von Herrn Doktor Stuthe.«

»Der Stuthe? Unser Stuthe? Warum sagst du das nicht gleich?«

»Streng genommen ist er der Stuthe von Süß.«

»Das meint er nicht ernst. Er findet es nur lustiger, bei den Amateuren Spaß zu haben. Bei uns geht es ihm zu seriös zu.«

»Seriös! Ihr! Deine Partei!«

»Meine Partei, exakt. Die jahrzehntelange Regierung in Wortleben.«

»Ich weiß jetzt, wie man dir einen Schreck einjagen könnte«, rief Anja.

»Das ist auch kein Geheimnis«, entgegnete ihr Vater. »Wenn meine Tochter in die Pubertät kommt und keine Anstalten macht, diesen Zustand wieder zu verlassen, damit kann man mir einen Schreck einjagen.«

»Wenn dein Gegner in der Politik auch ein Bauer wäre, einer, der sich auskennt, dann wärt ihr euch ähnlich. Dann könntest du nicht mehr so stänkern.«

»Erzähl noch einen.«

»Na gut, kein richtiger Bauer. Aber etwas mit Landwirtschaft und Viechern. Warum guckst du so?«

»Ich stelle mir gerade vor, wie der Buchhändler unter dem Großangriff seiner Karnickel auf verlorenem Posten steht. Der macht nie im Leben etwas mit Viechern. Weil er dann nämlich nicht um die Erkenntnis herumkäme, dass er nicht nur kein Talent zur Menschenführung hat. Auf ihn hören nicht einmal Meerschweinchen, Rennmäuse und die dümmsten aller Hunde.«

»Vielleicht frage ich den Buchhändler um Rat«, murmelte Gefion.

»Wegen was? Wegen deiner Situation? Oder wegen Sterbehilfe?«

»Adolf!«

»Bin schon ruhig. Aber ist doch wahr: Welchen Rat sollte ein Buchhändler einem von uns denn geben? Außer irgendeiner angelesenen und nur halb verstandenen Schlaumeierei?«

»Frau Doktor Stuthe will jetzt Käse herstellen.«

»Will sie das, was ihr Mann jeden Tag verzapft, einkochen und andicken und im Stück verkaufen?«

»Adolf!«

»Frau Doktor Stuthe hat unheimlich tolle alte Rezepte ausprobiert«, berichtete Anja.

»Es gibt keine geheimen Käserezepte«, entgegnete Wendlandt ärgerlich. »Das ist ja das Tolle am ländlichen Leben. Bei uns ist alles öffentlich. Alles Tradition. Alles schon mal dagewesen und früher wusste das auch jeder. Erst seitdem es Universitäten gibt und Buchhändler und danach die hergelaufenen Sozialisten, da begann die Teilung in wertvolles altes Wissen und modernes Schlaumeierwissen. Und heute stehen wir vor den Trümmern dieser Teilung, die ich für komplett unsinnig halte. Was ist?«, fragte er seine Frau.

»Nichts ist. Vielleicht gucke ich nur gerade etwas erschreckt. Weil du so selten Sachen sagst, die uns verraten, dass wir keinen sturen Kantkopf als Bürgermeister haben, sondern einen nachdenklichen Mann, der genau weiß, in welcher Tradition er steht und lebt. Und der auf den Punkt bringen kann, warum wir in der Landwirtschaft solche Probleme haben, die wir streng genommen nicht haben müssten.«

»Mach ihn nicht noch eingebildeter, als er schon ist«, sagte Anja.

Aber Wendlandt hatte nur Augen für Anna. Nicht zum ersten Mal wurde ihm klar, dass er vor nichts auf der Erde so viel Angst hatte wie vor ihren Schmerzen im Bauch und in der Brust.

Werd mir bloß nicht krank, Anna, dachte er. Ohne dich bin ich verloren, ohne dich habe ich keine Chance. Wenn du nicht mehr bist, packe ich meine Siebensachen und gehe irgendwohin, wo sie mich nicht gleich wieder verjagen. Aber ich werde nie mehr glücklich werden. Und ich werde mich so viel prügeln wie noch nie im Leben. Wahrscheinlich werde ich jedes Mal die Jacke voll kriegen, aber das ist mir egal. Wenn es wehtut, muss ich nicht an dich denken. Das ist das Dumme an der Liebe: Man ist allein nichts mehr wert. Man existiert nur noch als Paar. Nicht weil es eine Notlösung ist, sondern weil es der Sinn ist, und weil es keinen anderen Sinn gibt. Wenn du stirbst, bin ich im selben Moment auch tot. Auch wenn ich vielleicht noch ein paar Tage über die Felder stolpere und Lärm produzieren werde. Ich bin dann ein Auslaufmodell, und die Erinnerung an dich wird alles sein, was ich habe. Das ist viel, sogar sehr viel – aber auch sehr viel weniger als die lebendige Anna. Siehst du, ich habe den Sinn des Lebens verstanden. Und du denkst immer, ich kriege das nicht hin. Ich hab's drauf, und wer etwas anderes behauptet, kriegt sofort einen auf die … bin ja schon still. Und du bleibst schön gesund. Bitte.

Gefion sackte endgültig in sich zusammen und konnte auch von neu geschmierten Schnittchen nicht mehr aufgerichtet werden. Plötzlich stand Gerda Gefion vor dem Haus.

»Heini!« Ein einziges Wort, Türöffner Adolf nickte. Gerda widersprach man nicht, Kamikaze sollen die Japaner betreiben. Ein Bewohner der Norddeutschen Tiefebene duckt sich hinter den Wacholder und wartet ab, bis Gerda Gefion an ihm vorbeigeflogen ist.

21

Eine Woche später war die Heiratstätigkeit in Wortleben zum Erliegen gekommen. Weder der von Krisenherd zu Krisenherd eilende Pastor noch diverse kommunalpolitisch aktive Bewohner schafften es, den Stau aufzulösen. Zwischen den bis vor wenigen Tagen harmonisch verbandelten Paaren herrschten wahlweise Eiszeit oder Sprachlosigkeit. Oft fanden im Schutz von Häusern und Wohnungen deprimierende Begegnungen statt, aber Luise und Jan, das attraktivste Paar von allen, trugen ihre Kämpfe bei einer unerwarteten Begegnung auf der Hauptstraße aus. Die Lottoannahme und sogar das Kaufhaus von Rudi Herbst ließen die Jalousien herunter, weil Jan und Luise unweit einer Baustelle stritten, neben der ein nicht ganz kleiner Berg von Pflastersteinen aufgeschichtet war. Der Berg war kaum einen Meter hoch, doch selbst ein Viertklässler wäre imstande gewesen, aus der Zahl der Schaufenster in der Hauptstraße und der Zahl der Pflastersteine einen Sachschaden in historischer Höhe vorherzusagen. Zumal Luise Handball im Verein spielte und Jan drei Jahre hintereinander Schützenkönig geworden war, was die Vermutung nahelegte, dass der Mann in der Lage war zu treffen, was er sich vorgenommen hatte.

Zwei Stunden später parkte ein Streifenwagen vor dem Kaufhaus und blieb dort zwei Tage stehen. So viel Schmiergeld plus warme Mahlzeiten hatte sich Rudi Herbst sein Geschäft noch nie kosten lassen. Es kam, wie es kommen musste: Zwei Steine flogen Richtung Streifenwagen, und Herbsts Stammkanzlei begann eine juristische Rangelei gegen die zwei Tage später eingetroffene Forderung der Polizei auf Begleichung eines Sachschadens in Höhe von 2.200 Euro plus Mehrwertsteuer und Portokosten.

Eine Krisensitzung wurde unvermeidlich. Manni Mewes – Spitzname »Der rechte Stalinist« – hatte telefonisch dazu aufgerufen. Der vorfreudig erregte Uwe Süß radelte auf den Hof und hätte beinahe die in der Abendsonne tollenden kleinen Katzen plattgefahren. Aber das war nicht der größte Schreck, denn unerwartet stand er Walter Rottian gegenüber, dem Genossen, den er am wenigsten leiden konnte.

»Ich dachte, es kann nur von Nutzen sein, wenn ich alle Flügel deines Vereins berücksichtige«, sagte der Bürgermeister zur Begrüßung. Sein Sekundant war Manni Mewes.

Es gab Weißwein, wahlweise portugiesisch und lieblich.

»*Kellergeister* hast du wohl nicht im Haus«, lästerte der indignierte Buchhändler.

Natürlich standen *Kellergeister* im Haus, und Genosse Rottian schien nicht abgeneigt zu sein.

»Das wage«, zischte Süß. »Ich strenge ein Ausschlussverfahren gegen dich an.«

»Nur wegen der *Kellergeister*?«

»Wäre nicht das albernste Verfahren in unserer Partei.«

Walter stieg sicherheitshalber auf Bier um, Süß ebenso.

»Kollegen und Buchhändler«, begann Wendlandt, »wir müssen über unsere Brautwerber reden. Sie meinen es offensichtlich etwas zu gut.«

»Killer sind das«, erregte sich Rottian.

»Weiß eigentlich jemand, wie sie praktisch werben?«, fragte Süß.

»Ich weiß es nicht«, sagte Wendlandt. »Und ich bin froh, dass ich es nicht weiß.«

»Die armen Männer«, murmelte Rottian.

»Die armen Frauen«, hielt Süß dagegen.

»Die arme Gemeinde«, sagte der BM. »Jede Hochzeit weniger bedeutet Steuerausfall, bedeutet das Ende der traditionellen Paarbildung im Ort. Kindergarten und Grundschule bluten aus, und unsere Lehrer müssen noch weniger arbeiten. Letztlich ist es der Todesstoß für unsere Lebensart.«

»Was ich an Ihnen am meisten schätze«, sagte Süß, »ist, dass Sie immer das richtige Maß finden. Übertreibung ist Ihnen wesensfremd.«

Zur gleichen Zeit hatte sich im Jugendzimmer von Rainer Molkenthin eine erbarmungswürdige Männerrunde zusammengefunden: der Gastgeber; der heimlich zurückgekehrte Karl-Niklas Krone; zwei weitere verlassene Galane. Auch Hajo Hinrichsen hatte sich herangeschlichen, dabei war er verheiratet.

Rainer fasste die Lage zusammen und band den Schal, der seinen roten Hals verbergen sollte, fester.

»So sieht's aus, Freunde. Was bleibt zu tun?«

»Umziehen.«

»Ich hatte mich doch so an Gesine gewöhnt.«

»Weiber! Eine wie die andere. Alles Weiber!«

»Früher konnten die Mädels mehr ab.«

»Wenn das ins Fernsehen kommt, gebe ich mir die Kugel.«

»Ein Gutes hat das ja«, sagte Rainer. »Die Frauen sind jetzt auch allein.«

Daran hatte bisher niemand gedacht, kurzzeitig fühlte man sich getröstet.

»Die finden schnell wieder jemanden«, murmelte Niklas, »Männer sind ja so dumm.«

»Solche wie uns findest du an jeder Straßenecke.«

»An jeder zweiten Straßenecke. So viel Sachlichkeit muss sein.«

»Frauen! Ich verlange doch nun wirklich nichts Unmögliches.«

»Kommt darauf an, was du verlangst.«

Das wurde geschildert, nicht in allen Einzelheiten. Dennoch entstand ein Gesamtbild.

»Das geht in Ordnung. Dagegen ist nichts zu sagen. Das müsste wirklich drin sein. Ich meine, wozu heiratet man denn? Dann könnte man ja auch genauso gut nicht heiraten.«

Einige Minuten ging es um die Frage, ob sich die versetzten Männer in einem gemeinsamen Schreiben an die Öffentlichkeit wenden sollten. Weil sich aber niemand darum riss, den Text aufzusetzen, kam man wieder davon ab.

Zur zentralen Aussage, in der sich alle wiederfanden, entwickelten sich die Worte von Niklas: »Am Anfang hat sie es ganz toll gefunden, dass ich nicht so überkandidelt bin wie die meisten Jungs. Aber dann hat sie mir vorgeworfen, dass ich so gewöhnlich bin. Was verlangt die Frau? Soll ich mich in zwei Teile zerreißen?«

»Die Frauen wissen einfach nicht, was sie wollen.«

»Na, eines wissen sie jetzt aber: dass sie uns nicht wollen.«

»Wir hatten schon den Saal bestellt. Und das Essen natürlich. Viel Essen, so viel Essen. Wer bezahlt das jetzt?«

»Was sollte es denn geben?«

»Vorneweg Markklößchen-Suppe wie bei Reginas Mutter. Dann Medaillons mit einem Haufen Gemüse wegen der Gesundheit. Wahlweise Forelle im Schlafrock und Aal in Aspik. Danach Flattermänner, aber keine Hähnchen. Hähnchen geht gar nicht auf einer Hochzeit. Auch kein Gyros. Gyros ist für die Jahre danach. Zum Schluss ein Eimer Eis.«

»Servietten aus Stoff?«

»Logisch. Ist ja nicht wie bei armen Leuten.«

»Und Getränke?«

Das musste vorgelesen werden, man wollte ja vollständig sein.

»Wow, das sind 16 oder 18 Sorten.«

»Wir wollten es übersichtlich halten. Man will ja nicht prahlen.«

»Und das findet jetzt alles nicht statt. Ich könnte heulen.«

»Meinem Cousin ist auch die Frau weggelaufen«, trug Hinrichsen zum Thema bei.

»So sind die Frauen eben. Solang du frisch und knackig bist, geben sie mit dir an. Aber danach – ex und hopp, der Nächste bitte.«

»Gesine war eigentlich nie zufrieden. Da konntest du dich auf den Kopf stellen. Sie fand immer was, was sie störte. Oder was fehlt. Oder was sie in einem anderen Geschäft besser gesehen hatte. Oder preiswerter. Da fragt man sich irgendwann: Wozu mach ich das hier eigentlich?«

»Daniela redet ständig von ihrem Ex. Na ja, nicht ständig. Aber ab und zu und zu oft. Und immer steht er als Supermann da, wie einer, der auf *RTL2* das Hemd auszieht. Und sie hatte Ansprüche, auch an unsere Möbel. Vor allem an die Möbel. Sie mag Möbel, von denen weiß ich bis heute nicht, welchen Zweck die erfüllen. Und ob überhaupt.«

»Meine Verblichene – ich nenne sie Verblichene und nicht mit Namen. Dann fällt es leichter loszulassen. Meine Verblichene wollte, dass ich nach der Hochzeit abnehme. Zehn Pfund, wenigstens. Ich bitte euch: zehn Pfund! Wenn sie mich nicht mag, kann sie mir das ins Gesicht sagen. Und nicht hinten rum.«

»Ich spiele mit dem Gedanken wegzuziehen.«

»Mach das nicht. Dann glauben sie, sie haben gewonnen. Du darfst eine Frau nie gewinnen lassen.«

»Ist doch jetzt egal.«

»Mach das aus Solidarität mit allen Männern. Tu es für deinen Nachfolger.«

»Darüber möchte ich nicht reden.«

»Warum denn nicht? Hast du auch Angst, dass sie jetzt nur noch aufs Geld schielen, weil es ja mit den Umgangsformen nicht geklappt hat?«

»So ein Internet-Milliardär, der würde ihnen passen. Oder ein Schlagerfuzzi. Der darf dann auch ein Toupet tragen oder schwul sein oder alles zusammen, Hauptsache im Fernsehen.«

»Gibt's eigentlich noch ein Paar im Ort, das heiraten will?«

»Du meinst eines, bei dem die Brautwerber noch nicht waren? Mensch, ja, der Volker.«

»Der ist 17. Der heiratet nicht, der übt noch.«

»Aber wenn die Brautwerber feststellen, dass sie alle Heiratskandidaten durch haben, müssen sie ja irgendwohin mit ihrer überschüssigen Energie.«

»Das wird ein Schock werden für Volker.«

Beim Bürgermeister schwappten zur gleichen Zeit die Wogen hoch.

»So nicht, Genosse Lenin!«, rief Wendlandt. »So nicht. Wir haben uns gemeinsam in den Schlamassel reingeritten, wir ziehen uns da jetzt gemeinsam wieder raus.«

»Ich bin ein kleiner machtloser Oppositionspolitiker«, entgegnete Uwe Süß kokett. »Von meiner Seite besteht kein Handlungsbedarf.«

»Wir müssen die Brautwerber abschaffen«, platzte Walter Rottian dazwischen.

»Dieser Gesichtsverlust«, stöhnte Manni Mewes. »Kein Wunder, dass das Vertrauen in die gewählten Politiker mit jeder Umfrage weniger wird.«

»Wenn Wortleben Zukunft haben will, brauchen wir Ehepaare«, sagte der BM.

»Dazu brauchen wir Kinder, aber keine Ehepaare«, stellte Süß richtig.

Keinen Gedanken an den Nachwuchs verschwendete in dieser Minute der Oberschüler Volker. Endlich hatte sich sein Schwarm Tanja bereitgefunden, mit ihm einen Abend zu verbringen. Zwar nur, weil ihr Primärschwarm Sven auf Klassenreise weilte. Aber das wusste Volker nicht. Er dankte seinen Eltern schon zum 100. Mal, dass sie vor einer Woche in den Schwarzwald aufgebrochen waren. Seine Beziehung zu Tanja sollte heute Abend die entscheidenden Fortschritte erfahren. Bis zum zweiten Blusenknopf war Volker bereits vorgedrungen. Aber er hatte kein leichtes Spiel, dabei hatte er bereits das Zimmerlicht minimiert.

In dem Moment, in dem Blusenknopf drei fiel, klingelte es. Tanja schloss die Blusenknöpfe. Volker ging hinunter, öffnete die Tür und prallte zurück.

»Tanja da?«, fragte Jens Guderian. Die drei im Hintergrund probierten ein aufmunterndes Lächeln.

»Was wollt ihr von Tanja?«

»Bisschen werben.«

Tanja kam die Treppe herunter, und Jens Guderian freute sich wie ein Schneekönig.

Der Bierkasten, den Adolf Wendlandt auf den Couchtisch gestellt hatte, war vollständig geleert, die Männer entsprechend gefüllt.

»Und so fordere ich entschlossen«, dröhnte Uwe Süß und hielt sich an Walter Rottian fest, »dass wir dieses Brautwerber-Unwesen selbst in die Hand nehmen.«

»Ich will aber kein Brautwerber sein«, entgegnete Rottian.

»Du sollst nicht werben, du sollst die Werber stoppen.«

»Gewalt?«, hauchte Rottian schockiert. Gewalt war für ihn das Schlimmste, zumal wenn er sie persönlich ausüben sollte.

»Erst verhandeln«, stellte Wendlandt klar und brachte seine Haare mit beiden Händen in Form, »danach Gewalt. Nicht umgekehrt. Ich werde euch jetzt demonstrieren, wie in der Kommunalpolitik kommunale Probleme gelöst werden. Mir nach, Männer.«

»Aber ich will Volker doch gar nicht heiraten«, rief Tanja.

»Nicht heiraten, ah ja. Das ist interessant. Dann kriege ich jetzt erst mal den Blumenstrauß zurück«, murmelte der Buchhalter und notierte etwas in seinem Schulheft, in dem er über sein neues Ehrenamt Buch führte.

»Warum willst du ihn denn nicht heiraten?«, fragte der Schlachter.

»Ich bin doch noch so jung«, erwiderte Tanja eindringlich. »Und ich liebe Volker auch gar nicht.«

Der Buchhalter eröffnete eine neue Spalte in seiner Buchführung.

»Ach nein?«, fragte Volker eingeschnappt.

»Ich liebe doch Sven!«

»Liebt einen Sven«, notierte der Buchhalter und dahinter in Klammern: nachfassen.

»Okay«, fasste der Schlachter zusammen. »Wir sehen uns bei Sven wieder. Denk dir einfach, die Blumen hier wären von Sven. Diesen Hüpfer streichen wir.«

Er wischte Volker zur Seite und wurde im nächsten Moment selbst von einer Urgewalt nach hinten gerissen. Eine Sekunde hielt Volker es für möglich, dass er das geschafft hatte. Doch der Schlachter wand sich im Griff eines Mannes, der wie der Bürgermeister aussah. Daneben befand sich ein Mann, der auf den ersten Blick leichte Ähnlichkeit mit dem örtlichen Buchhändler aufwies. Manni Mewes war mit seinem Handy beschäftigt, und Walter Rottian rief fortgesetzt: »Aber erst verhandeln! Erst verhandeln!«

Dann knallte es. Jemand stöhnte, es knallte erneut. Niemand stöhnte mehr. Adolf Wendlandt wandte sich Uwe Süß zu und sagte: »Ich habe einen Gefallen bei euch gut!«

»Was für einen Gefallen denn?«

»Die nächste Abstimmung kommt bestimmt.«

Aus dem Dunkel ragten zwei Beine in den Lichtkegel der Außenlampe. Manni Mewes fotografierte mit seinem Handy, und Walter murmelte: »Entsetzlich. Das ist ja so entsetzlich!«

Zum ersten Mal im Leben nutzte Volker eine Gelegenheit in dem Moment, in dem sie sich ihm bot, und nahm Tanja in die Arme. Sie war so schockiert, dass sie sich nicht wehrte.

22

»So«, sagte Uwe Süß und betrachtete den alten Piesow mit hochgezogenen Brauen, »nachdem nun auch der letzte Nachzügler den Weg zu uns gefunden hat …«

»… mach halblang, Junge. Ich stand schon auf den Barrikaden, da warst du nicht mehr als ein unanständiger Gedanke im Stammhirn deines alten Herrn.«

Der Wirt des *Eber* trottete in den Klubraum, um die Bestellungen aufzunehmen. Danach blickte er lange auf seinen Zettel. »Fünf Gulaschsuppen, drei mickrige Bier. Habt ihr was am Magen? Dann müsste ich mir überlegen, an wen ich in Zukunft das Klubzimmer …«

»Wir müssen nachdenken«, sagte Süß, der es falsch fand, in aller Öffentlichkeit über ein dermaßen brisantes Thema zu reden.

»Liebe Genossen«, begann er aber doch, »ich habe euch zusammengerufen, um über die Zukunft der Partei zu sprechen. Bevor unqualifizierte Zwischenfragen kommen: Ich meine unsere Partei.«

»Seit wann haben wir denn eine Zukunft?«, haute Ferdi Düver dazwischen.

Süß klopfte auf den Tisch.

»Lauter«, rief der alte Piesow. »Früher, auf den Barrikaden, mussten wir, um den Lärm der Geschütze zu übertönen …«

Glücklicherweise kamen die Gulaschsuppen schnell. Von Parteisenior Piesow waren nur noch diese lang gezogenen Schlürfer zu vernehmen, wie sie so nachhaltig nur das Zusammenspiel von Heißhunger und schlecht sitzendem Gebiss erzeugt.

»Gulaschsuppe«, knurrte Ferdi Düver und rührte in der Tasse. »Erinnert mich an den Zustand der Partei. Ein bisschen fest, viel mehr flüssig, dies und das, von allem was. Aber eindeutig kein Schnitzel.«

»Alles aufgegessen!«, rief Rudi Herbst stolz. »Morgen wird gutes Wetter.«

Süß holte Luft für einen zweiten Beginn der Sachdebatte und wurde von Doktor Stuthe und seiner unnachahmlichen Freundlichkeit ausgebremst:

»Aus ärztlicher Sicht kann ich das Rauchen selbstverständlich nur aufs Schärfste geißeln. Als Mensch und Verdauer denke ich, wir könnten alle einen Stumpen vertragen.«

Der Wirt trug eine Kiste in den Raum, aus der sich die meisten eine *Fehlfarben* fischten. Rosi Westermann – Schalterfrau der örtlichen Poststelle – rauchte Zigaretten und zwar Kette. Uwe Süß hätte am liebsten ins Tischtuch gebissen, als er sich von Kubikmetern köstlich riechender Schwaden eingenebelt fand. Sein Entschluss, das Rauchen aufzugeben, lag ihm schwer im Magen. Zumal es sich eher um Veras Entschluss gehandelt hatte, gemeinsam das Lager zu wechseln.

Aber dann endlich:

»Genossen und Rosi beziehungsweise umgekehrt …«

»Gerade noch die Kurve gekriegt«, rief Rosi und hustete ab.

»Ich habe mir die aktuellen Zahlen angesehen. Der Mitgliederbestand ist uns allen präsent. Ich sage nur: 14. Aber auch die Kassenlage ist verheerend. Nicht zuletzt, weil kein Mitglied bisher durch besondere Spendenfreude positiv in Erscheinung tritt.«

»Dazu kommen die letzten Wahlergebnisse«, rief Ferdi Düver. »Und obwohl wir nicht mehr darüber reden wollten, muss ich doch noch einmal erwähnen, was uns die dörfliche Aufschlüsselung verraten hat. Um uns herum gibt es mehr als ein Dorf, in dem wir es zuletzt auf null Stimmen brachten. Und es gibt mehr als ein Dorf, in dem wir unter zwei Prozent landen. Auch bekannt als: unsichtbar bleiben. Das alles sind Argumente, dass wir den Laden dichtmachen könnten, ohne von irgendwem vermisst zu werden.«

»Du Optimist!«, rief Rudi Herbst. »Man kann auch zehn Prozent haben, ohne dass Liebe im Spiel ist. Und meine 20 Euro im Monat muss man erst mal verdienen.«

»Warum guckt ihr mich alle an?«, fragte Uwe Süß, obwohl er die Antwort kannte. Aber die Genossen kannten seine Situation nicht – vor allem nicht den heiklen Mix aus Wollen und Können.

Zitat Vera: »Wenn ich zu viel Geld habe, kann ich es in die Tonne schmeißen oder einem Junkie in den Hut legen. Alles sinnvoller als es deinem elenden Haufen zu stiften, wo es im Handumdrehen verschwindet, ohne den Hauch eines sinnvollen Zwecks zu erfüllen.«

»Vielleicht kriege ich meine Gattin eines Tages ja doch noch dazu, unser Parteibuch als attraktives Outfit anzusehen.«

Alles, was ihm in den folgenden Sekunden verbal um die Ohren flog, verdrängte er augenblicklich mit äußerster Kraftanstrengung. Dieses Ritual fand ja nicht zum ersten Mal statt. Er war ein Mensch, wenn auch ein Mann; ein zum Leiden fähiges Lebewesen, gehandicapt durch seine Rolle als Gatte einer meinungsfreudigen und energiestrotzenden Medizinerin, die überaus hässlich daherreden konnte, wenn ihr der Sinn danach stand. Was nicht so selten geschah, wie Uwe Süß es erträumte. Beim Anblick ihres Mannes wurde Doktor Vera überdurchschnittlich häufig von diesem Wunsch erfüllt. Und sie genoss es dann, diesem Wunsch zeitnah nachzugeben. Zitat Vera: »Du wirst mir kein Magengeschwür andichten. Eher nehme ich mir ein Apartment in der Kreisstadt.«

»Möchte uns unser Vorsitzender etwas mitteilen?«, fragte Ferdi Düver. Der radikale Tischler war kein Parteifeind, er war sogar loyal. Aber seine unnachgiebige Grundsatztreue machte den Umgang mit ihm nicht leicht. Denn er neigte dazu, das, was er dachte, umgehend in Sätze zu kleiden, bei denen es ihm gleichgültig war, ob es Zuhörer gab. Es gab ausnahmslos Zuhörer. In dieser Partei neigte man dazu, leidenschaftlich gern zuzuhören. Im Grunde hörte man lieber zu, als selbst das Wort zu ergreifen. Ob so oder so – am Ende war jedes Mal Uwe Süß die arme Wurst. Hätte ein Genosse ein einziges Mal etwas gesagt, was sich als Bereitschaft zur Übernahme von eigener Verantwortung deuten ließ: Uwe hätte ihn im nächsten Augenblick beim Wort genommen. Er sehnte sich danach, von den Genossen als unverzichtbar und wertvoll bezeichnet zu werden. Von allein kam ja keiner darauf. Seine Position war felsenfest. So fest und sicher wie der Amboss in der Schmiede. Aber man hat noch nie von einem Amboss mit erwähnenswerten Sympathiewerten gehört. Bestenfalls ist er nützlich, um auf ihn Tag für Tag mit voller Kraft einzuschlagen.

»Ja, Genossen, die Lage ist ernst. Aber wir sind wild entschlossen, und die nächste Wahl ist ausreichend weit entfernt, um neue Ideen zu entwickeln und sie in die Tat umzusetzen. In die Wortlebener Welt ...«

»... auch bekannt als Vorhölle.«

»Ja, Genossin Rosi, die Lage ist ernst. Aber es gibt Ideen, die Anlaufzeit benötigen. Und es gibt Ideen, die sich von heute auf morgen umsetzen lassen.«

»Ich höre.«

»Spontan würde mir da einfallen die Art und Weise des Umgangs mit Kunden in der Post.«

»Ich höre wohl nicht richtig.«

»Man hört da und dort und dann und wann, dass nicht jeder Postkunde über die Art und Weise der Behandlung erfreut ist, die er am Schalter erleiden musste.«

»Das ist üble Nachrede, Beleidigung und der Versuch, unsere Partei zu zerstören.«

»Du gibst also zu, dass es Kunden gibt, die freundlicher behandelt werden als andere.«

»Solang sie behandelt werden, will ich keine Beschwerden hören. Mein Papierkorb ist groß.«

»Nicht nur der Papierkorb.«

»Ich höre.«

»Auch das Mundwerk, dem die Kunden am Schalter begegnen, befleißigt sich nicht jedes Mal einer Redeweise, die ich als menschenwürdig und tanzstundenfest bezeichnen möchte.«

»Chef, du weißt, dass dein Herumschwurbeln nichts für schwache Nerven ist, oder?«

»Ich bin Geschäftsmann. Ich gehe jeden Tag mit Kunden um. Bei mir fällt für jeden ein Lachen ab.«

»Solang keinem meiner Kunden ein harter Gegenstand auf den Fuß fällt ...«

»Rosi, es gibt ein sogenanntes Mittelfeld des Benehmens. Zwischen Liebkind und Fluchen.«

»Bisher gab es keine Beschwerde, von der ich weiß. Noch Fragen?«

»Versuch's einfach.«

»Ich verstehe nicht.«

»Lächle. Lächle, auch wenn du weißt, dass der Kunde zur Mehrheitspartei neigt; auch wenn er unfreundlich über uns spricht.«

»Und wenn er auf uns spuckt?«

»Das tut keiner.«

»Nicht am Schalter. Das wäre auch das Letzte, was er vor Erreichen des Krankenhauses tun würde. Aber kaum ist er draußen, lästert er und spottet, verhöhnt uns und sagt Sachen wie: Aus denen wird nie was.«

»Wer sagt das?«

»Kein Kommentar.«

»Komm Rosi, ein Hinweis …«

»Nichts zu machen.«

Nun wollten es alle wissen. Gemeinsam bestürmten sie die Festung, bis Rosi begann zu antworten. Zehn Minuten später hingen Schock und Fassungslosigkeit im *Eber*.

»Das habe ich nicht für möglich gehalten«, murmelte Süß.

»Weil du naiv bist. Weil du die miesen Ratten nicht kennst, die bei uns rumlaufen.«

»Aber warum reden sie so hässlich über uns? So gemein?«

»Weil sie selbst hässlich und gemein sind.«

»Das sind Ausnahmen«, behauptete Rudi Herbst. »Das liegt am Wetter.« Kaum tauchte am entfernten Horizont etwas auf, was man für ein Problem halten konnte, schlug sofort die feige und rückgratlose Bereitschaft des Kaufmanns durch, sich vor seinen Kunden klein zu machen und ihnen nach dem Munde zu reden.

Weil man nun schon dabei war, gaben auch andere Genossen Beispiele aus ihrer Alltagskommunikation zum Besten.

In Wortleben war es seit Langem Brauch, die größte der Oppositionsparteien zu verhöhnen und zu verspotten.

»Als wären wir behindert«, murmelte Walter Rottian.

Ähnlich geringschätzige Bemerkungen waren offenbar nicht in Richtung der Grünen und der Freien Wähler unterwegs. Ganz zu schweigen von der Mehrheit.

»Weil sie Angst haben«, sagte Ferdi Düver. »Das hat gar nichts damit zu tun, dass sie Wendlandt und seine Politik mögen. Sie haben Angst um ihr Eigentum.«

»Übertreib nicht«, wandte Süß ein.

Aus dem Stehgreif berichtete Ferdi Düver von Schikanen und Retourkutschen, die führende Vertreter der Mehrheit in Richtung von Kritikern abgeschossen hatten. Dabei waren keine Existenzen vernichtet worden, auch keine körperlichen Schäden angerichtet. Aber es handelte sich um Warnschüsse von einer Art, die es den erschreckten Kritikern ermöglichte, sich vorzustellen, wie es aussehen könnte, wenn die Mehrheit die Schraube noch ein wenig weiter anziehen würde.

»Das ist DDR-Stil«, stammelte Rudi Herbst. »Alles wiederholt sich. Die alte Grenze ist nicht weit entfernt.«

Rosi Westermann sagte: »Finde ich gut, dass wir mal darüber geredet haben. Ist damit alles klar? Wer es verdient, kriegt Feuer.«

Man bemühte sich, ihr den Sinn und die Vorteile eines soliden bürgerlichen Benehmens nahezubringen. Ihr an sich schon vierschrötiges Gesicht war von Skepsis übersät.

»Jeder sollte seinen Anteil tragen«, sagte Doktor Stuthe. »An Höflichkeit ist noch niemand gestorben.«

»Ich fühle mich nicht wohl dabei«, sagte Rosi und ruckelte unwohl auf ihrem Stuhl. »Ich denke dann immer, dass ich von einem Verbrechen weiß und es nicht anzeige. Das kann doch nicht richtig sein.«

»Uns nicht zu mögen, ist kein Straftatbestand.«

»Ja, was ist es denn dann! Könnte mir das vielleicht mal jemand so erklären, dass ich es begreife! Nicht dieses akademische Gesummse.«

Man guckte einen aus, der die undankbare Aufgabe übernehmen würde. Ferdi Düver kam den Akademikern zuvor.

»Guck mal, Rosi, es ist doch ganz einfach. Die Welt ist voller Arschlöcher, und Wortleben ist Teil der Welt. Also musst du damit rechnen, dass die Hälfte deiner Kunden von der anrüchigen Fraktion ist.«

»Arschlöcher!«

»Ja und nein. Wir nennen sie nicht so.«

»Ich heiße Rosi. Ihr nennt mich Rosi.«

»Das wiederum ist richtig. Rosi ist ein Ehrenname.«

»Fang nicht an zu scharwenzeln. Durch Scharwenzeln bin ich einige Male fast schwanger gewesen. Fangen wir mit dem Wichtigsten an: Muss ich lächeln?«

»Sagen wir so: Ein positiv gestimmtes Gesicht schadet nicht. Du sollst nicht übertreiben ...«

»Wäre mir lieber. Ich finde, ich sehe komisch aus, wenn ich versuche zu lächeln. Das haben mir schon einige Leute gesagt.«

»Kunden in der Post?«

»Familie zu Hause.«

»Das ist doch ein Hinweis. Nicht italienisch sprechen, wenn du kein Italienisch kannst. Nicht lächeln, wenn du dich dabei unwohl fühlst. Aber offenes Visier. Vorurteilslos. Bereit, zuzuhören und deinen Kunden für ein Mitglied der menschlichen Art zu halten.«

»Auch die Mehrheit?«

»Stell ihn dir bei etwas Grenzwertigem vor.«

»Lächeln.«

»Noch grenzwertiger. Wenn er auf dem Topf sitzt oder ...«

»Ich weiß. Ich weiß. Oder beim Knattern.«

»Zur Not auch das. Aber du darfst Manni Mewes nicht zum Abschied sagen: Manni, wenn du wüsstest, wie albern du eben beim Knattern ausgesehen hast.«

»Auch nicht, wenn es am Schalter keine Schlange gibt?«

»Am besten auch dann nicht.«

»Wenn die Mehrheit nicht mehr knattern würde, hätte sich das mit der Mehrheit in 20, 30 Jahren von alleine erledigt.«

»Na, siehst du. Das ist positives Denken. Aber lass es in deinem Kopf.«

»Mein Kopf hat so viele Öffnungen, die muss ich dann ja alle gleichzeitig unter Kontrolle behalten.«

»Niemand sagt, dass das Leben leicht ist.«

Fünf Minuten später bestand zarter Anlass zur Hoffnung, dass Rosi Westermann die Poststelle nicht mehr während ihrer Arbeitszeit in das Grab ihrer Partei verwandeln würde.

Erfüllt mit frischer Zuversicht, entwickelte der Anführer das Thema weiter:

»Wir müssen präsenter werden. Wir kommen im Ortsbild doch gar nicht vor.«

»Wie wär's mit einem Denkmal?«, schlug Rudi Herbst vor. »Aber nicht vor meinem Haus. Ich habe keine Zeit, ständig den letzten Angriff mit Farbbeuteln wegzuputzen.«

»Ein Denkmal mit wem oder was?«

»Eine Wahlurne«, schlug Doktor Stuthe vor. »Da musst du als Betrachter ein wenig nachdenken. Und dazu musst du stehen bleiben.«

»Kommt noch was oder war's das schon?«, ätzte Ferdi Düver. »Stehen bleiben musst du auch, wenn du gegen Rudis Kaufhaus pullerst. Das hat mich geistig noch nie vorangebracht.«

»Du Strolch!«, fauchte Rudi Herbst. »Du gehörst also auch zu dieser verfluchten Pieselbande. Was denkt ihr euch nur dabei?«

»Ich denke gar nicht. Es ist ein innerer Drang.«

»Und der überkommt dich immer vor meinem Laden!«

»Jedes Mal. Soll ich beim nächsten Mal bei dir klingeln? Was wäre dir lieber: vorher oder hinterher? Ich habe in der Vergangenheit Flagge gezeigt«, fuhr der radikale Zimmermann fort. »Als ich seinerzeit die rote Fahne aus dem Fenster gehängt habe, stand 20 Minuten später ein gewisser Ortsvereinschef auf meiner Matte und bot mir ein Utta Danella-Buch an, wenn ich die Fahne wieder einrolle. Und zwei Bücher, wenn ich sie sofort einrolle und er sie mitnehmen kann.«

»Wie seid ihr verblieben?«, fragte Doktor Stuthe.

»Ich nehme sie sofort ab, und er befreit uns von einem Karton ausgemusterter Bücher, die wir schon lange entsorgen wollten.«

»Dafür kriegst du keinen Preis auf eurer nächsten Buchhändlertagung, mein Lieber«, sagte der Doktor amüsiert.

In diesem Moment öffnete sich die Tür, und herein trat der Oberschüler Volker. »Hier finden Geheimverhandlungen statt«, rief er übertrieben laut. »Dagegen verwahre ich mich auf das Schärfste. Und das Entschiedenste. Und grundsätzlich auch.«

Die Genossen zogen den jungen Moralisten auf einen Stuhl und füllten ihn mit zwei halben Litern bis zum Eichstrich ab. Das war keine feine, aber eine wirkungsvolle Methode, Volker aus dem Verkehr zu ziehen.

»Eine Werbekampagne«, sagte Süß, »so was brauchen wir. Wir müssen uns anpreisen.«

»Was sollen wir anpreisen?«, wollte der Doktor wissen. »Dass wir nette Menschen sind, weiß ja jeder. Und nun ist sogar Rosi nett. Besser geht's nicht.«

»Inhalte«, knurrte Ferdi Düver. »Oder was davon übriggeblieben und halbwegs ansehnlich ist. Mit der guten alten Friedenstaube kommen wir auf keinen grünen Zweig. Der Atheismus fällt auch weg, solang die Termine für die Kirchenaustritte auf mehrere Wochen ausgebucht sind. Der Kampf gegen die globalen Konzerne ist das kleine Einmaleins für jede Partei bis auf die ganz dummen. Was bleibt da noch? Abschaffung der Sommerzeit? Irgendwas mit Impfen?«

»Vorschlag«, sagte Süß. »Wir pfeifen auf die große Politik und konzentrieren uns auf das, wofür wir da sind.«

»Das wäre dann ja das Kommunale«, kam es enttäuscht zurück.

»Ich weiß, dass es euch zu den großen Themen zieht«, sagte der Buchhändler. »Ich weiß auch, dass die kleinen Themen nicht im Fernsehen vorkommen. Doch da müssen wir ran.«

»Das ist so piefig«, klagte der alte Piesow. »Das ist sogar für uns Ältere lahm. Denkt an die Verkehrsampel! Da haben sich 100 erwachsene Menschen wochenlang drum geprügelt. Jetzt ist sie da und blinkt von morgens bis abends. Aber hat sie uns Sympathie, Liebe und Anbetung eingetragen? Hat sie nicht.«

Süß bot an, die Themen der letzten Sitzung des Kreistages vorzulesen, um die aktuellen Themen der Politik im ländlichen Raum ins Bewusstsein zu treiben. Aber das wollte niemand hören. Im Grunde wollte man, dass morgen die Sonne aufgeht und der Bürgermeister heißt Uwe Süß und die Partei besitzt im Gemeinderat die absolute Mehrheit – zur Not mit einem kleinen Koalitionspartner. Aber das Wichtigste war, die jetzige Mehrheit auf die Holzbänke zu verbannen und ihnen in den nächsten Jahren dabei zuzusehen, wie sie ihre Wunden leckte und vorne und hinten nicht hochkam. Wer nach mehreren Jahrzehnten an der Macht abgewählt wird, braucht mehr als eine Legislaturperiode, um sich neu zu sortieren.

23

Als die ersten Wortlebener gegen 5.30 Uhr die Lokalzeitung aus dem Briefkasten fischten, fanden sie ein Blatt in A 4, erkennbar unter Zeitdruck verfasst und getippt mit der handschriftlichen Anrede: »Liebe Mitbürgerinnen, liebe Mitbürger, überhaupt alle!«

Ferdi Düver hatte leidenschaftlich für »Genossen in spe« plädiert. Daraufhin hatte Rudi Herbst seinen Parteiaustritt angeboten. Bevor Süß dazwischengehen konnte, hatte Düver das Angebot angenommen.

»Mitbürgerinnen und Mitbürger: Wir leben in einem wunderschönen Ort. Das Gute hat einen einzigen Feind, das ist das Bessere. Das Bessere hat viele Gesichter.«

Hier folgten die Namen aller Parteimitglieder, von denen man annahm, dass ihre Erwähnung einen werbend-einnehmenden und keinen abschreckenden Effekt erzeugen würde. Rudi Herbst hatte darum gebeten, weggelassen zu werden. Volker tauchte als »Garant der Zukunft« auf.

»Wir alle arbeiten an einer großen Aufgabe mit. Unser Ort muss fortschrittlicher werden. Das Alte, Abgenutzte, ranzig Regierte, das uns aus Schmuddelecken und Parteibüros entgegenstinkt, es muss ausgeräuchert werden. Wir können fantastisch räuchern (siehe unten).«

Unten stand eine Kleinanzeige des alten Hillmer, der in seiner reichlich bemessenen Freizeit vor zwei Jahren zum Forellen-Griller geworden war und dafür sein bisheriges Hobby – das Sammeln von Verbotsschildern aus aller Welt –

aufgegeben hatte. Am Wochenende hielten Autos aus Lüneburg, Celle und Hannover vor seiner Tür, um sich kiloweise Köstlichkeiten einpacken zu lassen, die bis zu ihrem Ableben nur in Ausnahmefällen in einheimischen Gewässern geschwommen waren.

»... unsere Gemeinde geht uns alle an. Was die Sache aller Bürger ist und nicht weniger Großkopfeten, daran sollen auch alle mitwirken – wenigstens viele, jedenfalls mehr, als es zurzeit tun.

Wir laden alle Bewohner zur Mitarbeit ein! Wir empfangen sie mit offenen Händen und Ohren (keineswegs mit offenen Portemonnaies, das mögen andere tun). Kehren wir endlich den großen Misthaufen routinierten kommunalen Herumwurschtelns vor die Tore unseres schönen Wortleben. Halten wir ein Streichholz dran, und mithilfe von einigen Schlucken Sprit ist der jahrelange Stillstand Vergangenheit.

Es gibt viel zu tun, also los.«

Um Viertel vor 7 Uhr saß Adolf Wendlandt am Frühstückstisch und mutete sich den Pfefferminztee zu, den ihm Anna wegen seiner gereizten Verdauung aufzwang.

Achim Japp, der landwirtschaftliche Assistent, betrat die Küche, unterm Arm die Lokalzeitung.

»Firma dankt«, brummte Wendlandt und war froh, dass er etwas hatte, in das er seine Nase stecken konnte. Er war nicht sicher, ob er sonst das Erscheinungsbild seiner Tochter unkommentiert gelassen hätte. Anjas Kopf hing in der Cornflakes-Schüssel.

Achim versuchte wieder, die Zeitung mitzulesen. Wendlandt reichte ihm den Sportteil hinüber, aber Achim interessierte sich nicht für Sport, jedenfalls nicht für die Disziplinen, aus denen der Sportteil dieser Zeitung bestand. Das war ein Grund, warum der Bauer mit dem jungen Mann nicht recht warm wurde. An seiner fachlichen Qualifikation gab es wenig auszusetzen, das fand Wendlandt ebenfalls etwas anstößig. Wäre der Bursche ein Lahmarsch gewesen, hätte er ihn triezen können. Wäre Japp brillant gewesen, hätte Wendlandt dem Besserwisser das lediglich Angelesene ins Bewusstsein hämmern können. Aber der Assistent machte einfach alles richtig, und das sogar rechtzeitig – zu wenig für Wendlandt. Allerdings durfte bezweifelt werden, ob der ideale Assistent für diesen Bauern schon geboren war. Anja dagegen war zweifellos geboren, und Wendlandt trug daran einen nicht unwesentlichen Anteil. Er schätzte ihn auf rund 50 Prozent, wenn er sich ausgeglichen fühlte, und auf zwei bis drei Promille, wenn er Anja am Frühstückstisch gegenübersaß.

»Huch«, sagte Japp. »Da lag was in der Zeitung.«

»Schmeiß die Reklame in den Müll«, knurrte Wendlandt. »Es sei denn, sie stammt von meinem Parteifreund Segler. Dann blättere sie einmal durch und schmeiß sie danach in den Müll.«

»Das ist keine Reklame.«

Achim begann vorzulesen. Er kam eineinhalb Sätze weit, dann entriss ihm Wendlandt den Zettel.

»Sieh mal an«, murmelte er halb anerkennend, halb neidisch. »Die Minderheitler erkennen die Gesetze der Marktwirtschaft an und betreiben Werbung, leider in eigener Sache. Also für das falsche Produkt.«

Anna erschien, und am Tisch ging das Licht an. Diese Frau war von einer Aufgeräumtheit, dass es jeden Morgenmuffel frösteln machte.

»Pass auf, die stecken euch eines Tages noch in den Sack«, murmelte Anja. Wendlandt brauchte mehrere Sekunden, um die ungeheure Unterstellung zu verarbeiten.

»Meine liebe Tochter«, sagte er dann vibrierend. »Dieser Ort ist meine Heimat und deine auch, was der Ort jedoch überstehen wird, wenn auch nur mit Mühe. Wir haben es in der Hand, darauf Einfluss zu nehmen, was aus unserem schönen Gemeinwe…«

»… euer Rathaus«, erklang es höhnisch.

»… was aus unserem Gemeinwesen wird. Solang mir hier ein Ziegelstein gehört, solang werde ich dafür kämpfen, dass wir am Ruder bleiben und die Roten in der Ecke stehen, wo sie hingehören. Das ist eine gute Ordnung, sie passt zu uns.«

Er blickte den Assistenten an, der wieder so eigenartig lächelte.

»Das sag ich dir, Achim, wenn ich eines Tages rauskriege, dass du heimlich zu den Roten gehörst oder zu den Grünen oder zu den Kleinkarierten, jedenfalls nicht zu uns, dann tu ich dir was an. Versteh das nicht als Drohung, versteh es als freundschaftlichen Hinweis auf das, was dir dann bevorsteht.«

Zwischen 8.30 und 9 Uhr warf der Buchhändler alle Titel des bisherigen Schwerpunkts »Tiere und Blumen und Dünger« heraus und dekorierte unter unwesentlicher Mithilfe seines Lehrlings Svenja das Schaufenster zum Thema »Sozialismus – eigentlich eine gute Idee« um.

Ferdi Düver fuhr auf die Baustelle, wartete, bis er für einen Moment die Aufmerksamkeit des Meisters hatte, und schlug im selben Moment ein Verschalbrett mit solch ungestümer Wucht knapp neben die eigene Hand, dass den Meister eisiger Schreck durchfuhr. Düver war entlassen, um sich unverzüglich in ärztliche Behandlung zu begeben.

Der Zimmermann verzog sich in den Anbau neben der heimischen Garage und wühlte Plakate und Fahnen von teils biblischem Alter hervor. Das rote Tuch, das Uwe Süß seinerzeit hartnäckig bekrittelt hatte, war als Vogelscheuchenkleid in den Nutzteil von Düvers Garten gewandert und trug seitdem zur Erheiterung verfressener Drosseln bei.

»Herrlich«, murmelte Ferdi. Versonnen und für seine Verhältnisse zärtlich strich er über die Fahne des Ortsvereins von 1918/19. Die Fahne hatte eine wechselvolle und stolze Geschichte hinter sich, wehte in der Weimarer Republik über mehr als einer einzigen Hauerei im *Eber* und flatterte im Faschismus manchem Mai-Umzug voran – abgeschirmt von den körperlich stabilsten Genossen, die den zahlenmäßig vierfach überlegenen Braunhemden solang Widerstand leisteten, bis Ferdis Vater Wilhelm das Tuch eingerollt und in Sicherheit gebracht hatte. Im Steckrübenwinter 1946/47 war das Tuch gegen das Porzellanservice eines vertriebenen Genossen aus Pommern eingetauscht worden, der ins Dorf gekommen war, um zu hamstern.

Anfang der 50er-Jahre waren viele Ballone Obstsaft durch das Tuch geseiht worden und hatten manchem Genossen unvergessliche Nachkriegskater beschert. Dann hatte Ferdi Düver die Fahne an sich genommen und sie zwischengelagert, bis bessere Zeiten gekommen sein würden – was bis heute nicht der Fall gewesen war.

Ab 11.30 Uhr flatterte die Fahne aus einem Fenster im ersten Stock des Düverschen Hauses. Ab 12.16 Uhr hing neben der Fahne ein Bettlaken, das Ferdi in der Nacht bemalt hatte.

»Vorwärts mit uns! Die Zukunft wartet nicht ewig!«

Auf beiden Seiten der Haustür standen kleinere Plakate, es waren auf Holzbretter gemalte Sprüche von Umzügen am 1. Mai, sie umspannten ein komplettes Jahrhundert.

»Vom Willen zur Tat – Kein größerer Schritt als vom Kapitalisten zum Blutsauger«

»Von uns haben alle Segen, selbst TuS – Aufstieg in die Landesliga nur mit uns«

Fünf Minuten später stand Monika Düver vor ihrem enthusiasmierten Gatten.

»Ferdi, die Schilder kommen weg.«

»Die Schilder bleiben stehen.«

»Die Schilder kommen weg.«

»Träum weiter.«

»Die Schilder oder ich.«

»Mach keine falschen Versprechungen.«

»Ferdi, du spielst mit deiner Ehe.«

»Ich spiele fair. Ich bin wie die Partei.«

»Ich gehe zu meiner Schwester.«

Im nächsten Moment starrte sie auf die 50 Euro Reisegeld. Düver hatte sich ausgerechnet, dass seine Aktion die Mehrheit zu Gegenschlägen provozieren müsse. Er wollte nicht riskieren, dass seine Familie zwischen die Fronten geriet. Das war Ferdis Traum: dass es endlich wieder Fronten geben möge und nicht länger diese windelweiche Schlangenlinie.

Die Fahne und die Transparente an Düvers Haus sprachen sich in zwei Stunden herum. »Das könnt ihr mir nicht antun«, lautete Rudi Herbsts erster und auch schon letzter Satz. Händeringend stand er neben dem alten Hillmer und Doktor Stuthe, die ihren Straßenstand am mittleren Nachmittag ausgerechnet vor dem Elektrogeschäft aufschlugen. Stuthe, der für sein Leben gern Reden hielt, wollte den Einheimischen in leicht verständlicher Form die Vorteile eines sozialisierten Gesundheitswesens und die Tricks entspannten Energiesparens nahebringen. Der alte Hillmer wollte Anekdoten aus seinem ereignisreichen Leben beitragen und nebenbei für Grillforellen werben.

»Warum darf ich nicht mitmachen?«, fragte Oberschüler Volker und trat von einem Bein aufs andere. Darin war er gut, aber ein werbender Effekt für die richtige Partei würde sich daraus nicht zwangsläufig ergeben.

»Verteil Flugblätter«, schlug Hillmer vor. »Das ist was für junge Beine.«

»Aber dann sieht jeder meine Pickel«, klagte Volker. Diese Bemerkung lag näher an der Realität als vieles andere, was er von sich gab. Die beiden neuen Pickel hatten sich zentrale Stellen im Gesicht ausgesucht.

Doktor Stuthe zauberte eine Abdeckcreme aus seiner Arzttasche und schmierte sie unter Vortäuschung medizinischer Kompetenz auf die blühenden Unruheherde. Freudestrahlend zog Volker ab, begleitet von einem niedlichen Mädchen.

»Wer ist das denn?«, fragte Stuthe.

Es war Tanja. An ungeraden Tagen ging sie mit Volker, an den anderen mit Sven. So kam niemand durcheinander, am wenigsten Tanja.

Schon an diesem Nachmittag war das Ortsbild überzogen mit Anlaufpunkten, an denen die Partei das Gespräch mit den Bürgern suchte und in vielen Fällen auch fand. Es konnte nicht ausbleiben, dass einige Gespräche etwas lauter gerieten, schwerpunktmäßig diejenigen, an denen Ferdi Düver beteiligt war. Der Mann war unfähig, im zweiten und dritten Gang zu agieren, er gab stets Vollgas.

»Das ist ja niedlich«, sagte Adolf Wendlandt und blickte dem Sohn von Fritz Wuermeling hinterher, der mit einer Freundin aus dem Nachbardorf als Sandwich-Mann über die Hauptstraße spazierte. Auf der Vorderseite »Links sein – und du fühlst dich wohl«. Hinten: »Am Haus der Zukunft bauen – ohne mit dem Hintern das Kellergeschoss einzureißen«.

»Ich finde das bedenklich, Adolf«, gab Erwin Segler vom *Kaufhaus Segler & Segler* zu bedenken.

»Was ist an einem Strohfeuer bedenklich?«

In diesem Moment fuhr der alte Saab mit Doktor Peter am Steuer vorbei. Der langjährige Ortsarzt kurbelte die Scheibe herunter, obwohl er wusste, dass für das spätere Hochkurbeln ein Werkstattbesuch nötig sein würde.

»Na, Bürgermeister, jetzt aber Obacht, dass ihr nicht den Anschluss verliert.«

»Pah! Wenn der Gegner vor fünf Minuten herausgefunden hat, wo der Bahnhof steht, muss ich keine Angst haben, dass er mir gleich im Schnellzug davonbraust.« Und leiser zu Segler: »Jedenfalls solang wir im Stellwerk an den Pulten sitzen.«

24

Zu diesem Zeitpunkt wusste der Bürgermeister noch nicht, dass Rosi Westermann von der Poststelle und Franziska Stuthe im *Lager* unterwegs waren, um die dortigen Bewohner in weiblich-listige Plaudereien über Gott und die Welt und den Umzug aufs Land zu verwickeln, die am Ende stets die Kurve zur Partei kriegten. Allein in der ersten halben Stunde sackte Rosi zwei Neueintritte ein. Dazu musste sie nicht mehr tun, als den frischgebackenen Genossinnen bevorzugte Bedienung bei allen postalischen Angelegenheiten ab morgen bis zum jüngsten Tag in Aussicht zu stellen. Die Frau von Doktor Stuthe fotografierte die Genossinnen, damit Rosi es leichter haben würde, sich an sie zu erinnern. Denn auch Franziska war aus eigener Erfahrung bekannt, dass Rosi neben guten Tagen auch andere Tage hatte, an denen die Hälfte ihrer Kunden wie geprügelte Hunde die Poststelle verließen.

Von ihrem Rundgang durch das junge Wohnviertel mit den baulichen Träumen ehrgeiziger Architekturbüros kehrten die beiden Frauen mit neuen Erkenntnissen zurück, zumindest die Frau von Doktor Stuthe. Für Rosi war das Erlebnis mit prägnanten Sätzen wie »Großkotze« und »Hauptsache blond« abgeheftet und vergessen. Sie hätte sich wahrscheinlich auch nicht darüber geärgert, dass Franziska im Nachgang des Rundgangs mehrere Einladungen auf digitalen Wegen zu einem zeitnahen Nachmittag im Garten oder einem Abend am Esstisch erhielt. Man würde sich auch auf ihren Gatten freuen.

Doktor Stuthe schlug seiner Frau so schnell nichts ab, erst recht keine Einladungen und garantiert keine, von denen man zu Fuß das eigene Heim erreichen würde.

Uwe Süß erfuhr davon am Rande, in einem halblauten Nebensatz. Sein erster Impuls war: Neid. Sein zweiter war: bohrender Neid.

Stuthe sah nicht, welches Problem Süß hatte. »Es ist doch nur eine Einladung. Wir kriegen ständig Einladungen, genau wie du.«

Süß überging die letzte Bemerkung des Genossen, denn eine verbale Reaktion wäre der Auftakt zu einem Gespräch geworden, in dessen Verlauf der Buchhändler nicht um das Geständnis herumkommen würde, bis zum heutigen Tag keine einzige Einladung aus dem *Lager* erhalten zu haben. In Wortleben lud man nicht leichtfertig Gäste ein. Hochzeiten, Konfirmationen, Beerdigungen spielten in einer eigenen Kategorie. Aber wie oft erlebte man schon eine Beerdigung?

Von allen Einwänden, die Vera gegen Wortleben hatte und seit dem ersten Monat ohne Anzeichen von Ermüdung pflegte, lautete der Dauerbrenner: Wir leben hier in einer fremden Kultur. Keine Gespräche, keine Einladungen, keine Freundschaften.

Uwe nannte dann jedes Mal seine letzten Kontakte, aber das waren Kunden im Laden und Genossen in der Partei. Alles andere ging nicht über Nicken und Brummen bei Begegnungen im öffentlichen Bereich hinaus. Im ersten Vierteljahr war der Kontakt bisweilen enger geworden. Aber nachdem sich Süß beim Bürgermeister beschwert hatte, dass ihn zum zehnten Mal ein Parteigänger der Mehrheit vor die Füße gerotzt hatte, ließ das nach, als der Bürgermeister seine Lamas an Höflichkeit und gutes Benehmen erinnert hatte. »Ihr müsst den Kerl nicht herzen und küssen, kraftvolles Ignorieren reicht völlig aus.«

Bis heute – in über fünf Jahren – hatten vier Einladungen in Uwes Briefkasten gelegen, von denen sich zwei als Irrläufer herausstellten. Alle anderen gesellschaftlichen Kontakte hatten mit Besuchen bei den Klosterdrachen und dem Jubiläum von *TuS* zu tun. Der letzten Einladung hatte eine Beitrittserklärung beigelegen, aus der sich nichts weiter ergeben hatte. Denn Veras Training ereignete sich im Dunstkreis des Krankenhauses in der Kreisstadt. Und Uwe Süß fand nicht die nötige Zeit. Er hätte auch nicht gewusst, welche Sportart er ankreuzen sollte. Zu groß war die Angst, in einer Herde strumpfhosenbewehrter reifer Damen zu landen oder gegen kraftstrotzende Jugendliche abzustinken. Seit Kindertagen wollte er gern reiten, er war auch schon einige Male an der Koppel vorbeigegangen. Aber die hiesigen Pferde waren erstaunlich groß, und sie wurden größer, je mehr man sich ihnen näherte. Stand man ihnen dann Auge in Auge gegenüber – getrennt nur durch einen dünnen Holzzaun – führte Uwes Vorstellung, diesen Tierberg erklimmen zu müssen, zu einem Aufstand seiner Fantasie. Er hatte keinen Zweifel, dass der Bürgermeister dem Gaul, der den Buchhändler abwerfen würde, umgehend die Ehrenmitgliedschaft in seiner Partei anbieten würde. Plus ein Jahr Gratismohrrüben. Und maximal einen Kasten Pralinen vom Discounter für den nach seinem Krankenhausaufenthalt zur Kur weilenden Buchhändler.

Auf dem Rückweg vom *Lager* trafen Rosi Westermann und Franziska Stuthe auf mehrere Bewohner des alten und wahren Ortsteils. Angefixt durch den positiven Verlauf der letzten Stunden und ein klein wenig angeschickert von Prosecco und Vinho Verde kassierte Rosi flugs zwei weitere Parteieintritte. Es ist nicht ausgeschlossen, dass die Damen ihre Unterschrift für das nachträgliche Quittieren eines vor wenigen Tagen von Rosi abgelieferten Päckchens hielten. Aber das sah den Unterschriften ja keiner an.

Franziska Stuthe war von raffinierterem Kaliber. »Guten Tag, ich bin Frau Doktor Stuthe, die Ehefrau von Herrn Doktor Stuthe, der im Kreiskrankenhaus schon vielen Menschen geholfen hat und der Hälfte von ihnen jahrelanges Leid und oft den Tod erspart hat.«

Spätestens an dieser Stelle hatte sich auch bei der betulichsten Gesprächspartnerin die Halbgott-in-Weiß-Assoziation eingestellt, und Franziska konnte ernten, was das

Fernsehserien-Image des Ärztestandes gesät hat. Der Rest war Unterschrift.

25

Bis 16 Uhr hatte Uwe Süß ein lumpiges Buch aus dem Schaufenster verkauft. Und das auch nur, weil der Kunde den Verfasser Wolfgang Thierse mit dem gleichnamigen Halbrechten von *Germania* aus dem Nachbardorf verwechselte.

Süß hatte mit seinem Ethos als Buchhändler gerungen, am Ende war das Ethos nach harter Gegenwehr unterlegen.

Hinter ihm überzeugte Svenja eine Kundin vom Vorzug gefütterter Briefumschläge für Beileidskarten.

»Der liebe Tote ist doch nun ganz kalt und liegt in seinem klammen Grab. Wie wird der sich freuen und auch seine Angehörigen, wenn wenigstens die Beileidskarte Wärme ausstrahlt.«

»Svenja, Svenja.«

»Aber das habe ich doch von Ihnen! So machen Sie das immer.«

»Ach ja?«

Das war Süß entfallen. Er hatte nicht für möglich gehalten, dass sich sein Verkaufsgespräch so niederträchtig anhören könnte.

Volker stürmte herein. Im Gesicht klebte Schminke, nur die Pickel lagen frei.

»Uwe! Uwe! Wir packen es! Der Bürgermeister hat seinen dunkelroten Kopf. Rudi Herbst hat alle Jalousien runtergelassen. Doktor Stuthe, der Teufelskerl, organisiert mit den Klosterfräuleins eine Busfahrt nach England. Er hat erzählt, dass in England sogar die Wunderheiler gratis sind. Und unser Ferdi erst! Nach den ersten beiden Runden hat er einen klaren Punktvorsprung gegen Manni Mewes. Mannis Unterlippe sieht schlimm aus, wie bei einem Kamel. Wahnsinn! Überall sind wir auf dem Vormarsch!«

Vor dem Laden parkte Redakteur Plaschke ein, Süß eilte hinaus. Volker lächelte Svenja an, das hätte er besser nicht getan.

Plaschke lud den Buchhändler ein, zwei Minuten später warf sich Süß zwischen die Faustkämpfer.

»Wahnsinn«, stöhnte Ferdi Düver glücklich. »Wahnsinn, Genosse Uwe. So glücklich war ich lange nicht mehr. Das war die beste Idee, die du jemals hattest.«

Adolf Wendlandt war in tiefe Nachdenklichkeit getaucht, als er den Daimler auf den Hof lenkte. Dann sah er die Fahne am Mast vor dem Altenteilerhaus – und würgte den Motor ab. Da trat auch schon der alte Knecht ins Freie, kaute auf seinem unvermeidlichen Stumpen und wies lachend auf das rote Tuch, das just in dieser Sekunde im auffrischenden Wind lustig zu flattern begann.

Wendlandt rannte auf den Knecht zu.

»Willem, was war's denn diesmal? Kümmel? Wacholder?«

»Nee, nee«, entgegnete Willem freudestrahlend. »Freie Meinungsäußerung. Ich war vorhin im Ort. Überall Fahnen. Da will ich mich natürlich nicht ausschließen, da will ich …«

»Willem, was haben sie dir ins Essen getan? Das ist eine rote Fahne. Eine rote! Sagt dir das irgendwas? Erinnert dich das an irgendwas?«

Willem blickte zum Mast und wirkte nicht im mindesten nachdenklich. Nie zuvor hatte Wendlandt eine dermaßen schockierende Manifestation von Altersdemenz erlebt.

»Willem, die Fahne muss runter, bevor das jemand sieht. Komm, hilf mir.«

»Och, ich find's eigentlich ganz schön.«

Der Bürgermeister stand am Mast und fummelte an der Schnur. Willems Knotentechnik kannte er seit Langem, begriffen hatte er sie nie. Voller Panik spürte er, wie sich jemand von hinten näherte. Aber es war nur Kai-Uwe von Massel, der Landwirt und Jagdfreund.

»Mensch, Addi, was treibt ihr denn hier? Betttücher trocknet man auf der Leine.«

Wendlandt war schleierhaft, wie man ihm rote Bettwäsche unterstellen konnte. Eher hätte er auf Strohsäcken genächtigt.

Sabbel nicht«, fauchte er. »Hilf mir lieber, diesen verdammten Knoten …«

Im nächsten Moment zerrten sie zu zweit an Willems legendären Knoten.

Im Wagen von Lokalreporter Plaschke fuhr Uwe Süß von einem Brennpunkt zum anderen. Er war besorgt, dass der einladende Charakter der Aktion ein wenig in den Hintergrund geraten könnte, kaute auf der Unterlippe und registrierte, dass sie gerade den Wendlandt-Hof passierten.

»Anhalten! Sofort anhalten!«, brüllte Süß und griff dem Reporter ins Lenkrad. »Wenden! Sofort wenden!«, rief Süß und kümmerte sich bereits um Plaschkes Kamera, als der verdatterte Mann den Wagen auf den Hof lenkte – und eine Vollbremsung hinlegte.

»Was ist …?« Süß starrte auf den Gewehrlauf. Das vordere Ende deutete auf ihre Brustkörbe, am hinteren Ende des Gewehrs stand Willem. Vergnügt kaute der alte Knecht kalte Zigarre, vergnügt rief er: »Gesperrt!«

Fieberhaft suchte Plaschke nach seinem Presseausweis, ein fettverklebtes Dokument, das wie ein Bierdeckel aussah.

»Nicht zu fassen!«, flüsterte Süß. Am Mast wehte eine rote Fahne. Am Fuß des Masts standen der Bürgermeister und ein fremder Mann. Beide hackten mit Wucht und je einer Axt auf den Mast ein.

»Die Kamera«, flüsterte Süß. »Wo ist die Kamera?«

Plaschke suchte nach dem Rückwärtsgang und erwischte den Vorwärtsgang. Der Pkw machte einen Sprung, es knallte unangenehm, und Willem saß auf der Kühlerhaube. Das Gewehr hielt er immer noch, aber die Geschwindigkeit, mit der er Zigarre kaute, hatte sich verzehnfacht. Dann geschah mehreres gleichzeitig. Der Fahnenmast bekam Schräglage, Plaschke fummelte an der Kamera herum, Süß riss sie ihm aus der Hand, visierte sein Ziel an, und als der Mast gemütlich umkippte und das Dach des Altenteilerhauses nicht unwesentlich beschädigte, schoss der Buchhändler ein Foto nach dem anderen. Das letzte Motiv, das er vor den Sucher bekam, war das wutentbrannte Gesicht des heranspringenden Bürgermeisters. Danach wurde es schwarz vor seinen Augen.

»Wie sieht's aus?«, fragte Uwe Süß mit schwacher Stimme. »Du musst mich nicht schonen, ich kann die Wahrheit vertragen. Wird eine Narbe zurückbleiben? Werde ich wieder vollständig hergestellt werden?«

Doktor Stuthe wusch sich die Hände, Süß blickte neidisch in der *Bulthaup*-Küche des Parteifreundes umher. Er fand es mutig, eine Farbe wie Minzgrün zu wählen. Insgeheim beklagte er Veras Wahl ihrer Bio-Küche von *Domicil* mit Bio-Applikationen und 500 Fächern für Nahrungsmittel und Kräuter aus allen Erdteilen, die man für ein Heidengeld im einzigen Bio-Laden der Kreisstadt und auf ausgesuchten Märkten im Landkreis zusammensuchen musste. Und danach bezahlen. Und nie gaben sie freiwillig Kleingeld zurück, stets lauerten sie darauf, dass man ihnen anheimstellte, das Wechselgeld für einen sozialen Zweck in die soziale Kasse zu stecken, die sich äußerlich wenig von der regulären Kasse unterschied. Jedenfalls empfand Süß es so. Sein Empfinden laut auszusprechen, war nicht möglich. Erstens wollte Vera es nicht hören, zweitens wollte sie nicht glauben, dass sie mit dem Produzenten solcher spießigen Verdächte das Bett teilte. Drittens hatte sie bereits eine neue Applikation erspäht, ohne die sie fortan nicht mehr leben wolle. Und das quälende Bezahlspiel begann von vorne.

»Weißt du, Doktorchen«, sagte Süß in leicht leierndem Tonfall, »manch ein Mensch wächst an seiner Behinderung. Bis zum Unfall war er ein oberflächlicher Lackaffe. Aber kaum sitzt der Kopf verkehrt herum auf dem Hals, gewinnt er an Tiefe, der Lackaffe. Er wird tierlieb, schlägt seine Frau nicht mehr, lässt sie künftig ausreden, vielleicht wählt er in Zukunft sogar unsere Partei. Oder als ersten Schritt in eine bessere Richtung die Grünen, diese neunmalklugen Lackaffen.«

Stuthe drehte sich, die Hände abtrocknend, um. »Gib's zu, du willst mit deiner Wunde Politik machen.«

»Und wenn es so wäre?«, entgegnete Süß. »Haben vor

mir nicht schon andere Figuren der Zeitgeschichte aus ihren Wundmalen Kapital geschlagen? Ist unsere Idee nicht gut genug, um gestärkt aus einem schmutzigen Trick hervorzugehen? Das wäre doch was, wenn ihr mich im Rollstuhl auf die Bühne und zu allen Veranstaltungen fahrt. Hinten dran ein Schild, natürlich abwaschbar. Der Text etwa: ›Diesen Politiker mit großer Zukunft verstümmelte ein brutaler Bürgermeister, Bauer und Gewalttäter, als er seine Felle davonschwimmen sah. Zu Hause weinen eine Frau, die ungeborenen Kinder und ein niedlicher Kater. An eigene Kinder ist nicht mehr zu denken. Nie mehr wird der gehandicapte Politiker das Matterhorn besteigen, nie mehr den Ärmelkanal durchschwimmen. Wählen Sie deshalb seine Partei! Geben Sie einem Krüppel ein Stück Lebensmut zurück! Und unserem Land ein Stück Zukunft!‹ An den Einzelheiten feilen wir noch. Was sagst du dazu?«

Stuthe setzte sich zu ihm an den Tisch. »Also, Uwe, du bist mit dem Bürgermeister aneinandergeraten, und er hat dir ein Ding verpasst.«

Süß nickte eifrig. »Lass dir auch einen auf die Zwölf hauen. Dann treten wir gemeinsam auf: als die siamesischen Oppositionellen. Wenn ich meinen Freund Knut bitte, komponiert er uns ein Lied dazu. Dann können wir mit einem kleinen Programm auftreten. Leise Lieder zur Laute. Geschlagen, aber ungebeugt. Wie gefällt dir ›Die zwei Maladen‹?«

Süß wackelte in den Flur, wo er sich im Spiegel betrachtete. Danach sprang er auf den Doktor los: »Hau mich!«, stieß er heiser hervor.

»Bitte was?«

»Schlag mich! Verpass mir noch ein Ding! Ich muss kaputter aussehen. Ich muss die Herzen der Menschen erreichen. Über die Herzen in die Partei, für die Partei, eieiei wird mir auf einmal übel.«

»Na endlich«, sagte Stuthe ohne Aufregung. Schock, Spritze und der Beruhigungsschnaps arbeiteten Hand in Hand. Süß schaffte es gerade noch bis zum Sofa im Wohnraum. Dort legte er die Beine hoch, und Stuthe wählte die Nummer des Buchladens.

»Svenja? Hier Stuthe. Hör mal kurz auf zu kauen und dreh die Musik leiser. Der Chef kommt heute nicht mehr. Hat einen Bluterguss am Kinn. – Was? Ja, sieht sehr sexy aus. Wie groß? Null Komma acht mal null Komma acht. Zentimeter, nicht Meter. Tschüss.«

Süß jammerte noch ein bisschen und ließ sich nach Hause fahren. Vera erkannte mit scharfem Blick die Geringfügigkeit der Blessur und verbat sich weiteres Jammern. Darauf rief Süß mehrere Bekannte an und jammerte.

26

Um 18 Uhr standen Ferdi Düver und Rudi Herbst vor dem Sofa.

»Genosse Vorsitzender«, begann Düver. »Die Genossen sind in diesen Stunden bei ihrem Vorsitzenden. Du hast dein Kinn für uns alle hingehalten, das rechnen wir dir hoch an.

Ich persönlich hätte es dir noch höher angerechnet, wenn du Wendlandt zwei Haken zurückgegeben hättest. Hiermit kündige ich an, dass ich bei meiner nächsten aktiven Auseinandersetzung mit der schwarzen Ratte Manni Mewes alles wiedergutmachen werde, was dir der schwarze Schlächter angetan hat. Das Letzte war eine private Bemerkung, weil Rudi, der alte Schisshase, vorhin dagegen gestimmt hat, als wir im erweiterten Parteivorstand, der bei uns ja leider Gottes fast identisch mit der Vollversammlung ist, beratschlagt haben, wie wir auf die Provokation der Gegenseite angemessen reagieren können.«

Rudi Herbst, Elektrohändler und Lavierer, ergriff dankbar das Wort. »Es ist tragisch«, klagte er. Sowas sagte er am liebsten. Am besten, niemand hatte Schuld und niemand hatte einen Schaden davongetragen.

»Ja, es ist tragisch«, wiederholte Herbst und legte Süß die kleine Packung Konfekt auf den Bauch, die mitzunehmen ihn seine Frau gezwungen hatte.

»Bist du fertig, du Revisionist?«, fragte Düver verächtlich. Wäre es nach ihm gegangen, hätte die Partei eine Zusammensetzung aufgewiesen, die reif für die Teilnahme an der Landesliga-Boxstaffel gewesen wäre. Doktor Stuthe hätte den Ringarzt gegeben, und der schlaue Buchhändler wäre Manager gewesen. Der Rest hätte das Oberhemd ausgezogen und es dem Klassenfeind gezeigt. Aber auch nur dem. Selbst ein sportlicher Typ wie Ferdi Düver konnte sich nicht vorstellen, gegen einen Grünen in den Ring zu steigen. Dort konnte nichts stattfinden, was mit einem Zweikampf auch nur entfernte Ähnlichkeit besessen hätte.

»Selbstredend wird dieser gezielte Schlag Folgen haben«, rief Ferdi mit neuem Grimm. Vera Süß verließ den Raum. »Der Schlag traf unseren Vorsitzenden am Kinn, aber er sollte unsere Partei ins Herz treffen. Wann, Genosse Rudi, willst du anfangen, zur Axt zu greifen? Wenn die Schwarzen dein Grab ausheben?«

Die Vorstellung, eine Axt berühren zu sollen, jagte Rudi Herbst Schauer über den Rücken.

»Die Jungs stehen Gewehr bei Fuß«, rief Ferdi.

»Kein Blut«, entgegnete Süß mit fester Stimme.

Rudi Herbst riss vor Nervosität die Pralinenschachtel auf und begann zu futtern.

»Nicht die mit Nougat«, sagte Süß, und der Elektrohändler legte das angebissene Stück zurück. Vera, die in diesem Moment den Raum betreten hatte, drehte gleich wieder um.

»Schlage vor, wir fangen mit Segler an«, sagte Ferdi. Das Kaufhaus *Segler & Segler* besaß die ausgreifendsten Schaufensterfronten im Ort.

»Das geht nicht«, säuselte Rudi, »ich sitze mit Erwin im Einzelhandelsverband.«

»Ein schwerer politischer Fehler, Genosse Rudi. Man hält nicht mit dem Erzfeind Händchen.«

»Ich muss doch von irgendwas leben!«, begehrte Rudi auf. »Ich habe es nicht so gut wie du mit Lohnfortzahlung und Krankengeld und allen sozialen Segnungen. Ich komme vor Sorgen manchmal nicht in den Schlaf.«

»Hoffentlich noch in die teure Gattin«, entgegnete Ferdi Düver hämisch in dem Moment, in dem Vera einen neuen Versuch zur Rückgewinnung ihres Wohnzimmers unternahm.

»Piesow hat noch einen Pflasterstein in der Vitrine«, fuhr Ferdi fort. »Er stellt ihn selbstredend für den guten Zweck zur Verfügung.«

Dann fasste er Rudi ins Auge. »Und was stellst du zur Verfügung, Genosse Rudi? Ein lupenreines Alibi?«

Diesmal stürmte Vera den Wohnraum regelrecht.

»Sag mal, Uwe«, sagte Ferdi, »kann deine Frau sich nicht in der Küche nützlich machen? Ich habe den ganzen Tag noch nichts Vernünftiges in den Magen gekriegt.«

Vera stemmte beide Hände in die Hüften und sagte: »Überleg dir die Antwort gut, Uwe Stefan Süß. Überleg verdammt gut.«

Die Stimmung war so angespannt, dass niemand die Klingel hörte. Uwe Süß quälte sich dann in die Senkrechte und öffnete.

»Ich hab gerade Besuch«, sagte er verdutzt.

»Weiß ich«, knurrte Adolf Wendlandt. »Hab lange genug in dein ungemütliches Wohnzimmer geguckt. Aber die Kerle gehen und gehen ja nicht.«

Nun fing er doch an, das zu tun, was er unbedingt vermeiden wollte: Er drehte seine Mütze in den Händen.

»Also hör zu«, sagte er, »Das mit dem kleinen Backs heute Mittag, das ist im Eifer des Gefechts geschehen. Sind wir uns soweit einig?«

Uwe nickte und sagte gleichzeitig »Nein.«

»Wieso nein? Ich entschuldige mich in aller Form und so weiter, dass ich dir eine ans Kinn gesemmelt habe. Schlag endlich ein, ich halte meine Hand nicht noch länger in die Gegend.«

»Du willst dich entschuldigen«, sagte Süß versonnen. »Adolf Wendlandt sagt, dass ihm etwas leid tut.«

»Das habe ich nicht gesagt!«

»Aber natürlich hast du das gesagt.«

»Nie im Leben. Ich weiß doch, was ich sage. Ich habe über die besondere Situation gesprochen.«

»Ach ja? Und wo war ich, als du das getan hast? Ich war da nämlich nicht in der Nähe.«

»Uwe Süß, Oppositionschef mit knapp zehn Prozent der Stimmen! Du hast …«

»… Das nimmst du zurück!«

»Ich denke ja nicht dran!« Süß fühlte sich wie durch den Wolf gedreht, und von drinnen rief zu allem Überfluss Vera: »Schlaf nicht ein da draußen!«

Schlagartig verdoppelte sich die Sprechgeschwindigkeit der Kombattanten.

»Letztes Angebot«, sagte der Bürgermeister.

»Letzte Ablehnung.«

»Dann verreck doch, du mistiger Hund!«

»Das sage ich den anderen, dass du mich …«

»Würden Sie bitte aufhören, mich zu duzen! Ich bin eine Respektsperson, was man von Ihnen beim besten Willen …«

»Bei uns ist es genauso aufgeräumt wie bei euch.«

»Ach ja? Das sah mir aber vorhin ganz anders aus. Überall stehen bei euch Lampen rum.«

»Das muss ich mir nicht anhören. Ich bin fähig …«

»Da haben Sie recht! Sie sind fähig.«

»Wozu bin ich fähig?«

»Wissen Sie nicht mehr, wovon Sie reden? Reden Sie zu Hause genauso wirres Zeug wie im Gemeinderat?«

»Entfernen Sie endlich Ihre Hand aus dem Luftraum meines Hausflurs. Das ist Hausfriedensbruch. Versuchter Abriss ist das!«

»Warum sollte ich wohl so eine Kaschemme abreißen? Die fällt doch in 20 Jahren von allein zusammen. Weil ihr Zugezogenen gar nicht wisst, was gutes Bauen in bäuerlicher Tradition ist.«

»Meine Frau und ich leben im 21. Jahrhundert und nicht im Mittelalter.«

»Hier ist Bauernland! Hier ist das Fundament unseres Landes! Und ihr, ihr seid Zugezogene. Ihr seid nicht verwurzelt, ihr seid nur zu Besuch. Ihr habt zu Wortleben dasselbe Verhältnis wie zu Mallorca und zu Teneriffa.«

»Immerhin kennen wir die Welt, während ihr über Büsum und Helgoland nie hinausgekommen seid.«

»Das ist nicht wahr, ich war auf Sylt. Ich war in Dänemark.«

»Na klar, Dänemark! Aber nur, weil Sie falsch abgebogen sind.«

»Ich bin in meinem ganzen Leben noch nie falsch abgebogen. Ich weiß gar nicht, was das ist.«

»Sie biegen bestimmt auch nie links ab.«

»Nicht, wenn ich es vermeiden kann. Und wenn doch, dann nur, um zu gucken. Dann wende ich und gebe Vollgas und bin froh, dass ich bald wieder zu Hause bin. Ich habe nämlich eine Heimat. Ihr seid nur Gäste. Heimat ist es auch erst ab der zweiten Generation. Und eine neue Generation braucht Kinder. Wo sind denn eure Kinder? Kommt da noch was oder hast du dein Pulver schon verschossen?«

»Ich hör ja wohl nicht richtig. Ich habe so viel Pulver in Reserve, das reicht für drei Frauen. Und für zehn Kinder.«

Dann war Pause. Beide Männer starrten Vera an, die zwei Meter von ihnen entfernt im Flur stand und das tat, woran Süß seit Langem die zweite Vera erkannte. Die andere Vera. Die fremde Frau. Sie hatte die Arme vor der Brust verschränkt und sah aus, als würde sie mit einem Fuß auf den Boden tippen. Aber wenn man hinsah, hörte sie damit auf. Oder sie hatte noch gar nicht damit angefangen.

»Seid ihr fertig?«

Drei Worte wie Schläge.

»Ich wollte gerade …«, begann der Bürgermeister. Und zu Süß: »Keine Heimat. Keine Kinder. Kein richtiges Haus. Keine Eier in der Hose.«

»Vera, sag dem Bürgermeister, dass ich Eier in der Hose habe.«

»Was?!«

»Sag es ihm! Mir glaubt er nicht. Du kennst dich aus.«

»Womit kenne ich mich aus?«

»Na, mit meinen ...« Uwe Süß wurde bewusst, dass er maximal fünf Sekunden Zeit hatte, eine Übernachtung in der Pension zu vermeiden. Hätte es in Wortleben eine anständige Pension gegeben, wäre er dem Gedanken vielleicht nähergetreten. Aber so ...

»Der Bürgermeister wollte gerade gehen«, sagte er matt.

Als Süß das Wohnzimmer betrat, sagte Rudi Herbst gerade: »Meine Frau ist auch dagegen. Eher lässt sie sich scheiden.«

»Ein Genosse ist mit der Partei verheira...« Dann brach Düver ab. Alle starrten zur Zimmertür.

»Was guckt ihr so?«, fragte Uwe Süß mit belegter Stimme.

Doktor Stuthe stand vor Süß und fuhr ihm über das Kinn.

»Aua«, sagte Süß tonlos. Vor wenigen Minuten hatte der Buchhändler eine einzige Delle am Kinn gehabt. Jetzt waren es zwei.

27

In der ersten Stunde seiner Existenz ist das Gerücht ein hinfälliges Wesen. Jeder Luftzug kann es umbringen. Jede Person, die das fragile Gerücht nicht zügig weiterträgt und hegt und pflegt, macht sich des vollendeten Gerüchtetotschlags schuldig. Deshalb ist es wichtig, gerade am Anfang lauwarme Kandidaten weiträumig zu umgehen. Beispielsweise wäre es das sichere Ende eines Gerüchts, wenn es Wachtmeister Rebenmann über den Weg laufen würde.

Nehmen wir die heimlichen Besuche von Hajo Hinrichsen bei Susanne, der knackigen Tochter der Greta Eskens. Hinrichsen, praktizierender Ehemann und Vater, legt die 250 Meter zum Eskens-Haus durch seinen Obstgarten, das kleine Maisfeld des alten Piesow, die Naturgarten-Anlage von Manni Mewes und den geometrisch perfekten Nutzgarten der Witwe Kalbfuhs zurück. Dann steigt er über einen Zaun, wobei er sich in der Regel einen Zwickel in die Hose reißt – der jüngste Seitensprung von Hajo ist also wenigstens vier Leuten bekannt, bevor Susanne ihrem Geliebten auch nur die Kellertür geöffnet hat, ganz zu schweigen von der Hose.

Rosi Westermann von der Poststelle sieht im Verlauf einer Päckchenzustellung, wie Hajo Hinrichsen das Haus verlässt. Wenn er Rosi bemerkt, befleißigt er sich eines übertriebenen Grüßens. Rosi weiß dann, was die Glocke geschlagen hat beziehungsweise zeitnah schlagen wird. Sie hängt sich ans Telefon und ruft Frau Lühr an, wenn sie nicht schon im Vorbeifahren die im Garten schuftende Frau Molkenthin mit den Worten in Kenntnis gesetzt hat: »Der Schweinepriester geht wieder einen wegstecken.«

Rosi und Frau Lühr rufen wenigstens eine weitere Person an, während der alte Piesow über die Lehne seines Sessels blickt und angesichts der sich in der Nachmittagssonne wiegenden Maispflanzen murmelt: »Man sollte dem Kerl die Hosen an den Bauch schweißen.«

Dann schlendert Piesow zum Telefon, das an einer langen Schnur hängt, weil er es so leichter findet als das neumodische Zeugs, das sich ständig vor ihm versteckt. Nacheinander ruft er seine alte Freundin Kerstin in der Telefonzentrale bei *Segler & Segler* sowie Uwe Süß im Buchladen an. Kerstin macht sofort Pause in der Cafeteria und plaudert dort mit allen Freundinnen, die greifbar sind. Oder sie nutzt die Rundrufanlage des Kaufhauses, durch sämtliche Verkaufsräume schallt es dann »007 bei 006. Kommen!« So einfühlsam der Code seinerzeit gewählt worden war, binnen 48 Stunden war seine Bedeutung im Ort rum gewesen.

Die Witwe Kalbfuhs, durch deren Garten der vom Trieb vorwärtsgepeitschte Hajo Hinrichsen zu brechen pflegt, ist für ein Gerücht tödlich. Sie sieht schlecht, sie hört nicht gut und was noch befremdlicher ist: Witwe Kalbfuhs hat mehr als einmal vor Zeugen beteuert, dass sie sich für Geschichten außerhalb von Hemd und Hose nicht die Bohne interessiert. Sie muss sich also nicht wundern, dass sie in einer gewissen Isolation lebt.

Greta Eskens – Susannes Mutter – die in der Wurstfabrik am Band arbeitet, weiß auf diese Weise schon lange, bevor sie nach Feierabend ihr Haus betritt, was sich dort tagsüber abgespielt hat.

In Ausnahmefällen macht die Kunde von einem Besuch Hajo Hinrichsens bei Susanne sogar dann die Runde, während Hajo zur Fortbildung im Teutoburger Wald weilt.

Merke also: Körperliche Anwesenheit tut dem Gerücht zwar gut, ist für sein Entstehen und Wachstum aber prinzipiell von untergeordneter Bedeutung.

Uwe Süß war ein lausiger Gerüchteverstärker. Hin und her gerissen zwischen unbändiger Neugier und einer Skrupelhaftigkeit, als wäre er nicht von dieser Welt, brauchte der Buchhändler einen halben Tag, bevor er sich dazu durchrang, einen Genossen anzurufen oder es einem in den Laden kommenden Genossen weiterzutratschen. Dieser Fall trat aber praktisch nie ein, dazu mussten dem Genossen schon seine gefütterten Umschläge ausgegangen sein – was logischerweise nur eintritt, wenn zuvor die vorhandenen Umschläge im Zuge von Beileidsbekundungen aufgebraucht wurden. Es sei denn, die jährliche Konfirmations-Saison stand bevor, dann setzte Süß Bibeln, Gesangbücher, besinnliche Jugendromane und bisweilen eine sensibel gehaltene Aufklärungsschrift ab. Das waren Arbeitstage, die bei dem kirchenfern lebenden Mann nach Feierabend zu mehr als einem einzigen Beruhigungsschluck zu führen pflegten.

Adolf Wendlandt war ein prächtiger Gerüchteverstärker, manches Erste-Klasse-Gerücht war sogar in seinem Kopf entstanden. Wie er seinerzeit lanciert hatte, dass die größte Oppositionspartei nach einer Fraktionssitzung im Schutz der Nacht kollektiv auf den Acker von Landwirt Wauschkuhn gezogen war, um dort zwei Zentner Steckrüben auszugraben, das hatte schon Klasse. Uwe Süß hatte in den folgenden Tagen 24 anonyme Briefe erhalten. Sie enthielten sieben Beschimpfungen und 17 Steckrüben-Rezepte.

Trudchen Kubinke nun, Rosellens Fleischereifachverkäuferin, war für ein Gerücht das, was Robert Lewandowski einst für *Bayern München* war: ein Geschenk des Himmels. Wer in den Minuten nach Eingang eines Gerüchts den Schlachterladen betrat, ging nicht nur mit einer Breslauer nach Hause. Wenn der Kunde kein Spielverderber war, kehrte er nicht auf kürzestem Weg in die gerüchtemeuchelnde Isolation des Privathaushalts zurück, sondern legte einen fruchtbaren Zwischenstopp ein: an der Bushaltestelle, bei *Segler & Segler*, in *Dohle* oder *Eber* oder vor dem Tor der Wurstfabrik um 16 Uhr.

Das jüngste Gerücht, das frischeste und herrlichste, so appetitlich anzusehen und stabil wie die Blume auf dem halben Liter, es lautete: Günni Erdmann haben sie aus dem Gefängnis entlassen. Das ist für ein Gerücht vollkommen ausreichend. Doch es nahm kein Ende und wuchs sich aus zum seltenen Fall eines Supergerüchts: Günni Erdmann übernimmt den Schnellimbiss am Ortseingang.

Was nun noch fehlte, war der Prozess der empirischen Verifizierung. Gegen 14 Uhr setzte ein gemächlicher, aber zielstrebiger Zug Richtung Osten ein. Der östliche Dorfrand ist die unwirtlichste Gegend der ganzen Nachbarschaft. Weit und breit kein Baum, nur Felder auf einem um mehrere Meter erhöhten Niveau. Hier pfeift der Wind, wenn sich im Ort kein Blatt bewegt, und die Dorfbewohner nennen die Gegend seit Langem Sibirien.

Wenn es kalt war und Regen aufzog, dann musste, wer sich hier aufhielt, einen wichtigen Grund besitzen. Heute gab es einen: Günni Erdmann. Den zweiten Grund brachte Kleinbauer Heinrich Nieschulze einfühlsam auf den Nenner: »Wenn der Knacki die Currywurst von Caruso verhunzt, schneid ich ihm den Sack ab.«

Hans-Jürgen Bettermann, genannt Caruso, war bis zum Vortag Pächter des Imbisses gewesen, in dem nun Günni in weißem Kittel unterwegs war. Der Imbiss bestand aus einem Anhänger mit aufgeklappter Längsseite. Hans-Jürgen, Leadgitarrist der Popkapelle *Die Behämmerten*, pflegte auf der Bühne auch zu singen, bevorzugt im Verlauf von Landjugendbällen. Doch trieb ihn die Sehnsucht nach dem Süden um. Die Hintergrundbemalung des Imbisswagens stellte angeblich den Golf von Neapel zwischen zwei Vulkanausbrüchen dar.

Jetzt hatte Caruso abgehoben, hatte eine griechische Arbeiterin aus der Wurstfabrik abgestaubt, deren griechischer Freund seitdem mit Weinkrämpfen im Bett lag, vor dem Bett standen Bierkästen, die er in rasendem Tempo leerte.

Günni Erdmanns Geschichte war aktenkundig. Verheiratet mit der lebenslustigen Rita, hatte er seinerzeit auf Montage in Süddeutschland geschafft. Rita war in der Zwischenzeit mit dem charmanten Olaf Kabitzke warm geworden. Als der vorzeitig heimgekehrte Günni die Sünder ertappt hatte, wollte sich Olaf Kabitzke an der Regenrinne aus dem zweiten Stock abseilen und war kopfüber in die Regentonne gestürzt, sodass Olaf nach dem Ende eines erregten Disputs mit Rita einen ersoffenen Kabitzke aus der Tonne kippte. Olaf war zeit seines Lebens ein leidlicher Schwimmer gewesen (Fahrtenschwimmerabzeichen!), doch in der drangvollen Enge war er wohl nicht dazu gekommen. Günni redete in der Folgezeit laut und viel und ungeschickt und wanderte wegen fahrlässiger Tötung für vier Jahre nach Celle in den Bau. Rita zog aus Wortleben fort.

»Na, Günni«, sagt Erwin Oberschlecht, »wie geht's denn so?«

Sieben Bewohner waren ihm für diesen Satz dankbar, stumm standen sie vor Wurst und Kurzem, und keinem wollte eine Eingangsfrage einfallen.

»Geht so.«

So war Günni, kein Wort zu viel. Eher eines zu wenig. Das hatte er, wie sich bald herausstellte, mit dem Senf gemeinsam. Jedem Kunden drückte er einen Klacks auf die Pappe und brachte den Mostrich dann in Sicherheit. Schlechte Aussichten für Erwin Oberschlecht, der für sein Leben gern mit Senf herumsaute.

Nach und nach trudelten 20 Bewohner ein. Dann erschien Adolf Wendlandt, damit wurde es offiziell.

»Na, Günni«, sagte der Bürgermeister, »wie geht's denn so?«

»Geht so.«

»Mach mir eine große Curry«, sagte Wendlandt. »Wie bei Caruso.«

Schlagartig setzte konzentriertes Schweigen ein, Günnis Prüfung hatte begonnen. Wenn er es wagen würde, dem BM eine labbrige Currywurst vor die Nase zu stellen, sollte er besser gleich sein Wägelchen zuklappen und ein Dorf weiterziehen.

Günni arbeitete stumm und konzentriert. Wahrscheinlich hatte er auf die gleiche Weise Seitenspringer Olaf ertränkt: stumm und konzentriert.

Alle Augen hingen an seinen Händen, wie sie jetzt zur Abwechslung etwas Sinnvolles taten und kein Verbrechen anrichteten.

Die Curry mit der Zange packen, aufs Holzbrett werfen, zerhacken (Caruso war fixer). Alle Stückchen ab ins Sieb, Einstauben mit Currypulver, alles mischen (so hatte es auch Caruso gemacht). Den Haufen auf die Pappe kippen, einen Schwung Curry darüber (großzügiger als beim Senf. Geht doch). Günni ergriff den Plastik-Spießer, das Auditorium hielt den Atem an. Dann der Stich! Erbarmungslos, zielsicher, da sprach der Knacki.

Zuletzt die Pappe über die Theke schieben.

Den ersten Teil hatte er bestanden. Aber nun stand alles noch einmal auf der Kippe, denn der große Vorschmecker machte sich über den Premieren-Happen her. Zwar hatte Erwin Oberschlecht soeben eine Curry verzehrt, aber Erwin zählte nicht. Das Amt macht den Unterschied.

Der Bürgermeister führte die Wurstscheibe Richtung Mund, zögerte, betrachtete sie, roch daran, hielt sie gegen das Licht, drehte den Spieß, betrachtete auch die Unterseite.

Dann führte er die Scheibe in den Mundraum ein.

Die Spannung stieg auf ein nicht für möglich gehaltenes Niveau. Elvira Umzuch nahm die Coladose von der Theke, damit Günni im Falle des Falles schneller mit dem Zuklappen des Wagens fertig sein konnte.

Wendlandt kaute. Nicht gierig, nicht hektisch. Sondern langsam, besonnen, bewusst, mit einem Wort: staatsmännisch. Dann blickte er Günni an. Erdmann hielt dem Blick stand, das hätte er vor seinen Lehrjahren im Knast mit Sicherheit nicht fertiggekriegt.

»Wie im Kino«, flüsterte Renate Streitzig. Wann hatte man diese laute Frau zum letzten Mal flüstern hören?

Adolf Wendlandt nickte zweimal und sagte: »Doch.«

Jubel brach los, Mützen wurden in die Luft geworfen, Kunden umarmten sich. Arme streckten sich ins Wageninnere und schüttelten Günnis Hand.

Der strafentlassene Regentonnenmörder spendierte spontan eine Freirunde. Eine Currywurst nach der anderen ging über den Tresen. Man telefonierte weitere Kunden herbei. Die Bierchen mundeten vorzüglich. Bei dem asigen Wind konnte man einen Magenwärmer vertragen. Oder zwei. Oder sieben wie Heinrich Nieschulze.

»Mensch, zieht das bei dir«, sagte Elvira fröstelnd.

»Nächste Woche kommt der Windfang.«

Beifallsorkan.

»Guckt mal!«, rief Erwin Oberschlecht, der nach dem dritten Bier stets etwas albern wurde. »Der Bildungsminister kommt.«

Leutselig trat Uwe Süß an den Imbiss und ärgerte sich extrem, dass er nicht früher aus dem Laden weggekommen war. Ein wenig trauerte er auch Veras erneuter Abwesenheit hinterher. Es wurde immer schwerer, ihre Distanz zum segensreichen kommunalen Wirken ihres Mannes schönzureden. Alle Ausreden hörten sich mittlerweile abgenutzt an.

»Hallo, Herr Erdmann«, sagte er freundlich und achtete peinlich darauf, nicht leutselig zu wirken. Immerhin sprach er mit einem Vorbestraften, da neigt der Mensch aus Unsicherheit dazu, es mit der Vorurteilslosigkeit zu übertreiben. »Wie geht's? Wie steht's? Alles gut überstanden?«

»Ach, die paar Vergewaltigungen«, sagte Günni.

Süß erstarrte, einige Umstehende auch. Günni begann zu grinsen. Man hatte den Mann nie lächeln sehen, ihm geriet jede Äußerung mimischen Frohsinns zu einer Grimasse, die empfindliche Gemüter nicht zu oft erleben wollten.

»Dann will ich doch mal probieren, wie hier die Currywurst mundet.«

Plötzlich blickten alle auf Wendlandts Pappteller. Da lag er doch, der Beweis, die Beantwortung aller Fragen, die im Umkreis einer Currybude existenziell sind.

Günni schob eine Curry zum Gast, Süß kaute und schluckte und lobte. Er lobte ein zweites Mal.

»Der Bürgermeister hat schon abgesegnet«, sagte Günni.

Wendlandt hätte am liebsten in den Imbisswagen gelangt und den Knacki ans Herz gedrückt. Plötzlich sah der Bürgermeister den Erdmann mit anderen Augen. Bisher hatte er ihn für einen schweigsamen, dunklen Menschen gehalten, dem etwas Fischig-Verschlagenes anhaftete und dem alle zutrauten, den Kabitzke fachgerecht in der Tonne verstaut zu haben.

Rita Erdmann hatte vor Gericht auf ihren Eid genommen, dass Günni bei Kabitzke eine Mund-zu-Mund-Beatmung angesetzt habe. Das hatten alle als raffinierte Finte empfunden. Detlef Schulenburg hatte es auf den Punkt gebracht: »Erst umnieten und dann noch in die Zunge beißen.«

»So, so«, sagte Süß und fühlte plötzliche Müdigkeit, »der Bürgermeister hat's für gut erklärt.«

»An irgendwas muss sich der Mensch orientieren«, sagte Wendlandt leutselig. In diesem Moment fühlte er sich erkennbar wohl.

Süß schmeckte die Wurst nur noch pappig und verwürzt. Eigentlich mochte er gar keine Currywurst. Er hatte sich das nur angewöhnt, um im Ort eine Chance zu haben. In Wortleben zählen Kleinigkeiten. Hier machst du keine Punkte, indem du Hymnen singst. Hier zählen die kleinen alltäglichen Momente, aus denen sich das Bild eines Bewohners in den Augen der 3.000 anderen Bewohner zusammensetzt. Über Currywurst läuft hier viel. Nur über Kopfwurst läuft noch mehr. Uwe musste nur an Kopfwurst denken und sich eine Kopfwurstdose vorstellen, dann stieß er bereits auf. »Nächste Woche kommt ein Windfang«, teilte Erdmann mit, als Süß schon nicht mehr damit rechnete, persönlich angesprochen zu werden.

»Na, wie schön«, murmelte er.

»Nächste Woche wird auch der Name angeschraubt.«

»Ein Name für den Imbiss? Das finde ich ja entzückend. Und so einfallsreich, sehr professionell. Wie soll er denn heißen, der Imbiss?«

»*Schnodder.*«

Adolf Wendlandt fiel ein Stück Currywurst aus dem Mund, und Elvira Umzuch lachte spitz und hysterisch – mit dem langen Nachhall, für den alle Familienmitglieder bekannt, wenn auch nicht beliebt waren. Detlef Schulenburg – pragmatisch von Natur und aus Neigung – dachte an das, was er im Zuge jeder Erkältung pfundweise ans Tageslicht schnäuzte.

»Oho«, sagte Uwe Süß, »das ist ein … ein uriger Name.«

»*Schnodder* find ich gut«, entgegnete Günni, dessen Gesicht erstmals seit der Entlassung aus dem Knast einen Ausdruck annahm, den man als gelöst bezeichnen kann.

»Du scherzt ja wohl«, donnerte der Bürgermeister. Zwei Pappteller fielen von der Theke.

»Ich scherze doch nicht«, entgegnete Günni verwundert.

»*Schnodder*!!! So kann man doch nichts im Leben nennen außer eben …«

»… außer eben Schnodder«, rief Erwin Oberschlecht.

Aber Günni knickte nicht ein. »*Schnodder* passt. Hier zieht's doch immer, im Sommer und im Winter. Caruso hat hier seine Stimme verloren. Und ich habe auch schon so ein Kratzen im Hals. Morgen wird meine Nase laufen. Deshalb heißt mein Imbiss *Schnodder*.«

Brütendes Schweigen von fast zwei Dutzend Bewohnern legte sich wie eine Käseglocke über den Imbiss.

Und dann kam Addi Schreckenbergers Auftritt: »Was soll *Schnodder* heißen«, krähte der Senior mit der langen Leitung, für die er bekannt war. »Der Imbiss soll *Schnodder* heißen? Warum soll denn der Imbiss *Schnodder* heißen?«

Obwohl alle Anwesenden genug mit ihren eigenen Gedanken zu tun hatten, fand sich eine mitfühlende Seele, die Addi auf den Stand der Debatte brachte. Schreckenberger war 78. Das entschuldigte manches, wenn auch nicht zwangsläufig eine kilometerlange Leitung. Nur seine ortsbekannte Spendierfreudigkeit hatte bisher verhindert, dass Addi in eine soziale Randlage abgerutscht war.

»Günni, das geht nicht«, sagte der Bürgermeister.

»Aber klar geht das!«

Mehr als ein Bewohner begann sich zu fragen, warum sie den nervenden Menschen eigentlich rausgelassen hatten. Vielleicht war seine Strafe noch gar nicht abgelaufen. Vielleicht hatten sie es mit der Nervensäge im Knast einfach nicht mehr ausgehalten.

»Sag mal, Bürgermeister«, murmelte Schulenburg, »kann man im Knast gekündigt werden? Oder ist das da wie bei den Beamten?«

»Du, Detlef«, sagte Günni, »hast doch immer am lautesten rumgejammert, dass hier ein eigenes Wetter herrscht.«

Das traf zu. Selbst der Mais kam auf Schulenburgs Feld vorne und hinten nicht hoch.

»Verstehe«, murmelte Süß. »Es kam Ihnen auf den landsmannschaftlichen Bezug an.«

»Landsmann was?«, knurrte Wendlandt. »Das ist ekelhaft, das ist daneben. Nebenbei ist das auch ortsschädlich. Was sollen denn die fremden Autofahrer denken, wenn das Erste, was sie von Wortleben sehen, dieser potthässliche Imbiss mit dem potthässlichen Namensschild ist?«

»Mein Wagen ist hässlich?«, fragte Günni schockiert.

»Nicht hässlich. Potthässlich.«

»Mein Wagen ist potthässlich?«

»Jetzt hast du verstanden«, knurrte Wendlandt und ärgerte sich. Er war doch sonst bei dem scheuen Wild der Wechselwähler behutsam wie bei einem kranken Schwein. Kein lautes Wort, keine missverständliche Formulierung, immer lächeln und immer vergnügt.

»Ihr Wagen ist eine Insel der Heimat in einer unwirtlichen Nachbarschaft«, formulierte Uwe Süß, der eine Chance witterte.

»Ach ja?«, entgegnete Günni zögernd.

»Mir gefällt der Name. Er hat Ecken und Kanten, aber er redet nicht drum herum. Sperriger Charme ist etwas Schönes in unseren pflaumenweichen Zeiten und werbemäßig eine sehr gute Wahl. Mittelmäßigkeit haben wir in der Werbung genug. Nur Buchtitel sind noch lahmer. Und hier zieht's nun mal von morgens bis abends, da beißt die Maus keinen Faden ab. Auf dem Land ist es nun mal windig, wir sollten uns zu unserer Identität bekennen.«

Süß wusste, dass er sich im Eifer des Gefechts verrannt hatte. Ergeben wartete er auf Wendlandts Konter, der nicht auf sich warten ließ:

»Für deine kleine Partei ist Wind also ein Eckpfeiler ihrer Identität. Wenn's für gute Ideen schon nicht reicht, hängt ihr euch eben in den Wind.«

Der Buchhändler war überrascht, wie der sonst so schlicht formulierende Feind auch mit anspruchsvollerer Satzbildung zur Vernichtung fähig war.

»Sie wissen, was ich meine«, sagte er.

»Ich weiß immer, was ihr meint. Deshalb sind wir ja seit einem halben Jahrhundert am Ruder. Und ihr, was macht ihr: Ihr wartet seit 50 Jahren darauf, dass der Wind auffrischt.«

Im Bemühen, endlich einen nachhaltigen Pfeiler einzurammen, sagte Süß: »Jedenfalls werde ich Stammgast bei Ihnen. Ich bringe meine Frau mit, das sind dann schon zwei Stammgäste.«

Günni schrieb etwas auf. Warum wurde Süß den Verdacht nicht los, dass er soeben seine Seele verkauft hatte?

»Man kann sich seine Gäste nicht aussuchen«, sagte der Bürgermeister. »Aber seinen Namen kann man sich aussuchen. Darüber ist das letzte Wort noch nicht gesprochen. Man sieht sich, Günni.«

Energisch und selbst von hinten erbost wirkend, zog der Bauer ab. Lässig hob Süß die Hand: »Noch eine Curry für mich, Meister.«

Als er die Wurst sah, wurde ihm flau im Magen.

28

»*Schnodder*?«, rief Vera Süß.

»Aber Rübchen«, entgegnete Uwe alarmiert. »Du wirst mir doch nicht in den Rücken fallen.«

»*Schnodder*«, wiederholte Vera. Sie hatte Mühe, das Wort auszusprechen. Oder gab sich Mühe, so zu klingen, als würde es ihr Mühe bereiten. Was Uwe ihr nicht abkaufte. Wer beruflich mit kranken Kindern zu tun hat, steht mit der unglaublichen Bandbreite menschlicher Ausscheidungen auf vertrautem Fuß. Eine Ärztin muss einiges vertragen, auch wenn sie nicht als Chirurgin aktiv ist. Vera war nicht zimperlich, ihre kleinen Patienten waren es auch nicht. Sie war Rotz und andere Flüssigkeiten gewöhnt. Jeden Tag schiss sich ein Zwerg auf der Station voll. Wer noch nie gesehen hat, welche Mengen aus kleinen Körpern herauskommen können, dem stehen Überraschungen bevor. Auch Eiter regte Vera nicht auf, sie saugte ihn aus Wunden. Schmerz, Unglück, Angst, Schreie, Ausbruchsversuche, Sterben – Teile ihrer täglichen Arbeit.

Aber es gab eben auch noch Schnodder. Von Kindesbeinen an hatte sie ein Bild vor Augen: Klein-Vera im Winter auf der Rodelbahn hinterm Elternhaus. Am Fuß des Hügels Nachbarsjunge Luis, der von Oktober bis April eine laufende Nase mit sich herumtrug. Ein-, zweimal zog er das Gelump noch in der Nase hoch. Danach setzte er den Arm unterhalb des Ellenbogens an und zog ihn an der Nase entlang bis zum Handwurzelknochen. Veras Blick klebte auf der Schleimspur, die den Anorakärmel glänzend wie Tau bedeckte. Aber nicht zart und dünn, es war eine dicke Suppe, die immer dicker wurde. Bald verschwand die Nase von Luis im Schnodder, tauchte unter, und der Schleim blieb immer frisch und zähflüssig, denn die Nase hörte nie auf zu laufen. Im Verlauf des Nachmittags wischte Luis 150-mal Schnodder. Dieser Anorak-Ärmel blieb für Vera der Inbegriff von Schnodder. Schnodder war schlimmer als Eiter, Blut und vollgeballerte Hosen zusammen.

»Schnodder ist doch im Grunde ein rührendes Wort«, sagte Uwe Süß werbend. »Ein zärtliches Wort.«

Vera lachte bitter.

»Und Schnodder kommt aus dieser Region. Soll Günni Erdmann seinen Imbiss etwa *Bella Napoli* nennen?«

Vera half sich Kekse ein, die sie zuvor in Tee aufweichte. Tee ist erfreulich flüssig und erinnert nicht an dic gefürchtete zähe Struktur.

»Bedenke auch eins, Rübchen. Erdmann kommt direkt aus dem Gefängnis. Er geht nicht über Los, sondern direkt in diesen abgerissenen Imbisswagen. Der Imbiss ist alles, was er hat, er ist seine einzige Chance. Er hat Anspruch auf unsere Solidarität.«

»Sei so nett und gib ihm deine Solidarität, du hast genug davon. Auf meine Solidarität kann er bestimmt verzichten.«

»Aber Rübchen …«

Vera wäre lieber gewesen, wenn er sich das Kosewort in die Haare geschmiert hätte. Acht Wochen nach der Ankunft in Wortleben hatte er begonnen, sie Rübchen zu nennen. Vorher hatten es Liebling oder Luder beziehungsweise Rauschgoldengel getan. Doch dann meinte er, seine Assimilierung an die dörfliche Welt auch im Intimbereich verankern zu sollen. Vera konnte froh sein, mit Rübchen davongekommen zu sein. Ferdi Düver nannte seine Frau »Schwarte«, was der Frau sogar gefiel. Heinrich Gefion nannte nicht nur seine Familie, sondern bevorzugt die Gattin »Blase«. Immer noch besser als Heinrich Nieschulze, der seine Frau – bevor sie ihm weggelaufen war – »Stint« nannte. Immerhin hatte sie sich revanchiert und ihn »Ringelschwanz« gerufen.

»Rübchen, wir müssen da hin. Ich habe es Herrn Erdmann fest zugesagt.«

»Dann sag wieder ab. Wäre ja nicht das erste Mal, dass du etwas versprichst, was du nicht halten kannst.«

Er brauchte einen langen Abend, dann hatte er sie weichgeklopft. Vera zog sich an, als sollte sie einen verschneiten Alpenpass überqueren, und brach mit ihrem Gatten Richtung Sibirien auf.

»Sie verfolgen unseren Weg«, stellte Süß nach der ersten Straße fest. »Hinter jeder Gardine steht jemand.«

Man grüßte sie respektvoll, denn wo sich die Sympathie aus weltanschaulichen Gründen und Angst vor Buchläden nicht auf den Buchhändler erstreckte, versagte doch kaum ein Bewohner seiner schönen, wenn auch herben Gattin die Höflichkeit.

»Guck mal da«, sagte Vera. »Bianca hat Gardinen vor die Fenster gehängt. Langsam wird sie heimisch.«

»Die Grenze ist eben fließend zwischen natürlicher Anteilnahme am sozialen Umfeld und Neugier. Wir haben doch auch nur rechts Gardinen. Lührs sind wirklich etwas penetrant.«

»Die wäre 1933 Blockwart geworden, die Icke«, fauchte Vera. Zum wiederholten Mal vermisste Uwe an seiner Frau das Staatsmännisch-Abgeklärte des liberalen Charakters. Wie gerne sah er sich im Fernsehen Bilder aus den Vereinigten Staaten an, wo die Politiker stets im Kreis ihrer Familie die Öffentlichkeit suchen. Und wie attraktiv die Gattinnen den Mund hielten. Vera dagegen bestand darauf, eine Meinung nicht nur zu haben, sondern sie auch zu äußern. Manchmal beschlich ihn insgeheim das bange Gefühl, dass seine Frau wenig Interesse haben könnte, noch vor Beginn der 30er-Jahre die First Lady von Wortleben zu sein.

»Sieh dir das an«, rief Vera. »Kressbronns haben den Kampf um ihren Naturgarten aufgegeben. Jetzt ist alles pflegeleicht und langweilig. Ja, ja, der Ort kriegt jeden klein. Eine gigantische Häckselmaschine ist das hier. Am Ende wird sie auch uns erwischen.«

Uwe Süß lächelte der Familie Göbel in Hausnummer 22 zu, was seine Mimik hergab. Sie wohnten noch kein Vierteljahr hier, und schon hatte man Süß zugetragen, dass Herr Göbel sich mit dem Gedanken an parteipolitisches Engagement tragen würde. Er war Oberinspektor im städtischen Kulturamt, Uwe rechnete sich gute Chancen aus. Jedenfalls gelang es ihm nicht, sich Göbel und den amtierenden Wortlebener Bürgermeister gemeinsam vorzustellen. Oder wie sie sich anlächelten.

Sie ließen die Neubauten hinter sich, die man jetzt korrekt als ältere Neubauten bezeichnen musste. Denn im *Lager* auf der anderen Seite des Orts waren ja in der jüngsten Vergangenheit 100 Immobilien aus dem Wiesengrund emporgewachsen. Vera nutzte die Gelegenheit, Kommentare zu baulichen Details abzugeben. Traditionell ging es um den Haushalt Stuthe. Vera war angesichts der Küche keinen Deut weniger neidisch als ihr Mann. Teuer, geschmackvoll, einfallsreich und so berechnend eingebaut, dass die Küche sich jedem Vorbeigehenden durch drei Küchenfenster darbot. Man wurde diese Küche einfach nicht mehr los. Es war, als würde sie einem folgen. »Handelt wahrscheinlich mit Drogen, der Doktor«, sagte Vera, ohne sich von Gefühlen der Kollegialität hemmen zu lassen.

Aber es wurde noch besser. Denn das Ehepaar Segler, Bewohner des größten Bungalows im Ort, hatte den Lattenzaun niederreißen lassen. Derzeit liefen die Arbeiten zur Errichtung einer niedrigen Mauer, die das Grundstück auf 38 Metern Frontseite säumen würde. Es war unmöglich, nicht hinüberzublicken. »Ein guter Nachbar tut so etwas nicht«, behauptete Vera. »Ein guter Nachbar gräbt sich mit seinem unanständigen Wohlstand ein. Zum Abschluss setzen sie noch NATO-Draht als Verzierung obendrauf.«

Dem Ehepaar Süß hatte man in der Silvesternacht die Tür des Jägerzauns ausgehängt. Der verkaterte Buchhändler fand sie am nächsten Vormittag auf dem Kinderspielplatz wieder. Unter Fluchen und Zuhilfenahme einer Drahtschere musste er sein Eigentum aus einem Trumm von ineinander verhakten 15 Gartentüren herauswuchten. Zeitweise hatte er mit dem noch stärker verkaterten Manni Mewes um eine Tür gerungen, die beiden nicht gehörte.

Dann kamen sie an der Tankstelle vorbei. Der Oppositionsführer konnte es nicht unterlassen, »Individualverkehr mistiger« zu zischen. Er tat dies aus Überzeugung, aber auch, um Veras permanentem Genöle wegen des ausbleibenden Zweitautos die Grundlage zu entziehen.

»Und ich kriege doch eines«, knurrte sie. »Ich verdiene mehr als das halbe Geld in diesem Haushalt. Außerdem sehe ich gar nicht ein, warum ich unter deinen weltfremden Theorien leiden soll.«

»Du sollst nicht darunter leiden. Du sollst die Theorien zu deinen eigenen machen und sie freudig und überzeugt nach außen vertreten.«

Vor dem winzigen Schmuckladen von Verena Peter blieben sie stehen und blickten auf die Auslage, die seit zwei Jahren weder verändert noch abgestaubt worden war.

»Deprimierend«, sagte Süß.

»Sie ist ein bisschen versponnen«, stimmte die Gattin zu. Verena Peters war ein Mädchen von Mitte 30, das sich wie Mitte 50 kleidete und als Hobbies Märchen, Weben und Astrologie angab. Äußerlich gar nicht unattraktiv, lebte sie in einer eigenen Welt. Sie machte so gar nichts aus sich, trug stets wehende Gewänder, in denen sich bereits zweimal passierende Fahrräder verhakt hatten. Seltsamerweise war Verena dabei nie zu Boden gerissen worden, stets waren die Radfahrer gestützt. Darauf angesprochen, hatte Verena mit den Worten reagiert: »Warum soll ich hinfallen, wenn ich keine Schuld trage? Nur der, der Schuld auf sich lädt, muss fallen.«

»Die Brötchen werden auch immer kleiner«, sagte Süß auf Höhe des *Bäckerladens Voigtherr*.

»Und alles mit hellem Mehl«, entgegnete Vera verächtlich. »Die backen Schwarzbrot mit hellem Mehl.«

»Sie geben uns ihre Stimmen«, mahnte er, bevor Veras Kritik ins Persönliche abglitt. Vera blickte ihn scharf an, und er hielt nur deshalb den Mund, weil ihm entfallen war, wie die Bäcker die dunkle Farbe in ihr Schwarzbrot kriegen.

An der Scheibe der Volksbank drückte er sich die Nase platt.

»Nicht zu fassen. Vor zwei Tagen haben sie neue Kulis an die Ketten gelegt und jetzt fehlen schon wieder zwei.«

»Ich finde, das passt zu diesem Ort. Da läuft also einer rum und schneidet billige Kugelschreiber von der Kette ab. Ende des Kommentars.«

»Das ist Karlchen Mellien, der Spitzel des Bürgermeisters in meinem Volkshochschulkurs.«

»Das ist doch psychisch in höchstem Maße bedenklich. Wer so was tut, gehört in Behandlung.«

»Ach was. Das ist seine persönliche Note.«

»Uwe, Uwe. Du passt hierher wie die Faust aufs Auge.«

Vor Freude über das unerwartete Kompliment nahm er seine Frau auf offener Straße in die Arme.

»Pass bloß auf«, meckerte Hillmer hinter dem küssenden Ehepaar. »Da saugt man sich schnell fest. Auf diese Weise kommt manche Schwangerschaft in die Gänge.«

Süß verwickelte den alten Mann in ein politisches Gespräch.

»Du gehst einen schweren Gang«, behauptete Hillmer. »Addi hat seine Jecken auf Vordermann gebracht. Von denen gönnt sich keiner mehr eine Wurst bei Günni.«

»Empörend«, rief Süß. »Wunder wie christlich tun, aber in der konkreten Situation schlagen sie dem Hilfsbedürftigen die ausgestreckte Hand zur Seite. Empörend.«

»Hat aber auch Vorteile.«

»So? Welche denn?«

»Sie müssen sich nicht diese fetttriefenden Würste antun.«

Vor dem *Kaufhaus Segler* hatte sich eine Menschentraube versammelt.

»Riecht gut«, sagte Vera schnüffelnd und verschaffte sich Zugang zur Szene.

Zwei Auszubildende vom Kaufhaus verkauften Brat- und Bockwürste.

»Wo willst du hin?«, rief Vera ihrem davoneilenden Mann nach.

»Wo ist der Chef?«, bellte Süß im Kaufhaus einen Verkäufer an.

Der Chef war nicht im Lande, so musste sich Vera auf dem restlichen Weg nach Sibirien die Klagen des Gatten anhören. Sie kannte seine Neigung, sich in ein Thema zu verbeißen und dann nicht mehr davon loszukommen. Um ihn abzulenken, berichtete sie von ihrem Besuch im *Lager*.

»Ach ja«, entgegnete Uwe, »das *Lager*. Das wir alle nicht mehr *Lager* nennen wollen.«

»Sie fangen schon selber damit an.«

»Ach ja? Ach was. Sieh an.«

Vera berichtete von ihren dortigen Begegnungen und wollte weiterreden, als er plötzlich sagte:

»Was?«

»Wie was?«

»Was hast du gerade gesagt?«

»Keine Ahnung. Was hast du denn gehört?«

»Die Zahl, du hast doch eine Zahl genannt.«

»Ach ja? Ach ja. Da drüben müssen schon über 100 Menschen wohnen. War jedenfalls mein Eindruck.«

»Über 100? Wirklich?«

»Ist nur geschätzt.«

»Aber über 100 …?«

Vera ergriff die Befürchtung, dass sie ihrem Liebsten soeben ohne Absicht ein neues Lieblingsthema frei Haus geliefert haben könnte.

In der Tat: Uwe Süß erkannte, dass er möglicherweise seit Langem einen schweren taktischen Fehler beging. Was da am Ortsrand emporwuchs, war einerseits ein Neubaugebiet. Das war an sich nichts Dramatisches, das fand in jedem zweiten Dorf statt. Wortleben mit über 3.000 Einwohnern war ja nicht erst seit vier Wochen dabei, die Größe eines simplen Dorfs hinter sich zu lassen. Wenn da drüben jedoch über 100 Leute wohnten und sich sogar ordnungsgemäß angemeldet hatten, dann bedeutete das unterm Strich 50 oder 60 oder 70 Wahlberechtigte. Gut möglich, dass in dieser Minute vor einem Haus ein Umzugswagen parkte, der weitere zwei bis fünf neue Nachbarn ablieferte. Und es würde nicht der letzte Umzugswagen sein.

»Dein Mann ist ein Idiot«, murmelte er.

»Was bist du?«

»Ein Idiot.«

Sie hakte sich bei ihm ein und sagte: »Ich habe dir schon oft gesagt: Niemand ist vollkommen. Warum solltest du es sein? Ausgerechnet du?«

»Ich meine das mehr politisch-taktisch.«

Sie meinte es in umfassenderer Weise, aber sie kam nicht dazu, ihn davon in Kenntnis zu setzen, denn er sagte:

»Das sind nicht bloß Menschen, das sind Wähler. Das sind Stimmen. Das ist Fleisch von unserem Fleisch. Fleisch für unsere Partei.«

»Na ja …«

»Wie konnte ich so fahrlässig mit dieser wertvollen Ressource umgehen? Das darf einem Vorsitzenden nicht passieren.«

»Auch nicht einem Ortsvereinsvorsitzenden?«

»Nein, Weib, auch dem nicht! Die Mittelmäßigkeit fängt unten an und arbeitet sich dann nach oben vor.«

»Das sind jüngere Leute. Jünger als wir. Soweit ich mitgekriegt habe, werben sie um Leute aus der digitalen Welt. Ist ja auch logisch. Die haben ihren Arbeitsplatz immer dabei. Die Idee an sich ist nicht …«

»Ja, ja, ja. Wir müssen sofort reagieren.«

»Hol lieber erst mal Luft!«

»Was? Wieso sollte ich …?«

»Willst du wirklich losrennen und dir mit beiden Fäusten auf die Brust trommeln und dich öffentlich als mittelmäßig anklagen?«

»Naja, wenn du mich so direkt fragst … und mit so einem ausdrucksstarken Bild … nein, will ich nicht.«

Das fand sie beruhigender, als ihm bewusst war. Ihr Gatte neigte traditionell dazu, ansatzlos dramatisch zu werden. Nicht nur in der Politik, auch im Privatleben. Daher wusste sie, dass er in dieser Seelenlage zu Übertreibungen fähig war, die seiner Autorität in der Partei unmöglich guttun konnten. Bisher hatte sich nie ein Rivale sehen lassen, aber das konnte ja noch kommen. Die Kandidaten, die Vera in diesem Moment als erste einfielen, wohnten ausnahmslos im *Lager*. Sie hielt es für bewiesen, dass sich die neuen Nachbarn in wenigen Monaten zu langweilen beginnen würden. Dann boten sich der Sportverein an, Ausflüge in die Kreisstadt und die obligatorischen Sehenswürdigkeiten. Aber du kannst nicht zehnmal dasselbe Kloster besichtigen, kannst nicht dreimal im Monat dem einzigen Buchladen im Ort einen Besuch abstatten. Und um Stammgast in einem der hiesigen Gasthöfe zu werden, ist eine digitale Natur keine optimale Vorbereitung.

Vera wurde bewusst, dass die Mitgliedschaft in einer politischen Partei erschreckend nahelag. Die Abgabe einer Wahlstimme ist in zwei Minuten absolviert und steht nur alle paar Jahre an. Die Aktivität als eingeschriebenes Mitglied einer Partei kann für bedeutend mehr Ablenkung sorgen. Und sie sah diese jungen digitalen Charaktere nicht als ordinäre schlichte Mitglieder, sondern weiter oben auf der Hühnerleiter. Etwa auf der Etage, auf der sich ihr Göttergatte seit mehreren Jahren so kannibalisch wohl fühlte.

Unwillkürlich hakte sie sich bei Uwe ein. Ihn überraschte das mehr als sie, dabei überraschte sie diese Geste selbst nicht wenig.

Neben dem Imbisswagen parkte ein ortsfremder Pkw, ein Mann vom Typ Vertreter half sich Kartoffelsalat mit Würstchen ein. Auf dem Dach des Imbisswagens prangte in orangefarbenen Leuchtlettern das Wort »Schnodder«. Günni trug einen Schal, seine Augen liefen, seine Nase lief, und sofort lief auch Veras Fantasie, nämlich Amok.

Süß klopfte dem fremden Gast auf die Schulter. »Finde ich toll, dass Sie hier essen.«

Schlagartig veränderte sich das Verhältnis des Kunden zu seinem Essen. Bis eben noch zufrieden kauend, musterte er nun die Einzelheiten, und wie das in solchen Fällen ist: Man findet dies und das; man sieht, was bis eben noch nicht sichtbar war. Günni schickte einen Nieser über die Theke und wischte sich die Nase am Ärmel ab.

Instinktiv suchte Vera Halt am Arm ihres Mannes und erwischte dabei auch den Vertreter, der sich vor Schreck verschluckte. Man schlug ihm auf den Rücken, Günni nieste. Süß stellte seine Frau vor und orderte zweimal Curry. Der fremde Kunde brach auf, und Uwe Süß lobte die Wurst.

»Wie geht's dem Geschäft?«, fragte er.

»Geht so.«

Langsam fand auch Süß, dass dem Burschen etwas mehr Redseligkeit gut zu Gesicht gestanden hätte.

»Uns haben Sie jedenfalls als Kunden gewonnen«, sagte er augenzwinkernd. Vera war kalt.

Ein Pkw fuhr vor, beide Vordertüren wurden geöffnet. Das Paar entdeckte das Namensschild, wies sich gegenseitig darauf hin. Man schien amüsiert.

»Mann, ist das zugig hier«, sagte der Mann und schlug den Jackenkragen hoch.

Zwar hatte Günni, wie angekündigt, ein Schutzdach errichtet. Doch war es zur Windrichtung geöffnet und schien auch nicht aus taufrischer Produktion zu stammen.

Lustlos mümmelte das Paar vor sich hin, Uwe Süß gesellte sich zu den beiden.

»Ein Wahnsinn, was?«, tönte er und wies in die Runde. »Alles in einer Hand. Existenzgründung. Und wissen Sie, wo dieser ehrgeizige junge Selbstständige vor wenigen Tagen noch gesessen hat? Na? Na?«

Die Frau riskierte einen Tipp: »Auf Ibiza.«

»Wahrscheinlich im Kittchen«, antwortete ihr Begleiter und wurde von Uwes Begeisterung fast ausgehebelt.

»Treffer! Sie haben Instinkt. Das ist wichtiger als Abitur. Aber Herr Erdmann hat seine Tat verbüßt. Bereut und verbüßt. Nicht wahr, Herr Erdmann! Sie jagen nie wieder einen Nebenbuhler in die Regentonne. Das müssen Sie uns versprechen!«

Vera verbarg ihr Gesicht in beiden Händen, Günni nieste. Uwe Süß blickte den Kunden hinterher, die mit einem Kavalierstart aufbrachen. Ihr Essen blieb halb unberührt zurück.

Vera sortierte ihre Pommes in lange, kurze und völlig verbrannte Stäbchen. Uwe bestellte eine Miniflasche *Jägermeister*.

»So«, sagte er aufstoßend, »wir haben unsere Pflicht getan. Morgen kommen wir wieder, was, Rübchen?«

Die beiden zogen ab, und der positiv berührte Erdmann taufte seine Standard-Currywurst spontan »Curry à la Uwe.«

29

Einige Tage später hörte Günni Erdmanns Nase zu laufen auf. Nun hätte nur noch der Wind aufhören müssen zu wehen und der Imbisswagen hätte zur wirtschaftlichen Grundlage seines neuen Lebensabschnitts werden können. Aber der Wind wehte immer weiter, und nie fühlte er sich warm und weich an. Niemand, den der Wind zu packen bekam, fühlte sich aufgehoben und erfrischt. Dieser Wind war ein Biest. Er schlug in die Flucht, er war unfreundlich, zerrte an Haaren und Kleidung. Wen er von vorn erwischte, der glaubte, geohrfeigt zu werden. So zerrte der Wind am Ende vor allem an der Stimmung der Menschen. Bevor ein Kunde an den Imbisswagen trat, musste er dermaßen ausgehungert oder gierig oder beides sein, dass diese Emotion die schaurige Zugluft neutralisierte.

Die meisten Bewohner Wortlebens hatten seit langem einen Weg gefunden, sich diese Zumutung nicht anzutun: Man mied die Gegend konsequent und wunderte sich deshalb, dass Günni Erdmann seinen Imbiss ausgerechnet hier eröffnet hatte. Niemand zweifelte daran, dass er in Kürze seinen Wagen auf den Haken nehmen würde, um sich einen freundlicheren Standplatz zu suchen.

Aber das geschah nicht. Jeden Morgen um 10.30 Uhr fuhr Günni Erdmann mit seinem Moped vor. In den ersten Tagen war er grotesk bepackt gewesen, denn da hatte sich die Belieferung mit Pommes, Würsten, Ketchupflaschen, Senftuben und Getränken noch nicht eingespielt. Einige

Tage erleichterte Günni ein Anhänger das ständige Pendeln von seiner Garage an den Ortsausgang. Den Anhänger hatte ein Nachbar gestiftet. Das fanden viele Bewohner korrekt – aber längst nicht alle. Mancher hielt es für falsch, einen Ex-Knacki auf Händen in sein neues Leben zu tragen. Kaum einer wollte Günni scheitern sehen. Aber er sollte sich krummlegen. »Arbeit schändet nicht.«

Nie hörte man von Günni ein Wort der Klage. Nie beschwerte er sich, nie stellte er Forderungen. Wenn der Pastor oder der Buchhändler oder die zwei bis drei anderen mitleidigen Seelen fragten, ob er Hilfe brauchen würde, schüttelte er den Kopf und stellte mit seinen berühmten Zweiwortsätzen Abstand her: »Geht schon.«

In den ersten Tagen fand Günni mehrfach zwei Kisten hinter dem Imbisswagen. Sie enthielten Konserven mit Gemüse und Gulaschsuppen. Manchmal fand sich auch ein kleines Eimerchen mit Pudding. Geschmacksrichtung Schokolade und obendrauf eine Schicht Vanillesoße: Das verschlang Günni in den ersten fünf Minuten. Der Mann war ausgehungert nach Süßigkeiten. In der Haft hatte er konsequent auf Süßigkeiten verzichtet, keine Tafel Schokolade, keine Praline. Er hatte Angst, durch den Geschmack an sein altes Leben erinnert zu werden. Das hatte sich jetzt erledigt, das Leben hatte ihn wieder, und Günni kapierte schnell, dass er damals wenige Freunde gehabt hatte und jetzt keine mehr. Der Unterschied zwischen einst und nun war also geringer, als er gedacht hatte. Umso wichtiger wurden für seine verletzte Seele kleine Aufmerksamkeiten wie der Schokoladenpudding mit Vanillesoße.

Und hier fand sich auch der Grund für Günnis Standplatz. Er mutete sich Tag für Tag die garstige Zugluft zu, weil er sich an das Gefühl gewöhnt hatte, eine Strafe zu verbüßen. Günni Erdmann hatte sich in einem sehr privaten Prozess zu einer lebenslänglichen Freiheitsstrafe verurteilt.

Dass er das nie zugeben und nie ein Wort darüber verlieren würde, war für ihn selbstverständlich. Früher hatte er selten die richtigen Worte gefunden und jetzt war er noch schweigsamer geworden. Günni Erdmann war ein Automat, der Ähnlichkeit mit einem richtigen Menschen besaß. Einige Tage hatte er mit dem Gedanken gespielt, der Handvoll Bewohner, die sich um ihn kümmerten, einen Brief zu schreiben. Er hatte sogar einen ersten Entwurf begonnen. Aber ihm war schnell klargeworden, dass er nicht schreiben konnte. Nichts an dem, was auf dem Papier stand, hatte Ähnlichkeit mit dem, was er ausdrücken wollte. Jeder weitere Satz hatte alles noch schlimmer gemacht.

Der Automat, den alle mit Günni anredeten, brachte Currywürste in einen Zustand, den die Menschen bereitwillig verzehrten. Wenn sie den Namen eines Getränks nannten, besorgte ihnen Günni dieses Getränk und kein anderes. Das war nicht schwer, und alle waren zufrieden. Die Hälfte seiner Kunden schwieg, die mochte er lieber als die anderen. Es gab die Fremden und die Bekannten. Die Fremden kamen an, immer mit Limousine, Kombi, Sprinter und sogar Lkw. Manchmal fuhren sie per Fahrrad vor, dann waren es fast immer mehrere, wenigstens zwei, bisweilen ein Dutzend, Freizeitsportler, oft Ältere, die sich was zutrauten. Je größer die Gruppe, umso kleiner die Wahrscheinlichkeit, dass sie Günni in ein Gespräch verwickeln wollten.

Schlimm waren die Solisten. Gern gesehen waren die Vieltelefonierer.

Die Hölle, das waren die Einheimischen. Den Gipfel stellten der Buchhändler und die Personen in seiner Begleitung dar. Schon ihr Tonfall war einzigartig, so redete man mit einem Pflegefall oder Krankenhauspatienten mit schlechter Prognose. Entweder waren sie zu forsch und unangebracht kumpelhaft oder sie wollten, dass Günni über sich selbst sprach. Dann fielen seine ohnehin nie umfangreichen Antworten besonders kurz aus. Dass er etwas sagen musste, war ihm klar. Schweigen würden sie als Unfreundlichkeit empfinden, ein unfreundlicher Wirt war zum Scheitern verurteilt und ein stummer Imbissmann ebenso.

In dieser Hinsicht konnte er mit dem Buchhändler leben, der war durch nichts zu entmutigen. Er nahm jede Reaktion von Günni hin, als habe er seinem Kunden gerade einen Vortrag gehalten. Aus allgemeinstem Text las er einen tieferen Sinn heraus, manchmal lachte er grundlos. Dann bekam Günni einen Schreck. Im Knast hatte es einen Schläger gegeben, der kurz bevor er austickte, jedes Mal ein unheimliches Gelächter anstimmte, um gleich darauf anzugreifen. Erst als sie sich zu viert gegen ihn gewehrt hatten, bekamen sie ihn zu Boden. Solang er auf dem Boden lag, droschen sie auf ihn ein. Zuletzt hatte er geschlossene Augen und wirkte eher tot als lebendig. Das war schön. Günni wusste nicht, was aus ihm geworden war, aber aus der Krankenstation kam er in ein Krankenhaus und von dort nicht mehr ins Gefängnis zurück. Das war seine liebste Erinnerung an die letzten Jahre. Danach gab es Tage im Knast, in deren Verlauf er stundenlang vergaß, wo er sich gerade befand.

Wenn er seinen Dienst an der Currywurst ableistete, vergaß er nie, wo er war. Dafür sorgte schon der Zug. Nie hingen die beiden Werbefahnen schlaff herunter. Und der Spalt zwischen Windschutz und Imbisswagen erzeugte dieses leise Pfeifen – nicht durchgehend, aber immer wieder.

Eines Tages hielt ein Lieferwagen, dessen Seiten komplett bemalt waren. Günni hielt das für Windmühlen, Kinderspielzeug und diese kleinen Dinger, die mit Windmessung zu tun haben oder mit Meteorologie – ein Wort, bei dem er ständig das Gefühl hatte, eine oder zwei Silben zu unterschlagen oder hinzuzufügen. Weshalb er das Wort vermied. Aber es war ein Windmessgerät, das der Kunde ihm nach Currywurst, Pommes und Eiskaffee neben den Zahlteller stellte. Günni starrte das Ding an, der Kunde wartete, wahrscheinlich auf eine Reaktion von Günni. Menschen sind so, aber Günni ist nicht so.

Dann sagte der Mann: »Windmesser. Für einen Fuffziger gehört dir eine komplette Wetterstation.«

»Wozu?«

»Du hast das Wetter, ich habe die Station. Damit machst du Eindruck.«

»Ich weiß nichts über Wetter.«

»Das lernt sich schnell. Und du hast immer ein Thema.«

Das waren Worte, die in Günni nachhallten. Ein Gesprächsthema! Exakt das, was er manchmal doch vermisste. Nicht immer, nicht einmal oft, aber manchmal doch.

»In 14 Tagen sehen wir uns wieder«, sagte der Wetterverkäufer. »Das Gimmick hier ist, um damit warm zu werden.«

Er hielt das kleine Rätsel gegen den Wind, es bewegte sich sanft und gab kein Geräusch von sich. Er hatte sofort die Stelle erwischt, wo der Wind am giftigsten war. Das imponierte Günni.

Der Wagen war seit zehn Minuten weg, da stand das Messgerät immer noch auf der Theke. Günni begann zu glauben, dass Absicht dahinterstecken könnte. Es war wie bei den Dealern: Der erste Schuss ist umsonst. Im Knast hatte er einen Jungen kennengelernt, der mit der Geschichte hausieren ging, dass er noch nie für Stoff bezahlt habe. »Immer nur den ersten Schuss. Danach das Revier gewechselt. Wenn er mit allen Revieren in der Stadt durch war, die Stadt gewechselt.«

Der Mathematiker in der Gruppe brachte den Drogisten zu der Erkenntnis, dass er das Geld, das er für Kokain sparte, an die Fahrkarten verlor. Seitdem hatte Günni Respekt vor Leuten, die mit Zahlen jonglieren können. Er war gut im Kopfrechnen, nur in Ausnahmefällen oder bei nervigen Kunden rechnete er auf Zettel. Für Notfälle lag ein Rechner in der Schublade. Er bezog seine Kraft angeblich von der Sonne, aber er kam nie in die Sonne. Trotzdem rechnete er. Auch davor hatte Günni Respekt. Er mochte Geräte, die sich nicht um ihre Gebrauchsanweisung kümmern.

Als es das vierte Mal passierte, kapierte er den Zusammenhang: Alle zwei Tage kam einer vorbei, den er schon in Gesellschaft des Bürgermeisters getroffen hatte, und aß eine Wurst. Einer trank zwei *Jägermeister* und einen Kaffee mit Kuh. So hieß hier der Kaffee mit Milch. Die Kaffeemaschine hatte wenig zu tun, es gab Tage ohne eine einzige Bestellung. Abends ärgerte sich Günni mit dem Siff in der Glaskanne herum.

Die meisten dieser Kunden stellten Fragen, immer mehrere, immer sehr ähnliche. Alle drehten sich um »SCHNODDER«, das Schild auf dem Dach.

Günni sagte: »Kann nicht klagen.«

Meistens sagte dann der Kunde: »Weil du total abgestumpft bist.«

Der vierte oder fünfte tanzte aus der Reihe: »Mensch, Günni, ist das denn so schwer? Bau das Schild ab, und deine Tageskasse wird es dir danken.«

»Ich mag den Namen.«

»Er ist ein Irrweg. Der Name führt nirgendwohin.«

Das verstand Günni nicht, man kam sich nicht näher.

Aber dann tauchte der Bürgermeister auf, er kam vormittags nach den sechs bis sieben Gästen, die hier Frühstück aßen, und dem ersten, der sich beschwerte, dass um 10.30 Uhr noch keine Currys in Wartestellung schmorten.

»Alles frisch«, sagte Günni. »Das will der Kunde.«

»Wenn du Kunden willst, bau das Schild ab«, sagte der Bürgermeister.

»Wollen Sie was essen?«

»Sehe ich so aus, als ob ich hier essen würde?«

»Ich habe euch gewählt, da war ich jünger.«

»Dann bist du einer von 60 Prozent. Soll mich das beeindrucken?«

»Ihr kriegt keine 60 mehr.«

»Aber nicht, weil ihr so stark seid, sondern weil die kleinen Kraucher so glücklich über ihre drei Prozent sind.«

»Kleinvieh und Mist. Ihr ärgert euch.«

»Was zahlt dir der Buchhändler?«

Günni verstand nicht.

»Was bietet er dir an? Bargeld? Zigaretten? Garantierten Umsatz?«

»Und wenn es ein Buch ist?«

»Erzähl. Du liest nicht. Ich erkenne Leser an der Nase.«

»Im Knast habe ich viel gelesen.«

»Ja, im Knast. Da würde ich auch lesen. Aber wenn ich rauskomme, landen alle Bücher auf der ersten Müllkippe, an der ich vorbeikomme.« Der Bürgermeister sagte: »Das Schild fällt sowieso von allein ab, dafür wird der Wind sorgen.«

»So stark ist er nicht.«

»Aber er ist immer da, er hört nie auf. Und es kommen Tage, da langt er richtig zu. Wir nennen das Herbst.«

»Wenn es abfällt, werden alle denken, dass ihr das wart.«

»Ja, uns unterstellt man gern kluge Entscheidungen.«

»Sachbeschädigung.«

»Dein Schild beleidigt den ganzen Ort. Du hast den Knast noch nicht abgestreift.«

»Das schafft keiner, das bleibt hängen.«

»Dann bist du ja eine Gefahr für uns alle.«

»Ich verkaufe Curry. Ich bin lebenswichtig. Was verkauft ihr?«

»Außer Wahrheit, Zuverlässigkeit und sparsamem Umgang mit Geld, das uns nicht gehört?«

»Nur weil ihr keine Betrüger seid, seid ihr noch keine guten Politiker. Der Buchhändler ist auch kein Betrüger.«

»Nein, aber ein Buchhändler. Das ist ein anderes Wort für: einbeinig. Oder auch: Hirnschaden.«

30

Vor fünf Minuten war ein Lastenrad vorbeigekommen. Jetzt kam ein Lastenrad aus der Gegenrichtung. Als es bremste, drehte sich Wendlandt um.

»Warst du eben nicht noch eine Mutter mit Kind?«

Der Mann blickte an sich herunter und sagte: »Na, das wollen wir doch nicht hoffen.«

»Mir ist das egal. Meistens ist es Mutter mit Kind. Oder zwei Kindern. Oder drei.«

»Sie sind der Bürgermeister, richtig?«

Wendlandt blickte Günni an. Aber der sture Hund hielt sich raus. Erstaunlich, dass er lebend aus dem Knast gekommen war.

»Ich bin der Robbi. Wohnhaft Galeerenweg 14, gleich hinter dem Haus mit dem Turm.«

Es war lange her, dass Wendlandt in so kurzer Zeit mit so vielen fremden Informationen überschüttet worden war.

»Sie können mich Robbi nennen, das ist kürzer.«

»Kürzer als was?«

»Kürzer als Robert Tertz-Wahnschaffe. So nennt mich niemand. Die meisten wissen gar nicht, wie ich heiße.«

»Da bleibt den meisten viel erspart. Sie wohnen also im *Lager*.«

»Wir nennen es ›Westwelt‹.«

»Ach ja? Wir kommen mit *Lager* gut klar. Was sagst du, Günni?«

»Lager war nach dem Krieg. Lager wie Flüchtlingslager. Ist lange her.«

Wendlandt dachte: Nie mehr! Keine Wurst in diesem Leben! Wer sich auf dich verlässt, ist verlassen. Verreck doch.

»Ich weiß«, sagte der mit dem endlosen Namen. »Wir haben uns natürlich schlau gemacht.«

»War das nötig? Wart ihr vorher noch nicht schlau genug?«

»Genug ist nie genug.«

Einen Moment stellte sich Wendlandt vor, wie der Aufschneider während des Verzehrs seiner ersten Curry zu ersticken drohte. Er sollte nicht richtig ersticken, aber einen Moment Angst gönnte er ihm. Angst macht menschlich und demütig.

»*Westwelt* ist nichts Offizielles«, sagte der Bürgermeister.

»Was ist *Lager*?«

»Gute abgehangene örtliche Historie. Unser Fleisch und Blut.«

»Wir wollen dazugehören.«

Damit hatte Wendlandt nicht gerechnet.

»Hast du das gehört, Günni? Hier will jemand dazugehören. Ist ganz einfach. Tief Luft holen und es aussprechen. Warum kriegst du das Einfache nicht hin?«

»Ich mag den Namen Schnodder.«

»Ich auch«, stimmte der Fremde lächelnd zu, bevor Wendlandt Gelegenheit hatte, das aufziehende Unheil wahrzunehmen. Fremd, vorlaut und Lastenradfahrer – der Kerl wollte es wirklich wissen. Hätte Wendlandt nicht seit Längerem seine Meinungsbildung über die massenhaft einströmenden Neulinge im Osten Wortlebens abgeschlossen, wären ihm gerade die letzten an einer runden und belastbaren Meinung fehlenden Prozente frei Haus geliefert worden.

»Aber deshalb bin ich nicht hier«, sagte Robbi. Verdutzt sah Wendlandt zu, wie er begann, sich eine Zigarette zu drehen. Er hatte alles Nötige dabei, er hatte Geschick, und als er das Papier anleckte, sah sogar dieser heikle Moment nicht abstoßend aus. Hinter Wendlandt klickte es. Robbi trat an die Theke, nahm Günni das Feuerzeug ab, steckte die Lulle an und reichte das Feuerzeug zurück. Ohne ein Wort des Dankes. Und was tat Günni? Anstatt ein Wort des Dankes einzufordern, zur Not drakonisch, tat er so, als sei nichts passiert, was die örtliche Statik nicht unwesentlich belastete.

»Ich hab auch nur eine Frage«, sagte Robbi und begann, den ersten Tabakfussel aus dem Mund zu pulen. Wendlandt kannte das. In jungen Jahren hatte er Selbstgedrehte geraucht und es jedes Mal genossen. Acht bis zehn Jahre männliches

Glück. Niemand hatte ihm reingeredet, keine Frau hatte sich angeekelt abgewendet, Anna konnte er zur Not und bei Bedarf sogar küssen, während er eine brennende Lulle in Arbeit hatte. Schöne Erinnerung an eine Zeit, als das Leben noch leicht und berechenbar war und man nicht vor jedem Furz erst im Lexikon oder im Internet nachschlagen musste, ob das, was man zu tun beabsichtigte, nicht möglicherweise seit gestern auf dem Index stand und aufs Allerschärfste zu geißeln war. Anna hatte sogar selbst geraucht, auch als sie schon mit Hannes schwanger war. Da zwar diskret und abseits. Aber geraucht. Und was hatte ihr Mann getan? Er hatte es akzeptiert, weil er seine Frau liebhatte und respektierte. Auch für ihren Willen, sogar für ihren Willen. Denn zu Beginn ihrer Beziehung waren sie noch lange nicht so dicht beieinander gewesen wie heutzutage.

»Im Grunde ist es mehr als eine Frage«, sagte Robbi.

Erstaunt sah Wendlandt zu, wie er in Richtung Günni gestikulierte. Kein Wort, nur zwei Hände. Und wie reagierte Günni? Anstatt zu fragen: »Aber sonst geht's danke, wie?«, begann er, etwas Essbares zu produzieren.

»Auch falsch«, sagte Robbi. »Eigentlich wollen wir Sie einladen. Wird langsam Zeit. Haben es ständig vor uns hergeschoben, weil es noch so viel zu diskutieren und zu klären gab. Und dann natürlich sofort zu bauen. Wir sind die Schnellbauer. Zu alt für den Spontanscheiß, aber zu jung, um jeden Tag die Langstrecke im Blick zu haben. Ich weiß nicht, ob Sie das verstehen? Aber was rede ich denn? Natürlich verstehen Sie das. Sie machen das ja schon ein Leben lang, was wir uns gerade mühsam aneignen. Firma dankt, Günni.«

Seit wann stand er mit Robbi schon am Wagen und sah zu, wie der sich etwas einhalf, was kleingeschnitten und danach unter einer Currydecke verschwunden war wie die

Straßenstruktur unter der Teerdecke? Es roch unwiderstehlich, und Robbi spreizte beim Essen nicht den kleinen Finger ab. Streng genommen aß er auch nicht, er schlang. Verdutzt sah der Bürgermeister dem Lastenradlenker zu, wie er gerade den jungen Adolf Wendlandt imitierte.

»Dass ich kein Wort verstehe, ist aber wohl klar, oder?«

Robbi nickte, ohne beim Kauen aus dem Tritt zu kommen.

»Klar doch«, sagte er, als sich doch ein kleines Türchen fand. »Geht gleich weiter. Es sei denn, Sie müssen … oder haben … Leute wie Sie sind bestimmt von morgens bis abends in Bewegung.«

In diesem Moment trafen sich die Blicke von Günni Erdmann und dem Bürgermeister. Das Bedürfnis, dem nervenden Knacki eine Pappe frischgemachter Curry ins Gesicht zu drücken, war noch vorhanden. Aber etwas hatte sich verändert. Nicht dramatisch, nicht radikal, aber der Wille zur Vernichtung, wenigstens zur Austreibung des Ex-Knackis, saß nicht mehr so weit vorne auf der To-do-Liste des Bürgermeisters wie vor einer Viertelstunde.

Eine momentane Schwäche, dachte Wendlandt. Das vergeht wieder und dann mach ich dich nieder, dass dir Hören und Sehen vergeht.

»Wie sieht's mit heute Abend aus?«

»Was! Was haben Sie …? Sie haben doch eben was gesagt.«

Robbi putzte sich das Mündchen.

»Geil«, sagte er und lächelte Günni an. Wendlandt war überzeugt, noch nie erlebt zu haben, wie ein Mensch Günni anlächelt. Glaubhaft anlächelt. Nicht so lachhaft demonstrativ wie der Buchhändler.

»Du bleibst uns erhalten«, sagte Robbi. »Komm nicht auf die Idee, dass ein Ortswechsel deiner Biografie guttun könnte. Ortswechsel ist gestrichen. Wir finden dich, du hast keine Chance.«

Und an den Bürgermeister gerichtet: »Zehn von seiner Art, natürlich aus zehn verschiedenen Disziplinen, das ist das Skelett. Darauf lässt sich aufbauen.«

Er legte einen Schein auf die Theke. Günni rührte sich nicht.

Robbi sagte: »Ich kann das stundenlang durchhalten.«

Die Männer duellierten sich mit Blicken, dann nahm Günni das Geld. Streng genommen, schob er lediglich den Zehner einige Zentimeter dichter an sich heran.

»Morgen oder übermorgen. Wann immer Sie können«, sagte Robbi. »Ich koch uns was Feines. Wenn Sie vegetarisch sind …«

»Ich bin gesund, danke.«

»Vegan dann wohl auch nicht, oder?«

»Ich weiß immer noch nicht, was das eigentlich ist. Und wenn ich es wüsste, würde ich nicht wissen, wozu das gut sein soll.«

»Dann halten Sie sich von Edeltraut fern.«

»Wer ist Edeltraut?«

»Sie werden es wissen, wenn Sie vor ihr stehen. Sie hat den Blick. Diesen Blick. Wie der Wolf guckt, bevor er den ersten Happen nimmt.«

»Sie textet einen zu?«

»Aber hallo.«

»Was kann man dagegen tun?«

»Sie meinen, welche von den Tricks, die vom Strafgesetzbuch gedeckt sind?«

»Genau die. Nur die.«

»Sagen Sie ihr, Sie müssen unbedingt mit mir sprechen. Robbi.«

»Der Name löst etwas in ihr aus?«

»Oh ja. Jedes Mal.«

»Darf man fragen, wieso?«

Robbi musste die Hand mit dem Ehering ziemlich lange in die Höhe halten.

Wendlandt sagte: »Oha.«

»Jaja.«

»Es muss Liebe sein.«

»Liebe ist auch dabei, ja.«

»Kinder?«

»Als ich zuletzt nachgeguckt habe, waren es drei. Aber man kann nicht sicher sein. Sie besuchen sich ständig gegenseitig, die Besetzung wechselt jeden Tag. Oder jede Nacht. Sie kennen das natürlich. Daran erinnert sich doch jeder. Die Besuche bei den Freunden, die Übernachtungen bei den Freunden, wenn sie Eltern hatten, die ihre Kinder liebten und verstanden.«

In diesem Moment wurde Adolf Wendlandt von einer Lawine aus Angst und Fluchtgedanken verschüttet. Er musste hier weg. Sofort! Er hätte schon seit zehn Minuten weg sein müssen, seit 20. Aber sein Zeitgefühl funktionierte nicht mehr. Wie lange stand er hier schon? Am Imbiss von Günni Erdmann, vorbestraft wegen eines Verbrechens, das abscheulich war, und der seinen Laden »Schnodder« nannte, was noch abscheulicher war.

Er hat dich nicht geduzt, dachte Wendlandt. Dieser Robbi hatte ihn nicht geduzt. Der Bürgermeister erinnerte sich an keinen einzigen Satz, in dem sich der Mann aus dem *Lager* nicht respektvoll angehört hatte. Sogar höflich war er gewesen. Diese Art von Höflichkeit, die Wendlandt verstand und zu würdigen wusste. Weil er das Anrecht hatte, ernst genommen zu werden – auch von Schlaumeiern aus der Stadt, erst recht von denen, am meisten von denen. Wie ihn die Wortlebener Hohlköpfe behandelten, war ihm seit Langem gleichgültig – mit den bekannten Ausnahmen, die sich an einer Hand abzählen ließen.

31

»Die respektieren mich«, sagte Adolf Wendlandt mittags zu Anna.

»Ach! Sag bloß! Fremde Menschen akzeptieren dich, obwohl sie dich nicht kennen? Na, kein Wunder, dass du so verliebt guckst. Muss schön sein, das Gefühl.«

»Anna, bitte. Habe ich etwas zum Anziehen?«

»Natürlich hast du das. Was willst du denn anziehen? Anzug?«

»Also bitte. Wenn ich mich lächerlich machen will, dann gehe ich in den Buchladen und diskutiere mit Uwe über Literatur.«

»Oh ja, da möchte ich unbedingt dabei sein, falls es jemals dazu kommen sollte.«

»Wird es nicht. Denn sollte es gegen jede Erwartung passieren, würde zwei Tage später der Umzugswagen bei uns vorfahren.«

»Du verlässt mich für Uwe Süß?«

Er gab auf, wenn Anna einen ihrer Tage hatte, war nichts mit ihr anzufangen.

So lange hatte er seit vielen Jahren nicht mehr vor dem Schrank gestanden. Beim ersten Versuch hatte er die falschen Türen geöffnet. Kein Anzug, nichts für den Sportplatz, nichts, was Rudi Herbst tragen würde. Auf einmal kam ihm Ferdi Düver vors geistige Auge. Die Leidenschaft des Zimmermanns für Cord auf dem Bau und im Gemeinderat und beim sonntäglichen Essen im Ausflugslokal war einfallslos, aber auch genial: Ferdi hatte eine Sorge im Leben weniger. Unterm Strich hatte der Mann bestimmt nicht mehr als zwei Minuten am Stück vor dem Kleiderschrank gestanden – im Leben, nicht im Jahr.

Uwe Süß als Vorbild? Der Bürgermeister lächelte. Dann müsste er sich in einem großen Bogen an das *Lager* anschleichen, und bei seinem Glück würde er todsicher dem Buchhändler über den Weg laufen. Wendlandt hatte schon dümmere Kleidungsideen als den verschlampten Chic des Bücherwurms gesehen. Vielleicht würde Süß beim Anblick von Wendlandts abgekupferter Jackenwahl vor Glück einen Kreislaufkaspar bekommen, dann hätte sich das Risiko gelohnt.

Zuletzt stand er vor dem Schrank von Hannes. Keine 30 Sekunden später tauchte Anja im Türrahmen auf. Natürlich musste sie sich dort anlehnen, weil sie sonst vor Schwäche umgefallen wäre.

»Das verrate ich Hannes«, kündigte sie an.

»Während du das tust, solltest du immer an das Wort ›Taschengeld‹ denken.«

»Okay, war ein Scherz.«

»Du hast in deinem ganzen Leben noch nie einen guten Witz gemacht.«

»Das ist nicht wahr! Ich habe …«

»Hör zu. Ich weiß, dass ich es bedauern werde. Aber betrachte es als unverdiente Chance für dich.«

Sie riet ihm zu einer Hose, die weder nach Feldarbeit noch nach Gemeinderat aussah. Sie riet zu einem Oberhemd, das ihm zu groß war. »Das kaschiert.«

»Was kaschiert es?«

Sie wollte die Reizwörter nicht aussprechen, aber er ließ sie nicht vom Haken.

»Ich bin dick? Seit wann bin ich denn dick?«

»Nicht direkt dick.«

»Wie dick ist man, wenn man nicht direkt dick ist?«

»Man guckt eher hin. Wenn das Hemd weiter fällt, bist du aus dem Schneider. In Sicherheit, wenn du weißt, was ich …«

»Ich kann dir folgen. Stell dir vor.«

Hannes besaß 100 T-Shirts. Wendlandt hielt sich eines vor die Brust und legte es erschüttert weg. Bis heute hatte er in dem Irrtum gelebt, dass sein Ältester und er die gleiche Konfektionsgröße haben würden.

Er musterte Anja, sie sagte: »Jeder legt im Alter zu.«

»Aber mancher fängt schon mit 20 an zuzulegen.«

Er nannte aussagekräftige Beispiele, die Anja aus dem Ortsbild bekannt waren.

Sie sagte: »Wenn du Bürgermeister und Super-Bauer bist, darfst du eine Nummer größer tragen. Aber wenn du beruflich auf der Kippe stehst, das falsche Auto fährst und eine Frau hast, die glaubt, sie sieht jünger aus, nur weil sie Klamotten für mein Alter trägt, dann gibt dir jede kleine Modesünde todsicher den Rest.«

»Netter Versuch.«

Anja mischte sich ein. »In Modedingen solltest du auf meine Altersgruppe hören. Da kann dir Mutti nicht helfen.«

»Und wieso nicht?«

»Weil sie immer etwas aussuchen wird, von dem sie weiß, dass du es magst.«

»Verstehe ich nicht.«

»Ist doch klar, Mann! Sie ist nicht ehrlich zu dir.«

»Sie ist meine Frau.«

»Deshalb ist sie nicht ehrlich zu dir. Ihr habt noch dieses altmodische Verständnis. Den anderen bloß nicht überfordern. Und nicht verletzen. Immer auf Nummer sicher. Das kann ja nichts werden.«

»Ist doch bloß Modekram.«

»Dafür würden wir töten.«

»Weil ihr jung und dumm seid.«

»Und nebenbei regieren wir die Welt.«

»Das wüsste ich aber.«

»Sieh dich doch um. Natürlich nicht hier. Bei uns im Ort ist der Hund begraben. Du musst ins Netz gucken.«

»Ich kann mich gerade noch beherrschen.«

»Dann darfst du dich auch nicht beklagen, dass du wie Kalle der Clown rumläufst. Warum machst du überhaupt so einen Aufstand?«

»Dein Vater ist Bürgermeister von Wortleben. Bei uns entsteht ein neues Wohnviertel. Da tut sich einiges. 80 neue Häuser, vielleicht mehr. Sonst noch Fragen?«

»Das *Lager* ist nicht neu, das steht da schon seit einigen Jahren.«

»Aber am Anfang war es so klein, dass man es problemlos ignorieren konnte. Jetzt haben sie eine gewisse Größe erreicht, jetzt haben sie das Anrecht auf einen Besuch von höchster Stelle.«

»So musst du anfangen, dann hast du gleich bei denen verkackt. Mit Angebern können die nicht.«

»Und das weißt du woher? Du kennst dich da aus!? Du warst da schon? Ohne mich zu fragen?«

»Hallo, ich bin 16.«

»Zehn Jahre zu jung, um mitreden zu können. Du hast nicht zufällig einen Freund da drüben? Oder einen in Reserve?«

»Für mein Alter ist das Angebot da drüben erstaunlich dünn. Hat mich auch gewundert. Viele Kinder gibt's da drüben und dann wieder Studenten und diese Richtung. Plus Eltern, also jenseits Haltbarkeitsdatum. Du musst daher keine Angst haben, dass dein künftiger Schwiegersohn aus dem Lager kommt.«

»Du verstehst es, deinen alten Herrn zu trösten.«
»Mach ich doch gerne.«

In letzter Minute begann er darüber nachzudenken, ob es schlau wäre, mit dem Daimler vorzufahren. Einerseits macht man mit einem Daimler nichts falsch, außerdem zeigst du damit: Ich kann es mir leisten. Aber das schöne Gefühl verliert natürlich beträchtlich an Wert, wenn die im *Lager* anders ticken als vernünftige Leute. Wie groß ist die Wahrscheinlichkeit, dass einer, der Lastenrad fährt, auch Daimler fährt? Jedenfalls solang Daimler keine Lastenräder baut?

»Du hast dich seit zwei Minuten nicht mehr gerührt«, sagte Anna zu dem an der Tür stehenden Ehemann. »Hast du gerade einen Schlaganfall oder tüftelst du an einer neuen Gemeinheit gegen die Opposition?«

»Es ist komplizierter, als ich dachte, diese Einladung.«

»Fang bitte nicht wieder an, dein Lieblingsspiel zu spielen.«

»Ich mache keine Elefanten aus Mücken! Diese Behauptung wird auch durch endlose Wiederholung nicht wahrer.«

»Dann fahr rüber oder geh rüber, genieß die Zeit und nimm dir vor, keine Leute schlechtzumachen, die unsere neuen Nachbarn noch nie getroffen haben.«

»Und wenn ich damit meiner Verantwortung als Bürgermeister gerecht werde? Wenn ich ihnen damit einiges an Nerverei und Horror ersparen kann? Wie sehr wird sich ein normaler Mensch freuen, wenn er Rudi Herbst nicht kennenlernen muss? Oder ähnliche Kaliber. Nicht jeder Wortlebener ist vorzeigbar. Das ist traurig, aber wahr. Vor allem wahr.«

»Nicht jeder hält Buchhändler für die Ausgeburt des Teufels.«

»Wäre der Kerl ein kleiner Buchhändler, der nicht weiter auffällt, wäre er mir so was von egal. So egal wie Bücher. Aber er hält sich für einen Politiker, das ändert alles.«

»Unsere neuen Nachbarn freuen sich bestimmt, dass es einen Buchladen im Ort gibt.«

»Das ist eine meiner größeren Befürchtungen.«

»Dass sie Bücher lesen?«

»Nein. Dass sie beim Kauf eines Buchs mit ihm ins Gespräch kommen. Es fängt immer mit einem Gespräch an, selbst Ehen fangen manchmal mit einem Gespräch an. Und wenn man nicht rechtzeitig dazwischenschlägt, endet es mit der Unterschrift auf dem Parteiausweis.«

»Hast du mal daran gedacht, dass da drüben auch Kandidaten für deine Partei leben könnten?«

»Gedacht ja. Aber nur kurz und mit wenig Zuversicht. Wer so wohnt, wählt und denkt anders. Mal unterstellt, dass das unter Denken fällt, was die rote Truppe von Süß und unsere quakenden grünen Frösche verzapfen.«

»Sie sind jung, sie wollen erst noch erwachsen werden.«

»Ich bin über 50. Ich will nicht 20 Jahre warten, bis sie sich allein die Schuhe anziehen können.«

Nachdem er lange an der Haustür gestanden hatte, stand er danach lange am Wagen. Einiges sprach dafür, den Wagen zu nehmen, einiges sprach auch dagegen. Vor allem der Rückweg. Nicht wegen Angst vor einer Begegnung mit der Polizei. In Wortleben war er König. Für Wachtmeister Rebenmann wäre es der Schritt in die Frühpensionierung gewesen, sollte er sich erfrechen, dem Bürgermeister ans Bein zu pinkeln. Das war nicht nur eine Binsenweisheit, sie war vor allem dem Wachtmeister bekannt und nicht erst seit Kurzem. Die Erkenntnis, wen man anhalten darf, gerne auch häufiger als einmal und problemlos jeden Freitag und Samstag – die Liste konnte Rebenmann auf Kommando auswendig hersagen. Angeblich war diese Liste das erste Gedicht, das er in seinem Leben auswendig gelernt hatte, nachdem er während seiner Schulzeit mehrere Deutschlehrer erst zur Verzweiflung und danach in den Wahnsinn getrieben hatte.

Der Rückweg von einem geselligen Abend war für Adolf Wendlandt kein notwendiges Übel, sondern seit Langem ein Genuss, wenn er ihn zu Fuß zurücklegen konnte. Auch vor längeren Distanzen schreckte er nicht zurück, wenn er – bis zum Kern durchwärmt von gutem Essen und bekömmlicher flüssiger Nahrung – durch die stille Nacht marschierte. In diesen Minuten und Viertelstunden kam er jedes Mal ganz zu sich selbst. Das gerade Erlebte ließ er Revue passieren, die Momentaufnahmen des Abends standen noch frisch vor seinem geistigen Auge. Und erst der Marsch durch Wortleben! Nie war ihm seine Heimat so nahe wie nachts. Die Beleuchtung war sparsam, wenn auch vorhanden. Selbst der großkotzigen Befeuerung des Kloster-Komplexes wusste er dann etwas abzugewinnen, was bei Tageslicht nie vorkam.

Natürlich wirkten die Schaufenster von *Segler & Segler* kalt und abschreckend. Bei dieser Beleuchtung und Dekoration dachte Wendlandt eher an radioaktives Material als an die neueste Talentprobe des Schaufensterdekorateurs, den sich Erwin Segler unverdrossen leistete, obwohl eine Zwei im Schulzeugnis für Kunst nicht das gleiche ist wie die Fähigkeit, in schwerblütigen Wortlebenern die Gier nach Konsum wach zu kitzeln.

Aber auch das durfte sein. Hier konnte sich jeder nach Herzenslust blamieren. Und die meisten Geschäftsleute machten von dieser Möglichkeit traditionell regen Gebrauch. Wendlandt liebte die Schaufenster, an denen er nachts vorbeikam. In den Knochen hatte er dann Nahrung und Getränke, im Herzen das Bedürfnis, großzügig und milde zu sein. Natürlich war das nur möglich, wenn er sicher sein konnte, dass er einige Stunden später wieder den traditionellen Raufbold herauskehren würde. Ständig milde und bereit zur Vergebung – so stellte er sich die Hölle vor. Oder die Hölle auf Erden, die sich unter dem Sammelbegriff »Kirche« eingebürgert hat. Aber das behielt er klugerweise für sich, denn die spiddeligen Pastoren hatten sich als erstaunlich empfindlich erwiesen. Keine andere Branche war so leicht eingeschnappt. Wäre Uwe Süß vom Typ her pastoral, würden sie in diesen Tagen die fünfte Wiederkehr seines Begräbnistermins feiern.

Vielleicht war das eine der zwei bis drei Eigenschaften an ihm, mit der zu leben dem Bürgermeister einigermaßen leichtfiel. Süß vertrug einiges – besonders in den Bereichen Leidensfähigkeit, Niederlagen wegstecken sowie Komplotte aussitzen. Der Mann war sogar bereit und fähig, nach Niederlagen, die andere zum Weinen gebracht hätten, einen kleinen *Flieger* zu spendieren – wohl wissend, dass es bei einer einzigen Landung nicht bleiben würde und dass sich auch alle folgenden Landungen am Ende auf seinem eigenen Zettel wiederfinden würden. Vom Wirt der *Dohle* wusste Wendlandt, dass die Zahl der *Flieger* und die Zahl der Striche nicht so deckungsgleich sein mussten, wie man es als Gast seriöser Etablissements gewohnt ist.

Das war an sich kein feiner Zug. Wäre nicht der Buchhändler der Leidtragende gewesen, hätte Wendlandt das Geständnis des Wirts zu seinem Vorteil genutzt. Aber es traf ja keinen Armen. Jemand, der berufliche Zufriedenheit aus der Fähigkeit bezieht, Bücher in Geschenkpapier einzuwickeln, soll keine Ansprüche stellen. Das tat Süß ja auch nicht. Allerdings wurde Wendlandt in manchen Momenten den Verdacht nicht los, dass der Bücherwurm das Behumpsen seit Langem durchschaut haben könnte und trotzdem Abend für Abend die Schuld beglich.

32

Weil er jeden Winkel kannte, war es für Wendlandt kein Problem, die wenigen niederschmetternden Straßen und Gassen zu meiden. Aber nachts besaß sogar die Wurstfabrik einen gewissen Reiz. Er mochte Fabriken und Werkstätten und Hallen – auch von außen, sogar von außen. Alles, was für sachliche Zwecke errichtet wurde, respektierte er. Solche Anblicke empfand er als schön – die Qualität einer Mentalität, die handwerkliche Arbeit und körperliche Anstrengung schätzt. In seiner eigenen Berufsgruppe nahm die Zahl der Landwirte zu, die von der angeblichen technischen Revolution auf dem Acker schwärmte. Er kannte Kollegen, die sich freuten, wenn sie abends flüchtig die Hände waschen und nicht fünf Minuten mit Schrubben verbringen mussten. Für Wendlandt waren solche Tage der Beweis, nicht genug gearbeitet zu haben.

Und da war er, der erste Igel der Nacht. Ein schönes Ritual und jedes Mal die Verwunderung darüber, wie fix ein Kerl mit so kurzen Beinchen unterwegs sein kann. Er traf auch Katzen und kleinere Lebewesen, die manche Menschen für Ungeziefer halten. Nicht selten war er Mardern begegnet und natürlich Uns Uwe, dem gedrungenen Köter, Ansammlung von einem Dutzend Rassen, der nachts raus musste, weil er sonst begann, die Wohnung vollzustrullen. Uns Uwe hatte sich angewöhnt, die kompletten Nächte draußen zu verbringen. Erst bei Frost ließ er von diesem Spleen ab – aber leider nicht vom Strullen. Der Köter konnte jeden Tag drei Kreuze machen, dass er noch am Leben war.

Tochter Anja hatte sich beschwert, weil das *Lager* nicht auch die Frau des Bürgermeisters eingeladen hatte.

»Das kommt noch«, hatte Wendlandt erwidert. Und auch Anna hatte glaubwürdig klargemacht, dass sie mit dieser Praxis gut leben konnte. »Theatralisch« – das war ihre Bezeichnung gewesen, als sie in grauer Vorzeit ihren Mann zur Einladung bei dem damals neu zugezogenen praktischen Arzt begleitet hatte. Natürlich hatte sich Wendlandt gegen diese Wortwahl verwahrt, natürlich hatte sie recht gehabt. Premieren waren nicht Wendlandts Stärke. Selbst die erste Verabredung mit der blutjungen und bildschönen Anna hatte er vermasselt. Wäre es nicht unmöglich gewesen, hätte er stets mit der zweiten Verabredung begonnen.

Denn beim ersten Mal war so viel zu beachten! Und so viel zu sehen! Zu hören! Zu erkennen! In den Griff zu kriegen – eine vertraute Person an der Seite konnte da nur stören. Solo fühlte er sich wohler, als Solist war er besser.

Als er vor sechs Stunden aus dem Daimler gestiegen war, hatte er es genossen. Dann galt es zu überlegen, ob er den Wagen abschließen sollte. Konnte das als Misstrauen ausgelegt werden? Würde man es ablehnen, ihn zu bedauern, wenn ein Einbrecher den offenen Wagen klauen würde? Es musste gar kein Nachbar sein, einfach ein Dieb.

Bevor er beginnen konnte, sich zielstrebig in ein lähmendes Remis zu manövrieren, hörte er den Ruf: »Ums Haus rum!«

Robbi hatte gerufen, Robbi steckte im Loch fest. Eine Frau und ein Mann sahen ihm dabei zu. Sie waren zweckdienlich für Erdarbeiten mit Anfall von Schmutz gekleidet. Oder wie Bauern sagen: für Erde und Land und das, was zählt und die Grundlage von allem ist.

Die Frau sah zu, wie Adolf Wendlandt auf sie zukam, sie verfolgte jeden Schritt. Er dachte: Guck genau hin, dein Leben verändert sich gerade. Er fand das komisch. Das war der Grund, warum er lächelte. Als er vor ihr stand, war noch ein Restlächeln in seinem Gesicht.

»Willkommen«, sagte sie. Eines seiner Lieblingsworte. Jedes Mal, wenn er es hörte, wurde ihm bewusst, wie lange er es nicht gehört hatte. Willkommen! Du kommst zu einem fremden Menschen, und er verspürt nicht den Wunsch, vor dir auszuspucken. Gute Frau, eher frech als sanft. Eher clever als schlicht.

Sie mühten sich mit einem Wasseranschluss ab, er kam von der Straße und wollte wohl ins Haus, jedenfalls aufs Grundstück. Das Problem war die Verbindung, der Anschluss. Wie im Leben, nur in der Erde. Robbi sah aus wie ein Schwein, er war am passendsten von allen angezogen. Der zweite Mann sah aus wie ein adretter Büroarbeiter. Man verspürte den Wunsch, ihn aus Versehen zu berühren und dann: Huch! Das tut mir jetzt aber leid! Ich habe Sie mit Schlamm / Erde / Schmutz bekleckert.

Wendlandt blickte ins Loch, sah genau hin: »Geh mal weg da.«

»Was? Aber nein, so waren wir nicht ...«

Weil er auf Ansagen nicht reagierte, scheuchte ihn Wendlandt mit dem Arm fort. Man half Robbi in die Höhe.

Als Wendlandt im Loch stand, hielt die Frau eine Hand vor den Mund. Er wusste nicht, ob vor Schreck oder aus Amüsement. Der fremde Bürotyp blieb nichtssagend wie zu Beginn. Vielleicht auch vielsagend, den Unterschied hatte Wendlandt nie begriffen. Dieser Mann störte nicht, aber er hätte genauso gut fehlen können. Bei erstmaligen Begegnungen war Wendlandt empfindsam wie sonst nie. Nicht empfindlich, sondern empfindsam. Er nahm mehr wahr und überschaute alles.

Längst waren die Ärmel hochgekrempelt, fast war er schon zu Hause. Das ging schneller als erwartet und insgeheim erhofft.

Die beiden Rohre lagen nicht auf gleicher Höhe. Die Differenz war nicht dramatisch, aber zu viel, wenn es um eine Verbindung geht, die halten soll. Mit Erde kannst du das für den Moment ausgleichen, aber sie ist nach dem zweiten Wolkenbruch weggewaschen, lass es den dritten sein.

Während er arbeitete, freute er sich. Er musste nicht irgendein undefinierbares Trallala angaffen und sich mit gewagten Vermutungen über die Funktion von neumodischer Technik blamieren. Er konnte sofort die volle Ladung jahrzehntelanger Erfahrung auspacken und fühlte sich auf vertrautem Terrain. Man stellte ihm die richtigen Fragen, weil die Leute aus dem *Lager* nicht ganz dumm waren, aber nicht allwissend, sodass er in den luftleeren Raum hineingrätschen und ihn mit Information bis zum Eichstrich anfüllen konnte.

»Holz«, sagte Wendlandt. »Besser ist Stein. Kein Holz. Zwei Steine. Ich muss kanten und sichern. Habt ihr so was?«

»Nichts haben wir in größeren Mengen als Steine«, entgegnete Robbi. »Höchstens Hunger.«

Er baute, sicherte, schlug, rüttelte und von vorn. Er forderte Wasser, irgendwo legte Robbi einen Hebel um oder drehte an einem Rad.

Wendlandt lauschte. Sie erkannten, dass er lauschte, und niemand sagte ein Wort.

»Hält«, sagte Wendlandt. »Lasst noch einen Fachmann draufgucken. Aber hiermit kommt ihr über die nächsten Tage.«

Sie blickten sich an.

Wendlandt sagte: »Was?«

»Sie sagen, ein Fachmann soll kommen.«

»Und?«

»Das ist doch Unsinn. Was soll der besser können und besser machen?«

»Wenn du so direkt fragst …«

Dann stand der Schmutzfink vor Wendlandt. Der Mann im Graben und der kleine Schmutzfink oben am Rand.

»Ich hab dich«, tönte der Schmutzfink und schwang sein kleines Schwert. »Du bist mein Gefangener.«

»Du machst einen Fehler.«

»Ich bin der Rächer. Ich mache nie Fehler.«

»Du musst deine Gefangenen erst fesseln, bevor du so mit ihnen redest.«

»Wozu? Was ist dann anders?«

Im nächsten Moment hing der Schmutzfink kopfüber in den Fängen des Gefangenen.

»Das ist anders«, sagte der. »Er hat beide Arme frei. Das ist immer schlecht.«

Je eine Hand hielt ein Bein am Knöchel, er schwenkte den Rächer, der nicht mehr das Bedürfnis verspürte, große Reden zu schwingen.

»Kann mir das mal einer abnehmen?«

Der nichtssagende Mann nahm den Schmutzfink entgegen.

Robbi hielt einen Arm hin, Wendlandt federte aus dem Loch und dachte: Es gibt dich vielleicht doch, Gott. Wenn das jetzt gerade schiefgegangen wäre …

Der Rest war ein Kinderspiel. Eine Handvoll Stunden als Kinderspiel. So viel Zeit hatte er mit hochgekrempelten Hemdärmeln in Annas Gegenwart lange nicht mehr verbracht.

So viele Gesichter, so viele Namen. So viel Kommen und Gehen und ein harter Kern von vier oder fünf, mit denen es vertraut wurde. Der Gast musste mehr Fragen beantworten als Fragen stellen. Zeitweise musste er darum kämpfen, fragen zu dürfen. Er lernte so viel, und so viel hörte er zum ersten Mal. Es war wie jedes Mal: Seine Offenheit und Unverfrorenheit wurden zu seinen besten Helfern. Wendlandt war nicht der Typ, dessen Fragen man überhörte oder geringschätzte. Aber es lief alles so ernsthaft ab. Nicht steif und förmlich, woher denn. Aber er war umzingelt von wildfremden Menschen, von denen mit einer Ausnahme jeder sein Kind sein konnte, und alle hörten zu, erzählten auch selbst.

Nebenbei fiel reichlich Erkenntnis ab. Die Mischung aus Studierten und Gelernten entzückte den Gast. Angelesen, ausprobiert, gescheitert, nicht aufgegeben. Acht Monate durch den Norden und Osten der Republik gefahren, um den Ort zu finden, der die Mehrheit entzücken würde. Immer eingedenk der Pfeiler: ein Bahnhof in der Nähe, ein Krankenhaus in der Nähe, eine Stadt mit 15.000 Einwohnern in der Nähe angenehm, öffentlicher Nahverkehr wenigstens in Ansätzen, auf die man eine bessere Struktur aufsetzen kann. Natürlich bezahlbar. Obwohl Geld nicht das größte Problem war – das wurde so explizit niemals gesagt, aber der Gast hörte es heraus, weil er damit Erfahrung besaß.

Er machte eine Runde, für ihn die erste seit Bestehen des

neuen Quartiers, was er so deutlich nicht ausdrückte. Er sah zwei Häuser von innen, das von Robbi und eins, für das Robbi die Schlüssel dabeihatte. Der Gast entdeckte nichts, was ihn schockierte oder ernüchterte. Das meiste war nicht sein Stil, aber er war in seinem Leben keine Minute hochmütig gewesen, weil ihm ein Sofa, eine Schrankwand oder ein Bodenbelag nicht gefallen hatten. Er war ein Bauer, niemand sollte ihm hineinreden, und er wollte niemandem hineinreden.

Ihm blickte weniger Geld entgegen, als er befürchtet hatte. Am meisten überraschten ihn die Bilder. Wo waren die guten alten Schinken in schweren Rahmen hingekommen, mit denen man zwei Tage heizen konnte? Er sah mehr Plakate als Gemälde. Er sah eine große Wand, gespickt mit Fotografien hinter Glas, die kaum kleiner als A4 waren. Er schätzte 15 mal 20. Ein Anblick, der ihn spontan in die Flucht schlug, sodass er der Wand den Rücken zukehren musste. Aber man blieb hier noch einige Minuten, am Ende nahm er die Herausforderung an. Die anderen mussten warten und freuten sich drüber. Die Wand war ein Fußballspiel: von den ersten ankommenden Zuschauern über beide Halbzeiten, die Pause mit Bier und Wurst, der Abmarsch. Kaum ein Bild, auf dem die Spieler die Helden waren.

»Ihr müsst entschuldigen«, murmelte Wendlandt.

»Wir könnten«, entgegnete die freche Frau, »aber wir tun es nicht. Weil es nichts zu entschuldigen gibt. Wenn wir Frieder erzählen, wie du reagiert hast, kommst du auf seine Weihnachtsliste.«

»Muss ich mich davor fürchten?«

»Jedes Jahr ein Original von einem der zehn größten Knipser, die zurzeit in Deutschland rumlaufen. Angst?«

»Das überlebe ich.«

Dann kam das Essen auf den Tisch. Kein Grill im Garten, alles aus der Küche. Aus jedem Dorf ein Köter. Keine Chance für grundsätzliche Ablehnung und zwei Entdeckungen. Ein Salat, dessen mögliche Existenz er bestritten hätte; und etwas Fernöstliches, das das Kunststück fertigbrachte, gleichzeitig scharf und süß zu schmecken.

»Gebt es zu: Hier laufen Profiköche rum.«

»Habt ihr so was drüben nicht?«

»Wir haben einen fetttriefenden Currymann in Sibirien. Sibirien ist da, wo es pausenlos zieht. Wir haben zwei Gasthöfe, sie haben uns darauf dressiert, ihre Speisekarte zu verdauen. Und etwas entfernt eine Sause für den Sommer. Radfahrer, Heideblüte, Hochzeiten, Betriebsausflüge, diese Richtung. Falls unter euch Stadtkinder sind: Nein, die Heide blüht nicht das ganze Jahr. Im Spätsommer einige Wochen, über mehr lässt sie nicht mit sich reden.«

»Wieder ein Traum weniger«, seufzte ein Mann. Es gab niemanden, der sich nicht vorgestellt hatte. Es gab nur einen, der sich nicht alle Namen merken konnte.

Mit Nachtisch hatten sie es nicht so sehr, keine Spur von Pudding. Dafür Kuchen und Kuchenverwandtes bis zum Abwinken. Nichts davon sah aus, als habe es heute Morgen noch in der Kühltruhe gelegen. Einiges brachte es nur zu Keksgröße, das waren nicht die schlechtesten Überraschungen.

»Ihr habt es wirklich drauf«, sagte der Bürgermeister kauend.

»Was hast du erwartet?«

»Weiß gar nicht. Nichts Konkretes. Auf jeden Fall Premieren für mich. Und mit Premieren ist das ja manchmal so eine Sache.«

Sein Humor kam an, noch eine Erleichterung. Aus teilweise sehr zwiespältiger Erfahrung wusste er um seine Neigung, aus Unsicherheit beim Humor zwei Gänge höher zu schalten. Diese beiden neuen Gänge kamen bei den Zuhörern nicht zwangsläufig als besserer Humor an. In der Vergangenheit hatten schon Menschen den Raum verlassen, wenn der Bürgermeister aus dem Vollen geschöpft hatte. Leider schieden sie nicht schweigend, sondern unter Zurücklassen von Kommentaren wie »Das muss ich mir nicht antun« und »Es gibt Grenzen«.

Die Informationen, um die sich natürlich alles drehte, fielen nun in größerer Zahl an. Der Gast genoss, wie beiläufig das geschah. In den Kreisen, in denen er verkehrte, wurde beim Wechsel der Themen und Stimmung jedes Mal ein imaginärer Hebel umgelegt, der alles veränderte. Man musste konzentrierter sitzen, durfte nebenbei nicht essen, nicht mal die Fingernägel inspizieren, selbst wenn es die eigenen waren. Alles an einem musste Zuwendung signalisieren, ab jetzt waren nur noch todernste sachliche Fragen gestattet. Hier lief es verblüffend lässig ab, ohne dass dadurch die wichtigen Stichworte unter den Tisch rutschten. Alles kam zur Sprache und auf den Tisch. Der Gast fand es nur zehn Minuten gewöhnungsbedürftig, nicht pausenlos das Wort ergreifen zu wollen. Eigentlich wusste er nicht, woran das lag: Redeten die anderen so deutlich und erschöpfend vollständig, dass sich viele Fragen im Vorfeld erledigten? Redeten sie über Themen, die den Gast gar nicht interessierten? Das war es nicht, Wendlandt war neugierig auf Menschen und ihre Projekte – jedenfalls solang es nicht um die Buchbranche ging.

Und er war sofort dabei, als Robbi nach dem Kaffee die Bereitschaft abfragte, noch einmal zwei Häuser weiter zu gehen.

Der Gast war auf Privatheit eingestellt, hielt auch den Anstieg von Privatheit nicht für ausgeschlossen. Die Müden scheiden aus, der harte Kern legt einen Zahn zu, der Alkoholgrad der Getränke nimmt zu. Aber dann stand er in dem Saal, der sich in einem Gebäude befand, das von außen wie ein Wohnhaus ausgesehen hatte. Jetzt hatte er das Gefühl, in einem dieser Seminarhäuser zu stehen, in denen die Parteigremien von Bezirksebene aufwärts traditionell ihre großen Ratschläge und kleinen Kompromisse auszuknobeln pflegten. Als wäre die Atmosphäre einer Jugendherberge für die politische Fantasie förderlich.

Die Vorliebe für Holz in großen Mengen war für den Gast nicht neu. Aber nirgends wurde es richtig piefig. Der Gast suchte sorgfältig und wurde nicht fündig.

»Hier wird gedacht«, sagte Robbi. »Hier ist Bohren in den Ohren ausdrücklich gestattet.«

»Popeln?«

Mit einer Hand machte er eine aufklärende Geste, indem er die Hand hin und her drehte. Ein Mixer sieht so aus.

»Hier kann sich jeder ausbreiten, so breit er mag«, sagte die freche Frau. Ihr Name war übrigens Greta. In den ersten Viertelstunden hätte der Gast dazu eine Bemerkung gemacht. Jetzt war er froh, es unterlassen zu haben.

Angeblich traf man sich hier, wenn kleine Kreise das geeignete Forum waren. In den deckenhohen Regalen war noch viel Platz. Auf zwei breiten Tischen ruhten vier zugeklappte Laptops. Angeblich stand es jedem frei, seinen privaten Rechner mitzubringen. Angeblich hatten die schulpflichtigen Kinder den Raum noch in der ersten Woche entdeckt und besetzt.

»Ob du es glaubst oder nicht: Sie sind ruhiger, wenn sie hier arbeiten«, sagte Greta. »Als wenn der Raum ihnen nahelegt, nicht über Tische und Bänke zu springen.«

»Nett«, sagte der Gast.

»Das ist eines unserer beiden Gemeinschaftsgebäude. Nebenan läuft noch der Rest vom Ausbau.«

»So viele Kinder gibt es hier?«

»Gibt es nicht immer zu wenig Kinder?«

So! Das war einer dieser Momente, vor denen sich der Gast im Vorfeld gefürchtet hatte.

Die freche Greta lachte. »Sag's ruhig. Sie sind dir zu laut.«

»Angeblich sollen solche Momente vorkommen.«

»Sehr höflich untertrieben. Aber nein. Hier wollen wir unsere neuen Bewohner unterbringen.«

»Ihr habt noch nicht die ... ich meine, ihr seid noch nicht vollzählig?«

»Alles noch Aufbauphase.«

»Wann seid ihr denn ... vollständig?«

Er hatte »vollzählig« sagen wollen, aber jetzt war es zu spät.

»Das ist das Prinzip hinter allem«, sagte Robbi. Der Gast war bereit zu hören. Aber es kam nichts mehr.

Bis Greta sagte: »Ich konnte mir auch ein Kino vorstellen. Aber mir fehlte die Mehrheit.«

»Okay«, sagte der Gast. »Noch einmal zum Mitschreiben.«

»Es geht um die kollektive Nutzung«, sagte einer der später dazu gestoßenen Bewohner. Sein Name war Bernd, vielleicht auch Bert. Er hatte die enervierende Angewohnheit, sich mitten im Satz zur Seite zu beugen oder den Kopf zu senken, sodass oft ein Zweifel blieb. Das ärgerte den Bürgermeister. Er liebte die klare Sprache, im Lauf der Zeit hatte er seine Kadetten zu deutlicher Aussprache erzogen, vor allem zu lauter Aussprache. In den Kreisen der Opposition kursierte die Theorie, dass das Hörvermögen des Bürgermeisters seinen Höhepunkt wohl überschritten habe und man sich auf die anstrengenden, aber unvermeidlichen Jahre bis zum Kauf eines Hörgeräts einstellen müsse. Aber in der Opposition kursierten dermaßen viele aberwitzige Meinungen, besonders politische Vorstellungen, dass Wendlandt darauf verzichtete, jedes Mal darauf einzugehen. Insgeheim war er stolz darauf, dass er über die vielleicht deutlichsten Ratsmitglieder im gesamten Bundesland verfügte. Sogar Rudi Herbst von den Roten, der immer flüsterte, wenn die Diskussion hitzig wurde, hatte sich einem harten Training unterzogen, und der Tag war abzusehen, an dem er endlich Zimmerlautstärke erreichen würde. Das machte den Kerl nicht sympathischer, aber man verstand immerhin besser, was man nicht hören wollte.

Nicht zum ersten Mal rettete Robbi die Situation: »Wir haben uns für Gemeinschaftsbereiche entschieden, leider nicht zu Beginn der Bauarbeiten, sondern erst im Verlauf. Da waren die ersten Wände gezogen und somit Fakten geschaffen worden, und wir mussten drum herumplanen.«

»Vielleicht ist das Kino noch nicht gestorben«, sagte Greta. Der Blick, den sie Robbi zuwarf, teilte dem Gast mit, dass im Lager nicht zwischen allen Bewohnern eitel Sonnenschein herrschte. Seltsamerweise beruhigte ihn das, dabei hatte er sich gar keine total harmonische Gemeinschaft vorgestellt. Doch dass bei zahlreichen besser gebildeten Kadetten einige Themen ausfallen würden, mit denen er sich sein politisches Leben lang herumplagen musste, davon war er doch ausgegangen.

Dass angeblich kein Wohnhaus mehr als 120 Quadratmeter groß war, kaufte er ihnen nicht ab. Erst meldete nur sein Gesicht Zweifel an, dann begann er, das Zentrum, um das er gedanklich kreiste, so ungelenk zu umschiffen, dass sie es ihm auf den Kopf zusagten.

»Aber warum denn bloß?«, fragte er mit leichter Verzweiflung. »Deshalb zieht man doch aufs Land: weil man da mehr Auslauf hat. Und weil man mehr Wohnraum für sein Geld bekommt.«

»Wir haben viel Auslauf«, sagte Bert oder Bernd. Seine unmotivierte Armbewegung war so rätselhaft wie seine Aussprache.

»Der Garten«, übersetzte Greta. »Der Rasen.«

»Wir haben nicht nur Rasen«, stellte Bernd klar.

»Ja, logisch«, entgegnete Greta. Ihre Worte drückten Zustimmung aus, ihre Mimik das Gegenteil. Einen Moment fühlte sich der Gast an die Holde des Buchhändlers erinnert. Die besaß ebenfalls die Neigung, mit Worten und Gestik zeitgleich verschiedene Instrumente zu spielen. Bei ihrem Uwe erzeugte sie damit offensichtlich nicht jedes Mal ungeteilte Freude. Bisweilen wirkte er dann wie die Katze, die es donnern hört.

Einen Augenblick ging es um den Nährwert von herkömmlichem Zierrasen. Greta hätte es wohl lieber gesehen, wenn so ein Rasen auf dem Index gelandet wäre. Doch angeblich war die Elternfraktion zahlenmäßig so stark, dass sie eine Spielfläche für ihre Brut erstritten hatte.

»Man kann es mit Abstimmungen auch übertreiben«, knurrte Greta. Mit einem Schlag betrachtete der Gast diese Frau mit neuen Augen. Auf dem Rückweg in den Ort fiel ihm diese Szene wieder ein. Die Studierten hatten es offensichtlich auch nicht leicht, vor allem nicht, wenn mehrere von gleicher Fellfärbung auf einem Haufen lebten.

Jetzt hätte Wendlandt nur noch herausfinden müssen, dass sich selbst die alten Klostermädchen hinter ihren dicken Mauern nach Leibeskräften beharkten, dann wäre nicht länger zu leugnen gewesen, dass er sich doch nicht ganz so perfekt mit dem hiesigen Menschenschlag auskannte.

33

Beim Frühstück fielen sie über ihn her wie die Fliegen über das plattgefahrene Karnickel. Anna und Anja, selbst Achim Japp legte seine sonstige Zurückhaltung ab. So schön Adolf Wendlandt es fand, dass der Bengel ausnahmsweise nicht still in der Runde saß und immer so vielsagend aussah, als würde sich hinter seiner faltenlosen Stirn dies und das und möglicherweise Unerhörtes ereignen.

Er warf der Meute einen Brocken hin: »War nett.«

»Ach komm«, sagte Anja. »Das kannst du besser. Wie nett?«

»Meine Güte, wir haben nicht die Revolution geplant, sondern zusammengesessen, einen Bissen gegessen, ein Glas getrunken.«

Die Frauen blickten sich an, seufzend rettete er sich in den Verzehr eines weiteren Spiegeleis mit der Laufnummer 4. Er konnte sich nicht an den Gedanken gewöhnen, dass er jeden Morgen, der auf einen langen Abend folgte, an den sich manchmal eine halbe Nacht angeschlossen hatte, exakt die Zahl von Spiegeleiern auf seinem Teller vorfand, nach der alles in ihm verlangte: Geist und Hirn und Magen und Heißhunger. Seit Jahren ging das schon so, seit vielen Jahren.

»Was guckst du?«, fragte Anna.

»Ich mache mir Gedanken.«

»Sag bloß! Worüber?«

»Über meine Frau.«

»Ach ja?«

»Dass sie vielleicht eine Hexe ist.«

»Darüber denkst du nach? Wie kommst du auf diesen Gedanken?«

»Du weißt zu viel.«

»Ich bin eine kleine Mittelschülerin, weißt du nicht mehr?«

»Da waren wir jung und dumm. Aber ich war schon damals dümmer als du.«

Anja wurde ihrem Ruf gerecht, als sie sagte: »Mami, ist Vati krank?«

»Ruhe! Sonst Stress.«

»Adolf Wendlandt, wenn du einen deiner Ausflüge in die Nachbarschaft machst, brauchst du am nächsten Morgen eine Stärkung. Dafür ist kein Geheimwissen nötig, dafür muss man dich lediglich kennen.«

»Was bei dir der Fall ist.«

»Was bei mir der Fall ist. Noch Nachschlag?«

»Ach ja, eines geht wohl noch.«

»Erwachsene!«, knurrte Anja, hob ihre heute besonders dicken Brauen an und drückte sich nicht ohne Mühe in die Senkrechte.

»Wenn mich einer sucht, ich bin in der Schule«, murmelte sie.

Ihr Vater sagte: »Ich kann mir einfach nicht vorstellen, wie sie das Berufsleben überstehen will.«

»Du solltest dir keine Sorgen um Anja machen, sondern um das Berufsleben.«

»Du meinst, ihren späteren Chef.«

»Den. Und dessen Frau. Und alle Kollegen.«

Der Morgen hatte zauberhaft begonnen, fünf Minuten nach Betreten des Rathauses begannen die Niederungen des Alltags.

»Oha, unser allseits verehrter Herr Bürgermeister. Erquickung unserer Augen und Herausforderung unserer intellektuellen Leistungsgrenzen!«

»Ein Kniefall reicht vollkommen. Danach sieh zu, dass du weiterkommst.«

»Ich habe einen Termin.«

»Ist nicht wahr! Was hast du dem Unglücksraben zahlen müssen, damit er dir zwei Jahre nach deinem letzten Termin schon wieder dieses erquickende Gefühl verschafft?«

»Wenn ich Sehnsucht nach einem Gefühl habe, gehe ich zu meiner Frau.«

»Die fünf Minuten wird sie als gehorsame Ehefrau überstehen.«

Es geschah nicht oft, dass die Männer über das gleiche lachten. Aber sich Vera als gehorsame Gattin vorzustellen, war wirklich komisch.

Uwe Süß sagte: »Ich muss zu Frau Grühn.«

»Wie sagen wir?«

»Zu Frau Grühn mit H.«

»Geht doch.«

»Du kannst deiner Sekretärin nicht vorwerfen, dass ihr Name so klingt wie eine politische Partei, die 20 Jahre jünger ist als sie.«

»Genauso solltest du ihr das erklären. Dann gib ihr eine Minute, um nachzurechnen, und dann schütze deine Weichteile, auf die sie nämlich zielen wird.«

Süß erfragte das Geburtsdatum der Sekretärin, das Wendlandt wie aus der Pistole geschossen ablieferte.

»Der berühmte Sinn für Zahlen«, sagte Süß als vergiftetes Kompliment. »Politisch ein Neandertaler, aber mit Zahlen fit wie ein Turnschuh.«

»Diese Zahlen würdest du dir auch merken, solltest du jemals im Leben ein Fitzelchen politische und damit auch personelle Verantwortung tragen dürfen.«

»Nach der nächsten Wahl sprechen wir uns wieder.«

»Nach der nächsten Wahl wirst du dich wieder zwei Tage krankmelden. Wie nach der letzten Wahl. Ich erkenne da ein Muster, du auch?«

»Und wie war's gestern so? Habt ihr dieselbe Sprache gesprochen?«

»Woher weißt du das schon wieder? Wer konnte da seinen Urin nicht halten?«

»Hier ist Wortleben. Hier gibt es keine Geheimnisse.«

»Träum weiter. Hier könnten Außerirdische leben und du würdest es nicht erfahren. Jedenfalls dann nicht, wenn ich das anordne.«

»Manch einer hält dich für einen Außerirdischen.«

»Daran erkennst du die mit Hauptschulabschluss.«

»Pfui, Bürgermeister.«

»Du lächelst, ich sehe das! Jetzt versuchst du, es zu unterdrücken, dann siehst du immer besonders dusslig aus.«

Eine Tür wurde geöffnet, es erschien Frau Grühn, ungekrönte Königin des Wortlebener Rathauses.

»Du hast noch zwei Minuten«, sagte sie.

Uwe Süß machte sich auf den Weg, sein Ziel lag keine zwei Atemzüge entfernt. In seiner Jackentasche spürte er die Minipackung *Toblerone*. Umsonst ist der Tod, aber nicht Käthe Grühn. Mit H.

Bis zehn hatten alle durchgerufen, mit denen zu rechnen war. Wäre ihm das Schreiben leichter gefallen, hätte er vier elektronische Sätze auf die Rundreise geschickt. Die Vorstellung, seine Verlautbarungen schriftlich in die Welt zu entlassen, entfaltete für ihn einen ganz eigenen Reiz. Aber man muss der Typ dafür sein.

Seine Auskünfte hielt er kurz und betont sachlich, obwohl die meisten Kollegen nach Anekdoten gierten. Die schlichtesten Charaktere wären mit Anekdoten zufrieden gewesen.

»Keine Brandfackeln«, sagte Wendlandt. »Keine zerschnittenen Kabel. Sie haben eine Chance verdient.«

»Aber niemand kennt sie, sie könnten von sonst woher kommen. Wollen wir das Risiko wirklich eingehen?«

»Wie gesagt, faire Chance.«

Wie das Essen war, was es zu trinken gab. Ob sofort nachgeschenkt wurde oder ob man mit dem leeren Glas vor ihrem Gesicht herumwedeln musste. Wie gut aussehend die Frauen waren. Jung? Drall? Vielversprechend? Kleine Kinder, freche Kinder, niedliche Kinder, leise Kinder. Inneneinrichtung, Berufe, Verdienst, Parteizugehörigkeit. Bei dieser Frage wurde Wendlandt erstmals bewusst, dass er nicht nur danach nicht gefragt hatte. Er hatte nicht einmal daran gedacht, danach zu fragen. Fast jeder fragte nach dem Preis der Häuser, einige fragten nach der Quadratmeterzahl, davon kam man aber wieder ab, vor allem kam Wendlandt davon ab. Danach die essenziellen Themen: Autos, ein, zwei oder mehr. Benziner, Diesel, Hybrid, E. Gibt es Ladesäulen? Garage oder Carport. Ordentliche Bepflanzung oder orientalisches Gedöns. Viehzeug: okay oder sicherheitshalber ein Anruf bei der Tierpolizei.

»Manfred Mewes, es gibt keine Tierpolizei, das habe ich dir 50-mal erklärt. Nur weil dich mal ein Köter schief angeguckt hat, müssen wir nicht sämtliche Hunde abschießen oder einsperren.«

»Nur die, die so gucken.«

»Auch die nicht. Es ist ganz normal, dass einen mal ein Köter schief anguckt.«

»Mich guckt jeden zweiten Tag einer an, als ob er sich gerade etwas vorstellt, was mir sehr wehtun wird.«

»Sie beißen nicht in deinen mageren Hintern, jedenfalls

nicht alle. Oder höchstens einmal. Danach wenden sie sich den fleischigeren Teilen zu.«

»Du meinst, ich bin dann immun gegen Hunde? Wie bei Corona?«

»Hat dich Corona in den Hintern gebissen?«

»Müsste ich nachdenken.«

»Frag deine Frau, die erklärt dir das.«

Die Frau von Manni Mewes war dafür bekannt, im Zuge eines Streits mit ihrem Gatten, den man gerne vor Zeugen austrug, früher oder später zu den Worten zu greifen: »Du bist doch vom Affen gebissen.«

Einer aus der zweiten Reihe sagte im Gespräch mit dem Bürgermeister: »Wir waren zu dritt da. Curry, sonst keine Sperenzien. Auch sonst keine Vorkommnisse.«

»Wovon redest du überhaupt?«

Er redete vom Besuch seiner Familie beim *Schnodder*. Oder im *Schnodder*. Das war ein weiterer Grund, wenn auch nicht der wichtigste, warum Wendlandt den Namen daneben fand: Man wusste einfach nicht, wie man aus der Nummer rauskommen sollte, ohne sich grammatisch zu blamieren. Das kam noch dazu: Man wusste auch nicht, ob es grammatisch oder grammatikalisch heißt. Oder ob ein weiteres Wort existierte, von dem man noch nie gehört hatte.

Der Buchhändler riet in solchen Fällen gern: »Red, wie dir das Maul gewachsen ist, zur Not redest du etwas leiser. Solang man noch versteht, was du meinst, ist es okay.«

Aber so einfach war es natürlich nicht. Hier war Wortleben, hier redete man nicht, wie einem das Maul gewachsen war, jedenfalls dann nicht, wenn man eine Position einnahm, die den Ort ausmachte, die ihm Gesicht und Niveau verlieh. Mit einem Wort: wenn man nicht in der Opposition war. Bei der war es gleichgültig, welche Worte sie benutzte.

Sie war so oder so im Unrecht, egal ob sie druckreif sprach oder wie Kraut und Rüben.

Das mochte Wendlandt an Ferdi Düver. Der rote Zimmermann war in seinem Leben nie in Sichtweite von Büchern und Grammatik geraten. Und doch verstand jeder, was er sagte. Meistens bedeutete das: Man verstand, dass er gerade wieder klassenkämpferischen Unsinn redete. Aber man verstand es, das war besser als nichts. Wenn auch nicht viel besser. Dafür hätte Ferdi Düver sein Parteibuch zurückgeben müssen, gerade in seinem Haufen machte man ein unheimliches Bohei um diesen ausgeleierten Lappen, der heutzutage so langweilig wie eine Scheckkarte aussieht. Angeblich gab es bei den roten Recken Zeitgenossen, die solche Parteiausweise sammelten wie andere Leute Briefmarken und Bierdeckel und Biergläser. Weil die Partei eine der älteren in der Parteienbranche war, hatten im Lauf der Zeit Massen dieser Dokumente existiert. Ein normaler Mensch entsorgt so was irgendwann, die Roten sammelten das. In der Landeshauptstadt hatte der Bürgermeister von einem Parteifreund, der es wissen musste, erfahren, dass es angeblich von Bebel und Liebknecht und Seeler, nein Seeler nicht, aber von Lassalle und aus Lassalles Zeit viele Dutzend Ausweise mit den bekannten Namen gab. Was bedeutete, dass 98 Prozent dieser Ausweise Fälschungen waren. Aber die Roten glaubten an ihren Wert. Zwar war das irgendwie rührend, aber vor allem war es dämlich. Aus solchem einfältigen Holz ist Opposition geschnitzt. Und manchmal ist Opposition ein hammerhartes Holz. Falls an dem Gerücht mit der Wiedergeburt wider Erwarten doch etwas dran sein sollte, hatte Adolf Wendlandt nur einen Wunsch: Er wollte nicht als Oppositioneller zur Welt kommen. Zur Not wollte er schielen, kleine Füße oder rote Haare haben, aber nicht die Opposition. Dann lieber keine Wiedergeburt.

»Ach ja doch«, sagte der Parteisoldat am Telefon, »eines war doch noch: Die Außerirdischen waren da, drei Räder. Die wollen es wissen.«

»Wir nennen sie nicht Außerirdische, sondern Mitbürger. Neue Mitbürger.«

»Hört sich irgendwie falsch an. Muss ich das ›neue‹ immer mitsagen oder reicht es, wenn ich es denke?«

So auf den Punkt gefragt, geriet Wendlandt in Unruhe. Was er nicht mochte.

34

»Hallo, Günni. Alles fit im Schritt?«

»Der Bürgermeister. Hätte nicht gedacht, dass ich Sie hier noch mal sehe.«

»Offiziell bleibt das auch so. Nicht vergessen: Ich war nie hier.«

»Und wer ist das, mit dem du solche Ähnlichkeit hast?«

Günni hob fragend die Wurst aus dem Öl. Jeder Tropfen Fett rief Wendlandt zu: Nimm mich. Du willst es doch auch. Zu allem Überfluss lief das Öl so attraktiv an ihrem schlanken Leib herunter. Wendlandt fand das noch reizvoller als die nicht gerade abstoßenden Szenen im Freibad, wenn eine Bikinifrau ein Mittel aufträgt, das durch die Hitze sehr flüssig wird und unverzüglich zeigt, wozu die Schwerkraft fähig ist. Stets laufen die Schmiermittel in der richtigen Geschwindigkeit über die Frauenkörper: nicht zu langsam und nicht zu schnell. Sie sind in jedem Moment in Bewegung, und du kannst nicht wegsehen, weil du dann vielleicht das Beste verpasst. Wendlandt wusste nicht, was er sich unter dem »Besten« vorstellen sollte, aber eine bessere Ausrede war ihm nie eingefallen.

»Okay«, sagte er.

»Okay was?«

»Na, was Okay eben heißt.«

»Sag es mir, ich bin Günni Erdmann, Ex-Knacki. Ich habe alles vergessen.«

Wendlandt verabscheute diesen Kerl. Dabei wollte er nicht mehr, als dass ihm Günni die Entscheidung abnahm. War das denn zu viel verlangt? Was für fiese Tricks hatte er sich im Knast angewöhnt? Also war es doch wahr: Keiner kommt besser aus dem Knast, als er hineingegangen ist.

Der Bürgermeister drehte sich um. Momentan war der Imbiss leer, niemand war im Anmarsch. Aber ein Auto, das von Osten über die Landstraße kam, brauchte nicht mehr als zehn, 15 Sekunden, um vor dem Imbiss zu stehen. Wendlandt hatte keine Lust, sich dann auf den Boden zu werfen. Im schlimmsten Fall würde der Autofahrer ihm Erste Hilfe leisten, und Wendlandts Ruf mit der stählernen Gesundheit wäre zum Teufel. Das war ihm die Curry nicht wert. Andererseits …

»Wenn es schnell geht«, sagte Wendlandt und registrierte, dass Günni bereits dabei war, die selig machenden Schnitte zu setzen. Im Grunde handelte es sich ja um Verstümmelung. So gesehen war es der ideale Job für einen Vorbestraften. Andererseits hatte Günni den Kabitzke seinerzeit nicht zerschnitten, sondern ersaufen lassen. Das war ein Unterschied, wenn es am Ende auch auf das gleiche hinauslief.

Er hatte sich vorgenommen, die Curry in rasendem Tempo zu verzehren und die letzten Bissen zu zerkauen, wenn er sich schon in der Nichtswieweg-Bewegung befinden würde. Aber daraus wurde nichts, und er hätte es wissen können. Du kannst so viel Genuss nicht hektisch verzehren. Du musst dir Zeit nehmen, sonst kannst du es gleich lassen.

»Und die Kundschaft? Alles im grünen Bereich?«

Das war die Nervosität! Er bildete sonst keine Sätze mit ›grün‹.

»Geht so. – Bin zufrieden.«

Das war nun doch eine kleine Rede als Antwort gewesen.

»Kein Umsatzausfall durch das Schild?«

Er vermied es, nach oben zu schauen, von seinem Standort war sowieso nichts zu erkennen.

»Im Gegenteil.«

»Was ist das Gegenteil von Ausfall? Das wäre größerer Umsatz. Das kann doch nicht sein. Nie im Leben.«

»Doch.« Und als Bonus ein zweites »doch«.

»Wie ist das möglich?«

»Neue Kundschaft.«

»Viele Vertreter und Kuriere unterwegs, was?«

»Ja.«

»Aber …?«

»Aber die sind es nicht.«

»Nicht, aha. Und wer dann?«

»Andere Kunden.«

»Günni, du regst mich auf.«

»Von hier. Kunden von hier.«

»Die Grundschule macht Wandertag?«

»Andere Kunden. Erwachsene.«

»Bekannte Gesichter?«

»Ein, zwei. Die meisten sind neu.«

In diesem Moment, keine Sekunde früher, roch er den Braten.

»Die Kunden kommen aus dem *Lager*?«

Kein Wort, nur ein Nicken.

»Aus dem *Lager*!!!?«

Kein Wort, noch ein Nicken.

»Heißt das, jetzt kommen mehr als letzte Woche?«

»Letzte Woche kam einer oder zwei.«

»Also viel mehr als letzte Woche!«

»Kann man sagen.«

»Ich muss los!«

Um ein Haar hätte er das Bezahlen vergessen, die Schande hätte er nicht überlebt.

Walter Rottian verstand nicht, was das sollte. Aber er bummelte Überstunden ab, und die Bitte kam vom Chef, mit dem er sich denselben Wohnort teilte. Wenn das so bleiben sollte, gab es nur eine richtige Antwort.

Zuerst versuchte es Rottian mit Beobachtung von der gegenüberliegenden Straßenseite. Nicht direkt gegenüber, aber schräg. Und dann immer schräger, bis er nichts mehr sah. Das war nicht günstig. Er umkreiste den Imbisswagen und kam schnell an Grenzen, denn mehr als die Hälfte der direkten Umgebung war bekanntlich freies Feld. Der sibirische Wind ging keine Kompromisse ein.

Rottian war fit mit seinem Handy. Erst fotografierte er zögernd, danach häufiger. Zwischendurch aß er eine Curry und ließ sich eine Quittung geben. Günni stellte keine Fragen.

Einmal riss sich der Bürgermeister im Rathaus los, man traf sich außerhalb von Günnis Sichtfeld.

»Acht Kunden? Alle aus dem *Lager*?«

»Sechs sicher, die anderen kenne ich nicht, aber sie gehörten zu einem Paar.«

»Bist du sicher, dass alle Männer waren?«

»Wenn ich etwas kenne im Leben, dann den Unterschied zwischen ...«

»Gut, gut«, unterbrach Wendlandt. Rottian war bekannt für seine Neigung, bei Beschreibungen ins Detail zu gehen. Im Grunde liebte er Details und nannte lieber eines zu viel als eines zu wenig.

Eine Frau mit Kind fuhr auf dem Rad vorbei. Kein Lastenrad, ein Kindersitz hinter dem Sattel. Gegen ein Lastenrad sah sie aus wie ein Sozialfall. Die Wahrscheinlichkeit, dass sie aus dem *Lager* kam, war groß. Der Bürgermeister kannte jetzt die überwältigende Mehrheit seiner Gesichter.

Sie hielt beim Imbiss, erst fuhr sie mit dem Rad dicht an die Theke, dann stellte sie das Rad in den Ständer, der von Anfang an existierte, aber selten benutzt wurde. Das Kind nahm sie nicht herunter. Ihre Curry aß sie mit einer Andacht, die sich den beiden Beobachtern über viele Meter körperlich mitteilte.

»Lässt ihr Kind hungern«, sagte Rottian kopfschüttelnd. »Man sollte sie anzeigen.«

»Bei uns hungern keine Kinder.«

»Wenn du das später den Reportern sagst, werden die die Köpfe schütteln. Dann musst du ihnen schon eine Curry spendieren. Reporter sind bestechlich.«

»Nicht alle.«

»Fast alle. Die, die es nicht sind, siehst du hier nicht. Die arbeiten.«

»Woher beziehst du eigentlich dein Wissen?«

»Nicht aus Zeitungen, die lese ich nicht mehr. Ich bin mehr der digitale Typ.«

»Internet.«

»Rauf und runter. Geile Erfindung. Ich weiß gar nicht, wie ich die ersten 25 Jahre meines Lebens ohne gelebt habe.«

»Arbeiten, heiraten, essen.«

»Richtig. Aber mit Internet ist alles besser.«

»Auch heiraten?«

»Du darfst es nicht gleichzeitig machen. Sonst kriegst du Probleme.«

»Deine Inge ist kein digitaler Typ?«

»Sie guckt TV.«

»Tagsüber?«

»Tagsüber nicht. Erst ab 13 Uhr, manchmal sogar später. Aber das passiert selten. Die Kinder wollen essen, wenn sie nach Hause kommen.«

»Rücksichtslose Bande.«

»Finde ich auch. Ich mach ihnen schnell was auf die Hand, damit Inge keine schlechte Laune kriegt.«

Das kleine Kind auf dem Sitz war eingeschlafen. Oberkörper und Kopf lagen auf dem Sattel, beide Arme hielten den Sattel umklammert.

Als die Frau weiterwollte, klatschte sie in die Hände, das Kind wachte sofort auf. Die Mutter hielt ihm ihren Mund hin.

»Was soll das denn?«, fragte der Bürgermeister.

»Das Gör soll das Essen riechen. Gute Eltern halten ihre Gören von Curry fern. Zu scharf.«

»Gute Eltern, ja?«

Günni stand im Imbiss, eine Hand erhoben. Die Frau ging zu ihm und gleich wieder zum Rad. Sie pellte den Keks aus dem Plastik und hielt ihn dem Kind hin. Das Kind kaute.

35

Abends Krisensitzung in der *Dohle*. Seitdem es schwierig geworden war, in der Woche eine Wohnung aufzutreiben, in der einem nicht eine Hausfrau mit ihrer Neugier auf die Nerven fiel, wich man auf neutrales Gebiet aus. Das ging ins Geld, war die Mühe aber wert, solang es nicht das eigene Geld war. Theoretisch bestand die Möglichkeit, wenig oder sogar sehr wenig zu konsumieren. Aber von allen theoretischen Möglichkeiten auf der Erde war diese eine der allertheoretischsten.

»So, Freunde der Macht«, begann Wendlandt, »kommen wir zur Abwechslung sofort zum Thema.«

Schlagartig verwandelten sich die bisher entspannten Körper und Gesichter in erwartungsvolle Mienen.

Zuerst berichtete der Anführer von seinem Besuch im *Lager*.

»Musste sein«, sagte er, um nöligen Zwischenreden den Wind aus den Segeln zu nehmen. »Sie haben ein Anrecht auf mich. Zwar sind sie neu und fremd und wir wissen noch nicht genug, um ihnen zu vertrauen. Aber sie wohnen jetzt hier und meinen es wohl ernst. Ich habe keinen unausgepackten Karton gesehen. Meine professionelle Prognose lautet daher: Das zieht sich hin. Der Tag wird kommen, an dem sie in der Hauptstraße auftauchen. Dann werden unsere Einzelhändler Blut lecken und den Diener machen. Man kennt das ja.«

»Ich kann doch nicht umschulen«, wehrte sich Erwin Segler. »Es ist mein Beruf, sie tun nichts Unrechtes.«

»Sind wir da so sicher?«, wandte Manni Mewes ein. Das war sein Stil, das war man von ihm gewohnt. Jeder Zeitgenosse, der bisher verträumt und vertrauensselig durch die Existenz geschlichen ist, kann von Manni viel lernen. Zuerst und vor allem: dem Mitmenschen nicht vorschnell gute Absichten zu unterstellen und die eigenen Wertsachen nie aus dem Auge zu verlieren, weil man sonst seine Wertsachen verlieren könnte. Und dann ist es zu spät.

»Es sind einige Dutzend, die da drüben wohnen. Sie sind jung, Mitte 20 bis 40, diese Richtung. Die gute Meldung: Ich habe keine Jugendlichen gesehen. Wer Angst vor ausgehängten Türen hat, kann ruhiger schlafen.«

»Das kann Tarnung sein.«

»Du hast jetzt Pause«, sagte der BM zu Manni. Das vertrug der. Wer so viel Unsinn zusammenredet wie Mewes, dem wächst das dicke Fell automatisch nach.

»Man hat mich respektvoll empfangen, da gibt es nichts zu meckern. Ich will euch nicht verschweigen, dass zeitweise so etwas wie Herzlichkeit zwischen uns geherrscht hat.«

Von Manni kamen die gemurmelten Worte: »Oje oje.«

»Natürlich sind viele von ihnen Studierte. Als es ein Problem mit der Wasserleitung gab, standen sie wie der Ochs vorm Tor.«

»Hast du ihnen etwa geholfen!?«

»Ich hab kurz angepackt. Ging nicht anders. Wasser ist für die Existenz ja fast so elementar wie Bier.«

Harte Fingerknochen klopften Zustimmung auf hölzernen Tischplatten.

»Es fand ein Rundgang statt, ich war in mehreren Häusern. In den meisten sah es aus wie bei manchem Buchhändler zu Hause.«

Lachen, das aus tiefen Kehlen kommt.

»Ich habe Autos gesehen, die einem gefallen könnten.«

»E?«

»Viel E, ja. Zwei Ladestationen. An beiden hingen Wagen.«

»Sauber!«, sagte Manni. »Wer hat, der will immer mehr.«

»Um es abzukürzen: Ich musste nicht hungern. Nach langer Zeit habe ich wieder Eierlikör getrunken. Wie gesagt: War nicht direkt unangenehm.«

»Habt ihr Brüderschaft getrunken?«

»Red keinen Unsinn. So einen Quatsch brauchen wir bei uns nicht. Wenn wir einem nahe sind, wird er schon merken, was die Stunde geschlagen hat.«

»Wie bist du nach Hause gekommen? Du bist doch nicht etwa zu Fuß gegangen? Allein?«

»Bin ich, stellt euch vor. Todesmutig durch meinen Heimatort. Und ich wurde nicht überfallen.«

»Was einmal geklappt hat, muss nicht auch beim nächsten Mal klappen.«

»Geht rüber, seht euch um. Und nein: Es gibt keine Besuchszeiten. Es gibt keine Schlagbäume. Nichts sieht aus wie DDR oder Truppenübungsplatz.«

»Na, dann: willkommen zurück in der kalten Heimat.«

»Wo heute leider die kalte Dusche auf mich gewartet hat.«

»Ich war das nicht!«

»Was warst du nicht?«

»Die kalte Dusche. Ich sage es lieber gleich, bevor …«

»Klappe. Meine freundlichen Gastgeber haben etwas falsch verstanden.«

»Ich wusste es«, sagte Manni Mewes, erleichtert darüber, dass sein Weltbild wieder die alte Form annahm. Sein Leben lang hatte er Probleme gehabt, sich auf neue Situationen und Personen einzustellen. Er hatte lange gebraucht, um den Wechsel von Tag zu Nacht und zurück zu akzeptieren.

Bevor er fortfuhr, ließ der Bürgermeister seinen Blick über die Häupter seiner Lieben schweifen. Sechs Männer, zwei Frauen, alles aufrechte, redliche Zeitgenossen, alle ihrem Anführer treu ergeben, teilweise seit Jahrzehnten. Sie gehörten zum Ort wie das letzte Kopfsteinpflaster, wie die allerletzten Fachwerkhäuser und die ältesten Geschäfte. Sie würden einem ihre letzte Glühbirne geben, wenn man eine brauchen sollte. Das Bild mit der Glühbirne war ein Standard des Bürgermeisters. Wo immer es in Reden und Beweisführungen hinpasste oder hinpassen könnte, flocht er es ein, und seinen Kadetten wurde es nie zu viel. Im Grunde fiel Wendlandts engster Kreis mit dem Kloster in dieselbe Kategorie – die Streiter für eine örtliche Politik mit Augenmaß und das überregional bekannte Kloster, wenn das Kloster auch älter war und mehr hermachte. Jahr für Jahr war man gemeinsam älter geworden und hatte an Lebenserfahrung zugelegt, wenn auch nicht im gleichen Ausmaß. Einen oder zwei Kadetten gab es, bei denen Wendlandt nicht sicher war, ob ein Fremder im Zusammenhang mit ihnen auf Begriffe wie »lebenserfahren«, »abwägend«, »vorausschauend« und »einnehmend« gekommen wäre.

Aber man hatte sich aneinander gewöhnt, jeder hatte seinen Platz gefunden, und niemand hatte den Rangplatz des Anführers jemals infrage gestellt. Der Letzte, der sich zu dieser Freveltat verstiegen hatte, war der selige Hubert Stängel gewesen, Verwaltungsfachmann, Liebhaber von Hosen mit Bügelfalten und einigen weiteren modischen Sperenzien, die außer seiner Frau niemandem gefielen. Ein Typ, den keine Partei auf ihre Wahlplakate stellen würde, bis zu den Ohren angefüllt mit Besserwisserei und der Angewohnheit, bei jedem gerade diskutierten Thema – bei wirklich JEDEM – mit 100-prozentiger Sicherheit einen Vorschlag zu unterbreiten, der diametral zu dem stand, was Adolf Wendlandt gerade ausgeführt hatte. Stängel hielt seine Angewohnheit für »zielführend« und »gelebte Demokratie«. Wendlandt hielt sie für nervtötend, zeitraubend und ein wenig gefährlich für das Spitzenpersonal.

Zuerst versuchte man, den Quälgeist durch finanzielle Schikanen kaltzustellen, indem man bei jeder zweiten Versammlung durch Tricks, Täuschen und gezielte Missverständnisse dafür sorgte, dass die Zeche an Stängel hängen blieb. Doch der zahlte, ohne mit der Wimper zu zucken, schien sich sogar geschmeichelt zu fühlen, und Wendlandt begriff, dass der Mann eine Zeitbombe war. Der Weg vom Quälgeist zum Volkstribun ist manchmal kürzer, als man für möglich hält.

So hatte er begonnen, Stängel kaltzustellen. Er schnitt ihn vom Fluss der kommunalen Informationen ab – nicht laut und dramatisch, sondern heimlich, still und leise, aber beharrlich. Weil Stängel im Kreishaus der Kreisstadt arbeitete, war das leichter möglich als bei jemandem, der sich von morgens bis abends in Wortleben aufhielt. Gleichzeitig schanzte man ihm die zeitraubenden und unbeliebten Aufgaben der Parteiarbeit zu. Man irritierte ihn mit Terminangaben und Treffpunkten, die sich widersprachen, und vergaß, ihm Änderungen der Planungen mitzuteilen. Monatelang verleidete man ihm die Freude an der Parteipolitik. Aber erst als auch die Vertreter der anderen Parteien Anlässe fanden, sich mit ihm zu streiten und seine Kompetenz anzuzweifeln, begann die Phase, in der Hubert Stängel stiller wurde.

Zuletzt lieferte ihm der Lottogewinn den Vorwand, in die Kreisstadt umzuziehen, seitdem hatte ihn niemand mehr in Wortleben gesehen. Und niemand hatte das Bedürfnis verspürt, den ehemaligen Parteifreund zu treffen.

Adolf Wendlandt war bewusst, dass damals einiges wenig appetitlich abgelaufen war. Aber das war der Preis, den er gern bezahlt hatte. Seitdem herrschte er unangefochten über seinen Haufen, redete sich seine Einfalt schön, indem er sie »Fähigkeit zu vertrauen« nannte und »wissen, wo man hingehört.«

»Leute, sie wollen uns unseren Günni wegnehmen!«

Verdutzt blickten alle Manni Mewes an. So oft hatte man den Mann nicht lachen und Geräusche der Begeisterung von sich geben hören.

»Sehr gut«, rief er, »manchmal lösen sich Probleme eben doch von alleine.«

»Ich glaube, du hast mich nicht verstanden!«, sagte Wendlandt.

»Oh doch, natürlich habe ich. Natürlich habe ich.«

Da war sie wieder, eine der drei anstrengendsten Angewohnheiten des Partei-Vize. Diese unausrottbare Neigung, das, was man mag und schätzt, durch mehrfache und zur Not vielfache Wiederholung ins Bewusstsein aller Zuhörer zu rammen. Was die Anwesenden stets als Belastung des Luftraums empfanden.

»Sollen sie ihn doch haben!«, rief Mewes vergnügt. »Wir legen noch drei Nelken obendrauf.«

Die meisten Zeitgenossen gewinnen, wenn sie lustig und vergnügt sind. Ob sie beim Lachen und Keckern albern oder grotesk aussehen, sie sind fröhlich und man gönnt ihnen die Freude. Nach einem lustigen Manni Mewes sehnte sich niemand. Sein Frohsinn kam auf seltsam unfrohe Art rüber. Er wirkte dabei wie jemand, der den Versuch unternimmt, sich in einer Fremdsprache mitzuteilen, von der er weniger als zehn Worte beherrscht. Auch Wendlandt ging es so: Man wollte nicht in der Nähe sein, wenn Manni lachte. Eher nahm man die Last auf sich, im Verlauf eines geselligen Abends in der *Dohle* neben Manni Mewes am Pissoir zu stehen und ihm dabei zuzusehen, wie er zu treffen versuchte, was getroffen werden sollte, damit es sich im bürgerlichen Rahmen hält. Alles war leichter zu ertragen als dieses Lachen.

Seufzend nahm der Bürgermeister die Pflicht auf sich.

»Hör mir zu, Manni. Am besten, du hörst gut zu. Am allerbesten, du lachst währenddessen nicht. Glaubst du, das kriegst du hin?«

Der Groschen fiel. Wenn die Fragen des Anführers als Stakkato kamen, legte den Kadetten die Lebenserfahrung nahe, zwei Gänge herunterzuschalten.

»Günni Erdmann ist einer aus Wortleben. Nicht der klügste, nicht der schönste, nicht der anständigste. Aber einer von uns. Günni hat Scheiße gebaut, dafür hat er gebüßt, die Buße ist abgeleistet, er ist wieder zu Hause. Jetzt wagt er einen Neuanfang und eigentlich hat er bisher nur einen einzigen Fehler begangen, der sich aber leider als eine der größten Schrecklichkeiten erwiesen hat, die mir jemals untergekommen ist. Ihr müsst mir nicht zustimmen. Ich weiß, ihr denkt wie ich. Ich sage nur: Schnodder.«

Zwei Kadetten legten die Hand vors Gesicht.

»Keine Angst, ich gehe nicht ins Detail. Schnodder steht für sich, Schnodder ist etwas, worüber man nicht sprechen muss. Und die größte Dummheit ist ja wohl, ein Riesenschild zwei Meter über einem Imbiss aufzuhängen, an dem man eine warme Mahlzeit zu sich nehmen soll.«

»Ich stelle mir immer vor, dass mir gleich Schnodder in den Kragen tropft. So ein meterlanger Faden, der einfach nicht abreißen will. Und dann läuft mir der Schnodder die Wirbelsäule runter bis zum ... bis zum ... also bis dahin.«

Alle starrten den Unglücksraben an, der sich gerade so nachvollziehbar zu seinen Ängsten bekannt hatte.

Sich schüttelnd, fuhr der BM fort: »Das ist Günnis Fehler, deshalb haben wir ihm Gelegenheit gegeben, darüber nachzudenken und den Fehler abzustellen. Günni und wir liegen im Streit, aber wir hassen uns nicht. Wenn der Schnodder wieder abmontiert ist, werden wir die Ersten am Imbiss sein. Aber auch nicht eher.

So, Freunde, und damit bin ich beim Problem. Die Bewohner vom *Lager*, unsere neuen Mitbewohner oder künftigen Mitbewohner, unterlaufen unsere erzieherische Maßnahme für Günni, indem sie ihn beim Nachdenken über seinen Fehler bei der Namensfindung stören und ihn zwingen, für sie Essen zuzubereiten, das sie problemlos genauso gut selbst zubereiten könnten. Vielleicht nicht ganz so lecker wie Günnis Curry, aber sie werden jedenfalls nicht an Hunger sterben.

Nach allem, was ich höre, laufen sie seit Neuestem in großer Zahl bei Günni auf. Weil er ein höflicher Zeitgenosse ist, weist er sie nicht darauf hin, dass er sich gerade in einer Situation befindet, in der er seinen Beruf deutlich reduziert und am besten gar nicht ausüben sollte.

Die unvermeidlichen ortsfremden Autofahrer wollen wir ihm gönnen. Noch besser wäre, sie blieben weg – aber man kann nicht alles haben. Man kann nur davon träumen, dass man alles hat. Aber jetzt ist am wichtigsten, dass wir den Einschleichern aus dem *Lager* klarmachen, dass sie eine Grenze überschritten haben. Nicht die Grenze zwischen dem *Lager* und Wortleben, die natürlich auch. Aber vor allem müssen wir ihnen helfen zu begreifen, dass Günni uns gehört, dass Günni zu uns gehören will und dass sie diesen Prozess sabotieren, wenn sie ihre Fresslust unbedingt an unserem Imbiss ausleben zu müssen glauben. Oder zu glauben müssen. Oder … ihr wisst schon. Sonst noch Fragen? Ja, Kollegin?«

»Dürfen wir nun wieder bei Günni essen oder nicht?«

»Hängt der Schnodder noch über dem Imbiss? Frage beantwortet. Nächste Frage.«

»Was können wir tun, um die von der anderen Seite auf die andere Seite zurückzujagen?«

»Mir missfällt der jagdliche Ton in deiner Frage. Hier geht es nicht um Menschenjagd ...«

»... das würde die Sache aber abkürzen.«

»Gut möglich. Aber zehnfacher Totschlag würde sie noch fixer abkürzen, und auch das werden wir nicht tun.«

»Und wenn wir uns falsche Bärte ankleben?«

»Nächste Frage.«

»Kurz und klein schlagen, das hat sich bewährt.«

»Manni Mewes! Welche finsteren Mächte toben in dir?«

»Weiß auch nicht. Ich finde kurz und klein schlagen einfach geil. Danach ist man schlauer. Und Günni auch.«

»Und wenn er sofort den nächsten Schnodder am Mast aufzieht?«

»Kurz und klein schlagen.«

»Und danach?«

»Ein Feuerchen legen. Günni arbeitet doch mit heißem Fett. Das brennt hervorragend und riecht noch gut dabei. Das hat man selten, da kannst du jeden Feuerwehrmann fragen. Ein appetitliches Feuerchen.«

»Und wenn wir Günni entfernen? Bei ihm laufen doch alle Fäden zusammen?«

»Ich ahne nichts Gutes, aber sprich weiter.«

»Entführen. Auf eine lange Reise schicken.«

»Ist das eine Metapher?«

»Nein, das ist eine lange Reise. Wenn er begreift, dass er hier kein Bein auf die Erde kriegt, zieht er vielleicht weg.«

»Und was haben wir damit gewonnen? Glaubst du, er zieht weg und lässt uns seine Curry da?«

»Ach ja, richtig. Irgendwas ist immer. Deshalb denke ich so ungern nach.«

»Leute, wir müssen Günni und seine Curry zusammen denken.«

»Was ist, wenn Günni die ortsfremden Kunden reichen, um zu überleben? Dann kommt doch nie Bewegung in die Sache.«

Das war zur Abwechslung ein Meinungsbeitrag, der längeres Nachdenken verdiente. Ein Posten am Imbiss könnte einige Tage Striche machen, danach wüsste man, wie hoch Günnis Einnahmen zurzeit waren. Sollte der Betrag unangenehm groß ausfallen, wüsste man, wo anzusetzen war. Wenn sich unter den Kunden herumsprechen würde, dass bei jedem ihrer Curry-Stopps am Imbiss verdächtig aussehende Figuren ihren Wagen umschleichen würden, könnte dies ihren Appetit mittelfristig bremsen. Zur Not würden zwei bis drei Entführungen der geparkten Wagen Denkprozesse auslösen, die die Zahl der Kunden absenken würde. Im besten Fall dramatisch.

Aber den Kunden blieb eine Option: den Wagen abschließen.

Natürlich könnte man auch das Gespräch mit der Polizei suchen und sie überreden, im Dunstkreis des Imbisses ein striktes Halte- und Parkverbot einzurichten. Das könnte man auch gleich in Eigeninitiative einrichten. Die Polizei würde für Unterstützung der örtlichen Kräfte dankbar sein.

Aber stets schwang beim Bürgermeister eine elementare Angst mit: dass die Gier nach Günnis Curry sogar einen längeren Anmarsch zu Fuß überstehen würde.

Und wer sagte eigentlich, dass der Imbisswagen nur dort stehen konnte? Streng genommen könnte Günni den Standplatz täglich wechseln. Natürlich würde man ihn dann täglich verfolgen und zur Rechenschaft ziehen, aber damit würde man sich wie poplige Bürokraten benehmen, womit man sich beim bekannten Freiheitswillen der Wortlebener keine Freunde machen dürfte.

36

Plötzlich stand eine maskierte Gestalt unter ihnen. Sie war lang, schmächtig und trug eine Skimaske, die selbst gestrickt aussah. Durch die Runde ging Erschrecken. Als sich Wendlandt erhob, zog die Gestalt die Maske ab. Oberschüler Volker, die einzige und jüngste Hoffnung der oppositionellen Barbaren von Uwe Süß.

»Du hast dich in der Tür geirrt«, knurrte Wendlandt. Natürlich hätte er auch auf Volkers Jugend abstellen können, aber es gab Grenzen, die kein Wortlebener Politiker nach unten verschieben sollte. Zumal Volker nüchtern zu sein schien. Er hielt auch keine Bierflasche in der Hand.

»Ich bin nur kurz …«, sagte er hastig und leise. »Niemand soll wissen …«

»Und jetzt zur Abwechslung ein zusammenhängender Satz!«

»Ja, genau. Wir sitzen gerade drüben im *Eber* zusammen.«

Das hatte Wendlandt nicht gewusst. Es passierte nicht oft, dass die beiden wichtigsten politischen Kräfte zeitgleich tagten. In die Quere würden sie sich nie kommen, dafür waren *Dohle* und *Eber* seit mehreren Jahrzehnten im politischen Spektrum unverrückbar verankert. Für Parteifremde existierte kein Betretungsverbot, aber Wendlandt hatte sich im *Eber* nie wohlgefühlt. Es war, als würden Wandverkleidungen und die abgewetzten Polster den Siff von 1.000 großmäuligen Revolutionsreden ausdünsten.

»Bist du ihnen wieder mit deiner Schlaumeierei auf den Sack gegangen?«, fragte Manni Mewes.

»Das wollten wir nicht mehr sagen«, erinnerte ihn Erwin Segler.

»Auf den Sack und auf die Eier – ist das okay?«

»Du meinst, weil Eier auf beide Geschlechter … sehr clever. Aber nein, abgelehnt. Wir vergeben uns nichts, wenn wir untereinander nicht immer reden wie auf dem Bau.«

»Also, was willst du?«, fragte Wendlandt.

»Wir haben bei den Jusos und auch im Schülerrat über Günni geredet.«

»Heißt das, ihr redet auch im *Eber* über Günni? Und sogar in der Stadt?«

»Ja natürlich. Wir reden immer über das, was gerade am wichtigsten ist.«

»Hallo? Corona? Kriege? Hungersnöte?«

»Ja, ja, das natürlich auch. Wir … ich muss gleich wieder rüber. Ich habe vorgeschlagen, dass wir einen Namenswettbewerb durchführen. Das wurde abgelehnt.«

»Ergebnis?«

»Zwei für mich, fünf dagegen.«

»Du verbesserst dich.«

»Wieso? Ihr könnt doch nicht wissen, wie bei uns die

Abstimmungen … Ihr Teufelskerle! Wer ist euer U-Boot bei uns? Ich will's wissen?«

»Du meinst, bevor du zu uns kommst und deinen Genossen in den Rücken fällst?«

»Meine Idee war nicht dumm. Ich bin es leid, dass ich immer abgebürstet werde, und damit ist mein Vorschlag dann durchgefallen und verbrannt.«

»Zieh rüber ins Lager!«, rief Manni Mewes. »Die haben Bedarf an weltfremden Ideen.«

»Jedenfalls haben sie da mehr geile Frauen.«

»Möchtest du über deine letzte Äußerung noch einmal nachdenken?«

»Nein, ich muss ja wieder zurück. Also: Ihr wollt Günni sein Namensschild wegnehmen, weil ihr ›Schnodder‹ nicht mögt. Günni tut das aber nicht. Habt ihr schon mal daran gedacht, dass ihm einfach nur kein anderer Name einfällt?«

»Das ist absurd. Mir fallen auf Anhieb 1.000 Namen ein, die schöner sind. – Jedenfalls ein Dutzend.«

»Gut, gut. Aber Günni hat bekanntlich nicht das Rad erfunden. Deshalb sage ich: Wir machen einen Namenswettbewerb. Jeder Wortlebener schenkt Günni einen Namen. Daraus kann er sich einen aussuchen, wenn ihr damit einverstanden seid. Oder ein Gremium aus Menschen, die sensibel für die Sprache sind.«

»Hallo, junger Mann! Hier sitzt dein Bürgermeister! Mein Talent für regional grundierte und dennoch fast ausnahmslos stubenreine Ausdrucksweise ist bekannt.«

»Denkt darüber nach! Ein Namenswettbewerb. Damit kommt endlich Bewegung in die Angelegenheit. Niemand verliert sein Gesicht, und wir können alle wieder ohne Polizeischutz bei Günni eine Curry essen.«

Volkers Abgang vollzog sich in großer Eile.

»Dafür, dass sein Berufsziel Terrorist ist, war sein Vorschlag manierlich«, sagte Manni Mewes.

»Der Kerl wird Lehrer oder Buchhändler. Und er heiratet eine Tussi, die einen Bioladen aufmacht und mit einem Biobauern durchgehen wird.«

So lange war Adolf Wendlandt lange nicht von seinen Kadetten angeblickt worden. Und so intensiv und nachdenklich. Nachdenklichkeit saß hier nicht oft am Tisch.

»Okay«, sagte Erwin Segler. »Die Idee hat was.«

»Immer daran denken, von wem die Idee stammt. Daraus folgt alles Weitere und nicht daraus, ob sie gut oder schlecht ist.«

Aber das war schon ein Rückzugsgefecht. Der Namenswettbewerb wurde beschlossen, und für den Bürgermeister fiel nebenbei ein halber Sieg ab, denn er hatte mit demokratischem Recycling einer Idee ein zweites Leben geschenkt, deren Qualität Süß und seine Hallodris nicht erkannt hatten. Darauf einen *Dujardin*.

37

Nie im Leben hatte Uwe Süß eine Skimaske getragen, er war nicht der Typ für Winterurlaub. Der historische Besuch im Eisstadion von Braunlage im Harz und seine dortigen Erlebnisse als Neuling auf Kufen hatten Eindrücke hinterlassen, die nicht altern wollten. Streng genommen waren es auch keine Eindrücke, sondern ein Trauma. Dass etwas so glatt sein kann wie Eis! Mehrere Jahre hatte er Vera mit seiner Weigerung frustriert, Eisflächen zu betreten. Die zwei Male, in denen es dann doch passiert war, hatte er auf Halbschuhen absolviert und ohne Kufen. Selbst das war nichts, an das er sich gerne erinnerte. Ein Mann mit dieser motorischen Vorbildung ist in Norddeutschland gut aufgehoben. Millionen Menschen beklagen den Klimawandel, Uwe Süß gehörte nicht zu ihnen. Je wärmer, desto weniger Eis – komplizierter war seine Rechnung nicht. Obwohl er die Rechnung für sich behielt.

Die von Volker ausgeliehene Skimaske hatte er in diesem Moment nicht aus klimatischen Gründen dabei, er wollte nicht erkannt werden. Diese Motivation war durchaus zwiespältig, denn er kannte keinen einzigen Bewohner des *Lagers*. Aber mit Sicherheit kannte man ihn, wenigstens sein Gesicht. Uwe Süß war im Ortsbild vertreten, auch außerhalb von Wahlkämpfen. Er hing im Buchladen und er war sicher, bereits mehrere zugezogene Bewohner bedient und beraten zu haben. Neue Gesichter im Laden hatten keine Chance, ohne Beratung davonzukommen. Nur Beileidskarten vermochten Süß zu bremsen. Sobald es um Bücher ging, schaltete er zwei Gänge höher. Sollten sich Kundin und Kunde als Kenner der literarischen Materie erweisen, ging Süß aufs Ganze und legte eines dieser Soli hin, dem Lehrling Svenja angeblich seine unstillbare Neigung für *Cola-Rum* während der Arbeitszeit verdankte.

Süß hing sogar im Rathaus, was ihm viel bedeutete. Dort hatte die Tradition, alle aktuell amtierenden Ratsmitglieder an die Wand zu hängen, sogar den halbherzigen Versuch des amtierenden Bürgermeisters überstanden, die sogenannten Staubfänger endlich ins Depot zu schaffen. Seine Idee, die oppositionellen Ratsmitglieder im öffentlichen Klo aufzuhängen, war nach einem Gespräch des Bürgermeisters mit seiner Angetrauten nicht weiter verfolgt worden.

Einmal im Jahr erschien das Bild von Süß auch in der örtlichen Tageszeitung. Und natürlich der Netzauftritt von Laden und Partei! Viermal Uwe Süß, hier auch lächelnd und nicht nur patriarchalisch, hier auch auf dem Tourenrad und einmal sehr innig mit Ehefrau. Ein Kind hätte dem Foto gut zu Gesicht gestanden. Aber was nicht ist, kann ja noch werden – obwohl Vera dazu vehement eine Minderheitenmeinung vertrat, von der Uwe einst bestritten hätte, dass eine Frau sich dermaßen leidenschaftslos über das Mutterglück äußern könne. In der Beziehung mit Vera hatte er viele Premieren erlebt, gegen deren Eintreten er vorher hohe und höchste Geldbeträge gewettet hätte.

Nach dem Treffen mit den Genossen vor einer Stunde hatte er alle Anstalten unternommen, die man von ihm gewohnt war und die zeitnah zur Rückkehr ins traute Heim führen würden. Aber nach einem Bogen, dem sich ein doppelt so großer Bogen anschloss, war er im *Lager* gelandet. Die Skimaske hatte er noch nicht aufgesetzt, ihm war bewusst, dass ein Gesichtsschutz zu Missverständnissen führen könnte. Er wusste auch, dass nicht alle Hunde soziale

Wesen sind. Die Tageszeit war sowieso nicht optimal. Aber seine Ungeduld war zu groß, er musste sich endlich einen Eindruck vom *Lager* verschaffen. Zweimal war er bereits hier gewesen, jedes Mal zu Beginn der baulichen Erschließung, jedes Mal ohne ernsthaftes Interesse. Er wurde nicht gern daran erinnert, dass er kein Immobilienbesitzer war. Vera vermisste angeblich nichts, ihre Einstellung zu den herrschaftlichen Anwesen im Ort war nicht anders als gleichgültig zu nennen. Angeblich beneidete sie nicht einmal die Klosterfräuleins um das unverdiente und unbezahlbare Glück singulärer Architektur.

Jetzt war er im *Lager*. Straßenbeleuchtung existierte nicht, aber fast jedes Haus besaß ein Außenlicht, das sogar brannte. Die Anmutung gefiel ihm, hier kamen die Wohngebäude zu ihrem Recht und nicht die Straße. Pkws entdeckte er kaum, dafür Lastenräder noch und nöcher. Bestimmt waren sie gesichert, aber sie waren eben auch von Weitem sichtbar. War das Naivität oder Souveränität?

Die Organisation des Grundrisses begriff er nicht auf Anhieb. Zwei oder drei Wohnhäuser waren deutlich größer als alle anderen. Dafür waren die meisten Wohnhäuser deutlich kleiner, als er erwartet hatte.

Zwei Gebäude ragten heraus, den Grund dafür hatte er im Vorfeld in Erfahrung gebracht. Hier befanden sich die digitalen Arbeitsplätze, hier durfte sich angeblich jeder Bewohner ausbreiten, auch Kinder, sogar Kinder. Das musste er erleben, bevor er es glauben würde.

Schon in diesem frühen Stadium, wo das Betrachten im Vordergrund statt, kamen Fragen auf: Warum war im Gemeinderat nie über das *Lager* gesprochen worden? Süß erinnerte sich an keine Tagesordnung mit dem Stichwort. Das konnte doch nur bedeuten, dass die rechtlichen Vorläufe bereits vor langer Zeit stattgefunden hatten? Oder? Er widerstand der Versuchung, der Mehrheitspartei bei einer skandalösen Kungelei auf die Schliche gekommen zu sein. Das war nicht möglich! Nicht Wendlandt! Der Mann hatte Grundsätze. Zwar waren 80 Prozent von ihnen haarsträubend, aber dass er ein Mann von Ehre war, hätte Süß auch ohne Androhung von Foltermaßnahmen unterschrieben. Wie er den Mann ja überhaupt respektierte und sogar schätzte. Hätte er einen Wunsch frei gehabt, hätte er um mehr private Kontakte gebeten. Er war nicht scharf darauf, den Bürgermeister in seinem Buchladen zu treffen. Die Handvoll Besuche, zu denen er zähneknirschend verpflichtet gewesen war, hatte er in rasender Eile hinter sich gebracht. Kein Blick auf die Regale und wenn doch, dann ein besorgter. Stattdessen: Augen zu und durch und raus.

Er wollte Wendlandt auch nicht bei sich zu Hause erleben. Denn er zweifelte nicht daran, dass der Gast den ganzen Abend damit verbringen würde, Möbelstücke, Design und Details im Haus nicht nur zu mustern, sondern vor allem zu kommentieren. Und nie mehr zu vergessen.

Nein, wonach sich Uwe Süß sehnte, war, Gast im Hause Wendlandt zu sein. Er mochte die Grundrisse großer Bauernhäuser. Nichts davon wollte er selbst besitzen, aber jedes Stück und erst recht die Komposition aller Stücke verzauberten ihn. Es war so urig, so ehrlich, so traditionell. Alles gewachsen, nichts wahllos und bewusstlos Zusammengekauftes. Manches war heillos altmodisch, und selbst das war hinreißend.

Vera, immer für einen entlarvenden Kommentar gut, hatte bereits angekündigt: »Wenn es jemals zu diesem Besuch kommen sollte, werde ich nicht dabei sein. Ich würde mich zu Tode schämen, wenn mein Gatte vor 20 Leuten anfängt zu heulen.«

»Ja, aber doch nur aus Rührung!«

»Oh Gott, du schaffst es, sogar diese Peinlichkeit noch zu toppen.«

Uwe Süß hatte als Jugendlicher einige Male Bauernküchen erleben dürfen – nie vor 2 Uhr nachts. Ausnahmslos als abschließendes rituelles Spiegeleier-Essen nach Landjugendbällen, bei denen er bisweilen die Platten aufgelegt hatte. Diesen Uwe Süß hatte es gegeben. Zwischen seinem 20. und 40. Geburtstag hatte er nicht mehr daran gedacht. Wortleben hatte vieles wieder geweckt, das war nicht der einzige, aber einer von vielen Gründen, für die er seiner neuen Heimat dankbar war.

Seit dem Nachmittag hatte er sich mit dem *Lager* beschäftigt. Er wollte nur einen Blick ins Netz werfen, es gab kein Stichwort, das ihn in den Schlund hineinziehen sollte. Aber nach zwei Minuten war er bei *KoDorf*, ohne hinterher sagen zu können, wie das geschehen war. Danach war er für den Buchladen verloren gewesen. Viermal quengelte Svenja herum, er verwies sie an Frau Herwig weiter, die treue Seele, die mit der Kraft ihres treuherzigen Hundeblicks selbst dem anstrengendsten Kunden den Zahn zu ziehen wusste. Ein Naturtalent, das nicht in der Lage gewesen wäre zu erklären, was ihr Trick war. Bieder mit leicht bäurischem Einschlag, passte die ehemalige Erzieherin nach Wortleben wie die Faust aufs Auge. Wer Frau Herwig kennenlernte, verlor alle Ängste vor dem Aufenthalt in einem Buchladen. Frau Herwig hatte mehrfach Meisterwerke der Hochliteratur an Meisterschüler der Dummschwätzerei aus Wortleben verkauft. Süß hatte es erst geglaubt, als er die Quittung sah. Er hatte seine Verkäuferin umarmt und gesagt: »Sie dürfen mich nie mehr alleinlassen.«

Nur durch ein kurzfristig anberaumtes Essen zu dritt mit Vera war es ihm danach gelungen, ein tragisches Missverständnis aus der Welt zu schaffen: Frau Herwigs fixe Idee, dass er sich von Vera getrennt hatte und nun die Suche nach einer neuen Ehefrau lief.

An dem Abend hatte Süß sie mit dem zufällig im Lokal anwesenden Hausmeister der örtlichen Grundschule bekannt gemacht. So war er erstmals Trauzeuge geworden, die Ehe galt als überaus glücklich. Die handwerklichen Fähigkeiten des Hausmeisters hatten sich auch für die heikle sanitäre und elektrische Natur des Buchladens als Segen erwiesen.

Den kompletten Nachmittag hatte Süß mit dem Studium der *KoDorf*-Philosophie verbracht. Die Idee von der gezielten Ansiedlung digitaler Expertise auf dem Land hatte ihn in Minutenfrist überzeugt. Misstrauisch gegen marktschreierische Parolen und erfahren mit dem Unterschied zwischen behaupteten Kosten und ehrlicherweise zu erwartenden Kosten war er nicht naiv und blauäugig durch die Seiten gepflügt. Einige Fragen waren auch unbeantwortet geblieben, aber kein tiefgehender, nagender Zweifel. Stattdessen große Neugier auf das *Lager*.

Er hatte sich noch nicht verziehen, dass er seit langer Zeit in Fußmarschnähe zu einem gesellschaftlichen Experiment lebte, ohne zu begreifen, dass dieses Projekt jedes Interesse wert war. Er wusste noch nicht, wie sehr es Wortleben nutzen könnte. Und keinen Gedanken hatte er darauf verschwendet, wie viele Punkte er als Oppositionspartei damit machen könnte. Aber er war neugierig, er wollte sich schlaumachen, er wollte endlich wissen, wie es im *Lager* aussah.

Märsche durch die Dunkelheit sollten nicht zur Tradition werden, aber allein schon die Angst vor einer schlaflos verbrachten Nacht hatte ihn in Gang gesetzt.

Das *Lager* war nicht groß. Seine ursprüngliche Vermutung hatte um den Faktor drei zu hoch gelegen. So gesehen passte das *Lager* wunderbar zu Wortleben. Entgegen seiner sonstigen Neigung, in Minutenfrist taktische Pläne für den Gemeinderat zu schmieden, hielt er sich zurück. Immer wieder forderte er sich auf: nur gucken, nicht anfassen. Das war kokett, denn er würde seine Natur nicht ignorieren können. Aber es war später Abend, Besuche bei Tage würden folgen – und ihm standen die Mühen der Ebene bevor. Er hatte keine Vorstellung, wie die Genossen reagieren würden. Abgesehen von den zwei bis drei bekennenden digitalen Deppen würden die anderen wohl begreifen, was sich hier anbahnte. Damit stieg die Chance, dass selbst die Deppen die Chance für den Ort begreifen würden. Zu verhindern war nichts mehr, das *Lager* war zu drei Vierteln errichtet. Ob sie genügend Mitstreiter aktivieren könnten, musste er in Erfahrung bringen.

An dem langen Nachmittag im Netz hatte er die geringe Zahl weiterer Standorte herausgefunden, aktuell waren es weniger als zehn in Deutschland. Was das bedeutete: bereits feststehende Erfolglosigkeit oder lediglich eine Momentaufnahme – er wusste es nicht und konnte es nicht einschätzen. Aber es war eine der spannendsten Farben, mit der er bisher in Wortleben zu tun hatte.

Einmal dachte er: Wir sind zu eigenartig für vernünftige Projekte. Wir sind die Idealbesetzung für gute Komödien.

Aber er hatte seine Befangenheit weggelächelt. Dann hatte unerwartet eine Stammkundin den Kopf ins Kabuff gesteckt und sich im regionalen Mix aus Wehklagen und Charme geäußert: »Falls deine Frau Herwig in nächster Zeit spurlos verschwinden sollte: Ich habe damit nichts zu tun und habe nie behauptet, dass sie mit dem Teufel im Bunde steht. Dem Teufel der Verkäuferinnen. Außerdem sind deine Bücher viel zu teuer. Mahlzeit.«

Langsam stromerte er durch die einzige Straße im *Lager*. Von ihr gingen diverse Wege ab. Keine Trampelpfade, zwei Lastenräder konnten sich begegnen und passieren, ohne Sachschäden anzurichten. Der nächtliche Besucher entdeckte auch die Ladestationen, und er registrierte, dass in einem der großen Häuser noch Betrieb war. Keine Musik, kein festliches Grölen, da drinnen wurde wohl gearbeitet. Die Neugier nahm zu, aber der Horror, als Voyeur geoutet zu werden, war größer.

38

Eine Dreiviertelstunde später fuhr Adolf Wendlandt in ausgeglichener Gemütslage auf den Hof.

»Anna! Bin wieder da!«, rief er im Flur. »Wem gehört der hässliche kleine Japaner, der da im Weg steht?«

Er steckte den Kopf in die Küche und sagte: »Ach nee.«

Hannes stand auf. Anna stand auf und zuletzt stand auch die junge Frau auf.

»Vater, darf ich dir Maret vorstellen? Maret, mein Vater.«

Ihr Händedruck war in Ordnung, weil kräftig, nicht dieses Rachitische junger Frauen, bei denen du immer Angst hast, ihnen alle Finger zu brechen. Die blonden Haare trug sie lang. Die Augen waren nicht blau, nicht grün. Die Gesichtszüge klar, etwas puppig. Das konnte sich noch verwachsen. Die Kleidung stank nach Geld.

Anna stellte eine neue Tasse hin, und ihr Mann versuchte, dieses Gefühl zu ignorieren, dass etwas in der Luft lag.

»Wenn das hier größere Ausmaße annimmt«, sagte er, »lasst uns ins Wohnzimmer rübergehen. Ist doch blöd, so in der Küche.«

»Ich liebe Küchen«, entgegnete Maret.

»Ach nee.«

»Ja, ja«, sagte sie und wurde sehr munter. »Küchen sind das Herz der Wohnung. Und dann diese großen Räume. Das haben wir in der Stadt gar nicht mehr.«

Wendlandt sah nicht ein, was eine große Küche außer kalten Füßen im Herbst und Winter Tolles bieten sollte.

»Sie haben es gut«, schwärmte sie. »Sie dürfen in einer Umgebung wohnen, für die viele Menschen in der Stadt viel Geld zahlen würden.«

Einen Moment hielt er es für möglich, dass Hannes eine Maklerin ins Haus eingeschleppt haben könnte, dann verwarf er den Gedanken. Hannes mochte alles Mögliche sein, zum Beispiel uneinsichtig und stur. Aber nicht lebensmüde.

»Bei Gefions ist die Küche kleiner«, sagte Maret. Das wunderte den Bürgermeister nun doch.

»Woher kennt ...?«, begann er und bemerkte die warnenden Blicke, die über den Küchentisch flogen.

»Störe ich bei irgendwas?«, fragte Wendlandt. Er konnte es nicht ausstehen, wenn er nicht auf dem Laufenden war.

»Wie kommst du darauf«, fragte Hannes schnell – etwas zu schnell. Er wechselte einen Blick mit Maret und sagte: »Es gäbe was zu bereden.«

Das Gefühl hatte Wendlandt auch.

»Ich war vorhin mit Maret bei Heini Gefion.« Hannes griff sich an den Kragen, obwohl der obere Knopf offenstand.

»Wie geht's dem Bruchpiloten denn?«, fragte Wendlandt. »Hat er sein Tief überwunden?«

»Geht soweit. Er macht Pläne.«

»Na bitte. Nichts wird so heiß gegessen, wie es gekocht wird.«

»Du verstehst das falsch«, sagte Hannes. »Heini gibt auf, er schmeißt hin. Endgültig. Das macht ihn ja so glücklich. Er weiß endlich, woran er ist. Er hat für sich Klarheit gewonnen. Kannst du das verstehen?«

»Das wird ein Gerangel geben«, sagte sein Vater nachdenklich. »Ist ja gutes Land darunter, zumindest die zwei Drittel, die nicht nach Sibirien raus liegen. Man wird …«

»Da sind wir vorbeigekommen«, rief Maret lachend. »Da steht ein Schnellimbiss. Wissen Sie, wie der heißt?«

»Lass hören.«

»›Schnodder‹ heißt der«, sagte sie und lachte herzhaft.

Hannes grinste, und Wendlandt hatte das Gefühl, dass einer nach dem anderen von ihm abfiel. Vielleicht war es das, was er in den Biografien über Friedrich II., Stalin und Abraham Lincoln gelesen hatte. Große Männer werden irgendwann einsam. Ihnen bläst der Wind ungeschützt ins Gesicht, weil selbst die nächsten Verwandten nicht mehr mitkommen.

»Diesmal wird nichts versteigert werden«, behauptete Hannes.

»Was redest du denn? Natürlich wird versteigert werden. Wie soll Heini denn seinen Kopf heil aus dem Schlamassel kriegen? Ich möchte wirklich wissen, mit wie vielen Miesen er aus dem grausamen Spiel rauskommt.«

»90.000«, sagte Hannes. Er sagte es dermaßen leise, dass

Wendlandt die Zahl zuerst gar nicht mit Gefion in Verbindung brachte.

»90.000? Dafür muss ein alter Bauer lange ackern, was, Anna? Das war immer unser Horror, dass wir in die Miesen rutschen könnten.«

»Aber du doch nicht«, sagte Hannes.

»Oh vielen Dank. Über ein unerwartetes Kompliment freut sich der Bauer ganz besonders. Aber woher weißt du eigentlich, auf wie vielen Schulden Heini Gefion sitzt?«

»Er hatte einen bestimmten Grund, mir die Zahl zu nennen.«

»Aha, hatte er. Na sieh mal an. Und möchtest du mir auch sagen, welchen Grund er hatte?«

Es war zu stickig in der Küche. Maret hatte rote Wangen bekommen, Anna nicht. Ihr Blutdruck schaffte es nicht, den Saft bis zu den Ohren hochzupumpen. Wie sie da saß: still und freundlich und immer noch eine wunderschöne Frau, aber eben auch leidend, als wenn ihr mehr wehtat, als sie ihrem Mann auf seine besorgten Fragen verraten wollte.

»Vater, du musst mir versprechen, dass du dich jetzt nicht aufregst«, sagte Hannes.

»Raus damit«, polterte Wendlandt. »Bist du durch die Prüfung gerasselt? Die war doch noch gar nicht, soweit ich weiß.«

»Natürlich bin ich nicht durchgefallen.«

»Was denn dann?«

»Ich mache Pläne. Für die Zukunft.«

»Ist ja toll. Heini Gefion macht Pläne, du machst Pläne. Und das Fräulein Maret, lass mich raten, das macht wahrscheinlich ebenfalls Pläne. Und wenn es Hochzeitspläne sind.«

»Ja, Herr Wendlandt, darum geht es. Hannes und ich planen gemeinsam. Denn es geht um unsere Zukunft.«

Jetzt wusste Wendlandt endlich, was ihm an dieser adretten Frau mit der Zeit auf den Senkel ging. Sie hatte – wenn sie grundsätzlich und pathetisch wurde – etwas von Uwe Süß. Nicht viel, aber es reichte, um den Bürgermeister zu dem Schluss kommen zu lassen, dass er sich seinen ersten Enkel nicht ausgerechnet von dieser Marie wünschte. Oder Marlies. Oder Maret.

»Zukunft«, sagte er. »Schick.«

»Ja«, mischte sich Hannes ein. »Und nun ist genug geredet worden, jetzt muss gehandelt werden. Ich bin mir mit Heini einig.«

»Wir sind uns einig«, vermeldete Maret. Wie Uwe Süß! Es wurde immer schlimmer!

»Ich übernehme den Hof von Heini. Beziehungsweise wir«, kam er einem erneuten Einwurf von Maret zuvor. »Wir übernehmen den Hof. Zu uns stößt noch ein Freund, den ich auf der Landwirtschaftsschule kennengelernt habe. Dann führen wir den Hof zu dritt.«

»Und wir wirtschaften biologisch-dynamisch«, rief Maret. »Aber das ist ja klar. Anders geht es gar nicht mehr.«

»Jawoll«, sagte Hannes. »Biologisch-dynamisch. Ich werde Bauer, aber ein neuer Bauer.«

»Und ich mache ein Restaurant auf«, rief Maret. »Keinen popligen Hofladen, was heutzutage ja alle machen. Ein Top-Restaurant, wie es kein zweites zwischen Hamburg und Bremen und Hannover gibt. Freuen Sie sich auch so wie wir, Herr Wendlandt? Natürlich freuen Sie sich. Ich sehe es Ihnen an der Nasenspitze an.«

Der Bauer öffnete das Fenster, weil endlich Luft in die Bude musste. Dann goss er Kaffee ein, setzte sich, goss Milch dazu, begann zu rühren und hörte lange nicht mehr damit auf. Alle sahen ihm dabei zu. Gut möglich, dass seit langer Zeit kein Kaffee mehr unter dermaßen großer Anteilnahme der Bevölkerung umgerührt worden war. Er hatte Zucker vergessen. Er brauchte Zucker und jetzt brauchte er auch noch Zeit.

»Du bist nüchtern?«, begann er. »Kein Schnaps? Keine Drogen?«

»Wir nehmen keine Drogen«, stellte Maret klar.

»Komm, Vater«, sagte Hannes, »nicht auf diese Tour. Dazu ist die Sache zu wichtig.«

»So, ist also zu wichtig, die Sache, ja? Du hast etwas ausbaldowert ... Jaja, natürlich, nicht du allein. Du und deine ... was ist das ... Freundin? Ist Freundin richtig?«

»Ich bin seine Lebensgefährtin«, sagte Maret in altklugem Tonfall.

Für Wendlandt war bewiesen, dass diese Person mit Uwe Süß verwandt war. Wahrscheinlich war sie seine jüngere Schwester, von der er nie erzählt hatte. Jetzt wusste Wendlandt auch, wieso nicht.

»Und ihr zwei Hübschen habt euch nun also den Plan ausgedacht ...«

»Wir sind drei, Vater. Jan gehört auch dazu. Es ist reichlich Sachverstand vorhanden, falls du darauf raus willst.«

»Treffer, das hatte ich tatsächlich vor. Und als Übernächstes wollte ich dann auf das Kleingeld zu sprechen kommen.«

»Das ist kein Problem«, behauptete Maret. Wendlandt hatte von dieser Frau bisher noch keinen einzigen vernünftigen Satz gehört. »Ich habe meine Eltern angezapft. Wir sind nicht ganz arm, müssen Sie wissen. Jan hat 25.000 auf der Bank und kann noch mehr lockermachen. Und Hannes stammt ja auch nicht aus einer Barackensiedlung.«

Alle Hiesigen starrten die Frohnatur an. Das konnte ja noch was werden.

»Junge, nun mal im Ernst. Du weißt natürlich, dass das nicht geht. Nicht so und auch nichts anders.«

»Was geht natürlich nicht?«

»Vater und Sohn können nicht in einem Dorf zwei Höfe betreiben.«

»Ist ungewöhnlich, gebe ich zu. Aber ich sehe nicht, was daran so schrecklich sein soll. Erst recht nicht, wenn die beiden keinen Krieg gegeneinander führen, sondern Vater und Sohn bleiben und sich auch so benehmen.«

»Bist du so dumm oder tust du nur so?«

»Addi!«

»Lass, Anna. Das muss sein. Wenn wir jetzt nicht offen reden, wann dann? Etwa vor Gericht, wenn ich meinen Herrn Sohn in einem Jahr aus der Scheiße rausholen muss, in die er sich sehenden Auges reingeritten hat? Und dann noch alternativ. Wir machen uns ja zum Gespött der Leute!«

»Nur zur Erinnerung: Wir befinden uns in den 20er-Jahren des 21. Jahrhunderts«, konterte Hannes. »Die Landwirtschaft befindet sich in Bewegung, jeder dritte Bauer würde lieber heute als morgen nach den neuen Regeln spielen – auch wenn er es nicht zugibt. Aber es kann ja wohl nicht sein, dass immer die Feigsten und Vorsichtigsten das Tempo vorgeben.«

»Okay, ich mag diese Lahmärsche auch nicht, die keine Ideen haben und keine Fantasie. Aber hier ist bestes altes Bauernland, fruchtbare Erde, große Betriebe. Wir können nicht mehr in die Zeit der Kleingärten zurück. Da drüben im Osten, nicht im richtigen Osten, an der alten Grenze, da siehst du, wie es laufen wird: kleine Betriebe, kleine Erträge, und jeder Bauer muss nebenbei töpfern oder stricken oder malen. Eins schlimmer als das andere. Was grinst ihr so?«

Sie bemühten sich, nicht mehr zu lächeln, aber es fiel ihnen schwer. Das regte ihn weiter auf.

Der Abend hatte so schön begonnen. In die leidige Angelegenheit um Günni Erdmanns *Schnodder* war Bewegung gekommen, wenn auch von der falschen Seite. Aber der altkluge Oberschüler war der Einzige in der ewigen Opposition, mit dem man sich zur Not einlassen konnte, ohne darauf mit Magengeschwüren zu reagieren. Falsche Partei natürlich, aber viel zu jung, um ein ernsthaftes Ziel für Hass und Abneigung abzugeben. Und jetzt dies! Von wegen friedlicher Tagesausklang im trauten Heim. Adolf Wendlandt war auf dem falschen Fuß erwischt worden, das regte ihn zusätzlich auf. Sein Instinkt hätte ihn warnen müssen, auf seinen Instinkt hatte er sich immer verlassen können, er hatte ihn durchs Leben geführt: im Beruf, in der Familie, natürlich in der Politik – selbst in stockfinsterer Nacht hatte sein Instinkt stets für Beleuchtung gesorgt. Und jetzt saß er mit zwei Irren am Tisch, und Anna schien ernsthaft zu glauben, dass sie es schaffen würde, für Harmonie zu sorgen. Oder für den verkrüppelten Cousin der Harmonie: den Kompromiss.

Adolf Wendlandt verabscheute Kompromisse. Sie waren ein freundlicheres Wort für Niederlage. Selbst Unentschieden mochte er nicht, alles unterhalb von Triumph verschaffte ihm kein gutes Gefühl.

Hannes unternahm einen neuen Anlauf. Der Junge knickte nicht ein, immerhin. Denn das hätte seinem Vater den Rest gegeben: Eine Missernte kann man zur Not wegstecken, aber die Erkenntnis, einen schwachen Sohn zu haben, die ging ans Eingemachte.

»Du widersprichst dir«, sagte Hannes. »Du redest von der guten Erde und der guten Lage. Und behauptest gleichzeitig, dass wir scheitern müssen. Was denn nun: gute Erde oder scheitern?«

»Ich widerspreche mir doch nicht. Ich weiß gar nicht, wie das geht.«

»Wenn der Boden hier gut ist, dann ist es der richtige Platz, um auf neue Art zu wirtschaften.«

»Aber Junge, das sind zwei verschiedene Themen. Was ich hier treibe, ist das gute alte Ackern. Viel Wissen, verwurzelt in der Region, finanziell nicht ohne Polster. Du redest von Latzhosen-Aposteln.«

»21. Jahrhundert, hallo!«

»Du wirst nicht automatisch mit jedem Geburtstag ein Stück klüger. Wenn du ein Stümper bist, wirst du immer ein Stümper bleiben. Ich will nicht zusehen, wie du dich krumm arbeitest und hinten und vorne nicht hochkommst.«

»Glaubst du, wir kriegen unser Gespräch ohne Latzhose hin?«

»Wie kommst du jetzt auf Latzhose?«

»Du hast es in den Augen.«

»Ich habe eine Latzhose in den Augen?«

»Du weißt, was ich meine. Wenn du sauer bist, wirst du unsachlich.«

»Ich kann auch unsachlich sein, wenn ich mich wunderbar fühle. Wenn du mir nicht glaubst, frag Uwe Süß.«

»Ich besitze gar keine Latzhose«, sagte Maret und erinnerte Wendlandt daran, was er seit mehreren Minuten nicht vermisst hatte.

»Meine Güte, ich will mich nicht an der Kleiderfrage festbeißen. Meinetwegen können es auch Jeans sein.«

»Ich trage meistens Cord, groben Cord. Wie es mich mein Vater gelehrt hat.«

»Netter Versuch, Sohn.«

»Und ich werde Lederhosen tragen«, kündigte Maret an. »Lederhosen sind unverwüstlich und sehen mit der Zeit immer besser aus. Außerdem betonen sie die Figur.«

Vater und Sohn wechselten einen Blick, der nicht mehr

aufhören wollte. Diana Wauschkuhn machte mit jeder Minute Punkte gut.

»Okay«, sagte Wendlandt, »in meine Heimat zieht die neue Zeit ein. »Das ist das Ende. Anna, pack die Koffer. Kärnten ruft, wir kommen.«

»Ich finde das nicht richtig, dass du alles ins Lächerliche ziehst.«

»Sei froh, mein Junge, sei froh. Denn wenn ich anfange, deine Schnapsidee ernst zu nehmen, dann springen die Gläser auf dem Tisch.«

»Ich bin hier, um dich darüber zu informieren, dass wir den Hof von Heini Gefion weiterführen werden. Ich bin nicht hier, um mir von dir die Erlaubnis dafür zu holen.«

»Wenn ein Vater seinen einzigen Sohn vor einem großen Fehler bewahren will, dann ist das nur natürlich. Das ist Biologie.«

»Mein Gott«, mischte sich Maret ein. »Genau, wie du gesagt hast ...«

Wendlandt starrte sie an: »Was hat er dir denn gesagt?«

»Na ja«, entgegnete sie unerwartet defensiv. »Ich wollte damit nur sagen ...«

»Und dann noch ein vegetarisches Lokal«, fuhr Wendlandt fort. »Wollt ihr ein Zentrum für Magenkranke eröffnen? Wird Wortleben zum Kurort? Ich weiß einen Slogan für euch: ›Du kannst nicht kacken! Fahr nach Wortleben!‹ Wenn Wortleben Wacken heißen würde, käme der Slogan noch etwas geschmeidiger.«

Einen Moment schien es nicht unmöglich, dass sich am Tisch nach langer Zeit ein früher weit verbreitetes Phänomen zeigen könnte: lächeln. Aber das geschah nicht.

Wendlandt sagte: »Meinetwegen kann jeder essen, was er will und verträgt. Mich stört nur, dass du heutzutage nicht mehr in Ruhe kauen kannst, weil du ständig Angst haben musst, dass dir ein Prophet – pardon: eine Prophetin – erklärt, dass du gerade mit deiner Lebenserwartung spielst. Für meinen Geschmack war es früher entspannter.«

Unerwartet legte Maret Anna ihre Hand auf den Unterarm. »Arme Frau Wendlandt. Es ist bestimmt nicht leicht, mit so einem Mann verheiratet zu sein.«

Anna war verdutzt. Maret öffnete den Mund, aber Wendlandt stellte sie mit einem Blick stumm, und Hannes musste den Bekenner raushängen lassen.

»Ich liebe Maret.«

»Und ich liebe Hannes«, sagte Maret. »Auch wenn er manchmal viel von seinem Vater hat.«

»Jetzt musst du sagen, dass du mich liebst«, forderte Wendlandt seine Frau auf. »Danach sage ich, dass ich dich liebe. Und dann fassen wir uns alle an den Händen und tanzen um den Tisch herum. Und zum Abschluss rufe ich den Hund rein, damit er Maret vom Hof jagt.«

Keiner sagte ein Wort, schlagartig hatten sich Worte in eine leicht verderbliche Ware verwandelt.

»Ich bin ruhig«, behauptete der Bürgermeister. Und an Hannes gerichtet: »Ich kann mir gut vorstellen, dass ihr ganz besoffen seid von eurer Idee. Ich kenne das doch. Bevor jetzt wieder jemand das Falsche zur falschesten Zeit sagt: Ja, auch ich war einmal jung, wenn auch nie so jung wie mein Herr Sohn. Ich hatte einen Kumpel, der ist auf Weltreise gegangen, bevor er den Hof von seinem alten Herrn übernahm. Das fand ich damals übertrieben, heute kann ich ihn verstehen. Seitdem war der Harz das Südlichste, was er von der Welt gesehen hat vor lauter Arbeit.«

»Armer Addi«, sagte Anna und legte ihrem Mann einen Arm auf die Schulter. »Das hat dich kalt erwischt, was?«

»Man wird sich ja wohl noch über seine Kinder ärgern

dürfen. Über Anja ärgere ich mich jeden Tag fünfmal. Ich bin im Training. Aber sauer bin ich auch.«

Er sah zu, wie Anna und Maret den Raum verließen. Maret war überrascht und wollte diskutieren. Aber Anna konnte kompromisslos eine Richtung vorgeben, es geschah nur so selten.

Plötzlich standen sich die Männer gegenüber.

»Man fasst es nicht«, knurrte Wendlandt. »Da legt man sich 25 Jahre krumm, um so einen Schlaks großzuzie…«

»23.«

»Noch schlimmer. Ich dachte, das wird einem Mann erst ab 40 wichtig. Ich erkläre dich hiermit in aller Form für 23. Als Bürgermeister darf ich das wohl. Ich dürfte ja auch die Zeit verändern.«

»Das denkst du dir jetzt aus.«

»Der alte Piesow hat eine Urkunde gefunden.«

»Der alte Piesow hat Sachen gefunden, die es gar nicht gibt.«

»Ich bin einfach zu spät gekommen. Wenn ich daran denke, dass wir früher die Gerichtshoheit hatten. Meine Güte, was würde ich hier für Urteile fällen, da könnten sich alle Hände und Füße daran wärmen.«

Erstaunt sah er, wie sich Hannes eine Zigarette anzündete.

»Was sind denn das für neue Moden?«

»Nervosität. Ist Medizin, keine Zigarette. Seitdem wir ununterbrochen am Rechnen und Planen sind …«

»Ach, so weit seid ihr schon? Und ihr rechnet ernsthaft? Ihr glaubt nicht, dass das Manna automatisch vom Himmel fällt, wenn ihr es braucht?«

»Du macht dir keine Vorstellungen, wie viele Stellen einen beraten wollen. Und ich rede jetzt von seriösen Adressen der seriösen Verbände. Nicht von den Windhunden, die Beute wittern.«

»Vor denen musst du keine Angst haben. Nicht, solang ich noch weiß, wo der Schlüssel vom Waffenschrank liegt. Ich klär das dann für dich. Den Spaß gönne ich mir, und wenn es das Letzte ist, was ich mir gönne. Das Letzte in Freiheit.«

»Denkst du, ich will mir von dir den Vorwurf anhören, dass wir uns unüberlegt auf ein Abenteuer eingelassen haben?«

»Abenteuer trifft es ziemlich gut. Was meinst du, warum Heini Gefion hinschmeißt? Er hat seinen Hof nicht vertrunken.«

»Weiß ich doch. Das sind alles Pluspunkte für uns. Wir übernehmen einen halbwegs intakten Betrieb.«

»Aber der Schuldendienst wird euch auffressen. Und du weißt, was es in den ersten Jahren bedeutet, wenn du auf biologisch und dynamisch und vegan umstellst.«

»Vegan nicht.«

»Weiß Maret das schon?«

»Lass uns heute nicht über Details sprechen. Und ich weiß, dass diese sieben Jahre wenig Ähnlichkeit mit Urlaub haben werden.«

»Der war gut!«

»Den grimmigen Humor habe ich von dir.«

»Besser als nichts.«

»Das warst du, der mir erzählt hat, was seiner Meinung nach alles in der Landwirtschaft und in der Politik schiefläuft. Damals mag das noch halbwegs Privatmeinung gewesen sein. Mittlerweile ist es offizieller Stand des Wissens. Es wird schwer werden, aber wir bekommen Förderung, von der die Pioniere vor 20 Jahren nicht mal geträumt haben. Keine schiefen Blicke, keine dummen Sprüche. Vielleicht ein Dummschnacker von der Sparkasse, damit muss man rechnen. Aber die Profis, die sich auskennen, stehen auf unserer Seite.«

»Kein Verhungernlassen am ausgestreckten Arm?«

»Sie wollen sehen, dass wir arbeiten. Und dass wir lernen wollen. Aber mit jeder guten Idee, die wir ausbrüten, machen wir bei denen Punkte.«

»Ach Gott! Das hört sich an wie in einer dieser kuscheligen Familien, die es heutzutage nicht mehr gibt.«

»Ich ziehe von jeder guten Erfahrung und positiven Begegnung immer ein Drittel ab. Ich bin sicher, dass ich damit dichter an die Realität komme. Aber ich bin nicht naiv.«

»Du bist seit einigen Minuten offiziell 23. Da darf man naiv sein.«

»Eigentlich ja. Aber wenn ich Bauer mit eigenem Hof und eigenen Schulden bin, mach ich einen Sprung. Da darf ich es höchstens nach Feierabend krachen lassen – immer vorausgesetzt, Feierabend findet dann noch statt. Wir fahren aufs *Airbeat*, das haben wir uns versprochen, das lassen wir uns nicht nehmen. Drei Tage Leben, das muss für ein Jahr reichen.«

»Diese Musik, die du ohne Instrumente machen kannst?«

»Du übertreibst wie immer. Ist aber nicht ganz falsch.«

»Auf dem Flugplatz im Osten, richtig?«

»Donnerwetter. Wie kommt's?«

»Einmal zu spät weggeschaltet, und schon war es passiert.«

»TV?«

»Einige Minuten nur.«

»Du fandest es schrecklich.«

»Sehr junge Menschen. Sehr, sehr junge Menschen. Alle fröhlich, keiner idiotisch. Keine Gewalt. Und Drogen offenbar nur, wenn keine Kamera in der Nähe ist. Davor habe ich Respekt.«

»Das aus dem Mund des Mannes, der nie jung war.«

»Der nie in dem Zwischenbereich herumgestolpert ist. Ich war erst Kind und gleich danach Bauer. Das Dazwischen habe ich verpasst. War mir lange egal. Jetzt kommen Momente …«

»Das geht nicht anders, wenn du ein Bauer bist. Bauer ist man nicht fünf Tage in der Woche bis 17 Uhr.«

»Das ist das Wichtigste, was du deinem Nachfolger einbläuen musst, wenn du älter wirst und der kleine Hosenscheißer erste Witterung aufnimmt. 23, wirklich?«

»Frag deine Frau.«

»Die steckt mit dir unter einer Decke.«

»Sie ist zu uns allen loyal. Geht's ihr besser?«

»Nächstes Thema.«

»Mist.«

»Wem sagst du das?«

»Haben wir's dann soweit?«

»Nicht ganz. Wir setzen uns zusammen, morgen, übermorgen, wann immer die künftige Mutter meiner künftigen Enkel dir Auslauf gewährt. Wir gehen die Bilanzen durch. Ich will, dass du siehst, wie die Lage ist. Du musst nichts befürchten, wenn du hier übernimmst. Du gehst kein Risiko ein. Früher habe ich mich möglicherweise ein wenig ehrpusselig angestellt, wenn es um Geld ging. Aber ich war eben der Meinung, dass das für dich zu früh ist. Du solltest dich nicht damit belasten, das war …« Hannes packte den Vater an beiden Schultern. Der verstummte erschreckt. Sie hatten sich seit vielen Jahren nicht mehr berührt. Beim Nachhauseweg vom Schützenfest waren sie damals übereinander in den Karpfenteich von Scharbeutz gefallen. Und als der angeschickerte Junggeselle mit seiner Flinte herumfuchtelte, hatte sich der Vater vor den Sohn und der Sohn vor den Vater drängen wollen, damit Scharbeutzens Schrotkörner kein Unheil anrichteten. Aber das war kein freiwilliges Berühren gewesen, damals war es um Leben oder Tod gegangen. Wenigstens um einen Besuch bei Doktor Peter, der ein gottbegnadeter Schrot-Puler war – eine der wichtigsten Voraussetzungen, um sinnvoll eine Praxis in Jägerland zu führen.

»Hör mir zu«, sagte Hannes mit belegter Stimme. »Ich zweifle nicht daran, dass ich einen kerngesunden Hof übernehme, wenn ich unseren Hof übernehme.«

»Warum tust du's dann nicht, du Torfkopp?«

Wendlandt wendete alle Tricks an oder das, was er für Tricks hielt, aber Hannes hatte längst sein Ich-muss-meine-eigenen-Erfahrungen-machen-Gesicht aufgesetzt und war für trickreiche Beweisführungen nicht mehr erreichbar. Wenn er so guckte, ließ sich der Bengel einfach nicht mehr irritieren. Oder doch?

»Patente Person, deine Maret. Werden immer eleganter, deine kleinen Freundinnen. Sehen jetzt schon aus wie richtige Frauen.«

Hannes seufzte: »Maret ist eine gleichberechtigte Partnerin.«

»Klar doch. Wie man's heute so hat.«

»Sie ist Diplom-Ökotrophologin, wenn du's genau wissen willst.«

»Im Grunde möchte ich nicht, dass mein Sohn eine Frau heiratet, deren Beruf ich nur unter Schmerzen mit weniger als drei Fehlern aufschreiben könnte.«

»Du musst sie nicht so nennen.«

Der Vater pfiff anerkennend. »So jung und schon mit dem Studium fertig.«

»Sie hat sich eben nicht in der Welt herumgetrieben wie ich.«

»Das hat was mit Ernährung zu tun?«

»Ernährungs-Wissenschaftlerin.«

»Na, dann habt ihr euch für den Hof ja die Richtige eingefangen. Und was ist dieser Herr Jan für einer? Bankdirektor?«

»Jan stammt natürlich auch aus einer Bauernfamilie. Zuckerrüben und Weizen, 70 Hektar. Cloppenburger Region, wo die guten Reiter herkommen. Und seine Leute stehen zu unserem Plan.«

»Kann ich mir vorstellen. Der Vater ist bestimmt froh, dass sich das ganze Elend nicht vor seiner Haustür abspielen wird.«

»Leider ist Jans Vater schon tot, und seine Mutter …«

»Lass mich raten. Seine Mutter lebt in Alaska und weiß noch nichts vom Faible ihres Jan für das alternative Gärtnern.«

»Sie wollte nach dem Tod ihres Mannes unbedingt einen Tapetenwechsel. Und Jan war zu jung, um zu übernehmen.«

»Sie haben verkauft!«

»Unter Schmerzen, aber ja.«

»Dann ist Geld da. Oder haben sie neu investiert?«

»Lass uns darüber später reden. Ich muss mich um Maret kümmern.«

»Die ist in besten Händen.«

»Meine Mutter weiß zu viel von mir.«

»Aber sie wird einer neunmalklugen jungen Frauensperson nicht schon beim ersten Treffen die peinlichsten Geheimnisse anvertrauen.«

»Auch wieder wahr.«

39

Ludwig Molkenthin war ein Phänomen. Keiner im Ort stand nach dem 22. *Bommerlunder* so stramm wie der Landmaschinenmechaniker und Vater von sechs Kindern.

»Kerzengerade!«, rief Molkenthin der Zechrunde entgegen, als er nach dem Urinieren an den Tisch in der *Dohle* zurückkehrte. »Kerzengerade. Nach mir sind alle Kerzen gestaltet.«

Seine Mitzecher blubberten Zustimmung, und Molkenthin gab eine Unanständigkeit zum Besten, die bei seinen Kumpanen Rufe der Begeisterung hervorrief. Das fremde Ehepaar, das auf der Durchreise im Ort hängen geblieben war, blickte sich alarmiert um.

»Die ersten acht bis zehn sind die schwersten«, behauptete Molkenthin.

»Ich bin schon nach dem vierten breit«, gab Hannes Harder zu.

»So spielst du auch«, hetzte Molkenthin. Die seit Wochen andauernde Schussschwäche von Harder stürzte jeden Anhänger von *TuS* Sonntag für Sonntag in immer tiefere Niedergeschlagenheit.

»Also zehn schaffe ich auch«, japste Bäcker Voigtherr, dessen verdrehter Gesichtsausdruck seine Behauptung Lügen strafte. »Aber danach bin ich so was von breit.«

»22«, sagte Molkenthin für den Fall, dass es einer vergessen haben sollte. Die Bewunderung seiner Mitzecher tat ihm gut. Ihn lobte sonst kaum mal jemand.

»22!«, rief er. »Und keins weniger. Weil das dann ja nur 21 wären. Aber unter 22 fang ich gar nicht erst an.«

»Das ist ja ekelhaft«, sagte in diesem Moment die fremde Frau zu dem fremden Mann. »Trinken wie die Tiere. Mir tun die armen Frauen leid.«

»Ja, ja«, entgegnete der fremde Mann und blickte verstohlen zu der *Bommerlunder*-Runde hinüber. Er hätte gern mal einen Weinbrand getrunken und nicht immer nur Silvester zwei Gläser Bowle.

»So sind die Menschen auf dem Land«, fuhr die Frau verächtlich fort. »So waren sie immer. Und so werden sie immer sein. Das ist der Preis, den sie dafür bezahlen, dass sie nicht in der Stadt wohnen.«

Am Nebentisch ließ Walter Rottian – Mitglied in der Partei des Buchhändlers Süß – sein Wienerschnitzel kalt werden. Frau Rottian wunderte sich über ihren Mann, der jeden Teller traditionell aus Neigung und Verfressenheit leer hinterließ.

»31 ist mein Rekord«, blubberte Ludwig Molkenthin, der, wenn schon nicht betrunken, so doch laut zu werden pflegte.

»Pfui sage ich«, sagte die fremde Frau. »Dreimal pfui.«

»Walter, so iss doch endlich«, sage Frau Rottian und schlug besorgt auf des Gatten Unterarm.

»Still«, zischte Rottian und lauschte zum Nebentisch hinüber. »Eine Schande ist das«, murmelte er und säbelte nachdenklich an seinem Schnitzel herum.

»Meines ist auch wieder so zäh«, sagte Frau Rottian. Sie war dafür bekannt, dass sie keine Gelegenheit ausließ, etwas misszuverstehen.

»Mit Schande meine ich die Säufer da hinten«, stellte Rottian klar.

»Wieso Säufer? Das sind doch Ludwig und Hänschen und …«

»Mir sind die Schluckspechte namentlich bekannt«, knurrte Rottian und brachte beim Wirt ein Glas Wasser für sich und ein kleines *Alt* für seine Frau auf den Weg.

»Warum sagst du dann Säufer?«, fragte Frau Rottian.

»Hast du nicht gehört, was die Dame hinter uns gerade gesagt hat?«

»Nein. Was hat sie denn gesagt, die Dame?«

»Mensch, Hannchen, das sind Touristen. Die bringen Geld, aber nur, wenn sie uns in guter Erinnerung behalten.«

Er hatte die Worte kaum ausgesprochen, als seine Frau über den Tisch langte und begann, seinen Hemdkragen zu ordnen.

»Lass das«, zischte er und wehrte die fürsorglichen Finger mit Messer und Gabel ab.

»Aber zu uns kommen doch keine Touristen«, sagte seine Frau.

»Ja und warum nicht?«, ereiferte sich Rottian. »Wir haben da erst kürzlich im Ortsverein drüber gesprochen. Rudi und der Doktor sagen auch, da müssten wir eigentlich was unternehmen.«

»Gegen die Touristen?«

»Für die Touristen.«

»Aber zu uns kommen doch keine ...«

»Sag mal, Hannchen, möchtest du wirklich noch ein Bier?«

»Aber ja, Walter. Es ist doch gerade so gemütlich.«

Hinter ihnen stand das fremde Paar auf und ließ sich vom Wirt den Zimmerschlüssel geben. Auf dem Weg zur Treppe warf die Frau der *Bommerlunder*-Runde einen vernichtenden Blick zu.

Und dann geschah es: Ludwig Molkenthin, der schon wieder Richtung Toilette stakste, entdeckte die Rottians und ließ es sich nicht nehmen, an ihren Tisch zu kommen. Er schlug Walter die Hand auf den Rücken, und Rottian kam fast um, als ihn die *Bommerlunder*-Wolke anwehte.

»Walter, du alter Hirsch, was trinkst du denn da! Das sieht ja aus wie ...« Molkenthin drehte sich zu seiner Zechrunde um und brüllte durchs Lokal, dass dem ausgestopften Eichhörnchen der Staub vom Fell rieselte: »Wisst ihr, was Walter trinkt? Wasser trinkt Genosse Rottian!«

»Wasser ist doch gesund«, sagte Frau Rottian. Sie war einfach herzig.

Molkenthin fiel vor Lachen beinahe um. »Gesund«, keuchte er. »Wasser! Das liest man doch jeden zweiten Tag, was da alles an Schweinereien drin ist. Kalium, TNT, Natrium, Chlor. Und Kellerasseln!«

»Du hast sie doch nicht mehr alle«, knirschte Rottian. »Wie sollen da denn Kellerasseln reinkommen?«

»Solche Oschies sind da drin«, behauptete Molkenthin mit der sturen Sicherheit, die einem ein trunkener Kopf oder ein fester Glaube verleihen. »Solche Eumel. Wenn ich's dir sage.« Ehe Rottian es hätte verhindern können, hatte seine Holde schon nach seinem Glas gegriffen und hielt es gegen das Licht der nachgemachten Petroleumlampe.

»Ich sehe nichts«, sagte Frau Rottian wahrheitsgemäß. Und während sich ihr Mann vor Scham über den Tisch beugte, brach Molkenthin in wieherndes Gelächter aus. »Wisst ihr, was Walters Göttergattin gerade festgestellt hat? Soll ich euch sagen, was sie gerade gesagt hat? Was Walters ...«

Im nächsten Augenblick hielt Rottian Molkenthins Oberhemd mit beiden Händen fest.

»Das sage ich dir«, keuchte er und kam fast um vor lauter *Bommerlunder*-Geruch. »Das mit dem Gesaufe, das hört auf. Dafür sorge ich. Ende, aus und basta. Hast du mich verstanden, du Saufnase?«

Erst war Molkenthin baff, doch er fasste sich schnell. »Was sagst du da, Genosse Rottian?«

»Taub auch noch!«, höhnte Rottian, an dem der kleinste Zeh nach einem *Bommerlunder* schrie.

»Ich höre ausgezeichnet«, entgegnete Molkenthin lauter. »Ich höre vor allem, dass du mich anmistest. Ein Roter, der Kellerasselwasser trinken muss, weil er sonst vom Stängel fällt, und der seine Frau ein Glas Jauchebier trinken lässt, so einer macht mich an. Mich ...«

»Das ist doch keine Jauche«, platzte Frau Rottian dazwischen. Rottian funkelte seine Frau an, die an ihrem Altbierglas roch.

»Das schwöre ich hiermit! Ludwig Molkenthin, du hast dir heute deinen letzten Schwips angetrunken. Die alten Zeiten sind vorbei. Jetzt weht eine andere Fahne im Ort als deine Schnapsfahne. Jetzt weht hier die Fahne der fortschrittlichen Gesundheitspolitik. Sie weht für dich und für mich, vor allem aber für dich. Und wir gehen jetzt, Hanne«, blaffte er seine Frau an, die grade austrinken wollte. Kategorisch packte er ihr Handgelenk und schoss durch die Gaststube Richtung Ausgang.

40

»Wer da?«

»Lieber *HSV*. Zur Not *96*.«

Die Gestalt vor ihnen rührte sich nicht. Hannes legte den Arm um Maret. Nicht um sie vor einem Angriff zu beschützen, sondern um die Gestalt vor einer Attacke durch Maret zu bewahren, die ihm ein unvergessliches Erlebnis bescheren könnte.

»Ich habe nicht Werder wie *Werder Bremen gesagt*, sondern: wer da?«

»Und ich sagte *HSV* und *96. Hannover 96*. Du weißt schon: der Verein, der aus vielen Millionen so wenig gemacht hat wie kein anderer Verein.«

»Ich bin Bert. Ich lebe hier. Ihr lebt nicht hier.«

Hannes dachte: Ach du meine Güte. Maret murmelte: »Der Kerl ist mit deinem Vater verwandt.«

»Dann wäre er auch mit mir verwandt. Und bald mit dir. Du solltest also nicht vorschnell das Schlimmste annehmen.«

Man stand vor dem Gebäude mit den digitalen Arbeitsplätzen für Schüler und Erwachsene. Es war noch hell, aber der Abend war auf dem Vormarsch.

Bert, der im *Lager* lebte, bewegte sich jetzt. Man umarmte sich nicht, aber der bedrohliche erste Eindruck löste sich auf.

»Ich bin sonst nicht so«, sagte Bert.

»Das sagt jeder Mörder«, entgegnete Maret. »Aber leider immer erst hinterher.«

Hannes übernahm, klug geworden durch mehrere Erfahrungen in der jüngeren Vergangenheit. »Maret und Hannes.

Meine Familie lebt in Wortleben, wir sind zu Besuch und müssen natürlich sehen, was hier entsteht. In Wortleben ist seit längerer Zeit nichts Neues mehr entstanden. Eine Wurstfabrik, ein Buchladen. Der Wurstfabrik geht's besser, wirtschaftlich.«

»Dann sollte der Buchladen mehr Kochbücher anbieten. Oder sich mit den Wurstleuten zusammensetzen und Produkte entwerfen, die beide Elemente enthalten.«

»Wurst und Buch?«

»Die Richtung.«

»Das würde der Buchhändler seelisch nicht verkraften.«

»So sensibel?«

»Empfindlich. Mehr empfindlich.«

So kam man endlich ins Gespräch. Als Greta zu ihnen stieß, wurde es lauter und fröhlicher. Sie lotste die Besucher in das Gebäude, in dem gerade die »Kommunikation« aufgebaut wurde. Ein Zwitter aus Teeküche, Versammlung von Kaffeeautomaten, verschiedenen Sandwiches in Fächern plus zwei lange Tischen – einer mit Laptops, einer ohne.

»Das lebt alles noch nicht«, sagte sie. »Einige finden es hässlich, einige könnten mit jeder Lösung leben, bei der der Weg zu Fressalien und Getränken nicht länger als zehn Meter ist.«

»Warum macht ihr denn so was?« Maret bemühte sich nicht um einen Tonfall, der nach Erhalt weiterer Informationen weicher werden konnte. Ihre Meinungsbildung war oft nach einer Handvoll Minuten abgeschlossen, in der Zeit hatte Hannes zehnmal ein- und ausgeatmet.

Zwei mittelständische Unternehmen hatten um Ideen für freundliche und gleichzeitig praktische Pausenbereiche gebeten. An dieser gestalterischen Aufgabe saßen Greta und einige Lager-Bewohner in diesen Tagen.

»Natürlich kann man das am Rechner bauen«, sagte Greta. »Aber das sieht dann auch so aus: immer ähnlich, immer gleich. Und nie appetitlich. Bei uns gibt es zum Glück eine große Fraktion für anfassbare Lösungen.«

»Mit Getränken und Futter?«

Sie lächelte Hannes an. »Muss sein. Ich kriege Hunger, wenn ich arbeite.«

»Greta ist vom alten Schlag«, dolmetschte Bert.

»Greta kommt mit manchen Auftraggebern besser klar als manche anderen bei uns«, sagte Greta mit Worten, über denen eine zarte Haut aus Eis lag.

Hannes mochte Greta. Er überlegte, wie viele Jahre sie älter sein mochte als er. Er stand vor den Sandwiches und sagte: »Das da.«

Greta tauchte neben ihm auf und trat gegen den Automaten. Alle Türen sprangen auf. Bert stöhnte.

»Bedien dich«, sagte Greta. Und zu Bert: »Wir hätten es ihm bei seinem Besuch zeigen sollen. Das hätte ihm gefallen.«

»Nur der Fußtritt«, entgegnete Bert. »Alles andere nicht. Kann ja noch kommen.«

»Den sehen wir erst mal nicht wieder. Den Abend muss er verdauen.«

Greta verschwand und kehrte mit Flaschen zurück.

»Solche Tragebehälter haben die Milchmänner in den alten amerikanischen TV-Serien«, sagte Hannes erstaunt.

»Aber bei denen ist immer nur Milch in den Flaschen. Wir sind breiter aufgestellt.«

»Seht euch vor«, warnte Bert. »Der Weg vom Besucher zum Versuchskaninchen kann sehr kurz sein.«

Acht Flaschen, acht verschiedene Säfte, zweimal Mixgetränke. Obst, Gemüse, teilweise mutig gewürzt. Man probierte sich mit Hilfe von kleinen Bechern durchs Angebot.

»Mutig«, sagte Maret. Mutig hieß bei ihr: durchgefallen. Die ausdrucksstärkeren Aromen sagten ihr zu, aber sie haderte grundsätzlich.

»Es ist nicht korrekt«, sagte sie mehrfach. »Es ist nicht korrekt.«

Hannes fand es nicht korrekt, dass sie ihn davon abhalten wollte, den lilafarbigen Saft zu probieren, bei dem er dann blieb.

»Schmeckt zu sehr nach Moral?«, fragte Greta.

Und Maret: »Ich find es nicht gut, wenn man nachhaltig tut, aber im Grunde nur darauf abzielt, unsere Schwäche auszunutzen.«

»Ich tu nicht nachhaltig«, sagte Greta.

»Nicht? Das ist schade.«

»Nachhaltig hat diesen kurzen Abgang.« Dabei fuhr sie sich mit der ausgestreckten Hand über den Hals.

Hannes mochte Greta immer mehr.

Maret fand er nicht direkt besserwisserisch, aber sie war immer sehr schnell beim Grundsätzlichen. Dabei handelte es sich um Säfte.

»Wir bereiten gerade unsere Zukunft vor«, berichtete er.

»Ein Hof«, präzisierte Maret. »Aber nicht so eine Lächerlichkeit mit Ponyreiten, ein richtiger Hof. Das, was sein muss. Alles andere lassen wir weg.«

»Ein demagogischer Hof.«

»Du meinst Demeter.«

»Nein, ich meine demagogisch.«

»Nein, nein, viel Lebensfreude. Aber nicht oberflächlich. Oberflächlich sind ja schon die anderen. Wie der Vater von Hannes.«

Bert war inzwischen abhandengekommen. Seinen Platz nahm jetzt Robbi ein. Es dauerte stets nur wenige Minuten, bis er Witterung aufgenommen hatte.

»Unser aller Bürgermeister«, sagte er freundlich.

Und Greta: »Mir tut er immer noch leid, Er musste so viel Neues sehen und hören. Ihm fehlten an dem Tag wenigstens zwei Augen und Ohren.«

»Er hat sich gut gehalten«, sagte Robbi. »Manches passt gar nicht in einen einzigen Abend.«

Hannes und Maret tauschten seit Längerem Blicke.

Er sagte: »Willst du es ihnen sagen oder soll ich?«

»Dein Vater, dein Auftritt.« Er holte Luft, und Maret sagte: »Das ist sein Sohn. Der Sohn vom Bürgermeister. Ich bin seine Lebensgefährtin.«

Robbi lachte: »War ja klar. Nicht nur die Welt ist ein Dorf. Auch das Dorf ist ein Dorf.«

»Das ist ein Ding«, sagte Greta. »Vater und Sohn, wir sammeln sie alle ein.«

»Den kriegt ihr nicht«, stellte Maret klar und umschlang mit beiden Armen den rechten Arm von Hannes.

»Wir stehen ganz am Anfang«, sagte er. »Noch ist nichts in trockenen Tüchern.«

»Wir können nicht mehr zurück«, widersprach Maret in ihrem alarmierten Ton. »Das wäre die völlig falsche Botschaft.«

»Heini Gefion, der Bauer, ist ein Wackelkandidat«, sagte er. »Mal tut er so, als sei er froh, bald alles hinter sich zu haben. Einen Tag später hat ihm jemand eingeredet, dass er kämpfen muss. Wir bieten für seinen Hof.«

Robbi erfragte die Daten, offensichtlich wusste er, über welchen Betrieb man redete.

»Ist ja nicht so, dass nur ihr neugierig seid«, sagte er trocken. »Wir wollen auch wissen, mit wem wir es hier zu tun kriegen.«

»Und? Wie ist der Eindruck?«

»Nicht viele Überraschungen. Einerseits ist der Ort froh,

dass Zukunft zuzieht. Andererseits kann man uns noch nicht einordnen. Ist ganz natürlich.«

»Und mein alter Herr?«

»Spitze!« Mehr kam nicht von Robbi.

Greta lieferte Erklärungen: »Er liebt ihn. Er mag Kantköpfe, die in zehn Minuten alle Extreme menschlichen Verhaltens durchdeklinieren.«

»Ihr findet ihn nicht schrecklich?«, fragte Maret ungläubig.

»Wie redest du denn von deinem künftigen Schwiegervater und Opa deiner Kinder?«

Maret starrte Robbi an.

Hannes sagte »Oh, oh. Da habt ihr sie auf was gebracht.«

»Er ist ein leidenschaftlicher Mann«, sagte Robbi. »Ein Vulkan. Und noch listiger, als es das Klischee großen Bauern unterstellt.«

»Momentan leidet er an unserem Projekt«, sagte Hannes. »Er hatte andere Pläne mit mir. Und er kann sich nicht damit trösten, dass es ja noch ein zweites Kind gibt. Meine kleine Schwester steckt mitten in der Pubertät, ihr langfristiger Horizont reicht maximal 48 Stunden weit.«

»Die Pläne mit dir hat er immer noch«, behauptete Robbi. »Bilde dir nichts ein. So eine Urnatur gibt nicht gleich auf, nur weil sich der Wind dreht.«

»Politisch ist er flexibel«, sagte Hannes, »er holt sich die Mehrheiten, wenn er sie braucht und wo er sie kriegen kann. Aber privat ist er 20. Jahrhundert. Und er ist eine öffentliche Person. In jeder Familie im Ort kennen ihn wenigstens zwei Generationen, oft drei. Adolf Wendlandt ist Wortleben. Dabei gibt es ja durchaus Bürgermeister, die zehn oder 20 Jahre länger als er am Ruder sind.«

»Er ist ein Showman«, sagte Greta. »Ein Schauspieler. Das liebt er. Wir haben bei seinem Besuch noch gar nicht den echten Showman kennengelernt. Dafür war alles überraschend beeindruckend, was er hier vorfand. Aber er hat sich gut gehalten.«

»Habt ihr euch denn im Vorfeld über ihn schlaugemacht?«

»Nicht besonders. Für uns war vor allem wichtig, endlich einen Standort zu finden. Dafür hätten wir zur Not auch einen schwierigen Bürgermeister akzeptiert. Aber wir kommen ja nicht als Bittsteller. Wir haben etwas anzubieten, wir bauen hier etwas auf. Jeder kleine Ort kann froh sein, uns zu kriegen.«

»Igitt, seid ihr überheblich«, sagte Maret.

»Du wirst es noch begreifen«, entgegnete Robbi unaufgeregt. »Wir sind die Zukunft. Wir werden ein Wirtschaftsfaktor werden. In der ersten Zeit konnte man uns problemlos ignorieren. Ich bin überzeugt, viele Bewohner dachten: Das wird ein weiteres Neubaugebiet, wie es sich in jedem Dorf findet. Diese Entwicklung ist unvermeidlich, und das ist auch in Ordnung. Das sind Steuerzahler, das ist die Garantie, dass die Schule und die Kita weiter bestehen. Das sind neue Kunden für den Einzelhandel und die Gastronomie. Aber wir sind viel mehr. Wenn es so läuft, wie ich mir das in den Minuten vor dem Einschlafen vorstelle, sind wir in fünf Jahren der wichtigste Faktor in Wortleben. Dann wird man uns in einem Satz mit Reizwörtern wie Zukunft, Wachstum, Digitalisierung nennen. Dann werden wir der Grund für neue Unternehmen sein, sich hier anzusiedeln. Durch uns wird Wortleben eine Marke werden. Orte wie das heutige Wortleben gibt es 1.000-fach in Deutschland. Niemand kennt ihre Namen, und sie haben auch nichts anzubieten, was Arbeitsplätze und Infrastruktur beflügeln könnte. Alles, was spektakulär ist, wird von uns kommen.«

»Oha«, sagte Maret. »Das hört sich ja an, als ob in fünf Jahren sogar der Bürgermeister im neuen Viertel wohnen wird.«

»Sagte ich das nicht gerade?«

Robbi weidete sich an ihrer Überraschung. »Wir bauen ein Denkmal für ihn. Eines, was sonst keiner hat. Das wird deinen alten Herrn trösten. Und ihr beiden sorgt für die Enkel. Am besten, ihr fangt gleich damit an. Aber ihr könnt gerne noch ein Stündchen bleiben. Wir haben nicht nur Säfte und Smoothies mit eingerührter Nachhaltigkeit zu bieten, wir haben trinkbare Weine.«

»Das klingt ja so, als ob ihr auch Winzer in euren Reihen habt.«

Robbi lächelte und sagte: »Ein Brauer, ein Winzer, eine aus der Spirituosen-Dynastie – und du hast für schwere Zeiten vorgesorgt.«

»Nicht zu vergessen ein Verlag«, fügte Greta hinzu. »Ein Verlag bietet gleich mehrere Optionen. Wenn die örtliche Presse mit unseren Projekten nicht mitzieht, machen wir unsere eigene Tageszeitung. Und wenn der Buchladen nur verschnarchte Romane anbietet, schreiben wir uns unsere eigenen.«

»Das wird Uwe Süß nicht überleben«, sagte Hannes lachend.

»Bevor er sich die Kugel gibt, geben wir ihm die Gelegenheit, hier bei uns eine Filiale zu eröffnen. Das wird ihn schnell wieder gesundmachen.«

41

Aus Abend und Nacht wurde ein neuer Tag.

»Morgen. Der Chef da?«

Svenja ließ die Coladose sinken. Walter Rottians Gesicht strahlte die gesunde Farbe aus, die Hass und der Wille zu töten in die Visage eines Mannes zu zaubern vermögen.

»Wo brennt's denn?«, fragte Uwe Süß, der aus seinem Kabuff trat und einen Taschenrechner in der Hand hielt, mit dem er sich am Hinterkopf kratzte – eine praktische Nutzanwendung, die in der Taschenrechnerwerbung bis heute nicht erkannt worden ist.

»Morgen, Uwe«, bellte Rottian. Die vergangene Nacht hatte nicht gereicht, um den Grimm des Mannes mit den bedenklichen Leberwerten abzukühlen. »Ich muss mit dir reden. Sofort. Es ist wichtig.«

Süß wunderte sich, dass ausgerechnet sein langjähriger Intimrivale den Weg in die Buchhandlung fand. Rottian war über jeden Zweifel erhaben, unerwartet von Bildungshunger befallen zu werden. Rottian kam nur, wenn Not am Mann war – oder wenn jemand gestorben war. Dann bevorzugte er ungefütterte Beileidskarten.

Der Buchhändler bat den Parteifeind ins Kabuff, wo Rottian unverzüglich zur Sache kam.

»Uwe, weißt du, wer unser größter Feind ist?«

Spontan wollte Süß »Adolf Wendlandt« sagen, fast noch spontaner unterließ er dies. »Der Kapitalismus?«, fragte er vorsichtig.

»Der auch«, knurrte Rottian. »Aber wer an erster Stelle?«

»Die herrschenden Verhältnisse. Und natürlich der Klimawandel.«

»Jaja, klar, aber wer ganz besonders?«

In schneller Folge nannte Süß die Namen diverser Politiker, die sich in den letzten Wochen durch die Produktion von Ungeheuerlichkeiten hervorgetan hatten. Zunehmend gereizt registrierte er das permanente Kopfschütteln.

»Ja, was denn nun?«, fragte Süß angesäuert.

»Der Schnaps.«

»Pardon«, sagte Süß und wollte aufstehen, um Rottian einen *Bommerlunder* zu kredenzen.

»Bleib bloß sitzen«, bellte Rottian. Überrascht sank der Buchhändler auf seinen Stuhl zurück.

»Uwe«, fuhr Rottian fort, »wir müssen etwas gegen den Schnaps tun. Gegen den Schnaps, verstehst du mich?«

»Ich bin nicht sicher. Meinst du wirklich: gegen den Schnaps?«

»Dieses schwere Laster, das Unglück über Hunderttausende bringt, dagegen müssen wir …«

»Moment mal eben, Walter. Unser Ort hat 3.000 Einwohner und nicht 100.000.«

»Ich meine das global.«

»Dann sehe ich nicht, was ich beziehungsweise was unsere Partei bei …«

»Das ist es doch gerade, Genosse. Gerade weil bei uns alles so überschaubar ist, deshalb sind wir zuerst aufgerufen, ein Zeichen zu setzen.«

»Ein Zeichen setzen, soso.«

»Jawoll«, rief Rottian leidenschaftlich. »Der Alkohol ist eine Quelle ständigen Leidens. Bier, Wein, *Bommerlunder*, Bowle, Aufgesetzter, *Bommerlunder*, Sekt, Champagner und *Bommerlunder*, Kräuterschnaps, *Bommerlunder*, Apfelkorn, *Bommerlunder*, Whisky, Wod…«

»Entschuldige, wenn ich dich unterbreche. Aber könnte es sein, dass du in der jüngeren Vergangenheit ein prägendes Erlebnis in Bezug auf *Bommerlunder* hattest?«

»Wie kommst du denn darauf?«

»Entschuldige. Fahre bitte fort.«

»Und deshalb«, rief Rottian, »und weil die Schwarzen noch mehr saufen als wir, deshalb meine ich ...«

In diesem Moment ging mit Uwe Süß eine Verwandlung vor sich.

»Genau«, flüsterte er. »Volksdroge Numero eins; volkswirtschaftlicher Schädling gleich nach der Wirtschaftskriminalität und Corona und meilenweit vor Cannabis; Droge, von der der Staat schamlos profitiert. Genosse Walter«, rief Süß, »Genosse Walter, ich ahne, was du vorhast.«

Die beiden steckten die Köpfe zusammen. Als sie 25 Minuten später aus dem Kabuff traten, überprüfte Süß zuerst den Inhalt der Rumflasche, sodann die Zahl der Coladosen. Danach nahm er sich seine Auszubildende mit einer Vehemenz zur Brust, dass Svenja Hören und Sehen verging.

42

Es kam die Stunde der nächsten Gemeinderatssitzung.

»Setzen, Kinder«, rief der Bürgermeister und vollführte diese Milde verströmende beidarmige Bewegung, von der er wusste, dass sie der Opposition tierisch auf den Pinsel ging. Doch als deren Anführer den Arm hob, erkannte Adolf Wendlandt enttäuscht, dass die Roten heute offensichtlich mit dickem Fell den Weg in die *Dohle* gefunden hatten. Muffig erteilte er das Wort. Uwe Süß ergriff es, um unter dem Punkt Verschiedenes eine »aufschlussreiche Aussprache« anzukündigen. Nach dieser kurzen Ankündigung fiel er auf seinen Stuhl zurück und behielt in den folgenden 80 Minuten einen dermaßen zuversichtlichen Ausdruck im Hals-Nasen-Ohren-Bereich, dass Wendlandts Misstrauen von Minute zu Minute stieg. Schließlich schmetterte die Mehrheitsfraktion heute Abend wieder gnadenlos alle Anträge der versammelten Opposition ab. Ob Grün oder Freier Wähler – es gab nichts zu holen für die politischen Zwerge. Nur die Zwerge von Uwe Süß kamen ohne Abfuhr davon, denn sie schickten keinen einzigen Antrag ins Rennen.

»Das ist Arbeitsverweigerung«, knurrte Wendlandt.

»Wir kommen spät, aber gewaltig«, entgegnete Süß. Wann hatte der Kerl zuletzt so viel Zeit mit Lächeln verbracht?

Am Ende steht traditionell der Tagesordnungspunkt »Verschiedenes«. Hier ist der Ort, an dem sich die Opposition in allen demokratischen Staatswesen bemüht, Punkte zu machen.

»Das Wort hat der Herr politische Mitstreiter Süß.«

»Man dankt«, rief Uwe Süß, schoss kerzengerade in die Höhe und sagte: »Prost!«

Dieses Wort nahmen einfältige Gemüter der Mehrheit als Aufforderung, ihre Biergläser der Ebbe zuzuführen. Es war nicht der erste Gezeitenwechsel des Abends. Adolf Wendlandt, der ebenfalls impulsiv zum Glas gegriffen hatte, bekam im letzten Moment den süffisanten Gesichtsausdruck seines Hauptfeindes mit und stellte das Glas auf den Tisch zurück.

»Was wollt ihr? Ihr führt doch irgendwas im Schilde.«

»Wir wollen Vernunft, Fortschritt, Intelligenz.«

»Kennen wir«, konterte Erwin Segler. »Legt eine neue Platte auf.«

»Gesundheit«, sagte Süß.

»Ich habe nicht geniest«, sagte Segler.

»Volksgesundheit«, sagte Süß.

»Kein Aids! Bitte kein Aids! Auch kein Corona! Vor allem kein Corona!«

»Niemand redet von Corona«, sagte Süß.

»Ja Himmelherrgott, wovon redet ihr denn dann mit eurem scheinheiligen selbstgerechten Grinsen?«

»Schnaps!«, sagte Süß. »Korn, Branntwein, Champagner, Aufgesetzter, Bowle und Bier, immer wieder Bier.«

»*Bommerlunder*!«, kam es vom Stuhl, auf dem Walter Rottian saß.

»Ich verstehe kein Wort«, gab der Bürgermeister zu.

»Meine Partei fordert, dass in unserem schönen Wortleben ab sofort der öffentliche Ausschank sowie der private Konsum von Alkohol unterbleiben.«

Die Folge dieser Forderung war ein Schweigen, dessen Dröhnen allen Anwesenden tief in Därme und Leber schnitt. Das Schweigen näherte sich der Einminutengrenze.

»Oha«, sagte dann Detlef Schulenburg. Dieses Oha brach den Bann. Augenblicklich sagten weitere Ratsmitglieder der Schwarzen »Bitte nicht«, »Mein Gott« und »Sag, dass alles nur ein grausamer Scherz ist.«

»Ihr kommt euch wohl mächtig schlau vor«, rief Wendlandt dem Gegner zu.

Das konnte der Gegner nicht verleugnen.

»Wie sieht's aus«, fragte Uwe Süß leutselig. »Wollen Sie der Volksseuche Alkohol weiterhin Vorschub leisten?«

»... aber ja, natürlich«, rief jemand, dessen Name sich später nicht im Protokoll wiederfinden würde. Wer es war, ließ sich auch nicht feststellen, weil ihm sein Nebenmann sofort aufs Maul schlug.

»... Vorschub leisten«, rief Süß. »Schuldig werden. Existenzen töten, ganze Familien ...«

»... mit *Bommerlunder* auf null bringen«, fiel Rottian ein.

»Wollen Sie das, Herr Bürgermeister?«, übernahm Süß. »Wollen Sie das wirklich?«

»Adolf, tu was«, rief Detlef Schulenburg alarmiert. »Die machen ernst. Die bringen mich um.«

Der Bürgermeister gönnte sich einen langen Blick auf den Parteifreund Schulenburg. Dem wurde ganz anders. Je länger Wendlandt in die kretigen Gesichtszüge blickte, die jetzt vor Angst wie kahlgefressen wirkten, desto unwiderstehlicher baute sich vor dem geistigen Auge des Bürgermeisters ein gigantischer halber Liter *Pils* auf. Es war der halbe Liter der halben Liter: das definitive Bier. Der Grund zu leben. Exakt in dieser Sekunde betrat Wirtin Sophie den Sitzungssaal. »Helau, ihr Saufnasen! Hosen runter und angesagt, was ihr eurer armen Leber als Vorbereitung auf den Gnadenstoß antun wollt. Bauer Wendlandt, halben Liter, doppelten Korn wie üblich?«

Niemand regte sich, kein Wort fiel.

Sophie blickte sich erstaunt um. »Wollt ihr nicht oder könnt ihr nicht?«

»Zwischen Leber und Milz / ist immer noch Platz für ein Pils«, skandierte Ferdi Düver. Alle Köpfe drehten sich zu ihm um. Der radikale Zimmermann hatte wieder den Klassenhass im Gesicht. Vor sich auf dem Tisch hatte er ein Glas Apfelsaft, das Ferdi mit festem Griff packte. Indem er das Glas immer wieder auf die Tischplatte stieß, rief er mit wilder Wut: »Für die Schwarzen noch ein Korn / Für uns Rote Lebensborn.«

Während Uwe Süß trocken schluckte, fügte Ferdi keinen Deut leiser hinzu: »Rechts schüttet sich die Birne zu / Links findet bei Brause innere Ruh'.«

Edna Herriott kriegte von Erwin Segler den Ernst der Lage mitgeteilt. Darauf machte sie, dass sie nach draußen kam, wo sie in kurzer Zeit, an der Theke stehend, nicht weniger als fünf Apfelkorn verdrückte.

Uwe Süß vergewisserte sich der ungeteilten Aufmerksamkeit der politischen Gegner. Sie waren hellwach. Selbst Heinrich Nieschulze, der sonst keine Gelegenheit ausließ, eine Mütze Schlaf zu nehmen, hörte mit schreckgeweiteten Augen zu, als der Oppositionsführer fortfuhr:

»Wir fordern eine Woche absolutes Alkoholverbot. In allen Kneipen, in allen Lebensmittelläden und in allen sonstigen Läden.«

»Sag's endlich«, knurrte der Bürgermeister und betrachtete sein Bier, auf dem die schaumige Krone unaufhaltsam zusammenfiel.

»Wir sagen es!«, rief Süß. »Eine Woche kein Alkohol zu Hause! Kein Glas Bier im Partykeller! Kein kleiner Korn am Kühlschrank stehend weggezwitschert! Keine scheinheilige Cognacbohne beim Fernsehen. Und auf besonderen Wunsch eines Ratsmitglieds: kein scheinheiliger Vorwand, um sich einen *Bommerlunder* einzuhelfen. Auch keinen halben, nicht einmal das Aufschrauben der Flasche ist in dieser Zeit gestattet und würde zum sofortigen Ausschluss des Schraubers aus der Wortlebener Bürgerschaft führen!

Süß blickte zu Rottian, der hielt ihm den ausgestreckten Daumen entgegen. Er hatte das Gefühl, als würde der Daumen zittern.

»Gehirntumor«, stammelte Schulenburg.

»Was soll das?«, fragte Erwin Segler. »Wie sehr muss man die Menschen hassen, um so etwas zu fordern?«

»Unser Antrag soll der Bevölkerung eine gesunde Zukunft eröffnen«, rief Ferdi Düver.

»Genau«, schaltete sich Süß ein. »Denkt an Heinrich Wolf!«

»Das war doch eine Schnapsnase«, rief Erwin.

»Quod erat demonstrandum«, entgegnete Süß genüsslich.

»Friedhelm Geifrig«, fuhr er fort, »die Witwe Behrens. Werni Brummer, alles Opfer des Alkohols. Das darf sich nicht fortsetzen. Das kann geändert werden. Und wisst ihr auch, wie?«

Adolf Wendlandt hasste rhetorische Fragen, er hatte sie immer gehasst und würde nie seinen Frieden mit ihnen schließen.

»Indem wir uns alle am Riemen reißen und zeigen, dass der Mensch über einen Willen verfügt. Wer hat denn bei uns das Sagen? Der Kopf oder die Gelüste auf Süßigkeiten, Nikotin, Alkohol?«

Die Frage schwebte auf dicken Rauchwolken zum politischen Gegner hinüber. Erwin Segler knackte mit seinen Fingerknöcheln. Manni Mewes popelte versonnen und vergaß nicht, das zutage Geförderte einer intensiven optischen Nachschau zu unterziehen. Detlef Schulenburg war kreideweiß im Gesicht, und da kam auch schon Edna Herriott hereingestolpert. Als sie sich hinsetzte, hätte sie um ein Haar die Sitzfläche verfehlt.

»Eine Woche kein Alkohol«, rief Walter Rottian. »Das heißt: Verdoppelung des Fremdenverkehrs wegen Ausbleiben vorzeitiger Abreisen nach Kontakt mit einem hiesigen Suffkopp. Das heißt drastischer Rückgang des *Bommerlunder*-Unwesens, mehr Sicherheit für unsere Kinder, weil weniger betrunkene Trecker unterwegs sind. Und unsere Wirte haben eine Woche Gelegenheit, sich Gedanken zu machen, ob es nicht an der Zeit wäre, kochen zu lernen. Nach dem dritten Bier schmeckt doch jedes Stück Fleisch gleich und …«

»Freiheit ist, eine Flasche von ihrem Verschluss zu befreien«, rief Edna Herriott.

»Dieser Antrag ist eine Einschränkung der persönlichen Dings … der Freiheit«, ließ sich Manni Mewes vernehmen. »Das verstößt gegen das halbe Grundgesetz auf einmal.«

Von den Parteifreunden flogen ihm hoffnungsvolle Blicke zu. Zwar hatte keiner von ihnen jemals ins Grundgesetz geguckt, aber wenn Manni es sagte, würde es schon stimmen.

»Genau«, sagte Wendlandt erleichtert. »Wie vereinbart sich dieser Antrag mit der Freiheit des Einzelnen, mit seiner Gesundheit zu schludern? Das ist nichts weiter als sozialistische, ökologische und sonstige Besserwisserei. Trinken ist Lebensfreude und biologisch lebenswichtig. Wer nicht trinkt, verdurstet. Er trocknet aus und fällt als künftiger Steuerzahler aus. Damit steigt das Defizit der Gemeinde, und Wortleben gerät auf die schiefe Ebene. Und warum? Nur weil jemand aufhört zu trinken. Das ist unverhältnismäßig. Wir brauchen keine roten Schülerlotsen. Auch keine grünen. Und hätten die Freien Wähler endlich eine Farbe, auf die sie sich einigen können, bräuchten wir die auch nicht.«

Unter Wendlandts Parteifreunden setzte erleichtertes Seufzen ein. Der Chef hatte die richtigen Worte gefunden, nicht zum ersten Mal. Aber wohl noch nie waren seine Worte so wichtig gewesen wie heute. Genau dafür hatte man ja einen Chef.

Als alle gerade dabei waren, zu ihrem inneren Gleichgewicht zurückzufinden, knallte die Frage von Uwe Süß wie ein Peitschenhieb dazwischen. »Wisst ihr noch, wie die Zwillinge von Friedhelm Geifrig geweint haben?«

So, jetzt war Schluss mit dem Kichern. Mucksmäuschenstill wurde es im Sitzungssaal, unterbrochen nur durch den einen oder anderen Adamsapfel, der beim Schlucken knorpelig knackte. Natürlich wussten alle, wie die Zwillinge von Friedheim Geifrig geweint hatten, nachdem ihr Vater im Vollsuff auf seiner Zündapp unter den Zuckerrübentrecker gebrettert war. Die Zwillinge hatten ja tagelang nichts anderes getan, als weinend durch den Ort zu laufen. Manchem war es am Schluss bald zu viel geworden mit dem Gegreine. Und manchem auch schon etwas früher.

»Der Alkohol tötet Familienväter«, sagte Uwe Süß milde. »Meine Dame, meine Herren von der Mehrheit, ich kann nur hoffen, dass die Witwe Geifrig nichts davon erfährt, wie Sie hier mit dem Andenken an ihren Gatten selig umgehen.«

Der Buchhändler setzte sich. Er hätte vor Freude in einen Baumstamm beißen können, aber natürlich war wieder kein Baumstamm zur Stelle, wenn man einen brauchte.

»Man wird uns auslachen«, sagte Wendlandt in einem verzweifelten Versuch, das Unausweichliche zu vermeiden. »Das ist auch das Ende unserer Wirte. Eine Woche Verdienstausfall können sie nicht wegstecken, damit haben sie keine Erfahrung. Das ist schlimmer als damals im Lockdown. Wir werden neue Wirte brauchen, und wenn wir großes Pech haben, werden wir neue Gaststätten brauchen. Woher nehmen und nicht stehlen? Wenn wir eine Woche stark sind und gegen unsere Natur handeln, kann das bedeuten, dass diese jahrelang dauernde Woche sich um ein weiteres Jahr verlängert. Und danach um ein weiteres und danach …«

Er brach ab. Erschüttert starrten die Ratsmitglieder ihren Vorsitzenden an. So eine menschliche Katastrophe! Die Verkörperung eines Schicksals, das nun den meisten in der Runde bevorstand. Streng genommen nicht jedem, denn überall gab es Ratsmitglieder, die durch fortgesetzte und militante Enthaltsamkeit auffällig geworden waren. An ihrer Spitze ein früheres Mehrheitsmitglied, dessen Name nicht mehr ausgesprochen werden durfte: »Ich weiß wirklich nicht, warum ihr so scharf darauf seid. Mir gibt Bier einfach nichts.«

»Wir kommen natürlich jeden Abend her und trinken eimerweise Apfelsaft«, rief Ferdi Düver. Das ungewohnte Getränk begann bereits in seinen Därmen zu rumoren.

»Es dauert doch nur eine Woche«, sagte Doktor Stuthe lächelnd. Der Genosse warf seine Autorität als Mediziner in die Waagschale. Er hätte einen kompletten Güterzug hineinwerfen können, es hätte nichts geholfen.

»Eine Woche sind 168 Stunden«, behauptete Detlef Schulenburg. »Ich weiß, wovon ich rede.« Das war eine kühne Behauptung, die selbst seine engsten Freunde nicht ohne Weiteres unterschrieben hätten. »Ich habe mal zwei Tage versucht, nichts zu trinken. Das wünscht man seinem schlimmsten Feind nicht.«

»Kollege Bürgermeister«, rief Süß höhnisch, »mit was für Helden des Alltags sind Sie geschlagen!«

»Ich hatte Durchfall«, murmelte Schulenburg. »Zwei Tage lang. Es war die Hölle.«

»Schade, Chef«, meldete sich Hillmer bei seinem Anführer und schob Süß einen Zettel hinüber. Verdutzt blickte Süß auf die Zahlenkolonnen.

»Was soll denn das?«

»Ich habe nachgerechnet, ob die Woche wirklich 168 Stunden hat, wie Detlef behauptet. Die Schwarzen erzählen ja viel, wenn der Tag lang ist. Und du hast gesagt, dass wir sie bei jeder Unwahrheit stellen müssen.«

Süß zerknüllte den Zettel, und der Bürgermeister beantragte eine Unterbrechung.

Wütend bestellte Wendlandt einen halben Liter. Unverzüglich zündete die nächste Stufe der Opposition. Während sie sonst in den Pausen am Fußballautomaten daddelten, blieben sie jetzt wie eine Galerie Scharfrichter sitzen. Jeder bestellte Apfelsaft und behielt jedes Glas mit alkoholischem Inhalt auf den Plätzen der Mehrheit mit einer solchen Penetranz im Auge, dass Erwin Segler prompt seinen *Jägermeister* umstieß. Die Wirtin spendierte einen Lappen, wischen musste Segler selbst.

»Die Richtung stimmt«, rief Ferdi Düver. »Aber man kann es natürlich auch in den Ausguss gießen, Kollege Segler. Ausguss kennen Sie doch? Das ist der Ort, wo dein soziales Gewissen schon vor Jahrzehnten gelandet ist:«

»Chef«, sagte Erwin Segler und blickte dabei den Zimmermann an.

»Is denn?«, fauchte Wendlandt.

»Würdest du mir einen Gefallen tun? Würdest du rübergehen und diesem Düver einen auf die Zwölf hauen?«

Kaufhausbesitzer Segler neigte sonst nicht zu Gewalttätigkeiten. Es musste sehr schlimm um ihn stehen.

In Manni Mewes kehrten die Lebensgeister zurück. »Jetzt ist Schluss mit dem würdelosen Jammern. Wir knobeln eine Gegenstrategie aus, die sich gewaschen hat.«

»Eine Woche«, murmelte Detlef Schulenburg.

»Ist Alkohol nicht überhaupt Bundesangelegenheit?«, fragte Heinrich Nieschulze hoffnungsvoll.

»Quatsch«, knurrte Wendlandt, »Schnaps ist Privatsache. Den säuft ja nicht Vater Staat, sondern Vater Nieschulze.«

So ein Scherz bei ausgeglichener seelischer Gesamtwetterlage – und Sophie hätte eine Freirunde hereintragen müssen.

»Trinkt, Leute«, flüsterte Edna Herriott heiser. »Trinkt, solang es noch geht. Die Zukunft wird furchtbar.«

»Am ekligsten finde ich die ständige Anwesenheit von Öffentlichkeit«, sagte Wendlandt, als Redakteur Plaschke durch den Raum streunte. Plaschke lächelte und schrieb etwas in seinen Block.

»Das ist keine Öffentlichkeit«, sagte Manni Mewes, »das ist doch nur Plaschke.«

»Wenn die an die Öffentlichkeit gehen«, murmelte der Bürgermeister, »und ich meine jetzt die große Öffentlichkeit, die, die weiter reicht, als du einen Gummistiefel schmeißen kannst, dann ist die Kacke am Dampfen. Dann haben wir hier im Handumdrehen 50 Reporter herumlungern. Dann steht neben jedem Kasten Bier ein Kerl mit Fotoapparat. Oder noch schlimmer: eine Reporterin mit Kamera. Dann nehmen die Urinproben, um uns was nachzuweisen.«

»Ehrlich?«, fragte einer der schlichteren Parteifreunde mit bedrückter Stimme.

»Wodka riecht ja nicht so aus dem Hals«, behauptete Manni Mewes. Augenblicklich erlebte Wodka einen steilen Anstieg auf der Beliebtheitsskala.

»Damals in Weltkrieg Zwo haben wir die Fensterscheiben mit schwarzer Farbe angemalt, damit die Tommies uns bei ihren Luftangriffen nicht auf den Teller gucken konnten«, gab Adolf Schreckenberger zum Besten. Wenn er über die Vergangenheit sprach, konnte man nicht sicher sein, ob er aus eigenem Erleben oder über Aufgeschnapptes aus der Familie berichtete. Die Schreckenbergers wurden traditionell sehr alt. Zum Teil lag das darin begründet, dass sie schon altklug zur Welt kamen.

Dann sagte der Bürgermeister: »Man kann gegen 168 Stunden sagen, was man will.«

»Ja?«, erklang es hoffnungsvoll aus dem Kreis der Getreuen.

»Aber 168 Stunden sind nun mal nur 168 Stunden. Und nicht 168 Jahre.«

Sie hatten Trost von ihrem Anführer erwartet und dann dies!

»Wie sieht's aus?«, fragte Wendlandt und blickte seine Kadetten der Reihe nach an. Manch einer hatte das Gefühl, dass er ihm ins Herz hineinblickte.

»Wer sich auf mich verlässt, ist verlassen«, seufzte Detlef Schulenburg. »Ich bin einfach nicht zum Helden geeignet.«

»Okay«, sagte Wendlandt entschlossen, »erst eine Pause, und danach stimmen wir ab.«

Alle ließen die Köpfe hängen. Edna Herriott stahl sich mit Heinrich Nieschulze in den Einzugsbereich der Theke, wo sie sich der Einfachheit halber die Flasche Apfelkorn über die Theke schieben ließen.

Der Bürgermeister eröffnete die Sitzung wieder. Er musste warten, bis Sophie eine neue Lieferung Apfelsaft vor die Nasen der Oppositionsvertreter gestellt hatte. In Sophies Gesicht brannte Verachtung.

»Das hätte ich nicht von dir gedacht«, sagte Wendlandt zum Vertreter der Freien Wähler.

»Ihr müsst das verstehen«, entgegnete Renato Römer. »Ich wohne hier, ich will hier noch länger wohnen.«

»Und jetzt hast du Angst, dass du im Buchladen nicht mehr bedient wirst.«

Renato lachte. »Das würde ich überleben, das würde ich gar nicht merken. Nein, das ist es nicht.«

Er wartete auf die Frage, was es denn dann war. Aber niemand stellte eine diesbezügliche Frage, weil man Renato Römer für eine käufliche Seele hielt, die es in ihrem Leben bereits auf vier Mitgliedschaften in vier verschiedenen Parteien gebracht hatte, von denen zwei nicht mehr existierten. In den Parteien, die länger als zehn Jahre existierten, war man sich seit Langem einig, wie man auf einen künftigen Antrag auf Mitgliedschaft reagieren würde: erbarmungslos, aber vor allem ablehnend. Auf dem Parteimitglied Renato Römer lag kein Segen. Möglicherweise war Renato der Einzige, dem dies nicht hinreichend bewusst war.

»Ein Wort vorab an die verehrten Vertreter der ewigen Opposition«, begann der Bürgermeister. »Ich halte euch für Schlawiner, das wollte ich nur ganz privat sagen. Das kommt nicht ins Protokoll. Zweitens: Ich bin überzeugt, dass sich die Opposition lediglich von Stimmengeilheit leiten lässt. Aber ich kann es nicht beweisen. Zwo A: Wenn der Herr Schreibhengst Plaschke weiterhin so eifrig seinen Block vollkritzelt, ist er mit der letzten Flasche Obstwein von meinem Hof geschlichen.«

Ins Gesicht des Redakteurs zog nacktes Entsetzen ein.

»Drittens: Alkoholkonsum ist ein althergebrachtes Kulturgut. Gebechert haben schon die alten Römer.«

Jetzt bot sich Renato Römer die Chance, für einen Lacher zu sorgen. Aber bevor bei ihm der Groschen fiel, war die Gelegenheit verstrichen.

»Weiter drittens«, fuhr der Bürgermeister fort. »Wenn wir beschließen, eine Zeitlang ohne Alkohol auszukommen, stehen morgen bei uns Fernsehen und Rundfunk und das Internet auf der Matte.«

»Und die Zwillinge von Friedhelm Geifrig«, rief Uwe

Süß. »Sie werden dem Bürgermeister die Hand schütteln, werden ihre kleinen Kinderhände zutraulich in die Bauernpranken legen und sie werden sagen: Danke, Onkel Wendlandt. Danke, dass du dafür sorgst, dass in Wortleben nie mehr ein Kind um seinen Vater weinen muss. Ich hoffe, Herr Bürgermeister, diese Szene wird sogar einen Kantkopf wie Sie rühren.«

Tatsächlich hatte Edna Herriott schon ihr Taschentuch aus dem Handtäschlein gefummelt und drückte in ihren Augenwinkeln herum.

Wendlandt funkelte seinen Rivalen an: »Wenn diese Reportermeute hier auftaucht, sehe ich rot.«

»Leere Versprechungen«, rief Doktor Stuthe auf seine freundliche Art dazwischen.

»Reporter sind bekanntlich Schluckspechte. Glaubt ihr im Ernst, dass die sich an unsere Abmachung halten werden?«

Rufe der Betroffenheit gingen durch Wendlandts Reihen. Auch Uwe Süß musste zugeben, dass der Bürgermeister einen guten Hieb gelandet hatte.

»Unsere Töchter können wir auch gleich wegschließen«, fuhr der Bürgermeister fot. »Das weiß man doch, was Reporter für welche sind. Alles Junggesellen, alle im besten Alter, alle ...«

»... die kriegen einen vor den Koffer, das kriegen die«, rief Detlef Schulenburg dazwischen. Seine Julia war unbestritten eines der reizvollsten Menschenkinder im ganzen Ort. Süße 17 war sie außerdem. Wer Detlef Schulenburg anblickte und dann noch seine Gattin kennenlernte, mochte gar nicht glauben, dass Julia aus einem Akt der Liebe zwischen den beiden hervorgegangen war. Aber Heinrich Nieschulze hatte es einst auf den Punkt gebracht: »Das ist wie beim Rechnen: Minus mal minus ist plus.«

»Und sie klingeln überall, wo sie eine Klingel finden«,

legte Wendlandt nach. »Reporter sind neugierig wie Bullenkälber.«

»Aber sie übernachten bei uns«, rief der alte Piesow von der Opposition. »Sie lassen Geld hier. Und wenn wir vorher ordentlich die Preise erhöhen, lassen sie noch mehr Geld hier.«

»Aber tagsüber fahren sie mit ihren Sportwagen und SUVs die Straßen rauf und runter«, sagte Wendlandt. »Das weiß man doch, was die für Schlitten fahren. Unter 150 PS steigen die gar nicht erst ein. Und nun das Wichtigste: Sie werden uns überall lächerlich machen.«

»Das werden sie maximal einmal tun«, entgegnete Ferdi Düver und rieb seine Schlaghand. »Ich geh mit Manni hin und klär das mit denen ab. Nicht wahr, Manni, das tun wir beide im Geiste der seligen Klitschkos.«

Unverdrossen knotete der Bürgermeister weiter an der Schlinge seiner listigen Beweisführung.

»Und sie lügen, diese Reporter. Wie die Kreolen!«

»Na, na«, rief Uwe Süß vorbeugend. Zwar hatte er keine Ahnung, wie wahrheitsliebend nun ausgerechnet die Kreolen sein mochten. Aber er legte sicherheitshalber eine Schleimspur der Liberalität und Toleranz mit allen Rassen. Das war er seiner Partei schuldig und ganz am Rand auch den Kreolen. Nebenbei würde ihm sein pflaumenweiches Lavieren ein Lächeln seiner Holden eintragen. Vera schätzte es, wenn ihr Holder Respekt für Zeitgenossen äußerte, die weit weg lebten, mit denen man nie zu tun hatte und nie zu tun kriegen würde. Es sei denn, sie würden nach Wortleben ziehen. Aber so weit reichte selbst ihre Fantasie nicht.

»Und ich weiß auch nicht, was so schön daran sein soll, auf Seite eins der *Bildzeitung* zu stehen«, fuhr Wendlandt fort.

»Seite eins?«, fragte spontan mehr als ein Parteimitglied. In seinem Tonfall schwang weder Verachtung noch Ablehnung mit.

»Was sollen die schon über uns lügen«, wollte Renato Römer wissen.

»Wollt ihr hören?«, fragte Wendlandt.

Man nickte. »Wollt ihr's wirklich hören?«

»Nun mal los!«, rief Ferdi Düver.

»Ihr wollt also ernsthaft die ungeschminkte Wahrheit hören?«

»Wollen Sie erst fünf Euro angeboten kriegen, bevor Sie endlich reden?«, fragte Süß und begann, in seiner Tasche zu kramen.

»Gut«, sagte der Bürgermeister, »dann will ich euch sagen, was alles in der *Bildzeitung* stehen wird. ›Seriöser Geschäftsmann lässt regelmäßig schwarzschlachten‹, beispielsweise.«

»Das können Sie nicht machen«, stammelte Rudi Herbst.

»Ich mache das ja auch nicht«, entgegnete Wendlandt gemütlich. »Die *Bildzeitung* macht das. Sie könnte auch schreiben: ›Wie ein trauernder Witwer jahrelang für seine verblichene Ehefrau die Rente einsteckt‹.«

Der alte Piesow begann zu pfeifen. Unter den Schwarzen setzte Feixen ein.

»Oder dies«, legte Manni Mewes nach: »Extrem umweltkriminelles Plumpsklo im Schrebergarten.«

Walter Rottian erbleichte.

»Oder wie wär's hiermit«, fragte Wendlandt scheinheilig: »Buchhändler bietet seinem Lehrling 50 Euro, damit sie die Berufsschule schwänzt.«

»Pfui«, sagte Süß. »Das haben Sie mir vorgeschlagen. Und das war nur wegen des Weihnachtsgeschäfts.«

»Haben Sie Ohrenzeugen für diese Behauptung?«, fragte Wendlandt und beantwortete die Frage selbst: »Na bitte.«

»Also gut«, meldete sich Ferdi Düver: »Und wir erzählen den Bildreportern dies: ›Wie 200 Liter Schmieröl in den Abwassergraben gelangten‹; ›was im Kreiskrankenhaus mit den Essensresten geschieht‹; ›Doppelhaus ohne Baugenehmigung‹; sowie ›Kündigungsfristen und Wirklichkeit im Schlachtergewerbe‹.«

Nach jeder Überschrift war ein anderes Mitglied der schwarzen Mehrheitsfraktion erbleicht.

»Das ist euer Stil!«, entgegnete Wendlandt so höhnisch, wie er es gerade noch fertigbrachte. »Verleumdung, üble Nachrede, Beleidigung. Unser Dorf soll fieser werden, vielen Dank auch.«

»War nur eine zarte Erinnerung, falls ihr glaubt, wir hätten den Bildreportern nichts zu erzählen«, sagte Ferdi Düver.

Detlef Schulenburg hob den Arm und erhielt das Wort. »Ich verstehe das nicht«, begann der Kleinbauer und kratzte sich am Kopf. »Sind die Reporter denn schon hier oder was?«

Uwe Süß lächelte gewinnend, jedenfalls hielt er dieses Lächeln unerschütterlich für gewinnend: »Meine Fraktion bezieht alle Erkenntnisse der letzten Minuten in ihre Meinungsfindung ein und stellt folgenden abgeänderten Antrag: Langfristig treten wir für den vollständigen Verzicht auf Alkohol in allen offenen und getarnten Formen ein. Kurzfristig fordern wir: Die Ratsmitglieder werden mit gutem Beispiel vorangehen. Um den vielleicht noch nicht überzeugten Mitbürgern zu beweisen, dass ein Leben ohne Alkohol möglich ist, werden alle Mitglieder unseres Rats ab heute Punkt null Uhr für zwei Wochen auf jeden Tropfen Alkohol verzichten. Das ist keine Diktatur, denn wir fordern es nicht von Bewohnern, die es nicht einsehen. Es ist ein fortgeschrittenes Verständnis von der Rolle des vom Bürger gewählten Volksvertreters …«

»Volksvertreter«, rief Ferdi Düver, und nicht Volksabtreter!«

»... und deshalb werden wir Ratsmitglieder mit gutem Beispiel vorangehen. Wir werden Erfahrungen machen. Wir werden stark sein und zwischendurch auch manchmal schwach. Aber wir werden schlauer werden. Wir für das Volk, das Volk für uns, und Schnaps erst wieder in 14 Tagen. So lautet unser Antrag.«

Süß setzte sich und genoss die anerkennenden und wie üblich etwas schmerzenden Schulterschläge seines Vize Düver.

»Ihr könnt uns niederstimmen«, krähte der alte Piesow. »Aber ihr könnt euch nicht als willensschwache Saufnasen hinstellen lassen. Das ist gut! Das ist sogar sehr gut! Darauf einen Bommer ...«

Dann war Ruhe.

»Irgendwas ist schiefgegangen«, flüsterte Manni Mewes tonlos, »und ich kriege nicht raus, was.«

»Flagge zeigen«, murmelte Wendlandt. »Augen zu und durch.«

Mannhaft brachten sie die Abstimmung hinter sich. Außer Edna Herriott, die vor lauter Apfelkorn nicht mehr durchblickte, schoss nur Detlef Schulenburg quer.

»Ihr müsst das verstehen«, bibberte er. »Ihr habt ja noch nie versucht, 48 Stunden hintereinander keinen Schluck zu trinken.«

»Darauf einen Apfelsaft«, sagte im gleichen Moment ein freudestrahlender Ferdi Düver zu seinem Fraktionsvorsitzenden. Walter Rottian sagte nichts, doch in seinen Augen stand stille Freude geschrieben.

Plötzlich rief Heinrich Nieschulze mit schreckgeweiteten Augen: »Es ist gleich 22 Uhr! Noch zwei Stunden!«

Im nächsten Moment stürzten die Schwarzen geschlossen aus dem Sitzungsraum. Damit war die Ratssitzung beendet.

»Widerlich«, murmelte Uwe Süß, als er beim Verlassen des Lokals einen letzten Blick auf die Theke warf. Sie war belagert von lauter Kommunalpolitikern.

43

»Halli hallo«, grüßte Achim Japp, der landwirtschaftliche Assistent, am Frühstückstisch. Adolf Wendlandt antwortete, so freundlich er konnte. Für jemanden, der sich Dreiviertel der Nacht um die eigene Achse gedreht hatte, war es gar nicht übel. Anna trug Rühreier auf, Anja quengelte auf dem Stuhl herum. Wendlandt hob die Nase, schnüffelte und blickte sich auf dem Tisch um. Sofort zog Anja die Schüssel mit den Cornflakes an sich.

»Probieren?«, fragte Achim und hielt dem Bauern sein Tellerchen entgegen.

»Was ist das, bitte sehr?«

»Ein Wald- und Wiesenrand-Müsli. Hat mir meine … äh … Verlobte empfohlen.«

»Deine … äh … Verlobte, aha.«

Der Hausherr war fast schon besänftigt, als sich der Geruch in seiner Nase festbiss.

»Mann!«, rief Wendlandt, »du isst ja Wacholder.«
»Schick, nicht?« Achim verzog genüsslich das Gesicht.
»Wacholder ist die Grundlage von Gin«, bellte Wendlandt. »Und Gin ist ab heute in diesem Haus tabu. Also weg damit von meiner Nase. Weg aus der Küche. Am besten weg aus dem Haus.«
»Aber Vati …«, fing Anja an.
»Ich bin nicht dein Vati!«
»Was bist du denn dann?«
»Ich bin der Bürgermeister. Und als solcher verbitte ich mir sämtliche Wacholder-Dünste. Das gilt auch für Hopfen, besonders für Hopfen, ebenso für Hefe, Malz, Wein, Apfel, wenn diese Düfte dichter als 20 Meter an einer Kornflasche stehen, sowie sämtliche Obstsorten, die in Obstler Verwendung finden.«
»Mami, was hat Vati?«
»Vielleicht hat er Ärger.«
»Nicht ich«, stellte er klar. »Der Ort kriegt Ärger. Achim, was steht denn da immer noch?«
Unter den argwöhnischen Blicken seines Vorgesetzten landete das Müsli in dem Behälter für biologische Abfälle.
Anna schlug unterdessen die Lokalzeitung auf.
»Um Gottes willen«, sagte sie.
»Was ist denn, meine Liebe?«
»Hast du gewusst, dass sie unter Heini Gefions Hof eine alte Mülldeponie gefunden haben sollen?«
»Nein, sag bloß. Das ist ja ein Ding. Heißt das, dass da giftige Stoffe verbuddelt sind? Hochgiftige Stoffe vielleicht sogar?«
»Aber ja«, sagte Anna alarmiert.
»Quecksilber?«
»Ja, das steht hier.«
»Und Cadmium?«

»Wie furchtbar, ja.«

»Jetzt sag nicht, dass sie sogar *Dioxin* gefunden haben? Dann dürfte man ja auf dem Hof in nächster Zeit keine Tiere füttern und kein Getreide anbauen.«

»Ist das nicht schrecklich?«

Anna ließ die Zeitung sinken und blickte ihren Mann an. Wendlandt spürte, dass auch der Assistent und selbst seine rammdösige Tochter nichts Besseres zu tun hatten, als ihn mit ihren Blicken auf die Streckbank zu legen.

Heinrich Nieschulze aß zum Frühstück gerne Weißbrot und Zweieinhalbminuten-Eier. Die konnte er schön wegschlürfen und vermisste keinen einzigen seiner Zähne, die um diese Tageszeit noch im *Kukident*-Glas auf dem Regal unter dem Badezimmer-Spiegel den Betrachter anlächelten.

Heinrich Nieschulze hatte seine Gewohnheiten, streng genommen bestand der Mann aus lauter Gewohnheiten. Eine seiner liebsten war es, nach dem Frühstück an den Küchenschrank zu treten und die kleine Flasche mit dem Kräuterschnaps zu ergreifen, die auf Nieschulze zu warten schien, denn sie goss sich fast ohne sein Zutun ins Schnapsglas. Erst trank er einen, schüttelte sich wohlig und dann trank er noch einen. Er schüttelte sich wohlig und dann lag es an seiner Tagesform. Manchmal trank er noch einen. Er schloss die Hand um den Glasleib, zog Hand und Flasche aus dem Schrank – und starrte ins lächelnd-strafende Gesicht Walter Rottians, der vor dem Küchenfenster stand und vorwurfsvoll zwei Worte sagte: »Aber Heinrich!«

Edna Herriott hatte mit Harke und Häufelhacke ein Viertelstündchen im Garten gewerkt. Dabei war sie wie üblich in Hitze geraten. Das Gegenmittel stand in der Vitrine im Wohnzimmerschrank.

»Mmh«, sagte Edna und betrachtete die Kristallflasche mit dem Eierlikör. Sie pflegte das lieb gewonnene Gesöff selbst herzustellen und schlug pro Flasche 14 Eier in die Küchenschüssel. Hinein mit dem goldgelben Himmelstrank in ein Kristallgläschen und …

In diesem Moment klingelte er.

»Edna, Edna«, sagte Rosi Westermann von der Poststelle vorwurfsvoll und stellte das Paket auf das Mäuerchen. Edna Herriott schämte sich entsetzlich.

Ferdi Düvers Zimmerer-Kolonne war, was die Verteidigung in der Saison 1956/57 gewesen war: der Vorhof zur Hölle. Außer diesen vier wackeren Handwerkern verzehrte im ganzen Bundesland wohl niemand zum Frühstück einen Kasten Bier, um ihn bis zur Mittagspause auszuschwitzen, nach der Mittagspause einen zweiten Kasten gegen den lebensgefährlichen Flüssigkeitsverlust aus dem Schatten zu holen und ihn wuchtig zu leeren.

»Fang«, rief der Nagler. Die vier hatten ihre Beschäftigung in sinnreiche kleinteilige Einzelschritte zerlegt. So war jeweils einer für das Heranschaffen von neuen und das Wegschaffen von alten Kästen zuständig, während ein anderer diejenigen Nägel mit dem Hammer zu treffen versuchte, die der sogenannte Halter ihm hinhielt. Meistens klappte das. Manchmal klappte es auch nicht, dann sprang ein Ersatzmann ein, während der Halter nach der Verarztung 14 Tage die Bierflaschen mit links halten musste.

»Fang«, rief der Nagler ein zweites Mal. Als auch die zweite Flasche an Ferdis Schulter vorbeiflog, um am Dachsparren zu zerschellen, merkten es alle.

»Bist du krank?«

»Es geht schon«, antwortete Ferdi tapfer und lächelte ein unfrohes Lächeln.

»Willst du kein Bier?«

Ferdi nickte und lächelte schwächer.

»Du willst wirklich kein Bier?«

Ferdi nickte und lächelte nun nicht mehr.

»Was willst du denn dann? Etwa Milch?«

Ferdi nickte mühsam, und niemand erinnerte sich daran, wann er letztmals gelächelt hatte.

Auf den Schreck mussten alle erst mal eine Flasche Bier trinken. Bei jedem Glucker-Geräusch drehte sich Ferdi Düver der Magen um. Kein Zweifel: Einen schwereren Dienst hatte er der Partei noch nie erwiesen.

So schleppte sich unter Zittern und Zagen der erste Tag Richtung Abend. Manni Mewes warf gegen 17 Uhr in der Kantine des Kreiskrankenhauses einen Pappbecher in Richtung eines Patienten, der am Nebentisch sein erstes Bier nach fünf Wochen Rekonvaleszenz genießen wollte. Mewes erhielt eine Abmahnung in seine Personalakte.

Rudi Herbst bekam ausgerechnet an diesem Tag von insgesamt sieben Handelsvertretern zum Abschluss ihres Besuchs einen Schluck Alkohol angeboten. Doktor Stuthe musste die Umtrunke von zwei Kollegen weiträumig umgehen, und Adolf Schreckenberger hatte noch am Vorabend den Schlüssel zu seinem Getränkekeller dermaßen erfolgreich versteckt, dass er ihn auch nach zwei Stunden verbissener Suche nicht wiederfand.

Nur Uwe Süß ging die Sache offensiv an. Svenja musste das Schaufenster umdekorieren und einen Bücherschwerpunkt »Drogen im Abendland« einrichten. So standen, lehnten und lagen Werke über Kaffee, Tabak, Opium und Arbeitssucht nebeneinander.

Im Dorf aß man Abendbrot, danach begannen die Stunden, in denen die Menschen ihre liebsten Hobbies pflegten:

das Fernsehen und das Disputieren über kommunalpolitische Fragen. Die *Dohle* und der *Eber* und die anderen Lokale füllten sich mit trinklustigen Gästen. Ferdi Düver, der dicht an der *Dohle* wohnte, steckte sich kurz nach 20 Uhr Wattestrünke in beide Ohren. Seine Frau wollte ihn beruhigen, aber da ihn alles aufregte, was seine Frau tat, erreichte sie das gewünschte Ziel nicht. Detlef Schulenburg ertappte sich dabei, wie er, vor dem Flurspiegel stehend, überlegte, welche Krawatte er zum rot karierten Hemd umbinden sollte, bevor er in die *Dohle* ging. Erst im letzten Moment erkannte er die unausweichlichen Konsequenzen seines Vorhabens und blies es ab.

»Ich verstehe das nicht«, sagte Uwe Süß gegen 21 Uhr. »Was ist denn mit unserer Uhr los?«

Vera blickte ihn mitleidig an.

»Die ist kaputt«, beharrte er und schüttelte die Uhr mit beiden Händen. »Komm in die Gänge, du Mistding!«

Fast zeitgleich sprang Adolf Wendlandt auf und deutete anklagend auf den Bildschirm.

»Eine einzige Sauerei ist dieses Fernsehprogramm. Seht ihr das denn nicht? Ständig hat einer ein Glas in der Hand. Ich werde mich beschweren, ich schreibe denen einen Brief. Das können die mit uns nicht machen.«

Und er ging hinaus, um den Brief zu schreiben. Als er zurückkam, blickten ihn Tochter und Frau besorgt an.

Bilanz des Abends: In sechs von 15 Ratsmitglieder-Haushalten kam es zu Zerwürfnissen.

Am zweiten Tag erhöhte sich diese Zahl auf acht. Nun mussten auch Tiere und in zwei Fällen die leiblichen Kinder herhalten.

Am dritten Tag meldete Margrit Schulenburg ihren Ehemann als vermisst. Hauptwachtmeister Rebenmann, die alte Schlafmütze, bekam einen Schreck und zog sich zum Angeln zurück, wo er bis zum Abend darüber nachsann, was Detlef alles passiert sein mochte. Rebenmann angelte auf Karpfen, die bekennenden Aasfresser. Als die mörderische Fantasie mit ihm durchging, zog er den Haken erst aus dem Wasser, danach aus der Baumrinde und zuletzt aus seinem Hemd. Danach näherte er sich der Revierstube, wo er den Fall in die Kreisstadt weitermelden wollte.

Da hatte sich Schulenburg aber schon aus einem Dorf südlich von Hannover bei Adolf Wendlandt gemeldet. »Klang etwas nuschelig, unser Detlef. Er hat das auf die schlechte Telefonleitung zurückgeführt. Ich habe aber noch nie gehört, dass sich schlechte Telefonleitungen anhören, als ob du duhn bist. Jedenfalls bleibt das unter uns.«

In der Praxis von Dorfarzt Peter stauten sich die Ratsmitglieder. Er verschrieb allen das gleiche: eine Tablette, die sie dreimal am Tag nehmen und die sich auf Konzentration, Kreislauf und Potenz gleichermaßen segensreich auswirken sollte. Es handelte sich um Multivitamin-Präparate.

Nach den malträtierten Kommunalpolitikern beschäftigte sich Doktor Peter mit den Leberwerten des Lokalreporters Plaschke. Mit bangen Augen sah der den Arzt aus dem Laborraum ins Sprechzimmer zurückkehren. Peter ergriff eine Hand des verdutzten Patienten und sagte ernsthaft:

»Seien Sie tapfer, lieber Plaschke. Vier intensiv gelebte Wochen können so schön sein.«

Plaschke fiel vor Angst vom Stängel. Er bibberte und schwor für alle Zeiten dem Alkohol ab. Außerdem wollte er dem vielen Stress entsagen, dem fetten Essen, der sitzenden Lebensweise.

Doktor Peter rief ihm in Erinnerung, dass jetzt ein guter Zeitpunkt sei, um eine Bilanz des Lebens ins Auge zu fassen. Den Anfang könnte ein berufliches Großreinemachen machen.

»Wirf seelischen Ballast ab, mein Sohn.«

»Sie meinen, ich soll …?«

»Unbedingt.«

»Und es gibt keine versteckten Mikrofone?«

»Die gibt es natürlich, aber nicht hier.«

»Welche Schweinereien soll ich denn zuerst gestehen?«

»Die letzten könnten mit höherer Wahrscheinlichkeit zum aktuellen Befinden geführt haben.«

»Na ja«, begann Plaschke tastend. »Ich hätte die Nachricht nicht lanciert, wenn ich nicht … Menschenskind, Sie würden bei zwei Ballons Brombeerwein auch nicht Nein sagen! Das können Sie mir nicht erzählen!«

»Die Nachricht also.«

»Ja, die Falschmeldung mit dem *Dioxin* unter Heinis Hof.«

»Das war eine Falschmeldung?«

»Also eine Schwindelei war es ganz sicher.«

»Und wer hat dir die Schwindelei in die feuchten Reporterhände gedrückt?«

Plaschke blickte sich um, stand auf, blickte hinter die beiden Bilder an der Wand und sagte: »Widmmmh.«

»Deutlicher!«

»Na, ich sag doch. Widmmmh.«

Die Tür des Raums wurde aufgerissen, und ehe Doktor Peter oder Uwe Süß dazwischenspringen konnten, war Hannes schon dabei, den nackten Oberkörper des Reporters mit eisernen Fäusten zu bearbeiten. Sie brauchten 30 Sekunden, um den rasenden Hannes von dem jammernden Plaschke zu trennen. Danach fuhr Hannes unter Missachtung aller, aber wirklich aller Straßenverkehrsregeln zum Rathaus, wo er das Büro seines Vaters stürmte.

Die Sekretärin Klöppel berichtete später, sie habe den Bürgermeister noch nie mit dermaßen rotem Kopf aus dem Büro kommen sehen.

Am fünften Tag erwischte der Buchhändler Svenja dabei, wie sie heimlich einen Schuss Rum in ihre Cola schüttete. Er riss Türen und Fenster auf und lüftete über eine Stunde. Am Nachmittag erschien Svenjas Vater und drohte Süß Konsequenzen an, wenn er seine Tochter noch einmal so anschreien würde. Daraufhin schrie Süß den Vater an, der das nicht gut wegsteckte. Später erschien Svenjas Mutter, bat zum Privatissimum ins Kabuff und wollte wissen, wie Süß es geschafft habe, den offenbar zur Selbstgerechtigkeit neigenden Gatten dermaßen kleinzukriegen. Als Süß mauerte, stellte sie einen zeitnahen Einkauf in Höhe von 100 Euro in Aussicht.

Abends sagte der Buchhändler zu Vera: »Ich habe gekämpft wie ein Löwe, aber die Frau ließ mir keine andere Wahl, als die Wahrheit zu sagen.«

»Warum hast du sie nicht angeschwindelt, wie du es in der Politik zehnmal pro Woche machst?«

»Das ist mir in der Aufregung gar nicht eingefallen.«

Tag sechs: Frühmorgens fuhr ein Kleinbus vor die Buchhandlung. Verdutzt sah Süß, wie der Bürgermeister den Laden betrat.

»Krimis und billige Science Fiction hinten rechts neben den Toiletten.«

»Ich muss mit dir reden«, entgegnete Wendlandt, der auf den Fingernägeln herumbiss. Er zog den Buchhändler ins Kabuff, wo die beiden kurz miteinander redeten und dann abwechselnd mehrere Telefonate führten. So kam es, dass Hauptwachtmeister Rebenmann beim mittäglichen Verzehr eines Karpfens von acht Anrufen sowie vier persönlichen Vorsprachen gestört wurde – ausnahmslos von weinenden Ehefrauen und Kindern. Danach warf er den mittlerweile abgekühlten Fisch in den Eimer, wo sich Tarzan, der fette Polizeikater, an ihm gütlich tat. Aufgrund einer festsitzenden Gräte stromerte er tagelang heiser hustend durchs Ortsbild.

Bis abends hatten sich die heulenden Bewohner noch nicht beruhigt. Serienweise wurde Rebenmann mit Vermisstenanzeigen konfrontiert. Weil er nur zwei Formulare fand, schrieb er den großen Rest auf einen einzigen Zettel, den er später intellektuell nicht mehr in den Griff bekam.

»Zwölf Männer sind verschwunden«, rief er verzweifelt in den Telefonhörer. Die Kollegen am anderen Ende glaubten ihm natürlich nicht. Rebenmann kauften sie gerade noch die Uhrzeit ab, für darüber hinausgehende Auskünfte war der Beamte eklatant überfordert. Kein Wunder, dass die redliche Seele beinahe weinte.

Das tat von den verlassenen Frauen nur jede vierte. Die anderen befürchteten keine Gewalttat.

»Wer soll denn Walter entführen?«, fragte Frau Rottian. Frau Fleischhauer rechnete vorsichtshalber zusammen, wie viel Bargeld sich im Haus befand, falls sich doch Entführer melden sollten. Sie wollte ihnen 182,76 Euro für ihren Helmut bieten – und ihm später jeden Cent von seinem Taschengeld abziehen.

»Wenn sie nur keine Dummheiten machen«, sagte Anna Wendlandt bei einem Treffen der verlassenen Frauen im Garten von Vera Süß.

»Ich glaube, wir sollten der Wahrheit ins Auge sehen«, entgegnete Vera. Zwei Frauen schrien leise auf. »Natürlich werden sie eine Dummheit machen. Wenn mehr als zwei Männer auf einem Haufen sind, kommt immer eine Dummheit dabei heraus.«

»Die sind einen saufen gegangen«, vermutete Marianne Mewes kategorisch.

»Alle auf einmal?«

»Walter darf doch gar nicht trinken.«

»Der Mais vergammelt auf dem Feld, und die Herren der Schöpfung gießen sich einen hinter die Binde.«

»Wenn sie nun nicht mehr zurückfinden!«

Alle blickten die Schwester des alten Piesow an. In den unwegsamen masurischen Sümpfen groß geworden, hatte sie mehr als einmal erlebt, dass ein Kind beim Versteckenspielen nicht wieder aufgetaucht war und erst Jahre später beim Abtorfen gefunden worden war.

Kein Pkw oder Firmenwagen wurde vermisst. Niemand hatte einen Abschiedsbrief gefunden, keine Frau wusste von familiären, beruflichen oder gesundheitlichen Katastrophen.

»Massenselbstmord«, raunte die Schwester des alten Piesow.

»Aber warum sollten sie?«, entgegnete Frau Doktor Stuthe.

»Wegen der bekloppten Politik, die sie zusammen angestellt haben«, rief Oma Tewer dazwischen. Zwar hatte sie keinen vermissten Angehörigen zu beklagen, doch sie schaute gewohnheitsmäßig vorbei, wenn irgendwo im Ort mehr als zwei Menschen beieinanderstanden.

»Mein Mann macht keine bekloppte Politik«, hörte sich Vera überraschend sagen.

»Ja, aber nur, weil mein Mann ihn nicht lässt«, trumpfte Marianne Mewes auf.

»Dein Mann! Dein Mann!«, rief Anna Wendlandt. »Ja

wohl zuallererst mein Mann. Dein Mann vertritt bei meinem Mann dieselbe Position, die der Floh bei einem Hund einnimmt.«

»Das nimmst du zurück!«

»Wen? Den Floh?«

»Den Vergleich.«

Minutenlang drohte der eigentliche Anlass ihres Zusammenseins in den Hintergrund zu geraten. Vera hatte alle Hände voll zu tun, um die Kampfhennen voneinander zu trennen. Sie schaffte es, indem sie süße Liköre auffuhr.

»Mein Mann war so nervös in den letzten Tagen«, murmelte Frau Rottian.

»Meiner auch«, sagte Monika Düver. »Aber der ist eigentlich immer nervös.«

»Meiner hat plötzlich Schokolade gegessen. Und Konfekt. Sogar Pudding!«

»Meiner hat mit dem Pastor gesprochen. Das hat er noch nie getan.«

»Meiner hat angefangen, Zahnstocher zu kauen. Von morgens bis abends.«

»Meiner hat angefangen, Sport zu treiben. Der! Er hat sich eine Zerrung geholt. Das hat er davon.«

»Meiner hat mir verboten, meine Haare nach der Wäsche mit Bier auszuspülen. Dabei mache ich das seit Jahren. Bisher hat er mich dann immer beschnüffelt. Das war niedlich. Sonst ist er ja selten niedlich.«

»Mein Holder hat den *Guttemplern* 20 Euro überwiesen, wollte nicht mal eine Quittung. Ich musste erst nachlesen, was die *Guttempler* für welche sind. Ich dachte erst, das ist ein Abonnement.«

Die Frauen waren so sehr mit Erzählen beschäftigt, dass Vera das Telefon erst spät wahrnahm.

»Vera?«

»Uwe! Uwe, wo steckst du? Wir machen uns alle Sorgen. Das heißt, die anderen Frauen machen sich nicht um dich Sorgen, sondern um …«

»Hör zu, Rübchen. Mir geht's gut. Den anderen geht es auch gut. Und die zwei, die ein bisschen schwach auf den Beinen sind, die kriegen wir schon durch.«

»Wo steckst du denn?«

»Grüß alle Frauen. Nicht von mir, sondern von uns. Von uns allen. In zwei Tagen sind wir wieder zurück.«

Dann war zu hören, wie er die Worte »Eins, zwei, drei« sprach, und dann hörte eine verdatterte Vera aus vielen Männerkehlen die Worte:

»Guten Abend, liebe Frauen / Ihr müsst uns jetzt ganz stark vertrauen!«

Danach war Uwe wieder dran. »Sag das den anderen, Rübchen. Tust du das? Danke. Bis bald. Adieu. Wir sehen uns.«

Dann war die Leitung tot.

»Wie haben sie es aufgenommen?«, fragte Adolf Wendlandt. Die anderen Ratsmitglieder standen um den Buchhändler herum.

»Gefasst«, antwortete Süß. »Sie wollen stark bleiben.«

»So wie wir«, murmelte Manni Mewes mit brüchiger Stimme und fing an zu schluchzen. Auf der Böschung hatten sie Ferdi Düver einen Strauch Blaubeeren unter den Kopf gelegt, damit er es nicht zu hart hatte. Jetzt hatte er es schön weich, aber auch schön blau. Das war das einzig Blaue in den folgenden 36 Stunden. Sie unternahmen lange Spaziergänge, duschten kalt und später eiskalt. Sie lernten Gedichte auswendig, und einige sangen. Sie trieben Gymnastik, tranken viel stilles Wasser, ungesüßten Tee und Rindfleischbrühe. Pro Mann und Übernachtung kostete es in der Jugendherberge im südlichen Landkreis 11 Euro 75.

Das war es den Männern wert. Nach 36 Stunden packten sie Manni und Ferdi in den Bus und kehrten nach Wortleben zurück. Sie schwiegen gemeinsam. Und im Gemeinderat brachte niemand mehr den Antrag auf Alkoholabstinenz ein.

ENDE